La trampa

Allison Brennan

La trampa

Titania Editores
ARGENTINA - CHILE - COLOMBIA - ESPAÑA
ESTADOS UNIDOS - MÉXICO - URUGUAY - VENEZUELA

Título original: *The Kill*
Editor original: Ballantine Books
Traducción: Martín Rodríguez-Courel Ginzo

© Copyright 2006 *by* Allison Brennan
All Rights Reserved
© de la traducción 2007 *by* Martín Rodríguez-Courel Ginzo
© 2007 *by* Ediciones Urano, S.A.
Aribau, 142, pral. - 08036 Barcelona
www.titania.org
atencion@titania.org

ISBN: 978-84-96711-23-5
Depósito legal: B - 18.402 - 2007

Fotocomposición: Ediciones Urano, S.A.
Impreso por Romanyà Valls, S. A. - Verdaguer, 1 - 08786 Capellades (Barcelona)

Impreso en España - *Printed in Spain*

NOV 2008

Innumerables niños inocentes,
cuyos nombres nunca leeremos en los titulares
de los periódicos, se siguen salvando
del horror de ser secuestrados gracias a los incansables
esfuerzos de Maureen Kanka, John Walsh,
Brenda van Dam, Mark y Cindy Sconce,
Kim Swartz y tantos otros. Que el bien que hacen
a nuestra sociedad lleve la paz a sus vidas.

Agradecimientos

El acto de escribir es una experiencia solitaria. Coger lo que apenas es el embrión de una idea y verla florecer en una novela de 400 páginas resulta excitante.

Pero en el proceso, el escritor suele buscar orientación en aquellos que poseen un conocimiento que trasciende sus posibilidades. Son varias las personas que han compartido amablemente su tiempo y experiencia conmigo para ayudarme a reunir los detalles de este libro:

Gary Olson, asesor de seguridad pública del estado de California, me ayudó en la investigación de las leyes californianas, en especial de la sentencia del Tribunal Supremo de 1972 que abolió la pena de muerte, lo que desembocó en la revisión de las condenas de 107 delincuentes.

Las escritoras de novelas románticas son inmensamente generosas con su tiempo y talento. En especial, quiero darles las gracias a Morag Pippin y Ann Schuessler por su información sobre Seattle y la isla de Vashon.

Una vez más, Wally Lind en el chat de Crime Scene Writers ha sido una referencia impagable para darle verosimilitud a los detalles forenses: el ex agente del FBI y escritor Rae Monet me respondió a una infinidad de extrañas preguntas a cualquier hora del día y de la noche; y Lillian Peck, encargada de información y reclamaciones de los juzgados de Seattle, contestó a múltiples preguntas sobre ordenanzas, internamiento y transporte de presos. Cualquier imprecisión es de mi exclusiva responsabilidad.

Por tantísimo apoyo emocional necesario, quiero dar las gracias a mi amiga Karin Tabke y a nuestras socias del blog murdershewrites.com.

Quiero mostrar mi especial agradecimiento a Jan, Sharon y Ami, que leyeron los primeros capítulos y me hicieron las preguntas difíciles; a mi fabulosa agente, Kimberly Whalen, cuyo entusiasmo es contagioso y a quien siempre le gustó Zack; y a mi sabia editora, Charlotte Herscher, que me ayudó con entusiasmo a darle forma a este relato. Además, quiero darle las gracias a todo el equipo de Ballantine por su apoyo y estímulo, sobre todo a Dana Isaacson, Jilly Hailparn, Kim Hovey y Signe Pike.

Y lo más importante de todo, quiero expresar mi reconocimiento a los padres de niños asesinados que, con gran dolor y sacrificio personales, luchan por mantener la atención pública sobre sus tragedias familiares, a fin de conseguir las reformas legales a nivel nacional para combatir los crímenes contra la infancia.

Y por último, a los investigadores dedicados a la resolución de los casos de agresiones sexuales que dedican sus vidas a resolver los crímenes contra los seres más inocentes y vulnerables de nuestra sociedad.

Prólogo

Livie levantó la cabeza hacia el cielo del crepúsculo y arrugó el entrecejo, apretándose el estómago con los brazos.

—Missy, porfa. Quiero pirarme a casa. Va a llover.

—Sólo quieres irte a casa porque va a llover —replicó Missy sin levantar la vista del libro.

Sólo porque estaba en cuarto grado y había sacado cuatro sobresalientes y estaba en el cuadro de honor, Missy le corregía siempre las expresiones. Livie odiaba que lo hiciera, pero, al fin y a la postre, su hermana iba a ser profesora y necesitaba practicar.

Sopló una ráfaga de viento que acabó convirtiéndose en una brisa acariciadora.

—Missy, tengo frío.

Su hermana puso los ojos en blanco y exhaló aquel suspiro tan sonoro que solía soltar cuando Livie la estaba fastidiando. Significaba que Livie era como la peste.

—Diez minutos, ¿de acuerdo? Quiero terminar este capítulo.

—Bueno —dijo Livie haciendo un mohín.

Volvió a coger su toalla y se puso a jugar en la arena con aire ausente, excavando y observando la lenta caída de los granos de arena sobre el suelo. A ella le encantaba el parque, pero no cuando eran los únicos niños que permanecían en él.

Los columpios eran su distracción predilecta. Livie se esforzaba permanentemente en lanzar sus piernas cada vez más deprisa y con más fuerza para ver si conseguía dar la vuelta completa en lo alto, aunque todavía no lo había conseguido. Su padre decía que era una temeraria; Missy afirmaba que era una idiota; y su madre le advertía que un día se rompería una pierna y que así aprendería la lección.

Era la víspera de Halloween. Livie no era una miedica, pero la semana anterior había visto una película de fantasmas y no quería estar fuera de casa después de oscurecer. La norma es que tenían que estar en casa cinco minutos después de que se encendiera el alumbrando público, pero Livie quería irse a casa «inmediatamente». El sol ya se había ocultado detrás la casa de dos plantas de los Patterson, dejando aquel precioso ribete rosáceo.

—Va, Missy —suplicó Livie.

Su hermana la ignoró, y Livie tiró su toalla. Entonces, se levantó y se dirigió hacia los columpios, situados en el lado más alejado del área de juegos. Ese día no le apetecía volar, así que se impulsó atrás y adelante sin esfuerzo, mientras la furia de las ráfagas de aire le ponía los brazos como piel de gallina. Hojas de color rojo, naranja y marrón revoloteaban por el suelo de aquí para allá, impulsadas por el viento.

Livie prefería la primavera, cuando todo era verde, alegre y luminoso; cuando la niebla no humedecía todas las mañanas, persistiendo a veces hasta la hora de comer. Pero faltaban seis meses completos hasta la primavera. Livie cumpliría seis años la primavera siguiente. Recitó mentalmente los meses: mayo, junio, julio, agosto, septiembre, octubre... ¡tenía cinco años y medio! ¡Los había cumplido el día anterior!

Saltó del columpio, y se dio la vuelta para regresar corriendo junto a Missy y contarle el cálculo que acababa de realizar. Se detuvo de golpe.

Missy no estaba sola.

Un hombre estaba hablando con ella. Era realmente alto, aunque no tanto como papá, ni tampoco tan mayor. Iba sin chaqueta. ¿Es que no sabía que uno podía coger un catarro de muerte, si se salía sin chaqueta con ese tiempo? Y se había pintado algo en el brazo con un rotulador azul.

Asustada, Livie empezó a caminar hacia ellos con un cosquilleo en el estómago que la avisó de que algo no iba del todo bien. Missy no parecía asustada, aunque «ella» no había visto la película de fantasmas de la semana anterior. Livie se mordió el labio. No quería comportarse como una llorica, pero quería irse a casa. Inmediatamente. Y si tenía que ponerse a llorar para conseguirlo, pues bueno, lo haría. Cuando se ponía a llorar, Missy cedía.

—¡Missy! —llamó.

El hombre se volvió y la miró, y sus ojos hicieron algo extraño, como si bizquearan. Entonces, agarró a Missy por el brazo.

—¡Vamos!

—¡No! —gritó Missy, e intentó zafarse.

Livie echó a correr hacia ellos.

—¡Suelte a mi hermana! ¡Suéltela!

El hombre levantó a Missy en el momento en que Livie los alcanzaba. No sabía lo que iba a hacer, pero sabía que los extraños no siempre eran amables, y aquel hombre del pájaro azul en el brazo tenía a Missy sujeta sobre su hombro.

Antes de que Livie pudiera agarrar a Missy, el hombre la golpeó. Livie cayó al suelo sin respiración. La boca le sabía raro, como cuando había perdido su primer diente el verano pasado; intentó gritar, pero su saliva le produjo arcadas.

Dio un traspiés al levantarse, con las lágrimas nublándole la visión. El hombre tenía agarrada a Missy y atravesaba el césped a la carrera en dirección a la calle.

—¡Papá! —gritó Livie entre sollozos—. ¡Socorro! ¡Socorro!

El hombre malo abrió la puerta de una camioneta negra y tiró a Missy dentro. Cuando ella intentó salir, él la golpeó con algo parecido a un palo grande; luego, corrió hacia el lado del conductor y se alejó en el vehículo.

Missy no hizo ningún otro intento de liberarse.

Livie se dirigió corriendo a su casa sin dejar de gritar.

—¡Papá! ¡Papá!

Su padre abrió la puerta de un tirón con una expresión en el rostro de absoluta preocupación.

—¡Olivia! ¿Qué sucede? ¿Dónde está Melissa?

—¡Se la ha llevado un hombre!

Mamá dio un grito; papá agarró a Livie por el brazo y la metió en casa. Antes de salir corriendo por la puerta, la empujó hacia su madre.

—¡Llama a la policía!— gritó papá, mientras Livie se hundía en la seguridad de los brazos de mamá.

El efímero abrazo tocó a su fin.

Fue la última vez que su madre volvería a abrazarla.

Capítulo 1

El día en que la vida de Olivia St. Martin cambió por completo empezó como cualquier otro.

Introdujo dos muestras en la placa de cristal del microscopio y se inclinó sobre la lente, ajustando el aumento hasta que los diminutos hilos de alfombra adquirieron nitidez. Reconoció el patrón de inmediato, pero analizó todos los puntos de similitud para su informe y los fue anotando en su hoja de análisis. Cuando terminó, utilizó la cámara incorporada del microscopio para fotografiar el patrón, extrajo la prueba con las manos cubiertas con unos guantes de látex y la introdujo en una caja sellada para evitar la contaminación.

Tras firmar el informe, revisó el expediente para asegurarse de que su equipo había terminado de procesar todas las pruebas del asesinato de Camero. Todo parecía en orden, aunque todavía faltaba el informe del ADN. Se había encontrado un pelo de vello púbico ajeno en la víctima y se había remitido a la unidad CODIS [sistema combinado de indexación de ADN del FBI] para que se analizara y se introdujera en la base de datos. Al contrario de lo que se dejaba entrever en las series populares de televisión, el cotejo del ADN era un proceso lento y laborioso, que dependía en buena medida del personal y los recursos disponibles.

A Olivia le encantaba su trabajo y ya había obtenido su recompensa por ello: un año antes había sido ascendida a directora de análisis de pruebas indiciarias y materiales del laboratorio del FBI de Virginia.

La puerta se abrió, y Olivia levantó la vista cuando entró el doctor Greg van Buren. La expresión adusta de su ex marido la sorprendió: Greg solía o mostrarse risueño o meditabundo, rara vez deprimido.

Ella arqueó una ceja mientras cerraba la carpeta del expediente.

—Olivia. —Greg se aclaró la garganta. Bajo sus gafas de montura metálica, sus limpios ojos azules se entrecerraron con preocupación. Se movió con inquietud y bajó la mirada. Algo pasaba.

Olivia sintió una opresión en el pecho.

—¿De qué se trata?

—Vayamos a dar un paseo.

—Suéltalo.

—Vamos, Olivia.

Cuando se puso de pie, las piernas le flaquearon un poco, pero Olivia mantuvo la cabeza alta mientras avanzaba por el pasillo con Greg. Estaban en el último piso del edificio de tres plantas, pero optaron por coger las escaleras en lugar del ascensor para descender a la planta baja.

Fuera, la envolvió una oleada de aire caliente y húmedo. Olivia contrajo la nariz. El forro de algodón de su falda se le pegó de inmediato a las piernas, y venció el impulso de arreglárselo. Nunca se acostumbraría a aquellos veranos pegajosos de la Costa Este. Había pensado que una vez que pasara el Día del Trabajo [el primer lunes de septiembre] el tiempo refrescaría; no había habido tanta suerte. Nunca imaginó que echaría de menos las mañanas grises de la península de San Francisco, pero cualquier día cambiaría la humedad por la niebla.

Estudió el comportamiento y la actitud de Greg; sucedía algo muy malo. El estómago le dio un vuelco. Estaba impaciente porque le hablara, aunque bien podría tratarse de algo que ella no quisiera saber.

Pasaron junto a la placa de piedra situada delante del laboratorio del FBI erigida el día que se inauguraron las nuevas instalaciones en el 2003.

«Detrás de cada caso hay una víctima —un hombre, una mujer o un niño— y las personas que la quieren. Dedicamos nuestros esfuerzos y este nuevo edificio del laboratorio del FBI a esas víctimas.»

Olivia rara vez permitía que sus emociones afloraran, fuera en público o en privado, pero aquella leyenda siempre conseguía conmoverla, al recordarle que, detrás de cada crimen, siempre había más de una víctima; que la muerte dejaba atrás a las personas amadas. Familia, amigos y, a menudo, comunidades enteras que lloraban la pérdida, con tanta intensidad a veces, que se asemejaban a una concha vacía, arrasada en su interior. Lo único que les quedaba a los supervivientes era la esperanza de que el culpable fuera castigado por sus crímenes.

—Liv, no sé cómo decirte esto.

Greg dejó de caminar, y los dos se pararon a la sombra del edificio. Pocos metros más allá, unos fumadores holgazaneaban en la zona destinada a fumar. Una débil estela del humo viciado de los cigarrillos flotaba en la quietud del aire.

—No entiendo por qué no alejan un poco más la zona de fumadores —dijo Olivia demorando la conversación.

Greg frunció el ceño.

—Olivia, esto es algo importante.

El tono de su voz hizo que todo el cuerpo de Olivia se crispara. Se volvió y clavó la mirada en el aristocrático perfil de Greg. La cara larga, la nariz cincelada, los ojos hundidos… Greg van Buren —pariente lejano del ex presidente— tenía el apacible atractivo de un niño bien. Era un hombre amigable, tranquilizador.

—Muy bien, entonces cuéntame. —Olivia se esforzó en ocultar su tensión bajo un aire de desinterés.

El dolor nubló la mirada de Greg. También la preocupación.

—Hoy me ha llamado Hamilton Craig.

—¿Y para qué demonios te ha llamado? —Olivia había visto al fiscal del distrito hacía tres meses exactamente, cuando el asesino de la hermana de Olivia había pedido la condicional, que le había sido denegada legítimamente.

Craig se estaba haciendo viejo y había anunciado que se jubilaría al final del mandato en curso.

—¿Algo va mal? ¿Se encuentra bien? —preguntó Olivia.

—Sí, sí, está muy bien —dijo Greg—. Se trata de Hall.

Olivia cerró los ojos. Era incapaz de pensar en Brian Harrison Hall sin sentir emociones encontradas: dolor, lástima, victoria, vacío... Y satisfacción porque Hall estuviera en la cárcel, a donde pertenecía. Y cólera porque no hubiera sido condenado a muerte. Su hermana murió por su culpa; debería haber corrido la misma suerte. Pero el Tribunal Supremo de California abolió la pena de muerte poco después de su condena, así que por períodos de tres a cinco años se examinaba su libertad condicional.

Olivia no se había perdido ni siquiera una de las seis vistas celebradas para examinar la libertad condicional de Hall. Haría lo que fuera por mantenerlo entre rejas.

—¿Qué? —Por fuera, estaba tranquila. Serena y profesional. Por dentro, sus nervios vibraron hasta un extremo insoportable.

—Su abogado pidió una prueba de ADN. La policía había conservado las pruebas, incluidas las muestras de vello púbico. Así que había algo con lo que comparar el ADN de Hall. El juzgado concedió la petición el mes pasado. Y el laboratorio del estado de California presentó su informe esta mañana. —Hizo una pausa y se pasó la mano por el pelo cortado muy corto—. No sé cómo decir esto sin rodeos. No coinciden.

Olivia estaba segura de que no le había oído bien.

—No entiendo —dijo con lentitud—. ¿Qué es lo que no coincide?

—El ADN de Hall no coincide con la muestra de vello púbico encontrado en el cuerpo de tu hermana.

—No te creo.

El tono de voz de Olivia fue moderado; no así sus palabras, pero le traía sin cuidado. Tenía que haberse producido un error.

«Las pruebas no mienten.»

—Hall será puesto en libertad mañana.

—No. No —dijo Olivia negando con la cabeza—. No puede ser. Mató a Missy. Él la mató. Yo le vi.

Lo dijo con total naturalidad. Ella lo «había visto». Recordaba la camioneta negra. El tatuaje del águila azul; el tatuaje que seguía conservando en el brazo. Su pelo rubio. La camioneta fue su... Las pruebas lo habían demostrado.

Olivia no había sabido nada de la investigación, cuando se llevó a cabo treinta y cuatro años antes. Pero había leído los informes en múltiples ocasiones desde entonces. Se los había aprendido de memoria. Olivia conocía todos y cada uno de los truculentos detalles acerca de lo que Brian Harrison Hall le había hecho a su hermana. Se habían encontrado fibras de las esterillas del suelo de la camioneta en el cuerpo de Missy; y la sangre de ésta había aparecido en el asiento delantero.

Bastardo asesino.

—Hamilton me envió el informe por fax. Lo he leído con detenimiento. Llamé al laboratorio criminal del estado de California y hablé con el técnico que realizó el cotejo. No hay ningún error, Liv.

—No. ¡NO!

Su grito los asustó a ambos. Ella nunca gritaba, nunca levantaba la voz. Greg alargó la mano para acariciarle el brazo.

—Olivia, déjame ayudar...

Ella se apartó con brusquedad.

—Quiero ver el informe.

Antes de que Greg pudiera disuadirla, Olivia se dirigió como un vendaval hacia las puertas laterales y estampó la tarjeta de identificación contra el panel electrónico para volver a entrar en el edificio. Oyó los pasos de Greg detrás de ella cuando abrió la puerta de acceso a las escaleras y mientras subía a toda velocidad los escalones hasta el tercer piso.

Tenía que haber un error. El nuevo abogado de Hall había cambiado las pruebas. Se habían alterado. No eran suficientes para realizar una prueba comparativa. Las muestras se degeneran con el tiempo. Tenía que haber una «razón» para aquella mentira; siempre la había. Hall era culpable. Había matado a Missy. ¡La había matado, maldita sea!

A cada escalón que subía, el miedo y la ira iban creciendo en su interior. Ira porque no se hubiera hecho justicia; porque Hall fuera a salir por un tecnicismo en lugar de pudrirse en la cárcel; porque se burlara del sistema, y su miserable abogado intentara labrarse una reputación como defensor de asesinos.

Entonces apareció el miedo. Un miedo intenso y paralizante que removió algo en lo más hondo de Olivia; el miedo a que Hall fuera inocente. A que el asesino de Missy anduviera todavía suelto. A que siguiera matando niñas, y destrozando familias, y rompiendo corazones.

Y todo sería culpa suya.

Se tambaleó, interrumpiendo su paso enérgico y resuelto, y extendió el brazo en busca de apoyo. Cuando tocó la pared, la mano le temblaba.

Greg la alcanzó en el pasillo exterior del laboratorio de ADN.

—Olivia, detente.

Ella se sentía incapaz de mirarlo, temerosa de que sus ojos traicionaran la violencia de sus sentimientos.

—Estoy bien.

—No, no lo estás.

—Sólo necesito ver las pruebas. —Pronunció cada palabra con cuidado, claramente, con las mandíbulas apretadas.

—Estás temblando.

—¡Enséñame el maldito informe!

Olivia respiró profundamente y se mordió la cara interna del carrillo para controlar sus emociones. Recobró la compostura recurriendo a toda su fuerza de voluntad y volvió el pálido rostro hacia su ex marido.

—Lo siento —dijo —. Ha estado fuera de lugar. No debería descargar mi frustración en ti.

No perdería el control delante de Greg; Olivia St. Martín no perdía el control delante de nadie.

Ni siquiera ante sí misma.

Greg abrió la boca para decir algo, y Olivia se armó de valor para defender su postura profesionalmente. Después de todo, era una profesional capaz de analizar objetivamente las pruebas; de ver la verdad contenida en los hechos, y de presentarlos con claridad y concisión a sus iguales o ante los tribunales.

Y podía hacerlo en ese momento.

Greg cerró la boca y utilizó la llave maestra para abrir la puerta del laboratorio.

—El informe está en mi mesa.

Capítulo 2

El detective Zack Travis se pellizcó el puente de la nariz como si reprimiera las lágrimas. Pero los que lo conocían se hicieron a un lado. El intenso pulso de su cuello apenas traicionaba una furia contenida, una ira que hervía a fuego lento bajo la superficie, una fuerza tangible que irradiaba del cuerpo correoso de Zack.

No había nada peor que el asesinato de un niño.

El escenario del crimen había sido aislado antes de su llegada. Miró a todas partes, excepto al suelo y a la brillante lona azul impermeabilizada con el pequeño bulto debajo.

El cuerpo había sido arrojado en una zona industrial de escasa actividad y llena de desperdicios al norte de la Interestatal 90, cerca de Quest Field, donde, negros e imponentes, unos edificios de acero y algunos bloques de hormigón erosionados por el clima montaban guardia de noche. De día, su deterioro y abandono eran un triste recordatorio de que aquella zona de la ciudad no iba a recuperarse en un futuro próximo, no obstante los tópicos y promesas de los políticos locales y los fondos para la reurbanización destinados por el ayuntamiento de la ciudad. Con los modernos parques empresariales que surgían por doquier en los barrios de reciente desarrollo, las zonas ruinosas se veían impotentes para atraer nuevos negocios. La mitad de las fachadas de los almacenes que Zack tenía a la vista mostraban carteles de «SE ALQUILA.»

El parco alumbrado de seguridad de las puertas delanteras teñía la niebla de un amarillo enfermizo. Esa noche la niebla flotaba a poca altura debido a la cercanía del agua, y el resplandor de las linternas creaba un efecto de hielo seco en el amplio callejón.

Durante los tres años que Zack trabajó en la brigada contra el vicio, habían hecho varias redadas en aquellos almacenes. Las putas desesperadas eran capaces de ir tontamente hasta allí, un lugar tan apartado de las calles relativamente seguras del norte; durante el primer mes como detective de homicidios, había encontrado a dos prostitutas muertas por sobredosis a poca distancia de donde se encontraba la víctima de ese momento.

Respiró profundamente y se puso en cuclillas sabiendo que no había ninguna manera de prepararse realmente para lo que estaba a punto de ver. Apartó la lona.

Ningún niño debería morir, sobre todo en un sórdido callejón de una zona depauperada de la ciudad. Pero Zack determinó de inmediato que la pequeña Jenny Benedict, de nueve años, no había sido asesinada allí. Había poca sangre, y por el número de puñaladas tendría que haber mucha.

No se demoró mirando. Volvería a enfrentarse a la víctima durante la autopsia, pero en ese momento tenía que centrarse en encontrar al hijo de puta que la había asesinado.

—¿Y el forense? —preguntó a su compañero.

—De camino —respondió Nelson Boyd.

Zack suspiró y se frotó la nuca. Boyd era un novato que estaba bajo su responsabilidad, algo que a Zack no le gustaba ni un pelo. Nunca había querido ser oficial de adiestramiento, pero cuando Rucker fue y se jubiló, había tenido que apechugar con Boyd.

El chico estaba todo lo verde que se podía estar, incluidos sus brillantes ojos azules. A Zack le habría sorprendido enterarse de que se afeitaba todos los días. Pero Boyd se había pasado cinco años de uniforme en una tranquila zona residencial de las afueras de la ciudad, y una vez conseguida su placa, había sido trasladado a la gran ciudad. El jefe le había asignado a Boyd, sin duda como venganza porque su ex ligue hubiera tratado de tirarse a Zack en el partido de béisbol entre pasmas y bomberos. El jefe sabía muy bien lo mucho que odiaba ser oficial de adiestramiento.

—¿Qué es lo siguiente, señor?

—Para ya con lo de señor —masculló Zack. Boyd le hacía sentir viejo y le recordaba que su cuadragésimo cumpleaños había pasado hacía apenas unos meses. No es que le importara el número, pero su cuerpo estaba empezado a quejarse de los enérgicos ejercicios de gimnasia matutinos.

Dejó a un lado su frustración y preguntó:

—¿Dónde está la maldita policía científica?

—De camino —dijo Boyd botando. Sí, botando sobre los talones. El desasosiego del chico lo sacaba de quicio, y sólo llevaban dos semanas formando pareja. ¿Cómo demonios iba a aguantar seis meses?

—¿Dónde está el tipo que la encontró?

—El agente Paul lo tiene en conserva en la empresa de electrónica de la puerta contigua.

Zack arqueó una ceja. ¿En conserva?

—Quiero hablar con él. Quédate aquí y mantén alejado a todo el mundo hasta que lleguen los de la científica. —Arrugó el entrecejo. La niebla y la deficiente iluminación harían casi imposible la búsqueda de pruebas, aunque trajeran lámparas industriales de alto vataje. Tendrían que permanecer en el escenario del crimen hasta bastante después del amanecer. Pero si, tal y como sospechaba Zack, el cuerpo había sido arrojado allí, habría poco que buscar.

El testigo, un tipo joven flaco y de cara alargada, estaba sentado en una mesa de secretaria dentro del insulso edificio. Zack echó un vistazo a su alrededor. Aquel podía ser cualquier negocio del montón, las mismas sillas sucias, la moqueta de calidad industrial llena de manchas, las destartaladas mesas metálicas, peores aun que la que tenía Zack en comisaría. Pero los ordenadores de las cabinas que cubrían una de las paredes parecían ser último modelo, y Zack se fijó en un sistema de seguridad de alta tecnología instalado junto a la puerta.

—Travis —saludó el agente Tim Paul, y atravesó la estancia hasta la puerta para que el testigo no pudiera oír.

—¿A quién tienes?

—Reggie Richman, veinte años, empleado de Electrónica Swanson y Clark. Dice que vino a ejecutar las copias de seguridad de los ordenadores, lo que hace dos veces al mes después del horario comercial. Les hace un chequeo. Llamé a su jefe y comprobé lo del empleo y su historia. Lleva dos años en la empresa y asiste a la escuela universitaria municipal de Seattle a tiempo parcial.

Zack asintió con la cabeza observando a Reggie Richman, que se miraba lo que parecían unas manos en constante movimiento. Tamborileaba con los dedos, daba golpecitos con los lápices y hojeaba los papeles sin leerlos. ¿Energía nerviosa o culpabilidad?

—¿Qué ha declarado?

—Qué casi le pasa por encima a la niña con su ciclomotor.

—¿Una motocicleta?

—No, de las que tienes que pedalear. —Paul sonrió y enseguida volvió a ponerse serio—. Vive en un edificio sin ascensor a un kilómetro y medio de distancia, a medio camino entre aquí la universidad. No tiene carné de conducir, aunque sí una tarjeta de identidad del estado de Washington. Dice que fue a clase después del trabajo, pilló una hamburguesa y volvió aquí, probablemente alrededor de las 21.30. No vio a la víctima hasta que no la tuvo a pocos centímetros delante de él. Entró en el edificio y llamó al 911. La llamada se registró a las 9.40. Urbanski y yo llegamos al escenario del crimen a las 9.55. Cortamos los accesos y aislamos el escenario.

Zack miró su reloj. Las diez y media.

—Gracias. Empezaré aquí, pero te agradecería que cubrieras la puerta.

—Pues claro.

Reggie levantó la vista cuando Zack se acercó.

—¿Puedo irme?

—Todavía no. —Zack se sentó en la silla de patas metálicas que había delante de la mesa. La silla crujió, delatando su edad, y Zack confió en que lo aguantara; no estaba gordo, pero era un tipo grande. Se inclinó hacia delante, más para repartir el peso en la endeble silla que para intimidar al chaval, pero le complació el efecto secundario. Conseguiría la verdad.

—¿Reggie, verdad?

—Sí —El chico rompió un lápiz por la mitad y se quedó mirando los dos trozos de hito en hito con los ojos muy abiertos; entonces, los dejó caer como si quemaran—. Lo siento.

Aquel chico no parecía un asesino, pero Zack no tenía mucha fe en las apariencias.

—Soy el detective Zack Travis, de homicidios. Los agentes me dicen que encontraste el cuerpo y que lo comunicaste por teléfono.

—S-si. Eso hice.

—¿Podrías repasar lo ocurrido? Cuándo llegaste aquí, qué viste, cuando llamaste…

—Esto… claro. Ya lo conté todo. —El chico hizo un gesto hacia el agente Paul, que estaba parado junto a la puerta a unos cuatro metros de distancia.

—Necesito oírte contar cómo encontraste el cuerpo.

—Ah. De acuerdo. —Reggie respiró profundamente y empezó a jugar con una caja de clipes—. Supe que estaba muerta, así que no quise, esto, tocarla. Se suponía que no tenía que hacerlo, ¿verdad? Y se suponía que no tenía que hacerle el boca a boca, ¿no es cierto?

—Actuaste perfectamente. Dices que supiste que estaba muerta.

—Sí. Tenía los ojos abiertos y no parecían… ya sabe, como si estuvieran vivos.

—Sé lo que quieres decir.

—Yo, esto, iba montado en mi bicicleta y…

—Tal vez sería más fácil si empezaras por el momento en que te fuiste hoy del trabajo. ¿Cuál es tu horario? ¿Por qué volviste esta noche?

—Me marché a las cuatro, como siempre. Los lunes, miércoles y viernes tengo clases: Ingeniería Informática a las cinco de la tarde, y Programación Avanzada de Bases de Datos a las siete y cuarto. Esta acaba a las nueve menos cuarto. Luego me fui al McDonald's.

—¿Qué comiste?

—Esto, dos Big Mac y un batido de chocolate. —Reggie se dio la vuelta.

Aquel chico no era un asesino. Zack lo supo de manera instintiva. Se había aligerado de los restos de la comida de McDonald al dirigirse al edificio. La visión del cuerpo debió hacerlo vomitar. Zack se alegró de que hubiera conseguido alejarse del escenario del crimen antes de echarlo a perder.

—¿Adónde fuiste luego? ¿A casa?

—No, vine aquí. La niebla se estaba haciendo más densa por momentos, y quería terminar la copia de seguridad y volver a casa antes de que los coches ni siquiera pudieran ver mi luz. Los automovilistas no se preocupan mucho de las bicicletas que circulan por la carretera. Ya me han dado dos veces.

Zack asintió con la cabeza.

—Entiendo. —La mayoría de los automovilistas tampoco respetaban a las motocicletas.

—Bueno, el caso es que venía pedaleando por el callejón y allí estaba ella, justo en el medio. De no haber virado bruscamente, la habría golpeado. Me di la vuelta, miré y... bueno, fue entonces cuando supe que estaba muerta. Entré aquí y llamé al 911. Y ese agente vino a la puerta y lo dejé entrar. Yo... esto, la había cerrado con llave porque no sabía lo que estaba sucediendo, ¿sabe usted?

—Hiciste lo correcto, Reggie. Hoy te fuiste de aquí a las cuatro. ¿Cuándo se marcha la gente normalmente?

—Hoy es viernes, y la gente termina antes, aunque el jefe suele quedarse hasta las seis. Si quiere, lo puede comprobar; el último que se marcha pone la alarma.

—¿Estaba conectada cuando entraste?

—Sí. Puedo imprimir un informe.

Zack sabía que estaba entrando en un terreno en el que tal vez necesitara una orden judicial, pero el chico le había ofrecido los informes... Tim Paul estaba allí para dar fe de eso, así que decidió dejarle hacer.

—Fantástico, consígueme el informe.

El chico suspiró, a todas luces relajado, y sus dedos se deslizaron como una bala por el teclado. Un par de minutos después, el informé empezó a imprimirse, y Reggie giró en redondo, cogiendo la hoja de un tirón cuando salió.

Se la explicó a Zack.

—Esto indica que el empleado 109 (esto es, Marge, que es la que se sienta en esta mesa), entró y desconectó la alarma a las 7.04 de esta mañana. Y aquí… ¿ve?, el señor Swanson puso la alarma a las 16.45, pero no se marchó.

—¿Cómo lo puedes saber?

—Sólo conectó las puertas exteriores. La alarma completa se compone de sensores tanto internos como externos. Se marchó a las 18.10 y entonces puso todas las alarmas. Y este soy yo, el empleado 116, que entró a las 21.40 de esta noche.

—¿A qué se dedica la empresa? —Zack echó un vistazo en derredor sin poder ver el nombre de la empresa.

—Restaura impresoras. Las compramos baratas en grandes lotes a organismos oficiales, colegios o a quién sea; luego, las limpiamos, sustituimos los componentes rotos o desgastados y las vendemos a un mayorista.

—¿Y tu trabajo?

—Yo soy el departamento de tecnología de la información. Me aseguro de que los ordenadores funcionen, de la red, de ejecutar los informes y cosas parecidas.

Todo lo que Reggie decía tenía sentido. Sólo era el tipo desafortunado que se había topado con un cadáver.

—¿Viste a alguien? ¿A pie o en coche? ¿Viste algún vehículo tanto circulando como aparcado?

Reggie negó con la cabeza.

—Este sitió está muerto de noche. —Se puso colorado—. Esto… no quería decir algo así.

—Lo sé. —¡Maldición! El cuerpo no podía llevar allí más de un par de horas.

Había mucho trabajo que hacer. Era viernes; habría poca gente trabajando al día siguiente. Tendrían que localizar a los propietarios durante el fin de semana y ver qué podían averiguar sobre los horarios y las personas que hubieran estado trabajando después de las seis de la tarde. Sería mucho mejor interrogar a la gente al día siguiente, pero no había forma de que pudieran localizar a los cientos o así de empleados que trabajaban en esa parte del polígono industrial durante el fin de semana. Cualquier pista que pudiera tener uno de ellos estaría fría el lunes.

Aunque Swanson, el jefe de Reggie, sería el primero. Luego, seguirían por los edificios más cercanos al lugar donde fue arrojado el cuerpo.

—Gracias por tu tiempo, Reggie. Voy a tener que pedirme que te quedes por aquí un rato más. Pudiera ser que la policía científica tuviera que hacerte alguna pregunta una vez que inspeccionen la zona.

—Sí, señor.

¿Por qué todos los menores de treinta años lo llamaban señor?

—Gracias por tu ayuda.

El escenario del crimen, a unos doce metros de la puerta principal de la empresa de restauración de impresoras, brillaba en ese momento bajo la luz, y la niebla arrojaba un resplandor fantasmagórico. Los de la científica habían llegado. Zack se fijó en que Doug Cohn, el jefe de la unidad, había ido en persona.

Se acercó a Cohn mientras el especialista dirigía prioritariamente a su equipo de tres personas en la comprobación del perímetro de las luces. Cincuentón y casi completamente calvo, Cohn tenía una cara joven y un temperamento tranquilo.

—Gracias por encargarte en persona.

Cohn le quitó importancia al hecho con un encogimiento de hombros.

—Se le da mucha importancia al sueño. —Hizo una pausa—. He oído que se trata de la niña desaparecida.

—No hay una identificación positiva por el momento, pero sí, es ella. —Zack tragó saliva con dificultad. Jenny Benedict había desaparecido hacía tres días, secuestrada a última hora de la tarde del jueves mientras jugaba con sus amigos en un parque de su barrio.

Zack sabía a dónde iba a ir cuando se marchara del escenario del crimen. Era una parada que no quería hacer, pero que no podía evitar.

—¿Testigos?

—Un técnico informático casi se da literalmente de bruces con el cuerpo cuando circulaba en bicicleta.

—¿De noche?

—Realiza copias de seguridad o algo así.

—¿Qué piensas?

—¿Del testigo? No tiene nada que ver con esto. Pero lo tengo retenido ahí. Jura que no la tocó, pero pensé que tal vez deberíais verificarlo.

—Lo haré en cuanto acabe con ella. —Cohn arrugó el entrecejo mientras se ponía los guantes, se arrodillaba junto a la lona y la levantaba—. ¡Dios bendito!

Bajo la iluminación, la piel de la niña aparecía más blanca de lo que debería, y las profundas puñaladas rojas daban fe de su muerte. El ayudante de Cohn hizo unas fotos antes de que éste inspeccionara el cuerpo.

—Lleva muerta al menos doce horas, supongo que incluso más. Tal vez unas veinte. Probablemente podamos precisar más la hora a partir de la autopsia. Diría que se desangró hasta morir; parece que una de las puñaladas le alcanzó alguna cavidad del corazón. Gil podrá darte una relación exacta de las heridas. —Gil Sparks era el forense.

Cohn levantó la falda del cadáver. La niña no llevaba bragas.

—Prueba externa de agresión sexual.

Inclinó la cabeza a un lado.

—¿Qué es esto? —dijo Cohn casi para sí.

—¿El qué? —Contra su voluntad, Zack se acercó un poco más.

—Parece que le hayan cortado una parte del pelo. Sus buenos dos centímetros y medio, hasta el mismo cuero cabelludo, y con tijeras.

—¿Se llevó su pelo? —Zack sintió que se le cerraba la boca del estómago. Un enfermo hijo de puta. Y los enfermos hijos de puta no se detenían con la víctima.

—Eso parece, a menos que sus padres tengan algo más que decir al respecto. Puede que se lo cortara ella misma, o que se lo hiciera una amiga… —La voz de Cohn se fue apagando poco a poco. No se creía lo que estaba diciendo más de lo que se lo creía Zack.

—¡Mierda! —dijo Zack frotándose la cara con una mano. Estaba a punto de hacer otra pregunta, cuando Cohn farfulló:

—¿Qué es esto?

—¿El qué? —preguntó Zack agradeciendo que Cohn le hubiera cerrado los ojos a la niña. «Descanse en paz.»

—¿Ves esas marcas?

Cohn estaba señalando el antebrazo de la niña. Al principio, Zack no pudo ver nada; luego, unos cuantos puntos pequeños con la forma de unas extrañas comas se hicieron evidentes bajo la luz.

—No tengo ni idea de lo que pudo causar esas marcas —dijo Cohn—. Hablaré de ello con Gil. Hay al menos una docena de pinchazos pequeños, pero sin duda fueron hechos post mórtem. Tal vez con algo utilizado para transportarla, pero es sólo una suposición.

Al menos, era algo que podía relacionar al asesino con la víctima.

—¿Algo más que puedas decirme antes de que vaya a ver a sus padres?

—Sólo lo que estás pensando.

«Asesino en serie.» Una víctima, y Zack ya se temía lo peor. Pero fue la manera de prepararlo todo, las cuchilladas y el pelo desaparecido lo que le dijo que el asesino volvería a atacar.

—Espero que nos equivoquemos.

—No nos equivocamos.

Zack se alejó del escenario del crimen, dejando a la víctima en las manos competentes y sensibles de Doug Cohn.

La niña de nueve años Jenny Benedict había desaparecido hacía tres días, y su madre había temido que fuera obra de su ex marido. La víspera habían localizado a Paul Benedict en una planta de laminación de acero de Pennsylvania, donde trabajaba; el hombre ignoraba incluso que su hija hubiera desaparecido. Si no había respondido a las llamadas telefónicas de su esposa era porque se había retrasado en la pensión alimenticia.

Zack llamó a un psicólogo para que se reuniera con él en casa de los Benedict. Una niña había muerto. Pensó que las cosas no podían empeorar.

Se equivocó.

Tres semanas después, desapareció otra niña rubia, y Zack supo con certeza que tenía un asesino en serie entre manos.

Capítulo 3

Libertad. Por fin. El imbécil de su abogado, Miles Bledsoe, hizo realmente lo que dijo que iba a hacer, y en ese momento Brian era un hombre libre.

Brian Harrison Hall... ¡Mierda!, odiaba su segundo nombre, pero era el que los zopencos de los periodistas repetían en todos los artículos que escribían sobre él. Así como el juez en su sentencia.

«Brian Harrison Hall, ha sido encontrado culpable por un jurado integrado por sus conciudadanos y es condenado a morir en la silla eléctrica de conformidad con...» ...Alguna estúpida ley.

Pensó que jamás volvería a sentirse tan bien como a los tres meses de haber sido encerrado. Porque fue al cabo de los tres meses de entrar en la cárcel cuando el Tribunal Supremo de California declaró inconstitucional la pena de muerte. ¡A la mierda con «el castigo excepcional y cruel»! ¡Pues claro que sí! Sobre todo porque era inocente.

¡Inocente, carajo!

Pero nadie lo creyó. Todos creyeron a aquella pequeña puta, a aquella niña que dijo que lo había visto.

Y a aquel poli fascista, el que había asistido a todas las vistas para su libertad condicional y que había vuelto una y otra vez sobre cómo había «encontrado» las pruebas en su camioneta. ¡Gilipolleces! El poli no podía haber encontrado nada en su camioneta, a menos que lo pusiera él mismo allí. Brian no había matado a aquella niña.

Brian había estado en su casa cuando la niña fue asesinada. No tenía nada que ver con aquello. Y en ese momento, había quedado demostrado lo hipócritas y mentirosos de mierda que eran la puta que tanto chillaba y el poli que mintió.

Se le antojaba tan condenadamente bueno poder respirar en libertad.

Entonces, ¿por qué le latía el corazón con tanta fuerza? ¿Por qué le temblaban las manos? Estaba mareado, y eso no le gustaba ni pizca. Algo no iba bien.

—Eh, Miles, no me encuentro muy bien.

Estaban parados en el exterior de la cárcel de Folsom. Miles Bledsoed, él último de una larga lista de abogados defensores de oficio, le había estado hablando sin parar de alguna estupidez a la que Brian no había prestado atención. Se le daba bien hacer eso. Había tenido que hacer caso omiso de los estúpidos gilipollas de su galería que no paraban ni un momento de parlotear y de los putos que se follaban unos a otros en la oscuridad. Ahuyentar de la mente las gilipolleces se había convertido en una segunda naturaleza.

Miles le miró con el ceño puesto.

—Estás pálido. Pero probablemente no sea más que el alivio de verte fuera de la cárcel después de treinta y cuatro años. Te estaba diciendo que el estado te ha alquilado un piso durante seis meses. Es tiempo suficiente para que te pongas en marcha y encuentres un trabajo. El reembolso habitual por un encarcelamiento indebido es de cien dólares diarios, lo cual, según mis cálculos, hace que el monto total ascienda a poco más de un millón doscientos mil dólares. La reclamación tardará de seis a ocho meses en tramitarse, y luego la asamblea legislativa tiene que aprobarla antes de que puedan dotar los fondos.

—Habla en cristiano, colega. —Brian sacudió la cabeza intentando aclarar la incómoda sensación que se había apoderado de él. Todo era demasiado brillante, casi como si hubiera sido separado de su cuerpo y observara el cambio con su abogado. No estaba enfermo. Era… otra cosa.

—Recibirás un millón doscientos mil dólares, aunque podría llevar algún tiempo —le dijo su abogado.

—¡Hostias! —¿Un millón de dólares? Tenía la vida apañada para lo que le quedaba por vivir.

—El único problema —prosiguió Miles—, es que mentiste a la policía cuando te detuvieron, y tu camioneta...

—¿A quién le importa eso? No maté a aquella niña.

—Pero el fiscal del distrito todavía puede presentar una querella si...

—Mire, Miles, limítese a hacer su trabajo y déjeme que yo haga el mío. El fiscal no presentará ninguna denuncia, porque soy inocente. No maté a aquella niña; no he matado a nadie. ¿Dónde está mi libreta?

Miles parpadeó y le entregó el cuaderno que tenía en la mano.

Brian lo tiró al suelo.

—Mierda, Miles. Mi libreta. Mi piso.

—¡Ah! —El abogado volvió a parpadear, y a Brian le entraron ganas de inflarlo a hostias. No lo hizo, claro; Miles era su pasaporte para un millón de pavos.

Un millón de pavos le arreglarían la vida para siempre y le ayudarían a encontrar a la puta que lo había metido allí.

Y al poli.

Y a aquel viejo fiscal de mierda que lo había mirado con tanto desprecio en la sala del tribunal. «Este hombre secuestró y asesinó a una niña.» Gilipolleces. Él no quería saber nada de niños. Sólo los enfermos y asquerosos pervertidos obtenían placer con los niños.

Reparación. Un millón de dólares contribuían en buena medida a la reparación.

Pero, sin saber bien por qué, no le parecieron suficiente resarcimiento por treinta y cuatro años de su vida.

LA PRUEBA DEL ADN PONE EN LIBERTAD A UN ASESINO CONVICTO
Brian Harrison Hall se enfrentó en su día a la pena capital; ahora es declarado inocente.

Increíble. Harry estaba fuera de la cárcel.

Leyó el artículo dos veces para asegurarse de que la información era correcta. A decir verdad, de entrada siempre le había sorprendido que Harry hubiera sido condenado. En el mejor de los casos, las pruebas habían sido circunstanciales. Pero Harry —siendo un zopenco estúpido como era— había mentido a la policía. El fanfarrón se lo tenía merecido. A sus cincuenta y cinco años, pocas veces había conocido a un fanfarrón tan gilipollas y burro como Brian Harry Hall.

—Eh, tío, ven conmigo a Bay Area y mojaremos. —Por «mojar» había querido decir que encontrarían a un par de tías que se hicieran cargo de un par de de veteranos de Vietnam; que los consolaran y les hicieran todas las mamadas que se les antojaran.

Harry no comprendía en absoluto a las mujeres. Igual que no había entendido la disciplina. Ni la limpieza. Ni el orden.

Pero Harry tenía un trabajo a la vista y le había prometido colocarlo. Así que se había reunido con él en California.

Dobló el periódico por los pliegues con pulcritud y lo colocó en la esquina de la mesita con superficie de cristal de la cabaña que había alquilado en la isla de Vashon un año antes. No necesitó mirar el reloj para saber que era hora de marcharse. El sol había alcanzado su cenit sobre el estrecho, una visión fastuosa e intensa de la que nunca se cansaba.

Podría jubilarse allí.

Pero no lo haría. Establecerse sería una idiotez; moverse era la única manera de borrar realmente sus huellas.

Y no tardaría en volver a moverse.

Por el momento, tenía un trabajo que hacer.

La cabaña no tenía lavavajillas, pero no le importaba. Limpió cuidadosamente la jarra del café, el plato, los cubiertos y la única sartén en la que se había preparado el beicon y los huevos. Lo secó todo a conciencia y colocó cada cosa en su sitio. Dobló el trapo de cocina mojado y lo colgó con precisión en la rejilla que había colocado en la pared contigua al fregadero. Colocó la silla en su sitio con precisión, sacudió cuidadodsemente las migas de pan depositadas en el mantel en la bolsa de la basura; luego introdujo la bolsa, que sólo estaba llena hasta una cuarta parte de su capacidad, en el cubo que había junto al lateral de la casa.

La mera idea de dejar la basura todo el día pudriéndose dentro de su casa lo ponía enfermo.

Otro rápido vistazo al periódico lo llevó a pensar de nuevo en Harry mientras cerraba con llave la puerta de la cabaña y se dirigía a su trabajo en el restaurante de la playa.

Robar la camioneta de Harry aquella lejana noche había sido un acto espontáneo. No había sabido con exactitud qué es lo que estaba haciendo, sólo tenía una idea vaga. Entonces, «la» vio y lo supo. Ella le había sido enviada para sustituir a su ángel perdido. Trazó un plan a toda velocidad, y casi había salido perfecto. Arrugó el entrecejo al pensar en la pequeña mocosa valerosa que había intentado detenerlo. Luego, había devuelto la camioneta antes siquiera de que Harry advirtiera su ausencia.

Lo que no había esperado es que la policía encontrara la camioneta, aunque tal descubrimiento acabó siendo una bendición del cielo.

Había extraído muchas y muy importantes lecciones después de que Harry hubiera sido condenado a muerte.

Sé cuidadoso; no dejes ninguna prueba de ti en ninguna parte.

Desplázate constantemente. Sé paciente. No te precipites. Deja que las dulces expectativas aumenten, pero contrólalas; no permitas que la necesidad te controle. Sé más listo que la pasma. Aprende a escoger el momento de continuar.

Todo era una cuestión de disciplina. Algo que él había aprendido bien.

Pero una equivocación engorrosa había amargado un día por lo demás delicioso. Harry había sido liberado a causa de la prueba del ADN, lo cual significaba que las autoridades tenían «su» ADN.

En lo sucesivo, tendría que ser doblemente cuidadoso.

Capítulo *4*

Olivia cogió el papel cuando la impresora láser lo arrojó a la bandeja y lo leyó atentamente buscando la información; su corazón latió desbocado al adquirir solidez su teoría.

Los patrones.

El asesino de Missy había abandonado Redwood City tras la muerte de ésta, a causa, probablemente, de que Brian Hall había sido detenido y se iba a comer el marrón por la muerte de Missy. Dejó de actuar durante un par de años, antes de resurgir en Nueva York, donde había secuestrado y asesinado a cuatro niñas rubias en los alrededores de Albany, tras lo cual desapareció.

Luego, dos en Lawrence, Kansas. Un conocido delincuente sexual había sido detenido, juzgado y condenado, y en ese momento esperaba en el corredor de la muerte para pagar por aquellos asesinatos. Pero Olivia estaba segura al noventa y nueve por ciento de que el hombre era inocente de aquellos crímenes en concreto.

Cuatro niñas más asesinadas en Atlanta.

Cuatro en Nashville.

La lista continuaba. Los crímenes se habían cometido con intervalos de años, pero Olivia había descubierto veintinueve asesinatos en treinta y cuatro años que encajaban en el mismo patrón.

Niñas rubias con edades comprendidas entre los nueve y los doce años.

Agredidas sexualmente. Desposeídas de sus bragas.

Arrojadas boca abajo en un lugar relativamente público, generalmente un área de servicio de alguna carretera poco concurrida o en un polígono industrial de noche.

Los informes a los que había tenido acceso eran escasos. Ojalá pudiera ver los informes de las autopsias y las notas de laboratorio, pero la mayoría no estaban informatizados. Cuando más antiguos eran los crímenes, de menos información disponía. Pero el rasgo común clave, el factor que había convencido a Olivia de haber encontrado el nexo, era el mechón de pelo arrancado. El asesino se había estado llevando «recuerdos» de sus víctimas, una parte de ellas que pudiera ver o tocar para revivir sus crímenes.

—¿Qué haces?

Olivía pegó un respingo y se llevó la mano al pecho.

—¡Greg! Me has asustado.

—Estabas demasiado enfrascada en tus pensamientos. Tanto, que te has perdido la reunión de mandos.

Olivia miró el reloj. ¿Ya era mediodía? ¿Cómo era posible que se le pasara el tiempo de esa manera?

—Lo siento, estaba trabajando en... —Se mordió el carrillo. Era incapaz de inventar una mentira convincente, sobre todo a bote pronto.

Greg frunció el entrecejo y le quitó el documento que tenía en la mano. El ceño se acentuó cuando abrió la carpeta que Olivia tenía sobre la mesa y se percató de lo que había estado haciendo durante las dos últimas semanas.

—Puedo explicarlo —empezó Olivia, aunque no tenía idea de qué iba a decir.

—No tienes que explicármelo, Olivia. Entiendo que necesites averiguar quién mató a tu hermana. Pero ¿por qué no empezaste por contármelo?

—No lo sé. Es algo personal. —Más que personal; sentía la culpa como un peso muerto sobre los hombros. Su testimonio contra Brian Hall había permitido que un asesino diabólico quedara libre.

—¿Personal? —Greg se sentó enfrente de ella y se pasó las manos por el pelo—. Estuvimos casados tres años, hemos sido amigos durante diez más, ¿y no podías compartir esto conmigo?

Herir a Greg era lo último que deseaba.

—Al principio, sólo estudié el caso de Missy. Las pruebas, los informes del ADN, los interrogatorios. Pensé... bueno, no sé lo que pensé, excepto que quizá podía encontrar algo que pudiera meter de nuevo en la cárcel a Brian Hall. —Se rió, y su risa sonó triste y vacía. Prosiguió.

—Entonces, se me ocurrió una posibilidad. ¿Y si Hall había tenido un cómplice? Nunca hubo el menor indicio de que actuara con alguien, pero él no es tan inteligente... y si hubiera tenido un cómplice, lo más probable es que lo hubiera acusado para librarse de la pena de muerte. Pero ¿y si tuviera un compinche al que estuviera protegiendo por algún motivo? Sabemos que no secuestró a Missy, pero eso no significa que no estuviera implicado de una u otra forma. Pero entonces pensé: ¿Y si Hall es realmente inocente?

—Así que empezaste a investigar crímenes similares —dijo Greg sosteniendo el papel que le había quitado de las manos.

—Sí. Y, vaya, las cosas empezaron a tener cara y ojos. Cuando no tengo el apoyo concluyente de la ciencia me tambaleo, pero ahora... Creo realmente que he dado con algo. ¿Querrás echarle un vistazo y decirme si tengo suficiente para acudir a Rick?

Rick Stockton era el jefe de ambos, el director de los Servicios de Laboratorio del FBI. Y también era un amigo, y Olivia no tenía ningún reparo en sacar tajada de tal amistad, si eso significaba encontrar al asesino de Missy.

Greg cogió la carpeta, y Olivia suspiró aliviada. Se descubrió retorciéndose las manos, intentando no mirarlo fijamente mientras Greg leía los documentos que ella había reunido.

—No lo entiendo; en Kansas y Kentucky se condenó a alguien por los asesinatos. En Kansas, el tipo era un conocido delincuente sexual. No veo donde encajan ellos en tu patrón.

—En el pelo —dijo Olivia—. Mira los informes de las autopsias.

—Eso ya lo he visto, pero...

—Por separado, no significan nada —le interrumpió Olivia anticipándose a las objeciones de Greg—, pero asociadas a todas las demás semejanzas, mi teoría tiene lógica. Ese tipo ha matado a más de dos docenas de niñas. Es capaz de esperar años entre agresión y agresión, aunque mata a dos, tres o cuatro niñas en un período breve de tiempo antes de abandonar la zona. ¿Por qué? No lo sé. Tal vez quede satisfecho durante una temporada; demuestra tener un control y una disciplina excelente. O puede que la policía se le acerque demasiado para que se encuentre cómodo. O en algunos casos, detienen a otro hombre y nuestro tipo se marcha tranquilamente. Como en el caso de Hall.

—Entiendo tu planteamiento. —Greg se quedó mirando el techo de hito en hito, como si estuviera leyendo en las baldosas, pero su expresión le resultó familiar a Olivia. El entusiasmo se apoderó de ella... Greg estaba considerando seriamente su teoría; la estaba estudiando desde todos los ángulos. Ella contuvo la respiración. Tener a Greg de su parte la ayudaría con Rick; Greg y Rick no sólo eran amigos, sino que Greg era también el director adjunto del CODIS, uno de los mayores departamentos del laboratorio del FBI, y era una figura muy respetada en el edificio.

Finalmente, la miró.

—¿Qué puede hacer Rick?

Olivia le entregó un informe.

—En Seattle, han muerto dos niñas que encajan con el perfil, y una ha sido descubierta justo esta mañana. Tenemos que conseguir que la oficina de Seattle tome parte; hacer que la policía local tenga acceso a nuestra información. Y elaborar el perfil de ese tipo: es disciplinado, metódico y paciente. ¿Pero qué más? ¿En qué trabaja? ¿Y su vida familiar? Si somos capaces de seguirle los pasos desde Redwood City, hace treinta y cuatro años, hasta ahora, podremos descubrir su identidad y detenerlo antes de que muera otra niña.

—Todo esto es circunstancial, Olivia —empezó Greg.

—Pero...

Él levantó la mano.

—Pero le transmitiré lo que dices a Rick. Coincido en que merece la pena seguir adelante.

—Olivia, Greg, pasad.

Rick Stockton miró su lujoso reloj, abrió la puerta de par en par y les hizo un gesto para que entraran.

—Tengo una comida de trabajo dentro de veinte minutos, pero puedo retrasarme un poco.

—Gracias. —Olivia miro hacia Greg, que asintió con la cabeza. Era una ayuda tenerlo de su parte, por más que no estuviera completamente convencido.

Rick cerró la puerta tras ellos, se dirigió a su mesa y, en lugar de sentarse a ella, se sentó en la esquina. Sonrió abiertamente, y la calidez hizo que sus ojos relucieran. Rick Stockton era la comidilla de la mayoría de las mujeres del edificio: apuesto, atractivo e inteligente. Olivia no participaba de las habladurías —tenía cosas más importantes que hacer que comerse con los ojos a los hombres—, pero tenía que admitir que sus colegas femeninas tenían razón acerca del atractivo sexual de Rick.

—Sentaos —les dijo Rick, y Olivia obedeció agarrando la carpeta como si fuera un salvavidas. Greg permaneció detrás de ella, con las manos apoyadas en el respaldo de su silla—. ¿Qué puedo hacer por vosotros?

Olivia se mordió el interior del carrillo. Ella y Greg habían hablado de la manera de enfocar el asunto ante Rick, pero todos sus mejores planes desaparecieron, y dijo:

—Creo que el asesino de mi hermana está en Seattle en este preciso momento. Ha habido dos crímenes iguales en las tres últimas semanas.

La ceja izquierda de Rick se levantó cuando miró hacia Greg, pero esa fue su única reacción.

—¿Y cómo has llegado a esa conclusión?

—He rastreado las pruebas. Las pocas que hay —admitió Olivia—. Cuando Brian Harrison Hall fue puesto en libertad hace dos semanas, en mi tiempo libre empecé a buscar crímenes similares cometidos en todo el país. Encontré un total de veintinueve asesinatos en diez estados, incluido el de Missy. Creo que ella pudo ser la primera.

Rick frunció el entrecejo.

—¿En diez estados? ¿Y nadie se dio cuenta de la existencia de un patrón?

—El sujeto es sorprendentemente paciente entre agresión y agresión; en uno de los casos llegó a dejar transcurrir hasta seis años. Elige una comunidad, por lo general alguna zona residencial de una gran ciudad, y asesina hasta cuatro niñas rubias antes de desaparecer. La única vez que mata menos de cuatro veces, es cuando alguien es detenido por el delito. —Olivia se interrumpió y le entregó la carpeta—. Todo está aquí.

Rick cogió la carpeta y hojeó el interior.

—Has sido concienzuda. Pero, ¿qué pasa con las pruebas ordinarias? ¿Y el ADN? ¿Y las declaraciones de los testigos?

—En dos de los casos hubo un testigo que mencionó que el secuestrador tenía un tatuaje. En Nashville y, más recientemente, en Seattle. En ninguno de los casos se introdujo el ADN en el CODIS, salvo los nuevos resultados del laboratorio de California sobre el caso de Missy. Pero confiaba en que pudiéramos ofrecer ayuda para los casos archivados más antiguos.

—¿Con qué fin?

Olivia parpadeó más deprisa.

—Para detener al asesino, claro.

Rick hojeó el expediente en silencio.

—Aquí tienes tres casos en los que se produjo una condena. Detuvieron al asesino.

—Creo que fueron condenados por equivocación. La liberación de Hall lo demuestra en ese caso.

—¿Y quieres que llame a los fiscales del distrito de esos estados y les diga que han metido en la cárcel a un hombre inocente? Uno de esos tipos está en el corredor de la muerte. —Rick sacudió la cabeza—. Me imagino los titulares. Ya tenemos bastante mala fama con las policías locales, como para no necesitar criticar el funcionamiento de sus sistemas penales.

—Nunca pensé que fueras de los que se arredran ante una dificultad. —Olivia se mordió el labio; no se podía creer que hubiera dicho eso—. N-no quería decir… Lo siento.

La mirada de Rick brilló primero a causa de la ira, y luego de la compasión.

—Olivia, sé que la puesta en libertad de Hall ha sido algo difícil para ti.

—Esto no tienen nada que ver con Hall.

—¿Ah, no? —Rick levantó la carpeta—. Reunir esto te ha debido de llevar cientos de horas. Has encontrado un par de cabos interesantes, pero son circunstanciales, y estos casos son antiguos. Llevamos un retraso considerable de trabajo, y estoy seguro de que las autoridades locales no querrán escarbar en los casos archivados. No tenemos jurisdicción y no tenemos autoridad para meternos y hacernos cargo. No hay nada que podamos hacer al respecto.

—¡Sí, sí que podemos! —adujo Olivia—. Puedes llamar al jefe de la oficina de Seattle y hacer que se haga cargo del caso. O que trabaje con los detectives locales. —Confió en no parecer tan desesperada como se sentía.

—¿De Seattle?

Ella asintió con la cabeza. Rick estaba interesado; podía percibirlo. Olivia se echó hacia delante en la silla.

—Han asesinado a dos niñas allí. Hace tres semanas a Jennifer Benedict, y esta mañana han encontrado el cuerpo de Michelle Davidson. Fue la niña Benedict la que me indicó que se trata del mismo asesino. Un testigo identificó un tatuaje en el brazo de su secuestrador.

»Llevamos dos niñas —prosiguió—. Si sigue su patrón, matará a dos más antes de cambiar de residencia. Es nuestra oportunidad para atraparlo.

—Olivia. —Rick se levantó, caminó hasta detrás de la mesa y miró a través de la ventana—. Me gustaría ayudarte a que olvidaras lo del asesino de tu hermana, pero esta no es la manera. No puedo decirle a Seattle que se haga cargo de una investigación local. En estos momentos tenemos un despliegue tan escaso, que apenas podemos ocuparnos de nuestros casos urgentes.

—¡Pero es el mismo tipo!

Rick se volvió hacia ella con una expresión socarrona en el rostro.

—Me doy cuenta de que estás siendo muy vehemente con esto,

pero en esta carpeta no hay ninguna prueba concluyente. Aunque la información superficial vincula los crímenes y podría resultar útil cuando la policía encuentre un sospechoso, no hay nada que apunte a un individuo concreto. Lo que hay aquí no llega ni a circunstancial. Tienes mi permiso para controlar lo que suceda en Seattle; si encuentran a un sospechoso, me pondré en contacto con la oficina local y les daré lo que tenemos. Pero, ahora mismo, no disponemos ni del tiempo ni del dinero para reactivar casos archivados.

—Pero si utilizamos nuestros recursos para analizar las pruebas, para examinar las fibras de las alfombrillas... mira aquí. —Olivia se levantó y con las manos temblándole volteó la carpeta y la abrió por el medio—. En casi todas las víctimas se encontraron fibras de alfombrillas de diferentes camionetas. Creo que las roba, o quizá trabaje en un sitio donde tiene acceso a diferentes vehículos. No tuve tiempo de ocuparme de los informes sobre los robos de coches, y dado que no están introducidos en una base de datos federal, no tengo acceso directo. Pero puedo hacer un informe para que las autoridades locales comparen los informes de los robos con los vehículos utilizados por el asesino, y entonces podemos...

—Para.

Olivia parpadeó. La voz de Rick era tranquila, pero autoritaria.

Se acercó hasta ella y le cogió la mano. Olivia seguía temblando; reprimió el impulso de apartarse.

—Por favor, Rick —dijo Olivia—. Sé que aquí hay algo a poco que profundicemos.

—No podemos hacer nada hasta que las autoridades locales nos pidan que intervengamos.

—Pero...

Rick le apretó la mano.

—Tu búsqueda es un buen comienzo, pero no nos aporta nada para encontrar a ese tipo. Lo siento, pero carecemos de los recursos para una investigación de esta magnitud sin que se nos pida. Así de simple. —Hizo una pausa—. Te necesito aquí, en mi equipo, trabajando para unas víctimas que son tan importantes como esas dos pobres niñas de Seattle. Sabes que me importan. En un mundo perfecto tendríamos el dinero y el personal suficiente para continuar con todas las investigaciones, archivadas o no. Pero no tenemos el tiempo, los recursos ni el personal para tratar de resolver esto. Déjaselo a Seattle; si nos necesitan, si nos quieren, ya lo pedirán.

Olivia bajó la mirada, temerosa de encontrarse con la de Rick. Había dicho no.

—Lo entiendo. —Y profesionalmente lo entendía. Pero su corazón la instaba a hacer algo, lo que fuera, para encontrar a aquel sujeto.

—Gracias por oírnos —dijo Greg—. Te lo agradezco.

—Mantendré las orejas bien abiertas. Si oigo algo procedente de Seattle, haré lo imposible por ayudarlos —dijo Rick—. Pero hasta entonces... —Levantó las manos.

—Lo comprendo —repitió Olivia levantándose—. Gracias.

—Olivia, ¿quieres cogerte un pequeño permiso? Una semana, irte de vacaciones. Hace años que no coges vacaciones.

—Acabo de volver de Montana.

—Asististe a la boda de tus amigos camino de la vista de la condicional de Hall hace meses. No me parece que eso sean unas vacaciones.

—No puedo. Tengo que trabajar. —Trabajar la ayudaba a concentrarse en la búsqueda de la justicia haciendo lo que podía por las víctimas de los crímenes. O al menos así solía ser; en ese momento, no estaba segura. No podía dejar de pensar en lo de las dos niñas de Seattle. Había seguido los dos casos por la prensa; había visto sus fotos. Olivía las había mirado a los ojos.

—Gracias de nuevo, Rick —dijo Greg mientras salían.

Estaban en plena hora de la comida, y el edificio se encontraba en silencio. Olivia cerró la puerta de su despacho y se derrumbó en el sillón, enterrando la cara en sus brazos.

¿Cómo podía vivir consigo misma? El asesino de Missy había deambulado con entera libertad durante treinta y cuatro años porque Olivia había ayudado a condenar al hombre equivocado. En ese momento, había encontrado las pruebas que relacionaban veintinueve asesinatos —¡veintinueve!— y no podía hacer nada al respecto.

El asesino de Missy estaba en Seattle. Estaba tan segura de eso como de que el sol saldría al día siguiente... y de que él volvería a matar.

¿Qué podía hacer para detenerlo? Ella no era agente de campo, al menos ya no. Era una científica. Necesitaba más información; hablar con el detective de Seattle que llevara el caso y averiguar si había alguna muestra de ADN. Tenía que acelerar el análisis; averiguar cómo y cuando el asesino robaba las camionetas, de manera que pudieran centrarse en los robos de automóviles y tal vez atraparlo por ese medio.

No podía hacer nada más desde su mesa a casi cinco mil kilómetros de distancia del escenario del crimen.

—Olivia, ¿estarás bien?

Greg estaba parado en la entrada. No se encontraba nada bien, pero no podía decírselo.

—Estaré bien.

«Vacaciones.»

Y la idea creció en su cerebro. No era lo ideal, pero sí lo único en lo que pudo pensar que tal vez funcionara.

Pero necesitaba que Greg la ayudara.

—Greg, quiero ir a Seattle.

—¿Qué?

Olivia levantó la mano con la palma hacia afuera.

—Escúchame, por favor.

Greg se sentó en la silla del otro lado de la mesa y cruzó los brazos en silencio con una expresión indescifrable en el rostro.

—Muy bien. —Olivia respiró profundamente—. Tú estás de acuerdo en que la información que he reunido es consistente, ¿no es así?

Él se encogió de hombros.

—Prometedora.

—Greg, por favor.

—Son unas buenas pruebas circunstanciales, pero sin reabrir esos casos, no podemos obtener la información que necesitamos.

—Exacto. Eso lo entiendo. Y sin esa información, no podremos reabrir los casos.

—Es la pescadilla que se muerde la cola.

—Pero si voy a Seattle, con mi experiencia, mis posibilidades de acceso y mis informes, puedo ayudar a centrar la investigación. No sé qué están haciendo (todo lo correcto para seguir el rastro a un asesino convencional), pero para cuando ellos se enteren de la conexión, el asesino ya se habrá ido. Necesitan tener una visión general, y yo puedo proporcionarles esa ventaja.

—Rick ha dicho que te mantuvieras al margen de esto.

—Lo sé, pero…

—Olivia. —Greg se quitó las gafas y se frotó los ojos.

—Extraoficialmente. Me cogeré una semana de vacaciones. Iré a Seattle y ofreceré mi ayuda… extraoficialmente —repitió—, y partiremos de allí.

—No les hará ninguna gracias. La mayoría de los polis locales preferirían beber ácido antes que llamar a los federales. Se reirán de ti en cuantos salgas de la comisaría de policía.

—No subestimes mi capacidad para convencerlos.

Greg arrugó el entrecejo y se volvió a colocar las gafas.

—No, cuando pones tu cabeza en algo, generalmente ganas.

—Esto no es un juego.

—Lo sé.

—¿Y bien?

Greg suspiró, y Olivia supo que lo había derrotado, al menos un poco.

—¿Qué quieres que haga?

—Que seas mi jefe.

—¿Tu jefe?

—Llama por adelantado a Seattle y diles que voy de camino.

—No comprendo… ¡Ah, no! —Greg se levantó y empezó a dar vueltas—. No, no permitiré que arriesgues tu empleo por seguir una teoría. Ya no eres agente; renunciaste a ello hace nueve años para trabajar aquí. Y yo tampoco soy agente, así que no puedo asignarte a un caso. No.

—Esto es importante, Greg. Puede que no sea un agente, pero sé cómo hacer el trabajo y, lo que es más importante, conozco las pruebas. Conozco este caso mejor que nadie.

Olivia se acercó a Greg y apoyó la mano en el brazo de él con una mirada de súplica en los ojos.

—Por favor, Greg. Tendré cuidado. Pero tengo que hacer todo lo que pueda para parar a ese asesino. Por favor.

Greg se quedó mirando de hito en hito la mano de Olivia. Ella misma se había sorprendido con su gesto; no le gustaba tocar a la gente. Ese había sido uno de los aspectos dolorosos del matrimonio de ambos. Con frecuencia, Olivia había pegado un respingo cuando Greg alargaba la mano para tocarla.

Ella lo quería en muchos aspectos. Era un hombre inteligente, muy inteligente. Y era un hombre atractivo, con pelo castaño claro veteado de gris y ojos azules inteligentes. Físicamente estaba en forma, aunque era casi diez años mayor que ella. Compartían la pasión por la ciencia y la fe en los hechos. Los dos eran adictos al trabajo, a ambos les entusiasmaba resolver problemas y las largas jornadas de trabajo. Su mutuo amor por la ciencia había mantenido intacto el matrimonio durante un tiempo.

Pero Greg quería más de ella de lo que Olivia podía darle.

De entrada, ¿qué la había movido a casarse con él? Esto era algo que Olivia se preguntaba a menudo. Greg era una garantía. Nunca se entrometía, nunca la cuestionaba, nunca ponía en entredicho sus extravagantes costumbres.

Pero ella aborrecía renunciar a su espacio privado; no le gustaba compartir una casa con alguien. El sexo había estado bien, pero no pudo entregarse completamente a él. No sólo su cuerpo, sino su mente. Sus sueños.

Y sus pesadillas.

Cuando Greg le había dicho que quería tener hijos, Olivia no quiso ni hablar del asunto. ¿Cómo podía ella traer otro ser humano a un mundo tan violento? ¿Cómo podría siquiera confiar en proteger a su hijo del mal?

Nunca correría ese riesgo. Jamás pariría a ningún precioso niño que pudiera morir con total facilidad de una muerte brutal y dolorosa.

Dejó caer la mano y se alejó. Había pensado que convencería a Greg de que la ayudara, pero quizás estuviera realmente sola.

—Muy bien —susurró Greg—. ¿Qué es exactamente lo que quieres que haga?

El corazón de Olivia se puso a latir a una velocidad de vértigo. La iba a ayudar.

—Llama al jefe de policía de Seattle y dile que tienes a alguien familiarizado con el caso que está dispuesto a ir allí extraoficialmente con cierta información que podría ayudarlos a atrapar al asesino —dijo Olivia con rapidez, antes de que él pudiera cambiar de idea—. Es posible que duden, pero aceptarán la ayuda; también tienen problemas de plantilla. Si llega a saberse que el FBI les ofreció ayuda y la rechazaron, se les culparía del siguiente asesinato.

Greg no ocultó la expresión de sorpresa de su cara.

—Eso es bastante… maquiavélico —dijo.

—Estoy dispuesta a hacer lo que sea necesario para detener a este asesino.

Greg se quitó las gafas y se frotó los ojos. Suspirando, se las volvió a poner y dijo:

—Lo haré. Pero no hagas que me arrepienta de ello.

Capítulo 5

Zack Travis colgó el auricular del teléfono de su mesa con tanta violencia que rompió el micrófono. Se quedó mirando fijamente el trozo de plástico y parpadeó. ¿Por qué permitía que Vince Kirby le sacara de quicio?

Sabía el porqué, aunque no le gustaba pensar en ello.

Levantó la vista y vio a un par de tíos que lo miraban fijamente.

—Kirby —dijo Zack, y varias cabezas cabecearon en señal de entendimiento. Lanzó un suspiro silencioso de alivio por no tener que dar más explicaciones. Sí, todos odiaban al periodista que había descrito al departamento como incompetente y demasiado bien pagado (bueno, eso sí que era un buen chiste). Pero las razones de Zack eran más personales que las derivadas de la animosidad de los periódicos hacia el Departamento de Policía de Seattle.

Maldito Kirby. El mero hecho de hablar con él le traía recuerdos encontrados. Furia y una profunda tristeza. Porque cada vez que hablaba con Kirby, Zack se acordaba de su hermana muerta. El haberle informado de aquel caso iba a abrir viejas heridas, pero Zack estaba decidido a no dejar que Kirby le sacara de quicio más de lo que ya lo hacía.

—¿Qué está tramando? —preguntó Boyd sacándole de golpe de sus pensamientos.

Zack retiró el plástico roto de su abarrotado escritorio y lo tiró a la papelera.

—Kirby sigue adelante con la maldita teoría del asesino en serie.

—Bueno. —Boyd arrugó el entrecejo y bajó la vista hacia el lápiz que estaba haciendo girar entre los dedos.

—¿Qué?

—Puede que tenga razón —dijo Boyd.

—¡Mierda!, ya sé que tiene razón, pero lo último que necesitamos son piquetes de madres ante la comisaría o que un pervertido copión empiece a secuestrar niñas en la calle. Con un asesino retorcido es suficiente.

Dos niñas secuestradas, violadas y muertas a puñaladas. Una tenía nueve años, y la otra, once. Las dos tenían el pelo rubio. Las dos estaban jugando con sus amigos y se habían alejado un poco del grupo. Ojalá pudiera imaginárselas vivas, jugando y riendo. Por el contrario, sólo podía imaginárselas bajo el bisturí del forense.

La primera, Jenny Benedict, estaba en un parque con sus amigos del barrio. En un momento dado, fue a buscar agua a la fuente, y dos niñas la vieron alejarse de buen grado con «cierto tipo».

Cuando Zack se enteró de que al padre sólo se le había concedido un régimen de visitas vigiladas a su hija a causa de una amarga y prolongada batalla judicial por la custodia, deseó que el hombre fuera culpable. Lo intentó todo para arrancarle una confesión, pero en definitiva, Paul Benedict no era un asesino. Era un padre transido de pena, todo lo aniquilado por la noticia del asesinato de su hija que podía estar un hombre inocente. Quizá más.

«Debería haber estado allí. Protegiéndola.» Las palabras de Benedict perseguían a Zack; se aproximaban demasiado al sentimiento que tenía Zack por la muerte de su hermana Amy.

«Debería haber estado allí.»

¿Pero qué podía haber hecho él? Amy no era una niña pequeña, y con absoluta seguridad que no hubiera querido saber nada relacionado con su hermano, el poli.

La segunda niña, Michelle Davidson, montaba en bicicleta cuando adelantó a sus amigos en la carrera por ver quién llegaba primero a casa. Su bicicleta fue encontrada en el patio del vecino de al lado. Ella apareció muerta tres días después.

Eso había ocurrido a primeras horas de la mañana del día anterior, hacía unas treinta y seis horas. Y ya tenía a toda la prensa encima de él. No les importaba el sufrimiento de los padres; ni que él no hubiera dormido más de cuatro horas cada noche desde que la primera víctima fuera asesinada tres semanas atrás; ni que la tarde de la víspera Zack se hubiera pasado dos horas asistiendo a la autopsia de alguien demasiado joven para morir.

—¿Has cotejado el modus operandi del asesino en el ordenador? —le preguntó Zack a Boyd. Lo único bueno del joven novato era su habilidad con todo lo que tuviera que ver con la electrónica, en particular los ordenadores. A Zack le habría costado innumerables horas incorporar la información con su anticuado sistema, para luego, probablemente, tener que rehacerlo todo por culpa de los errores. Pero Boyd era de la generación siguiente. Era un mago de aquella condenada cosa y había asumido aquel aspecto del trabajo.

Boyd asintió con la cabeza.

—He impreso el informe. Hay varios casos sin resolver. Hace siete años, en Austin, Texas, fueron secuestradas cuatro niñas rubias en un período de seis meses. Ni sospechosos ni testigos. Los cuerpos fueron abandonados de la misma manera.

—Completamente vestidas, sin bragas y el pelo cortado —dijo entre dientes Zack.

—Hace diez años, en Nashville, cuatro niñas fueron asesinadas de una manera que coincide con el modus operandi. Un testigo ocular proporcionó una descripción, pero no condujo a ninguna parte.

—¿La tienes?

—Nashville la está desenterrando; me dijeron que me la enviarían por fax al final del día. Pero no hay información suficiente para un retrato robot.

—Al menos es algo. —¡Y un cuerno era algo! Zack consultó su reloj. Ya eran las cinco; era imposible que Nashville les enviara algo esa noche—. ¿Qué hay del tatuaje?

El secuestrador de Jenny Benedict tenía una especie de tatuaje en el brazo izquierdo. Las dos niñas que vieron marcharse a Jenny no pudieron precisar de qué se trataba, pero un tatuaje era mejor que nada.

—El testigo de Nashville también mencionó un tatuaje, pero no se lo describe en el expediente. Les pedí que lo comprobaran.

—¿Dos casos?

—Dijiste que me remontara a diez años atrás. Eso fue todo lo que encontré.

Su instinto le gritaba a Zack que aquel tipo había dejado una estela mucho mayor que ocho niñas muertas antes de golpear en Seattle. Era condenadamente escurridizo; tenía que tener práctica. Y puesto que Zack sospechaba que llevaba en eso mucho tiempo, tal vez el asesino hubiera dejado algo más de sí mismo en los inicios de su orgía criminal.

Los asesinos en serie se esforzaban en perfeccionar sus crímenes. Hacían presa en los humanos por el placer enfermizo que eso les proporcionaba. Aunque a menudo tenían un aspecto normal, y un comportamiento normal —incluso eran encantadores, como Ted Bundy, o atractivos, como Paul Bernardo— bajo la superficie no sentían ningún remordimiento ni se identificaban afectivamente con sus iguales humanos. Eran astutos, y se esforzaban continuamente por cometer el crimen perfecto.

En ese mismo momento, Zack no tenía mucho con lo que poder trabajar. Las pruebas indiciarias que habían reunido en los dos escenarios del crimen todavía estaban siendo analizadas. Lo mejor que tenían en este punto eran las fibras de alfombrilla recogidas en las ropas de las víctimas. Por desgracia, las muestras eran de dos vehículos diferentes, lo que para Zack carecía de sentido. Uno era un Ford Expedition último modelo, y el otro un Dodge Ram, también último modelo. Dos camionetas muy populares, que podían pertenecer a cualquiera de los miles de hombres sólo en Seattle. Esa mañana habían revisado los registros de las matriculaciones de ambos vehículos. En ese momento, estaban cotejando manualmente las listas para ver si alguna de las direcciones tenía registrados los dos tipos de vehículos. Zack no confiaba en obtener resultados hasta el día siguiente. Se había sentido frustrado porque con toda la tecnología de la que disponían, y la capacidad para revisar los registros de matriculaciones de manera instantánea, fuera imposible realizar un cotejo debido a que «el programa no trabajaba de esa manera», según le habían dicho. ¿Qué sentido tenía la tecnología, si no podía hacer lo que él necesitaba?

Esa mañana, el forense había enviado una muestra de ADN al laboratorio estatal. Aunque Doug Cohn había pedido al laboratorio que se dieran prisa con el análisis, éste todavía podría tardar semanas, cuando no meses. Una vez terminado, Cohn introduciría la información en el registro nacional de ADN, el CODIS, y comprobaría si había alguna coincidencia. Por desgracia, con la escasez presupuestaria imperante en todo el país, las fuerzas del orden introducían ante todo la información genética sólo de los casos abiertos. Diez años atrás, esta no era una práctica común, y veinte años antes... mejor olvidarlo. Todos los casos archivados tenían que introducirse manualmente, y a menos que hubiera presupuesto para ello, el trabajo se hacía al azar, si es que se hacía.

Pero el ADN sólo servía si había un sospechoso con el que asociarlo. Zack confiaba en que cualquiera que fuera el que Doug Cohn conservara del cuerpo de Michelle Davidson coincidiera con el de un agresor registrado, aunque no esperaba ningún milagro.

Además estaban las extrañas marcas halladas en los antebrazos de las víctimas. Tanto Jenny como Michelle tenían doce pequeños punciones casi uniformes realizadas con una especie de objeto extremadamente estrecho y afilado. Podría tratarse de un cuchillo con la punta muy fina, como un escalpelo. Las marcas no habían sido realizadas con el mismo cuchillo que las mató, pero el forense aseguraba que eran intencionadas.

—¿Crees que...? —empezó a decir Boyd antes de que lo interrumpiera el bramido del jefe Princeton.

Princeton no era realmente su nombre, pero se pavoneaba ante las mujeres como si fuera un regalo del cielo, provisto nada menos que con una maestría obtenida en alguna de las mejores universidades del país. Una noche, ya tarde, Zack había estado bebiendo con un puñado de gente en un bar que había en la misma calle de la comisaría. De madrugada, el jefe había estado politiqueando con el alcalde, y les habían oído hablar sobre sus respectivas universidades. Zack no sabía a quién se le había ocurrido el apodo de Princeton para el jefe Lance Pierson, pero el alias había tomado carta de naturaleza.

Durante los dos años que el jefe Princeton llevaba en el cargo Zack había aprendido a respetarlo. Al jefe se le daba muy bien el compadraje con los políticos, algo que había que hacer y que Zack aborrecía, y Princeton apoyaba a los chicos de uniforme al ciento diez por ciento. Eso contaba mucho para Zack, aunque el jefe soliera fingir que sus años de universidad y algún que otro premio académico lo hacían más inteligente que sus hombres. Habían conseguido una buena relación de trabajo, y cuando el jefe se enteró del apodo, se lo tomó a broma.

—Detective Travis. A mi despacho —ordeno Pierson.

Boyd se levantó de un brinco al oír la llamada del jefe.

—Sí, señor —dijo.

—Siéntese, Boyd —dijo Pierson—. Esto es solo para el oficial de adiestramiento.

—Ve corriendo al laboratorio a ver si tienen algo que decir sobre las camionetas —le dijo Travis a Boyd. Zack hubiera preferido hacerlo él mismo.

Zack atravesó las filas de escritorios.

—¿Qué sucede?

—Ha venido alguien a quien tiene que conocer —dijo Pierson.

—No me irá a convocar a otro besamanos con el alcalde. —El jefe no cejaba en su empeño de que Zack se dedicara al politiqueo.

—Se trata de su caso de homicidio.

Aunque Zack tenía cuatros casos de homicidio activos en su lista, sólo uno absorbía su atención en ese momento.

—¿Qué? —A Zack no le gustaba que lo cogieran por sorpresa.

—Alguien que tal vez pueda ser de ayuda.

Pierson no le diría nada más, y Zack lo siguió a su despacho, curioso, pero aprensivo.

A través de la cristalera Zack vio a una delgada belleza de pelo dorado sentada en la silla del otro lado de la mesa de Pierson. El perfil era clásico y elegante, tenía unas facciones perfectamente esculpidas y unos labios rojos y cautivadores. El detective parpadeó cuando se dio cuenta de que la mujer sólo llevaba puesto brillo de labios y no carmín; o si era carmín, era del color más natural que él hubiera visto nunca. Y había visto muchos colores. Demonios, había besado muchos labios.

A medida que los hombres se aproximaban a la puerta, la mujer se volvió completamente para ponerse frente a ellos, como si no le gustara dar la espalda a nadie. «Una poli.» Zack lo sabía bien; él tampoco se sentaba jamás de espaldas a las puertas.

Pero aquella tía menuda vestía demasiado bien para ser una poli, e iba ataviada nada menos que con un traje sastre gris claro de aspecto caro y una blusa de seda azul. ¿Y eran perlas lo que lucía alrededor del cuello? No se parecía en nada a las tontitas llamativas y concupiscentes con las que el jefe Princeton se citaba. Demasiado clásica. Y parecía inteligente.

Pierson entró en el despacho sonriendo con solemnidad a la mujer; Zack se apoyó contra la jamba de la puerta, no queriendo entrar hasta que supiera que era lo que se estaba cociendo.

—Agente St. Martin, me gustaría que conociera al detective encargado del caso en el que está interesada. El detective Zack Travis es, con toda sinceridad, nuestro mejor policía. Sin duda, podrá ayudarla.

Zack oyó vagamente el cumplido. Se había enfurecido nada más oír la primera palabra: agente.

—¿De qué va esto? —preguntó Zack con los dientes apretados—. ¿Trae a los federales sin hablar conmigo?

No tenía nada personal contra el FBI; pero en todos los casos en los que había trabajado en los que intervinieron los federales, éstos habían causado más problemas que lo que valía su presencia. Eso, por no hablar de que se apropiaban de las pruebas, de que mantenían a los policías locales en la más absoluta oscuridad y de que, por lo general, se comportaban como si fueran superiores.

—Detective —dijo Pierson en un tono que hizo que Zack prestara atención. Los dos hombres se miraron fijamente a los ojos, y Zack supo que su jefe no había propiciado aquella situación. Eso le hizo sentirse un poquito mejor, pero si los federales revoloteaban alrededor de su comisaría, es que algo se estaba cociendo.

Pierson continuó:

—La agente St. Martin está aquí a causa de la similitud de su caso con uno que ella investigó, y cree que su información puede ayudarnos a encontrar al asesino. Hablé ayer con su jefe, y me aseguró de que no iban a enviar a nadie de manera oficial. Después de oír la información que tenían, acepté que enviaran a alguien extraoficialmente.

—¿Ayer? —repitió Zack. ¿Por qué su jefe no le había puesto en antecedentes?

—No es necesario que le recuerde la gravedad del asunto —prosiguió Pierson ignorando o no cayendo en la cuenta de la pregunta implícita de Zack—. Acepté la oferta del FBI, pero usted seguirá teniendo el control absoluto sobre la investigación. La agente St. Martin está aquí simplemente para ayudar. Considérela como... —se interrumpió, ya visiblemente incómodo— compañera.

Aquello no le sentó bien a Zack, pero quería conseguir toda la información que pudiera ayudarlo a encontrar al bastardo que había asesinado a aquellas dos niñas. Sin embargo, ¿podía confiar en que aquella federal estuviera a la altura de las circunstancias?

—Ya sabe cómo actúan, jefe. Al empezar, son todo obsequiosidad y falsas promesas de compartir la información, y luego... ¡zas! Se sacan un conejo de la chistera en el último minuto y descubrimos que se han estado guardando sus cartas todo el rato. Nosotros hacemos el trabajo, cogemos a los chicos malos y ellos se llevan el mérito por apenas cooperar. —Ya le había sucedido dos veces a lo largo de su carrera, una de de ellas con unos resultados casi fatales. No iba a permitir que ocurriera de nuevo.

—No creo que debiera importar quién se lleve el mérito mientras se haga justicia —dijo la agente St. Martin con una voz tan suave como un güisqui escocés de veinte años.

Zack le echó una mirada, y la frialdad y serenidad de la mujer hizo que se sintiera un exaltado. De niño le había costado mucho controlar su temperamento, sobre todo cuando alguien era objeto de una injusticia. «Zack», le solía decir su abuela, «tu apasionada defensa de aquellos que no pueden hacerlo por sí mimos es admirable, y te llevará lejos, siempre que en el camino no te conviertas en un matón.»

Se esforzaba al máximo en controlar su carácter, al que tenía domeñado las más de las veces, pero esa noche le venía a las mientes el mal sabor de boca que le dejaron los federales la última vez que habían trabajado juntos.

Estaba a punto de explicar su comentario, cuanto la mujer dijo:

—Todo lo que tengo le pertenece, detective.

La mujer arqueó las cejas y lo miró fijamente a los ojos con las manos cruzadas en el regazo en un claro intento de que apartara la vista. Casi desafiándolo, retándolo...

Zack apartó la mirada, sorprendido de que una mujer tan menuda tuviera el arrojo de intentar que apartara la vista. Y, sin embargo, lo había hecho. La primera reacción de Zack fue volver la cabeza sintiendo un indeseado arrebato de admiración.

—Muy bien —dijo Zack—. Pero —continuó, mirando primero a Pierson y luego a la agente St. Martin—, si averiguo que actúa con doblez, que se guarda pruebas o que engaña en general al departamento, se acabó lo que se daba.

—No actúo con ninguna doblez, detective —dijo la agente St. Martin.

Olivia supo que pisaba un terreno movedizo. Si el detective Travis presionaba a fondo, acabaría descubriendo la verdad. Y la amenaza de ser descubierta la aterrorizaba, pero también le daba el coraje para mantenerse fuerte, y se armó de valor mentalmente para un enfrentamiento.

Travis la miró de hito en hito, y sus ojos oscuros captaron todos los detalles de su aspecto en un acto de valoración que rozó la grosería. Ella venció el impulso de erguir la columna. El detective le recordaba a un jugador de fútbol americano, un tipo que hacía ejercicio y al que le gustaba hacerlo. Olivia se sintió aun más pequeña de lo que le permitía su diminuto metro sesenta y cinco escaso. Sin duda, estar sentada no ayudaba.

Pero Olivia no se dejaría intimidar.

—Siempre y cuando nos entendamos, agente St. Martin —dijo Zack—. ¿Lista para compartir? —El detective hizo un amplio gesto con el brazo hacia la puerta.

Olivia exhaló un suspiro contenido; lentamente, para que ni el jefe Pierson ni el detective Travis pudieran advertir su alivio.

—Absolutamente —dijo Olivia mientras se levantaba sujetando su maletín. Se despidió del jefe con la cabeza y siguió al detective fuera del despacho.

—Tengo una de las salas de reuniones dedicada al caso —dijo Travis—. Vayamos allí.

—No he venido a causar problemas —dijo Olivia con la necesidad perentoria de que el detective la aceptara.

—Estoy seguro de que no.

Sarcástico.

—¿No le gusta el FBI, verdad?

—En el pasado, mis relaciones con sus agentes no han sido nunca lo que uno llamaría positivas.

Olivia frunció el ceño. Conocía algunas historias de desacuerdo entre las policías locales y el FBI, pero ella estaba un tanto distanciada de la investigación. Todas las personas con los que trabajaba parecían gente amistosa. A decir verdad, su experiencia estaba a menudo en un laboratorio criminal a miles de kilómetros de distancia, aunque pensaba que ella le habría sacado provecho a las hostilidades.

El detective Travis la condujo por un laberinto de mesas. Una docena de hombres y mujeres los observaron al pasar; sus miradas escrutadores hicieron que se sintiera cada vez más nerviosa mientras atravesaba el espacio generosamente iluminado. Decidida a que ninguna de aquellas personas le afectara, mantuvo la expresión del rostro impasible. Ya estaba jugando un juego peligroso; arriesgar su carrera era sólo el principio. Pero saldría airosa; tenía que hacerlo.

Encontraría al asesino de Missy y se lo haría pagar. Se haría justicia… o moriría en el intento.

Tal pensamiento no la asustó… y eso la preocupó. Debería de estar asustada, aterrorizada por el asesino que —por culpa de ella— había secuestrado y asesinado a no menos de veintinueve niñas en treinta y cuatro años. Treinta contando la muerte de Michelle Davidson.

Pero había llegado hasta allí, y ya no había vuelta atrás.

Zack se detuvo de repente y se metió en una sala de reuniones cerrando la puerta tras ellos.

—Siéntese. Tenemos mucho trabajo que hacer.

Olivia dejó el maletín en el suelo y se sentó en una silla.

—Dije que compartiría todo lo que tengo. No me parece justo que me juzgue sin darme siquiera la oportunidad de demostrar que no tengo otra finalidad que la de atrapar a ese asesino. —Un cosquilleo de culpabilidad revoloteó por su columna vertebral; aunque no tuviera relación con el caso, le estaba ocultando información al detective Travis.

Zack sacó una silla, se sentó con fuerza y se acercó un montón de expedientes. Miró fijamente a la mujer dando la impresión de estar sopesando las palabras de ésta. Su examen hizo que Olivia se sintiera incómoda, pero se mantuvo firme. Zack Travis era la clase de poli que la calaría de inmediato a poco que ella se planteara bajar la guardia.

—Me alegra que podamos llegar a un acuerdo —dijo finalmente él, sin responder directamente a su comentario—. Nuestro departamento desea encontrar a ese tipo tan desesperadamente como su agencia.

Olivia asintió con la cabeza. «No, no lo desean tanto. Nadie quiere atrapar a ese tipo más que yo.»

Zack advirtió la extraña expresión que cruzó el rostro de la agente St. Martin, algo que reconoció pero que no pudo identificar. Olivia irguió la espalda, lo cual no hizo mucho por su estatura media. Era una mujer menuda y esbelta, con la figura de un reloj de arena bajo un traje caro.

Mientras la miraba fijamente, Olivia apretó la mandíbula. Casi echó de menos morderse el interior del carrillo, y durante un instante fugaz pareció angustiada. Pero el detective parpadeó, y fuera lo que fuese lo que creyera haber visto desapareció, y la mujer simplemente le pareció alguien acostumbrada a mandar.

—¿Tiene nombre de pila o debo limitarme a llamarla superagente? —dijo Zack.

A Zack le gusto la manera que tuvo ella de irritarse; habría sido divertido provocarla, si no tuvieran un asunto tan grave ante ellos.

—Olivia —respondió.

—La gente la llama Liv, ¿no es así?

Olivia se encogió de hombros.

—Algunos.

Zack hizo un gesto con la mano hacia los tablones de los asesinatos colocados contra la pared opuesta. Había observado que la agente los había recorrido rápidamente con la mirada, a todas luces impaciente por empezar.

—¿Qué sabe de mis casos?

Olivia se metió el pelo detrás de la oreja, pero se le volvió a caer hacia delante casi de inmediato.

—Al principio, leí los artículos de la prensa, y luego hice que me enviaran los informes del laboratorio para poder repasar las pruebas. Pero lo único que tengo es lo del asesinato de Benedict. No he tenido tiempo de revisar el expediente de Davidson. Doy por sentado que se trata del mismo asesino, ¿verdad?

—Sí.

—¿Sin ninguna duda?

—No para mí. El director del laboratorio criminal lleva el caso personalmente. Doug Cohn. El está de acuerdo: el mismo cuchillo, el mismo modus operandi y... —hizo una pausa antes de decir—: ¿Sabe lo del pelo, verdad?

—El asesino corta un trozo de unos dos centímetros de diámetro del cabello de la víctima.

Zack asintió con la cabeza.

—¿Alguna diferencia entre los dos casos?

Zack sacudió la cabeza.

—Nada sustancial. Jenny tenía nueve años; Michelle, once. Jenny era hija única y sus padres están divorciados; Michelle tenía dos hermanos y los padres siguen casados. Las dos fueron secuestradas por la tarde, asesinadas dentro de las cuarenta y ocho horas siguientes y sus cuerpos fueron arrojados en zonas poco concurridas, y descubiertos poco antes de las veinticuatro horas.

—Aunque alguien encontró el cuerpo de Jenny Benedict enseguida —dijo Olivia—. Su informe dice que posiblemente antes de las dos horas, ¿no?

—Localizamos a todos los empleados que trabajan en ese polígono industrial. El propietario de Electrónica Swanson y Clark se marchó poco después de las seis de la tarde del viernes de hace tres semanas. Jura que pasó justo al lado del sitio dónde fue encontrado el cadáver de la niña y que éste no estaba allí. El último empleado en marcharse —Zack consultó sus notas— fue Ann Wells. Trabaja en un almacén de suministro de pinturas industriales al final del callejón. No vio ni oyó nada fuera de lo normal; su marido la recogió a las siete de la tarde.

—Y su testigo llegó a las 21.30, ¿verdad? —observó Olivia.

Zack asintió con la cabeza.

—El sol se puso oficialmente a las 18.57, pero probablemente no oscureciera del todo hasta después de las 21.30. Me imagino que, a modo de precaución añadida, el asesino esperó a que la oscuridad fuera total para arrojar el cuerpo.

—¿Está considerando un intervalo de dos horas?

—Lo que creo es que el asesino no esperaba que alguien descubriera el cuerpo hasta el sábado por la mañana como muy pronto, y posiblemente que tal cosa no ocurriera hasta el lunes. Ninguna de las empresas abre durante el fin de semana.

—Leí algo acerca del tatuaje. —El corazón de Olivia se aceleró. Eso era de lo que realmente quería oír hablar, pero no deseaba mostrarse demasiado ansiosa al respecto—. ¿Ningún detalle?

—Una de las niñas que vio a Jenny alejarse con el asesino vio un tatuaje. Fue una impresión vaga, y no nos dio nada más. Mi compañero está investigando crímenes parecidos. Hasta el momento hemos localizado dos, cuatro niñas muertas en Austin, Texas, y cuatro en Nashville, Tennessee. Estamos esperando los informes de Nashville. —Zack la miró fijamente y se retrepó en la silla—. ¿Trabaja en alguno de esos casos?

Era evidente que era el turno de que ella compartiera su información.

Olivia abrió el maletín y sacó la gruesa carpeta que contenía la información que había reunido.

—Por desgracia, creo que el hombre que estamos buscando ha asesinado a treinta niñas, incluyendo a Michelle Davidson.

—¿Treinta? ¿Y nadie ha caído en la cuenta de que tenemos a un asesino en serie de ámbito nacional? —Zack pareció tan furioso como realmente se sentía.

—Es un tipo prudente, metódico y paciente. Deja pasar años de inactividad entre los asesinatos. En tres de los casos (California, Kansas y Kentucky) se detuvo y se juzgó a otras personas por los crímenes. No hay un patrón claramente definido, y dado que entre un asesinato y el siguiente transcurren semanas antes de que se detenga, los casos se enfrían rápidamente. —Olivia le pasó una copia de su expediente por la mesa.

—¿Cómo relacionó estos casos con el mío?

—Como le dije, en California fue condenado alguien por un delito del que creo que es responsable su asesino de Seattle. El modus operandi es parecido. El hombre condenado acaba de ser puesto en libertad gracias a una prueba de ADN. Fue condenado sobre la base de pruebas circunstanciales, pero que convencieron al juez y al jurado. Pero él no secuestró a Meli… a la víctima.

—Pudo haber estado involucrado.

—Es posible. Ya he pensado en eso, pero el fiscal dijo que, dado el tiempo transcurrido, las pruebas eran demasiado endebles para garantizar una condena. Y con toda esa propaganda sobre los errores judiciales a nivel nacional… Bueno, creo sencillamente que no quiso arriesgarse a llevar adelante un caso difícil. —Había hablado del tema con Hamilton Craig a raíz de la puesta de libertad de Hall dos semanas antes. El fiscal estaba dispuesto a volver a juzgar a Hall, pero no creía que pudieran ganar. No había ninguna prueba que sugiriese que hubiera dos personas involucradas. Eso no quería decir que no lo estuvieran, sino que sería complicado demostrarlo. ¿Y treinta y cuatro años después? Virtualmente imposible.

—¿Y usted que cree? ¿Piensa que mi asesino actuó con otro?

Lo que Zack le estaba pidiendo era una opinión que cualquier otro policía, o agente del FBI, le podía dar. Ella no lo sabía.

—No tengo ninguna prueba que sugiera tal extremo…

—¿Qué es lo que piensa usted? ¿Qué es lo que le dice su instinto? ¿O es que a ustedes, los del FBI, no les permiten escuchar a su instinto?

¿Instinto? Olivia no sabía cómo escuchar a su instinto; ella necesitaba tener los hechos delante. Números, estadísticas, probabilidades… Podía comparar hilos microscópicos y decir con absoluta seguridad si coincidían o no. ¿Pero su pálpito acerca de si el asesino de Missy tenía un cómplice? Aquél era un territorio desconocido y potencialmente peligroso, y una zona en cuya exploración no se encontraba cómoda.

—Bueno —dijo tratando de ganar tiempo.

—Usted tiene una opinión. Escúpala. No se lo restregaré, si está equivocada.

Olivia tragó saliva y se metió el pelo detrás de la oreja.

—De acuerdo, creo que el asesino trabaja solo. Su delito es demasiado personal, demasiado íntimo para compartirlo con otra persona. Pero… el asesinato de California parece ser el primero de los que ha cometido, y puede que todavía estuviera puliendo su estilo de matar. Las pruebas fundamentales que condenaron a Hall se encontraron en su camioneta; las pruebas halladas en la camioneta demostraron que la víctima había estado allí. —Olivia se interrumpió cuando se dio cuenta de que había pronunciado el nombre de Hall en voz alta. No tenía intención de hacerlo y retomó a toda prisa su línea de razonamiento confiando que Zack no hubiera reparado en su desliz—. ¿Es posible que llevara en coche al asesino? ¿Tal vez le prestó la camioneta? Pero no soy capaz de comprender por qué razón alguien iba a guardar silencio e ir a prisión por proteger a otro.

—Estoy de acuerdo.

Olivia se sorprendió.

—¿De verdad?

—Los crímenes son demasiado personales; no me lo imagino con un cómplice. Aunque puede que al principio recibiera ayuda. —Zack se encogió de hombros—. No lo sabremos hasta que lo encontremos.

—¿Tienen alguna muestra de ADN o algo parecido? —preguntó Olivia.

—Tenemos una extraída del cuerpo de Michelle Davidson, pero parece que es pequeña. —Zack sacudió la cabeza—. No estoy muy versado en las pruebas de ADN, así que eso se lo dejo a Cohn. Es bueno. Pero todavía tardaremos semanas en conseguir algo. Cohn está intentando presionar al laboratorio criminal del estado para que se den prisa con la prueba, pero primero tienen que realizar las pruebas ordenadas por los jueces. —Se pasó la mano por la oscura barba de dos días y luego se frotó el cuello.

—Yo... —¿Cómo podría conseguir ella esa muestra sin que Zack pensara que se estaba apoderando del caso? Tenía que actuar con cuidado—. ¿Sabe?, tal vez podría acelerar el análisis de la muestra en el laboratorio del FBI.

Zack la miró con expresión perdida, y sólo el tic de su cuello advirtió a Olivia de que sospechaba de sus motivaciones.

—¿Y? —dijo induciéndola a seguir.

—Allí contamos con el equipamiento más avanzado, y se puede decir que conozco al director adjunto del CODIS. Le dará prioridad, si se lo pido.

—¿Ah, sí?

Olivia tuvo la sensación de estar sentada en la silla eléctrica.

—Es mi ex marido.

—¿Su ex marido trabaja en el laboratorio? —Zack sonrió burlonamente—. Carajo, yo sería incapaz de conseguir que mi ex esposa me hiciera un favor.

Su humor hizo que Olivia se relajara un poco.

—Bueno, él sí que lo hará por mí. Nos separamos amistosamente.

—No es fácil conservar un matrimonio con un trabajo como el nuestro —dijo Zack, casi para sí.

Olivia volvió a sentir la punzada de culpabilidad. En su caso no había sido el trabajo, pero conocía a bastante agentes y policías para saber que las relaciones no eran fáciles para ellos. Por irónico que resultara, el trabajo había sido lo único que los había unido a ella y a Greg y que mantenía su amistad.

—De acuerdo —dijo Zack levantándose de golpe—. Si podemos conseguir más deprisa las respuestas utilizando a su ex, nada que objetar por mi parte. Bajemos al laboratorio, y usted y Cohn podrán hablar de todas esas cuestiones técnicas. Probablemente habrá adquirido un montón de conocimientos por estar casada con unos de esos tipos de laboratorio.

No sabes de la misa la media, pensó Olivia.

Capítulo 6

Brian bajó con paso firme los tres tramos de escaleras hasta el callejón donde estaba aparcada su destartalada camioneta. Mientras su abogado no pudiera conseguir parte del dinero del maldito gobierno, estaba más pegado que un sello. Cualquiera pensaría que podían haberle entregado un cheque nada más salir por la puerta; era inocente, él les había dicho que era inocente, y nadie le había creído porque aquel estúpido poli de mierda había mentido sobre las pruebas. Pruebas colocadas para inculparlo. ¿No era eso lo que le había ocurrido a O. J. Simpson? Los polis habían colocado las pruebas para acusarlo.

Por supuesto que Brian no creía ni por un momento que O. J. no hubiera apiolado a su esposa, pero ellos, los polis, lo jodieron como lo jodían todo, de manera que probablemente colocaron las pruebas contra O. J. para quedar como Dios, igual que habían colocado las pruebas en su camioneta.

Abrió de un tirón la delgada puerta de la pequeña ranchera añorando su gran Dogde, pero se la habían requisado «como prueba». ¡Mierda!, eso no era justo. A esas alturas sería un clásico, y valdría su dinero.

Le costó tres intentos mientras pisaba el embrague y daba gas conseguir que la tartana oxidada arrancara. Había querido ver a su madre y demostrarle que estaba bien, pero que muy bien, mejor que nunca. Quería ir a casa, y comer comida de verdad, y dormir en una cama de verdad y no volver a ver nunca más una cucaracha.

Había llamado a su madre desde la cárcel la semana anterior, la noche antes de que lo pusieran en libertad.

—Mama, soy yo, Brian.

Ella no había dicho nada durante casi un minuto, y Brian pensó que le habían cortado la comunicación, una especie de broma de los comemierdas de los guardianes.

—Brian —había dicho finalmente su madre con voz apática y gastada, infeliz.

La ira y un extraño dolor le hicieron un nudo en la garganta a Brian. Había tragado saliva con dificultad antes de decir:

—Mami, voy a salir. Yo no lo hice.

Otra larga pausa.

—No entiendo lo que me dices. ¿Dónde estás?

—Sigo en Folsom, pero mañana van a dejar que me vaya a casa. Tienen nuevas pruebas que demuestran que no maté a nadie.

—¿A casa? ¿Vas a venir a casa?

Había parecido asustada. ¿Es que no había oído lo que acababa de decirle? ¿Que era inocente? ¿Que aquellos imbéciles policías de mierda habían cometido un error?

—Sí. Soy i-no-cen-te —dijo silabeando para darle mayor énfasis—. Ya te lo he dicho antes.

Había sido doloroso que su madre no lo hubiera ido a visitar; eso le había hecho sufrir. Lo cierto es que no sabía qué era lo que pensaba su madre, ni siquiera que aspecto tenía de anciana, ni que tal llevaba la muerte de su padre.

A Brian le había sorprendido lo mucho que todo eso le molestaba.

—Yo… Brian, no sé qué decir.

—Di que puedo ir a casa.

—No lo sé. No lo sé.

La mano de Brian se había cerrado con tanta fuerza alrededor del auricular que los nudillos se le pusieron blancos. «¡Puta imbécil! ¡Te he dicho que yo no lo hice!»

Se había visto invadido por un sentimiento de culpa que le resultaba familiar y se odió por pensar aquellas cosas de su madre. ¡Mierda, aquello no estaba bien! Y tenía que demostrárselo.

—Mamá, no pasa nada. —Había respirado profundamente—. El tribunal me ha conseguido un piso y me proporciona un poco de dinero, y dado que fui encarcelado por error me van a dar más de un millón de dólares. Así que te llamaré la semana que viene; así tendrás un poco más de tiempo.

—Gracias, Brian. Nunca dejé de rezar por ti. Ni un día. Espero que ahora que sales de la cárcel, hagas algo bueno con tu vida.

—Claro, mamá. —Brian había colgado temiendo que pudiera empezar a gritarla. «¿Algo bueno con su vida?» ¿Qué es lo que pensaba ella que había hecho, matar a alguien? No había asesinado a aquella niña, jamás mataría a un niño. Y lo del tipo del patio... ¡carajo!, aquello había sido un accidente. Y el Vietcong había sido el enemigo. Él no había asesinado a nadie, a sangre fría, quería decir. No era justo, había sido una injusticia de mierda que lo hubieran metido en la cárcel durante treinta y cuatro años porque aquellos estúpidos polis jodieran la investigación.

¡Una injusticia de mierda!

Brian se limpió el sudor de la frente mientras un viento caliente soplaba por las ventanillas abiertas de su lamentable camioneta. No era exactamente el tiempo que hacía; era aquella extraña sensación que no le abandonaba desde que había salido de la cárcel convertido en hombre libre. Se sentía como fuera de su cuerpo, desorientado. Desde su salida de la cárcel había estado viendo la televisión sin descanso. Había cogido casi la mitad del magro estipendio que le habían dado en la cárcel —alrededor de mil quinientos dólares y un piso gratis se suponía que tenían que durarle tres meses, hasta que llegara el millón de pavos— y se había comprado una estupenda televisión de treinta y seis pulgadas. No es que en la cárcel hubiera estado viviendo aislado del mundo; había visto las noticias y algunos programas y películas estúpidas y cosas parecidas, pero hasta entonces no se había percatado de cuánto lo había echado de menos.

Su madre vivía en Menlo Park, un antiguo barrio de clase media situado en la península de San Francisco. Estaba a sólo diez minutos de su piso de mierda en los barrios bajos de Redwood City, donde era el único chico blanco del edificio. Pero no podía ir a ningún sitio hasta que consiguiera el dinero del gobierno.

¡Que vida tan jodida!

Cuando entró en el barrio de su madre, la desesperación ya se había adueñado completamente de su persona. Para empezar, no había caído en la cuenta de lo mucho que había crecido la zona en los últimos treinta años. Casi le había dado un infarto en la autovía de circunvalación por la millonada de coches y grandes camiones que circulaban por ella. ¡Cojones!, ¿dónde vivía toda aquella gente? La península que conectaba San Francisco con San José no era tan grande.

Muchas de las casas del barrio de su madre eran grandes y opulentas y estaban bien conservadas. Vaya estilo, pensó Brian. Algunas eran pequeñas casas convertidas en grandes mansiones mediante construcciones añadidas; aquel no era el barrio de clase media del que él había salido para marcharse a Vietnam. Aquella gente tenía dinero.

Los árboles eran más grandes… y mucho más altos. Pero las calles tenían un ligero aire de familiaridad, y seguía estando el parque donde él había jugado de niño.

Las lágrimas le escocieron en los ojos, y se pellizcó el puente de la nariz. ¿Cómo había llegado a joderse todo de aquella manera? Acostumbraba caminar en esa misma calle con los muchachos, Pete y Barry, y Tom. Pegando patadas a las piedras y parloteando sin parar; tallando la madera como le había enseñado su padre. ¿Dónde estaban los muchachos en ese momento? Pete había ido a Vietnam, como él, pero Barry y Tom, no, al menos que él supiera. Barry tenía cerebro; se había ido a alguna universidad grande. Probablemente habría hecho mucho dinero, y se habría casado, y tendría hijos, y hecho todas aquella cosas en las que no habían pensado siendo niños, pero que imaginaban alcanzarían tarde o temprano.

¿Y Tom? Carajo, por lo que Brian sabía, bien podría haber acabado en la cárcel. Siempre había mostrado aquella inclinación, como la vez que había robado en la heladería Old Man Duncan, en El Camino Real; o cuando le birló el bolso a Debbie Palmer y descubrió que llevaba píldoras anticonceptivas en el monedero. ¿Debbie Palmer no era virgen? Tom había devuelto el bolso sin que ella se enterase, menos cinco pavos, e intentó ligársela. A la noche siguiente, después de un partido de béisbol, Tom la metió en la parte de atrás de la ranchera de su padre y se pusieron a ello, dale que te pego, como conejos.

Brian detuvo la camioneta delante de la casa de su madre; la tartana petardeó antes de apagarse. Brian se quedó mirando la casa pequeña y pulcra de una planta. La misma, aunque distinta.

La misma casa de una planta cubierta de guijarros rojos, aunque recién pintada. El porche seguía teniendo un columpio, aunque no era el que Brian recordaba; éste era de madera y había tenido un cojín de flores rojas y blancas. El camino estaba flanqueado de flores. Petunias, las favoritas de su madre.

—Crecen como la mala hierba, pero están tan llenas de color que no puedo evitar que me encanten —le había dicho muchas veces cuando las plantaba al primer atisbo de la primavera.

¿Qué hacía plantando petunias a esas alturas? Tenía ochenta años; no debería arrodillarse sobre la tierra.

Como ocurría con tantas otras casas del vecindario, el garaje estaba detrás de la vivienda. Sin embargo, en el camino de acceso descansaba un Honda nuevo. Brian no recordaba ni una sola vez en que su madre no metiera el coche en el garaje. Confió en que estuviera bien.

La echaba de menos.

Salió de la camioneta y recorrió lentamente el camino enladrillo estirándose sus flamantes pantalones Dockers. Veinticuatro pavos. No se podía creer que unos estúpidos pantalones costaran tanto; y la camisa la había conseguido a mitad de precio ¡y aun así le había costado quince dólares! Pero quería tener buen aspecto para su madre.

La puerta se abrió antes de que llamara con los nudillos. No era mamá.

¿Era el tío Glen? Se parecía a él. La cabeza cubierta con una buena mata de pelo gris claro, ojos azules llorosos y una nariz chata, demasiado grande para estar en la cara flacucha del aquel tipo pequeño.

Brian entrecerró los ojos. No podía ser el tío Glen, el hermano de su madre; a esas alturas sería un anciano. ¿Y no le escribió mamá hacía años diciéndole que la había diñado?

—¿Toby? —Brian volvió a entrecerrar los ojos y la boca se le abrió de golpe. Su primo Toby parecía tan viejo. Pero era seis años más joven que Brian, y...

... Y es que el viejo era él; tenía cincuenta y cuatro años. Era un cincuentón de mierda.

Su vida se había esfumado. Acabada. Robada.

—Brian. —Toby no hizo ademán de abrir la mosquitera de seguridad. ¿Cuándo la había instalado mamá?

—¿Qué haces aquí? —No era su intención parecer que estaba tan a la defensiva. Antaño le caía bien su primo pequeño. Pero de eso hacía tres décadas, antes de que todo se hubiera ido a la mierda.

—La tía Vi me llamó y me dijo que te habían puesto en libertad. Vine a ayudar.

—¿Ayudar a qué?

Toby se encogió de hombros.

—Déjame entrar. Quiero ver a mi madre.

—No iras a causar problemas, ¿verdad, Brian?

Brian se empezó a sulfurar, y le entraron ganas de quitar de un guantazo aquella expresión de severo santurrón de la asquerosa cara de Toby.

—No —dijo refrenando su ira—. Me han puesto en libertad. Mi condena ha sido anulada. Yo no lo hice. Siempre dije que no lo había hecho; y ahora hay pruebas.

Toby asintió con la cabeza.

—Sí, eso es lo que me dijo tía Vi que le habías dicho. Me pidió que lo comprobara.

Su propia madre no le creía; no se creía que le hubieran declarado inocente. No creía en su palabra... y había enviado al asqueroso de su primo para que hiciera averiguaciones sobre él.

Pero mayor que el dolor de que su madre estuviera convencida de su culpabilidad, fue la furia que le produjo el que, para empezar, su madre se hubiera sometido a aquella farsa.

¡No había matado a aquella niña! El mentón le tembló mientras controlaba su furia.

—Así que sabes que dije la verdad. —Le resultó casi imposible hablar. Le entraron ganas de aporrear la idiota y estúpida expresión de regodeo de Toby. ¡Maldito gilipollas, que entraba en su casa y ponía a su propia madre en contra de él!

Toby asintió a medias con la cabeza.

—Hasta cierto punto. Pero aun así pudiste haber estado involucrado.

—¡Qué coño dices!

Toby se estremeció, y Brian oyó una exclamación procedente de algún lugar del salón, detrás de Toby. Su madre. ¡Hostias! Se pasó una mano por la cara y recuperó el control.

—Tu madre tiene ochenta años, Brian. No está bien del corazón. Si te dejo entrar, tienes que prometerme que no la alterarás. O tendré que hacer que te detengan.

A Brian le entraron ganas de irse y no volver a mirar atrás. Todos aquellos años en la cárcel por un delito que no había cometido, y ahora su propia madre no se creía que no tuviera nada que ver con ello.

Pero la echaba de menos. Tenía que verla; era lo único que le quedaba.

Bajó la mirada debatiéndose, pero arrepentido.

—De acuerdo.

Toby abrió la mosquitera, y Brian dio un paso adentro con indecisión. Cuando sus ojos se acostumbraron a la penumbra interior, no pudo por menos que advertir que todo había cambiado. Aunque la casa en sí, no, los muebles eran nuevos y más modernos. De piel. Pero el reloj del abuelo seguía estando en el comedor. No podía verlo, pero oyó su acompasado tic-tac, un sonido íntimamente familiar que lo tranquilizó mientras se recordó escuchándolo de niño cuando no podía dormir.

Tic, tac, tic, tac, tic, tac. Lento y reconfortante.

Más tranquilo, trató de encontrar a su madre.

Estaba sentaba en una butaca reclinable; junto a ella había un andador. Parecía tan… pequeña; tan vieja; tan marchita. Tres décadas envejecen a cualquiera, y el Padre Tiempo cogía a una mujer de mediana edad y la convertía en una anciana. Su pelo, que había llevado teñido de rubio hasta donde Brian podía recordar, era ya blanco como la nieve. Estaba flaca y arrugada. Su madre aborrecía las arrugas y siempre había utilizado todo tipo de lociones y potingues contra el sol para prevenirlas.

Brian supuso que no habían dado resultado.

Pero sus ojos… eran azules y límpidos. No había perdido la razón. Cuando volvió aquella mirada penetrante hacia Brian, ése sintió su desaprobación y su tristeza. Deseó dejarse caer de rodillas y suplicarle que le perdonara.

Sin embargo, él no había hecho nada por lo que tuviera que ser perdonado. ¡Era inocente!

—Mamá. —Su voz no sonó bien. Se aclaró la garganta—. Mamá, cuanto me alegro de verte.

La anciana asintió lentamente con la cabeza mirándolo de arriba abajo, y los ojos se le llenaron de lágrimas. A Brian se le hizo un nudo en la garganta, y se le empañaron los ojos. Su madre levantó los brazos.

—Brian.

Dando un traspiés, cayó de rodillas entre los brazos esqueléticos de su madre.

—Mamá, lo siento. Lo siento mucho. Nunca quise hacerte daño… nunca hice nada para herirte.

—Lo sé, hijo.

Brian empezó a sollozar en el regazo de su madre queriendo borrar los años y luchar por su vida; deseando no haberse presentado voluntario para ir a Vietnam, y al mismo tiempo, deseando no haber dejado nunca el ejército.

Había querido ser un héroe; como lo había sido papá.

Ya no era nada.

Capítulo 7

Doug Cohn no era una persona fácil, pese a lo cual Zack observó cómo la agente St. Martin se lo ganaba tranquilamente. En menos de diez minutos, estaban hablando en un lenguaje extraño para Zack sobre muestras de ADN, procedimientos de análisis y la forma en que transportarían la prueba encontrada en el cuerpo de Michelle Davidson al laboratorio del FBI en Virginia.

Entonces, oyó que Olivia mencionaba su teoría acerca de que el asesino robaba las camionetas.

—No tengo los registros de los vehículos a motor de otras jurisdicciones —dijo Olivia—, pero creo que el asesino roba una camioneta el día del secuestro, y luego o devuelve el vehículo o lo deja tirado por ahí.

—Hemos repasado las relaciones de robos —dijo Cohn—. La víspera del secuestro del Benedict se denunció el robo de un Expedition del año del que estamos buscando, pero todavía no se ha recuperado.

—¿Por qué los robaría? —preguntó Zack, casi para sí.

—Por conveniencia —dijo Olivia—. Lo sacan del escenario del crimen... y si no es su vehículo, hay menos probabilidades de que se le pueda seguir el rastro. Se utilizaron dos vehículos diferentes para dos víctimas. No tiene sentido que un asesino lo bastante inteligente para trasladarse de un estado a otro para evitar ser descubierto, utilizara su propio vehículo para transportar a la víctima.

Zack arrugó el entrecejo dándose cuenta de que Olivia probablemente estuviera en lo cierto.

—No teníamos ni idea de que se hubiera establecido un modus operandi. La poca información que hemos recibido de Austin y Nashville incide más en el perfil de la víctima.

Debió de parecer que se ponía a la defensiva, porque Olivia dijo:

—No quería decir nada con eso. Yo habría hecho exactamente lo mismo que ustedes con la información que tenían.

Cohn asintió con la cabeza.

—A mi me parece razonable. Travis, seguiré adelante y revisaré las relaciones diarias de robos, a ver si aparece el Dodge o cualquier otro todoterreno o camioneta. Habrá docenas al día.

—Le diré al jefe que alerte a las patrullas para que estén atentos a las camionetas de nuestra lista —dijo Zack—. Probablemente no nos lleve a ningún sitio, pero quizá tengamos suerte.

—Estamos buscando un hombre blanco de unos cincuenta años —dijo Olivia—. Tal vez podría añadir eso a lo de examinar la lista.

—¿Un hombre blanco de unos cincuenta años que conduce una camioneta en Seattle? —Cohn se rió—. Eso concuerda con la mitad de la población, incluido yo.

Olivia sonrió con una sonrisa maravillosamente sincera que le iluminó la cara, pero que no alcanzó a los ojos. Zack pensó que era aun más hermosa cuando sonreía. «Echa el freno, Travis. No sólo es tu compañera, sino que también es una federal.»

—Cierto. Pensaba sólo en lo relativo a los coches robados.

—¿Alrededor de los cincuenta? —preguntó Zack—. Nunca hubiera pensado que fuera tan viejo.

—El primer caso sospechoso, el de California que ya he mencionado, se produjo hace unos treinta años. Si el asesino contaba dieciocho años cuando cometió el crimen, hoy tendría cincuenta y dos.

—Pervertido —dijo Cohn entre diente.

El móvil de Coh sonó. Cuando vio el número, arrugó el entrecejo. Era de la oficina del jefe de la policía del condado. Abrió el teléfono con un golpe seco.

—Travis.

—Detective, al habla Jim Rodgers. Están trabajando en dos homicidios, ¿no es cierto? De dos niñas rubias.

—Sí. —Todos los músculos del cuerpo de Travis se tensaron. El jefe de policía del condado sólo lo llamaría directamente para darle malas noticias.

—Creo que tenemos otro.

—¿Un secuestro?

—Un cadáver. Jillian Reynolds, de nueve años. Desapareció hace casi tres meses. Y por como pintan las cosas, lleva muerta todo ese tiempo.

—¿Por qué cree que está relacionado con mi investigación?

—Era rubia, y según parece la mataron a puñaladas. El cuerpo no está en muy buen estado debido a la descomposición, pero parece que le cortaron un trozo de pelo.

A Zack se le hizo un nudo en el estómago.

—¿En dónde?

—En la isla de Vashon.

—Estaré allí en… —Miró su reloj; si se daba prisa podría coger el ferry. Tal vez—: cuarenta y cinco minutos.

—Haré que uno de mis ayudantes lo recoja en el muelle.

Zack cerró el teléfono con violencia.

—¿Me necesitas? —preguntó Cohn, consciente, sin duda, por el final de la conversación de Zack, de que debía de haber habido un crimen.

Zack sacudió la cabeza.

—La gente del sheriff del condado está allí. Pero parece cosa del mismo tipo, así que haré que nos envíen todo a nuestro laboratorio. —Por lo general, la policía del condado enviaba las pruebas al laboratorio del estado, pero Seattle tenía unas instalaciones de primera y podía acelerar el trabajo de laboratorio. Siempre que era posible, el condado utilizaba el laboratorio local.

Cohn asintió con la cabeza y se pasó la mano por la cabeza casi sin pelo.

—La gente de Rodgers sabe cooperar. No tendremos problemas de jurisdicción.

Olivia paseó la mirada de Conh a Zack perpleja.

—¿Qué ha ocurrido? ¿Otro secuestro? —preguntó.

Zack le echó una mirada y durante una fracción de segundo creyó ver cólera en sus ojos. Cólera teñida de miedo. Al instante siguiente, ya no estaba, como si una pantalla impenetrable se hubiera bajado. Olivia recogió su maletín de la mesa de Cohn, todo eficiencia, frialdad e indiferencia.

—Hace tres meses —le contestó Zack—. Acaban de encontrar el cadáver. —Condujo a Olivia desde el laboratorio al garaje.

—Tres meses... —Olivia ralentizó el paso y tropezó. Cuando Zack la cogió del codo para sujetarla, ella se tensó ante el contacto—. Gracias —farfulló Olivia, pero se apartó de él—. Tres meses —repitió—. Esto significa que Michelle Davidson fue su tercera víctima de Seattle.

»Zack, creo que no lo señalé al revisar los casos, pero él sólo mata cuatro niñas en cada ciudad en la que ataca. Si no lo atrapamos ya, lo perderemos.

Vince Kirby se pasó la mano por su pelo cortado muy corto antes de pinchar encima de «ENVIAR» sobre el correo electrónico dirigido al director de su periódico.

Bueno, ya no podía echarse atrás.

¿El Aniquilador de Seattle? Malo. Y eso no encajaba con Kirby. Y luego estaban esas niñas que habían sido asesinadas; no se sentía cómodo haciendo un tratamiento sensacionalista de sus muertes.

Bueno, si Bristow quería despedirlo, pues estupendo, pero Kirby no consentiría que se hicieran los grandes cambios editoriales con su firma. Ya no.

El principal problema era Zack Travis. Cuando leyera el periódico a la mañana siguiente y viera el segundo titular: La torpe investigación del Departamento de Policía de Seattle, sin duda alguna culparía a Kirby.

¿Por qué preocuparse siquiera? Había intentado explicarle a Travis media docena de veces que no todos los artículos salían de la rotativa tal y como él los había escrito.

Pero Travis había sido importante para Amy, y eso le hacía importante para Kirby.

Alargó la mano, cogió la única foto que había en su abarrotado escritorio y se quedó contemplando la sonrisa hermética de Amy. Los labios juntos, torcidos ligeramente hacia arriba, los ojos oscuros iluminados con un brillo humorístico y un aire travieso.

Dios, la había querido de verdad.

La puerta de Bristow se abrió de golpe.

—¡Kirby! —gritó el director.

Bueno, tal vez enviar el correo no había sido lo más inteligente, pero cambiar el artículo en el último minuto, cuando había estado cubriendo la sección de sucesos durante ocho años... era una bajeza, incluso para su director.

Kirby se levantó.

—Ya voy —anunció.

Pero Bristow ya estaba atravesando la sala. La mayoría del personal había terminado su jornada, pero Kirby tenía la sensación de que el director vivía en el edificio. No había vez, ya fuera de día o de noche, en que Kirby estuviera allí, que Bristol no estuviera también.

—Vete a la isla de Washon sin pérdida de tiempo. Parece que hay cierta actividad policial, todo súper secreto, pero uno de mis contactos me ha dicho que el jefe de la policía del condado llamó al detective Travis. Mi instinto me dice que se trata del Aniquilador.

Kirby se encogió ante la mención del alias del asesino.

—Señor Bristow, creo que tengo que ir con pies de plomo en este caso. Yo...

El director agitó la mano mientras encendía un cigarrillo. No se podía fumar en el edificio, pero Bristow entendía aquello como una prohibición sólo vigente durante las horas de trabajo. Luego, fumaba en su despacho.

—He visto tu correo electrónico. Es un poco raro. Cubre la exclusiva, que ya edita yo tu artículo. Ahora, vete antes de que pierdas el maldito ferry.

Kirby metió su cámara y su bloc en la mochila y se colgó ésta del hombro.

Tenía que encontrar otro periódico en el que trabajar. Muerta Amy, nada lo retenía en Seattle.

Excepto una promesa.

Estaba orgulloso de su disciplina.

Había planeado cada operación con precisión, desde el robo del vehículo al barrio elegido, pasando por la elección de la niña. Paciencia. Planificación. Disciplina.

Dos o tres veces había actuado por impulsos. La primera vez, por supuesto, pero lo había resuelto con asombrosa eficacia. Después de todo, robar la camioneta de Hall había desviado la atención sobre otro. Fue después de eso cuando decidió que robaría las camionetas en cada operación. Aquello implicaba encontrar un vehículo con muy pocas probabilidades de que se denunciara el robo, lo cual era sorprendentemente fácil. Por lo general escogía a la gente que se iba de vacaciones; las más de las veces, cogían un taxi o algún transporte público hasta el aeropuerto. Forzar las cerraduras era un juego de niños; casi todo el mundo tenía un juego de repuesto de las llaves del coche en la casa. Tenía que utilizar la camioneta durante varios días, y que nadie denunciara su robo.

Prefería las camionetas o los todoterrenos de fabricación nacional porque eran grandes, conocía su mecánica y eran corrientes. Si seleccionaba una ranchera, la caja debía tener cubierta, a fin de preservar la intimidad; los todoterreno tenían que ser con los cristales tintados y los asientos traseros abatibles. Los coches eran todos demasiado pequeños, y sus maleteros solían estar llenos de cachivaches del propietario, y las furgonetas de transporte no había ni que planteárselas: aparcarlas en un barrio residencial enseguida despertaba sospechas.

A veces, cometía errores. Como aquella vez en Texas, cuando la hija volvió de la universidad para cuidar la casa. Se había salvado por los pelos, pero tuvo que echar mano de una buena dosis de labia para salir del apuro.

¡Si aquella putita hubiera sabido que sólo unos minutos la habían separado de la muerte! Le habían entrado ganas de alargar los brazos y rodearle el cuello con las manos y apretar; apretar hasta que se le quebrara.

Pero las acciones precipitadas como aquella podían haber atraído la atención sobre él, y tenía operaciones más importantes que planear.

Sus dulces ángeles lo esperaban para que él liberara sus almas.

Pero hacía tres meses había vuelto a actuar impulsivamente. Había visto a aquel angelito correteando por el borde del agua, resplandeciente, irradiando luminosidad sólo para él. Y supo sin ningún género de duda que le había sido enviada.

Ya hacía un año que vivía en la isla confundiéndose con los habitantes mientras elaboraba sus planes. Ya había seleccionado un barrio fuera de la isla y estaba buscando la camioneta adecuada, cuando aquel ángel apareció corriendo por la playa mientras su alma lo llamaba cantando.

La había llevado a la cabaña. Otro error.

No había tenido ningún otro sitio al que llevarla; no podía sacarla de la isla por culpa de las cámaras de vigilancia de los muelles. Y las autoridades habían empezado la búsqueda de inmediato, incluso antes de que la hubiera puesto a buen recaudo dentro de su casa.

La mantuvo sana y salva, escondida, hasta que se interrumpió la búsqueda bastante después de la puesta del Sol.

Todos pensaron que se había ahogado.

Entonces, la liberó, y su dulce angelito se convirtió en un espíritu puro y brillante.

Pero aquello había sido un error, una decisión impulsiva de la que ya estaba arrepentido. La policía pululaba por toda la isla. ¿Acabarían hablando con él? Tal vez. No tenían nada en su contra, no podían entrar en la cabaña ni tenían motivos para sospechar de él. Llevaba en la isla el tiempo suficiente para disipar las sospechas, y el hecho de que siguiera allí, jugaba a su favor.

Nadie la había visto con ella; de lo contrario, al no encontrarla, no habrían supuesto que se había ahogado. Algunos días después, había colocado el envoltorio vacío de la niña en mitad de la isla, donde los bosques eran densos y habría menos probabilidades de que la gente lo encontrara. Enseguida había desechado la idea de enterrarla; no sería aceptable. Su envoltorio no era nada; su espíritu era libre. Enterrarlo implicaría que su vacuidad tenía algún valor, algo que mereciera la pena conservar.

De acuerdo con lo planeado, a esas alturas ya tendría que haberse ido, pero uno de sus angelitos le estaba siendo esquivo. No era algo que ocurriera con frecuencia. Él observaba, esperaba, planeaba; seguía las pautas. Siempre había pautas. Pero a veces, ocurría algo que modificaba repentinamente el programa, y había estado esperando durante el último mes, y ella no había aparecido. Así que andaba detrás.

No durante mucho tiempo.

Incluso los contratiempos como los cambios de programa tenían que preverse, y él disponía de más de una medida para prever las contingencias.

Con el descubrimiento del caparazón del ángel y la presencia policial en la isla, había considerado la posibilidad de marcharse. Pero desaparecer en ese momento podría despertar las sospechas sobre él. ¿Un camarero que no comparece en el restaurante justo después de que la policía encuentra un cadáver en la isla? No, eso no sería conveniente. Tenía que presentarse a trabajar; y responder a las preguntas, si se las hacían; y mostrar una sorpresa moderada; y la tristeza consabida. Ocuparse de sus asuntos, vamos.

Se marcharía una vez hubiera liberado al siguiente espíritu; luego, estaría en paz durante algún tiempo. No comprendía muy bien por qué la paz acababa y renacía la necesidad de encontrar más ángeles, pero siempre sabía cuándo actuar y cuándo parar. Su reloj interno lo protegía.

Y creía que siempre lo haría.

Se dirigió al pequeño dormitorio de la cabaña y cerró la puerta. Echó el pestillo. Atravesó la habitación hasta el armario empotrado y sacó su maletín especial. Tenía una cerradura con combinación. Hizo girar los números y respiró profundamente.

Abierta.

Las manos le temblaron cuando las alargó para coger un mechón de pelo; unos largos y hermosos rizos dorados. Se lo llevó con veneración a los labios.

—Sé libre, ángel. Sé libre.

Tocó todos y cada uno de los treinta y dos mechones por turno; dejó el más antiguo para lo último. Los rizos habían perdido su brillo y se habían vuelto crespos y secos. Él no lo advirtió.

—Ángel, hasta que nos volvamos a encontrar.

Volvió a colocar tiernamente el mechó en el maletín, pero no lo cerró. No, revivió cada muerte y cada renacimiento. Recordaba a todos y cada uno de sus ángeles.

Sobre todo al primero.

Los recuerdos le hicieron sufrir, y su rígido pene se tensó contra sus pantalones. Bajó la mano y se agarró; y no dejó de mirar fijamente su colección hasta que terminó de aliviarse.

Más tranquilo, cerró su maletín especial y lo volvió a colocar en el estante del armario. Corrió el cerrojo de la puerta de la habitación y miró fijamente a través de la ventana de la cocina la negrura de la isla.

Nunca había fracasado en una operación.

Y no fracasaría en liberar a su último ángel de Seattle. Luego, se marcharía.

Capítulo 8

El miércoles por la noche, el ferry a la isla de Vashon transportaba menos de la mitad de su aforo. Zack mostró su placa e introdujo el coche marcha atrás en el ferry sólo unos minutos antes de la hora de salida prevista. El último en entrar, y el primero en salir. Apagó el motor.

—Salgamos a estirar las piernas —dijo Zack. El turismo proporcionado por la policía era angosto y transmitía sensación de confinamiento. A él le gustaba mucho más su Harley, pero no habría estado muy bien que llevara en su moto a la agente St. Martin al escenario de un crimen.

Subieron las escaleras que conducían a la cubierta de observación. Olivia levantó la cara hacia el cielo; Zack la imitó. Las estrellas se multiplicaban sobre el agua, más brillantes y más cercanas, y la lejana y achaparrada isla de Vashon recortada sobre el horizonte le recordó a Zack por qué le gustaba el estrecho. Hacía una noche clara; la niebla no se había extendido todavía.

Olivia se frotó los brazos por encima de la delgada tela del traje sastre. Zack se sacó su cazadora de piloto de piel e intentó ponérsela sobre los hombros.

Olivia se apartó de un salto sus buenos cinco centímetros.

—¡Caray, superagente!, se le va a congelar el trasero. Pensé que tal vez quisiera una chaqueta. Si quiere, podemos subir a la cabina;

creo que tiene calefacción. —No estaba seguro. No recordaba haber subido nunca a la zona cubierta.

—Bueno, sí. Gracias, pero estoy bien.

Irritable, pero había algo… diferente. No era miedo, pero sí algo que él no fue capaz de precisar. Era evidente que algo la distraía. Zack se preguntó si sería de índole personal —había llamado a su ex marido por lo de los análisis de ADN mientras se dirigían al puerto— o profesional.

—Bueno, superagente, ¿alguna teoría?

Olivia no dijo nada durante varios minutos. El zumbido del ferry, las puertas de los coches que se abrían y cerraban en la cubierta inferior, los pasajeros que subían, los avisos de los miembros de la tripulación… Familiares, los sonidos adormecieron a Zack. El aire frío y salobre, mezclado con los gases de los motores diesel del ferry, lo llevó de vuelta a la realidad.

Echó una mirada a Olivia. La brisa le agitaba la media melena dorada por su elegante cara, y ella no paraba de metérsela con impaciencia detrás de la oreja, aunque el gesto contribuía poco a detener el baile de los pelos errantes.

La observó con detenimiento. Gran error.

Por debajo de una voluntad férrea, Olivia St. Martín era toda femineidad. Y bajo aquel pelo reluciente, había un cerebro que trabajaba. Mente aguda y cuerpo caliente. Aunque todas y cada una de las fibras de su cuerpo gritaban: «No me toques.»

Si había algo que Zack Travis conocía era a las mujeres: cuándo tocar, dónde tocar, cómo tocar. Si les gustaban los besos suaves en el cuello o que les devoraran los labios a conciencia; las caricias suaves o el tacto apremiante. Con un simple roce exploratorio, él sabía con exactitud dónde se encontraban sus zonas erógenas; no las evidentes, sino las partes delicadas y ocultas. Un susurro en la oreja, un beso en el cuello, un rastro de calor desde la rodilla hasta el dedo meñique del pie.

Vio a Olivia como una gran zona erógena. Todo su cuerpo suplicaba ser abrazado, aunque al mismo tiempo exigía que todo el mundo se mantuviera a distancia, que nadie se acercara demasiado. Se deducía por la forma que tenía de abrazarse a sí misma, y por la forma en que sus ojos se ensombrecían cuando alguien se acercaba demasiado.

Bajo aquel exterior gélido, había una mujer ardiente. De repente, de manera espontánea, Zack deseó romper aquel caparazón y observarla derretirse.

¿Por qué no le gustaba que la tocaran? ¿Le había ocurrido algo? ¿En el trabajo... o antes? ¿Cuál era la razón de tanta contención y autocontrol?

Vio en ella algo excepcional, especial. Y deseó saber más sobre ella.

Zack cambió de postura, incómodo por los derroteros que tomaban sus pensamientos, y volvió a centrarse en el agua. Un silbato anunció a los pasajeros que faltaban dos minutos para zarpar. El motor al ralentí del ferry retumbó mientras el capitán se preparaba para la partida.

Como si el cambio experimentado por el ferry bajo sus pies la incitara a hablar, Olivia dijo:

—En las diez ciudades donde sabemos que ha estado el asesino, éste se ha tomado hasta seis meses entre el primero y el último asesinato.

Aunque sus palabras fueron realistas, y empleó un tono de voz tranquilo, tenía todos los nervios del cuerpo a flor de piel.

Cualquier otra mujer, y Zack le habría eliminado la tensión de los hombros con un masaje. Pero no se atrevió a alargar la mano hacia Olivia.

En su lugar, dijo:

—Si Jillian Reynolds es de hecho su primera víctima en Seattle, ¿por qué la mantendría oculta durante tres meses?

—No lo sé —respondió ella. Su piel aparecía pálida bajo la luz artificial.

—Cuénteme todo lo que sepa. No tuvimos ocasión de hablar de todos los casos antes de salir. —Zack ya sabía que tendría que pasarse todo la noche revisando los expedientes de Olivia para ponerse al corriente.

—Muy bien, pongamos por caso que hubiera atacado aquí primero —dijo Olivia—. Hace tres meses. ¿Qué día desapareció Jillian Reynolds?

—El trece de junio.

—Junio… Luego, secuestra a Jennifer Benedict la primera semana de septiembre. Esos son unas nueve o diez semanas. Y a Michelle Davidson unas tres semanas después.

»Tendremos que determinar el patrón de todos los demás casos —prosiguió Olivia—, pero si recuerdo bien mis notas, a medida que se acerca a la cuarta víctima, ataca cada vez más deprisa, y luego desaparece. —Arrugó el entrecejo—. Pero no siempre. No tiene un programa claro. En Colorado asesinó a cuatro niñas en un período de seis semanas. Esperó casi cinco semanas desde la primera, y luego asesinó tres más en diez días. Es como si tuviera un sexto sentido que le indicara cuándo asesinar, cuando pararse y cuando marcharse.

—Los asesinos en serie tienen un instinto de supervivencia muy acusado —comentó Zack.

Olivia le lanzó una mirada.

—Tiene razón. Tal vez debería preguntarle por las cuestiones relativas al perfil.

—Aprendí mucho de los asesinos en serie cuando el asesino de Green River andaba suelto.

—Recuerdo ese caso. Trabajé en… —Olivia se detuvo.

—¿Estuvo aquí? ¿Formó parte del grupo operativo? —preguntó Zack.

Olivia sacudió la cabeza.

—Sólo actué como asesora. Eso ocurrió hace mucho tiempo, y mi intervención fue pequeña. Nunca vine aquí.

Zack se puso a la defensiva; había algo raro en la voz de Olivia.

El estridente silbido sobresaltó a Olivia, que pegó un brinco. Luego, cuando Zack habló, se sintió como una idiota.

—El ferry está zarpando. El trayecto dura veinte minutos.

Olivia ser recuperó. Había estado a punto de echarlo todo a perder sólo llevaba trabajando con el detective Travis unos pocas horas. Había estado en un tris de decirle que había procesado las pruebas indiciarias de la investigación de Green River. Si quería continuar en aquel caso, habría de ser más cuidadosa.

Se quedó mirando fijamente el agua, abrazándose. Ojalá no hubiera rechazado el ofrecimiento de la cazadora de Zack, pero no habría sido prudente aceptar; se hubiera sentido aun más pequeña de lo que era. El detective Travis tenía un cuerpo impresionante; era sus buenos treinta centímetros más alto que ella y era ancho. En absoluto gordo, sólo grande; igual que un leñador, todo pecho y músculos de acero. Y la manera en que la miraba, como si pudiera ver bajo sus ropas además de bajo su piel, la molestaba hasta el infinito. Nadie la había estudiado jamás con tanto detenimiento; ni con tanto descaro. Era como si él estuviera intentando imaginarse qué era exactamente lo que estaba pensando Olivia, lo que había hecho en el pasado y lo que probablemente fuera a hacer en el futuro. En una palabra: estaba valorándola.

Y su examen minucioso la ponía nerviosa.

Lo único que quería era detener al asesino que había dejado libre sin querer cuando acusó a Brian Harrison Hall por el asesinato de Missy. No era tan ingenua como para creer que fuera la única responsable de la condena de Hall —había habido bastantes pruebas circunstanciales que la justificaron—, pero había leído los informes, y sabía que la identificación que había hecho contribuyó a la decisión. Y por culpa de aquella, un asesino brutal vagaba por todo el país libremente.

Había atravesado las fronteras estatales a voluntad sin llamar la atención de las autoridades. En las diferentes investigaciones, cuatro hombres habían resultado sospechosos, y tres habían sido condenados. El último había sido puesto en libertad por falta de pruebas, pero después de examinar cada caso, Olivia sabía que todos eran inocentes. Era él, el asesino de Missy, que se burlaba del sistema. El asesino de Missy era inteligente; sabía lo que se hacía. Lo planeaba todo, y se deleitaba en ello. Y no se detendría hasta que estuviera en la cárcel. O muerto.

—Un centavo por sus pensamientos.

Olivia pegó un respingo; casi se había olvidado de dónde estaba.

En Seattle; a bordo de un ferry; con un detective sagaz que no dejaba de estudiarla. No sabía si irritarse, sentirse halagada o preocuparse.

Carraspeó y se frotó los brazos intentando ser discreta. No quería que el detective Travis supiera lo helada que realmente estaba.

—Estaba pensando en algo que me ha estado preocupando desde que empecé a reconstruir estos caos —admitió Olivia—. Vaya, usted sabe tan bien como yo que la mayoría de los asesinos en serie no quieren ser atrapados. Viven para la caza, disfrutan de la muerte y harán cualquier cosa para evitar que los atrapen. Pero estaba pensando en el asesino BTK de Kansas. Metió la pata y lo atraparon. Sus crímenes se prolongaron a lo largo de los años, aunque, no obstante, sólo asesinó a diez personas. Cuando mencionó al asesino de Green River, pensé en cómo había confesado los cuarenta y ocho asesinatos, la mayoría cometidos casi veintiocho años antes de que fuera detenido.

—La mayoría de los polis que intervinieron en el caso pensaron que había matado a bastantes más —dijo Zack.

—Como yo —dijo Olivia—. Pero la cuestión es que lo echó todo a perder. Y lo que condujo a la detención fue su semen… un ADN con décadas de antigüedad. Tenemos el ADN de este asesino… pero no coincide con nada. Nunca ha sido detenido por un delito sexual; no ha metido la pata. No ha comedio ninguno de esos errores que podrían ponernos en el camino de su detención. Durante treinta y cuatro años, ha asesinado con impunidad ocultando el patrón y pasando desapercibido, de manera que pueda seguir asesinando a esas niñas.

Olivia entrecerró los ojos. No había sido su intención decir tanto; respiró profundamente. Zack la estaba mirando de forma extraña. ¿Lo había fastidiado todo? Por lo general, no solía mostrarse tan apasionada sobre… bueno, sobre nada. Pero el estar allí, tan cerca del asesino de Missy, la estaba afectando de alguna manera. No era capaz de pensar con claridad y estaba dejando que tanto las circunstancias como el intenso examen de Zack la sacaran de quicio. Pero mantener la coherencia de las mentiras estaba resultando bastante más difícil de lo que se había imaginado.

—¿Por qué está usted aquí?

—No le entiendo.

—Olivia. —La voz de Zack era grave, profunda e imperiosa—. ¿Por qué usted? ¿Por qué está usted aquí extraoficialmente y no otra persona?

Olivia tragó saliva y rezó para que Zack no se diera cuenta de su crispación. Durante las últimas semanas había estado viviendo un infierno, y se le había ido haciendo cada vez más dificultoso controlar sus emociones. ¿Qué le podía decir sin correr ningún riesgo? Era una mentirosa de pena. Era capaz de orillar la verdad —el jefe Pierson no le había hecho ninguna pregunta comprometida, porque Greg había allanado el camino la víspera con una llamada telefónica—, pero mentir era casi un imposible para ella.

De haber sido capaz de mentir acerca de sus sentimientos, probablemente seguiría casada con Greg.

—Hace años me vi mezclada en un caso del que este asesino se libró —dijo Olivia con prudencia, escogiendo las palabras—. Un hombre inocente fue a la cárcel. Quiero atrapar a este tipo, al verdadero asesino. Acabar con su reinado de terror.

Zack la miró de hito en hito. Olivia le devolvió la mirada, decidida a no apartar los ojos. Mantén la barbilla erguida; no retrocedas nunca; no demuestres debilidad jamás.

—Culpabilidad.

Olivia entrecerró los ojos. ¿Cómo podía él acercarse tanto a sus verdaderos sentimientos cuando ella los mantenía tan profundamente enterrados? La inspección de Zack de sus motivaciones le crisparon los nervios.

—Bueno, no tanto.

—No intente librarse de ella, Olivia. No es algo malo, necesariamente. La culpa puede ser una motivación potente. También tiene la fuerza para destruirle a uno. Envió a un tipo inocente a la cárcel; y ahora quiere que se haga justicia porque se siente culpable.

Muy cerca; demasiado. Olivia no supo qué decir.

—Se está quedando helada —dijo Zack.

Una vez más, Zack la desconcertó. Había sacado demasiados sentimientos a la superficie, y entonces dejaba el tema con tanta rapidez que ella se había quedado sin saber qué decir.

Olivia empezó a protestar, pero él la miró fijamente a los ojos y se limitó sacudir la cabeza con una media sonrisa en los labios.

Sin preguntar, le echó su gastada cazadora de piel sobre los hombros. La prenda era demasiado grande; a Olivia le llegaba hasta la cadera y le colgaba por las manos. Se sentía como si la hubiera abrazado un oso, y el calor residual de Zack la acarició. Su olor a jabón barato y a piel impregnaron los sentidos de Olivia. Cálido, íntimo… demasiado íntimo.

Olivia apartó la mirada de los ojos de Zack; se mordió el labio inferior y miró hacia el agua. La isla era mucho grande de lo que parecía desde el West Seattle. Se centró en ella y no en Zack, aunque siguió imaginándose sus ojos oscuros, inteligentes y sagaces.

—¿Por qué ingresó en el FBI? —preguntó Zack al cabo de varios segundos de silencio.

Ella le miró. Error. Zack la miraba de hito en hito. Si mentía, él lo sabría con toda seguridad.

—Conocí a alguien que fue asesinado —dijo Olivia apartando la mirada—. Cuando un reclutador del FBI visitó el campus de mi universidad, me sentí obligada a solicitar la entrada después de licenciarme. —¡Listo! La verdad… o algo así.

—¿Quién fue asesinado?

¿Por qué tenía que haber dicho nada? Estaba invitando a que le hicieran preguntas que no quería responder.

—Mi hermana —dijo en voz baja mirándose las manos, que se aferraban a la barandilla mientras las mangas de la cazadora de Zack le cubrían los dedos. Sólo pensar en Missy le hizo un nudo en el estómago.

—Lo siento. —Pareció sincero—. Yo también tenía una hermana.

Olivia se volvió hacia él, sorprendida.

—¿Qué ocurrió?

Zack hizo una pausa.

—Se juntó con la gente equivocada. Acabó consiguiendo que la mataran.

—Es espantoso. ¿Era joven?

—Veintidós años. Estaba en la universidad.

—Veintidós años. Y en la universidad.

La voz de Olivia contenía tanta amargura como dolor. No pudo por menos que preguntarse que otras cosas concurrían en la historia. Pero no lo iba a preguntar. Zack podría empezar con sus propias preguntas, preguntas más difíciles que ella no podría eludir.

—Los jóvenes se creen invencibles —dijo Olivia al cabo de un instante—. Indestructibles. Nada los puede herir. —Ella había creído eso durante los primeros cinco años de vida. Y por su experiencia desde entonces, sabía que la mayoría de los niños se hacían adultos antes de darse cuenta de que no eran superhombres.

Con demasiada frecuencia, se enfrentaban a la muerte antes de llegar a esa conclusión. Los desafortunados no conseguían una segunda oportunidad en la vida.

Se estaban acercando a la isla. Al principio, no había parecido que hubiera algo allí, sólo una especie de débil resplandor en el horizonte. Pero a medida que se fueron acercando, el resplandor se había convertido en unas luces nítidas, y la isla tomó forma contra el cielo negro.

Olivia volvió la cabeza para ver a Seattle al Este, recortada contra el horizonte.

—¿No es espléndida? —dijo Zack en voz baja y llena de respeto reverencial—. Como diamantes contra el cielo nocturno. Esta es mi vista preferida de la ciudad.

«Diamantes contra el cielo nocturno.» ¡Qué hermoso! Sin embargo, la belleza que se yuxtaponía al escenario de la muerte que los esperaba impresionó tan vivamente a Olivia que cerró los ojos.

No quería ver el cuerpo de la niña. Y tampoco quería estar en la isla engañando a nadie con sus credenciales; sobre todo a un policía entregado a su trabajo como Zack Travis. Pero no había otra salida, y se reprendió para superar sus remordimientos.

Haría lo que fuera necesario para atrapar al asesino de Missy. Quizás esa vez el asesino hubiera metido la pata; tal vez esa víctima les proporcionara las pruebas que necesitaban para encontrar a su agresor.

Olivia confió y rezó porque apareciera algo —lo que fuera— que condujera hasta el asesino.

Antes de que muriese otra niña.

Capítulo 9

Cuando Olivia y Zack llegaron a la isla de Vashon, el cuerpo de la niña ya había sido trasladado al depósito de cadáveres. A la mañana siguiente, el forense haría la autopsia lo antes posible, con la esperanza de confirmar o desechar que se trataba del mismo asesino que había matado a Jenny Benedict y a Michelle Davidson.

De aproximadamente diecinueve kilómetros de largo y casi trece en su punto más ancho, la isla de Vashon era un lugar popular de escapada tanto para la población local como para los turistas. Kilómetros de carreteras rurales flanqueadas de pinos, unas playas inmaculadas y un faro histórico conferían a la isla un sabor a antiguo. Los artesanos y artistas acudían en buen número al lugar atraídos por exposiciones mensuales de arte, un grupo local de teatro y numerosas galerías de arte.

La isla era un lugar de diversión. A partir de ese momento, Zack ya no sería capaz de poner un pie allí sin pensar en la niña muerta.

Jillian Reynolds había sido arrojada en una densa zona boscosa del centro de la isla. Zack echó una mirada a Olivia. Ésta hacía lo que podía para caminar con sus zapatos de salón; sin duda, no habían sido hechos para escalar rocas ni caminar por la arena. Aunque por otro lado, ninguno de los dos había pensado que acudiría a un escenario del crimen en la isla en plena noche.

Los tres —Rodgers, el jefe de la policía del condado, Zack y Olivia— estaban justo al otro lado de la cinta que precintaba el escenario del crimen y que rodeaba los árboles en un área de aproximadamente nueve metros cuadrados. Se habían instalado unas luces de construcción de alto vataje, y aquel resplandor artificial confería una especial dureza al paisaje. Los detalles parecían demasiado nítidos, y las caras, casi descoloridas.

Olivia agradeció que hiciera calor bajo las luces. Estaba haciendo todo lo que podía para evitar que le castañetearan los dientes. Le había devuelto la cazadora a Zack sin mediar palabra; llevar su ropa en un escenario del crimen no hubiera sido profesional. El hecho de no haber llevado un abrigo tupido era de su exclusiva responsabilidad; en sus precipitados preparativos antes de salir de Virginia, que a la sazón disfrutaba de un veranillo de San Miguel, no se le había ocurrido comprobar el tiempo que hacía en Seatlle antes de hacer las maletas. A decir verdad, en las últimas semanas, desde que Brian Harrison Hall había sido excarcelado, no había pensado mucho en nada que no fuera el asesinato de Missy, pero su descuido a la hora de coger la ropa adecuada la irritaba.

De pie bajo el calor de las potentes luces, Olivia observaba a los técnicos de la policía científica terminar de recoger las pruebas potenciales, y se moría de impaciencia por unirse a ellos. Seguía todos sus movimientos con ojo de lince. ¿Aquella mujer se iba a olvidar de recoger una muestra del terreno? ¡Bien!, pensó al ver el destello de una probeta. ¿Y qué pasaba con las ramas de los árboles? Tal vez el asesino se había enganchado el pelo o dejado algo de piel en una rama saliente. ¡Bien!, uno de los técnicos estaba examinando el follaje. Pero habían pasado tres meses desde el asesinato; cualquier prueba biológica habría desaparecido. Olivia intentó no desanimarse, pero el tiempo y los elementos eran enemigos de las pruebas.

—Mi gente sabe lo que está haciendo —dijo el jefe Rodgers.

Olivia levantó la vista hacia el policía al detectar cierto dejo de resentimiento en la voz. Que Zack la hubiera presentado como «la agente St. Martin del FBI», no fue una ayuda. Había percibido la irritación del policía y cómo se había erguido. No era tan alto como Zack, pero comparado con ella era enorme.

—Parecen más que competentes. —Olivia le dedicó una sonrisa. Ella no era la mala allí, pero tenía que ir con cuidado. Aquel era un territorio que desconocía, y no podía permitirse ningún desliz.

—¿Se lo han notificado a su familia? —preguntó Zack.

—Estamos en ello —dijo Rodgers—. La niña no era de la localidad. Su familia estaba pasando el fin de semana en la isla, cuando desapareció. Me acuerdo del caso. Registramos la isla, creyendo que se había perdido. Al no encontrarla, la incluimos en la lista de personas desaparecidas, pero su madre dijo que la niña no sabía nadar y que la última vez que la vio estaba cerca del agua. Todos pensamos... Bueno, las corrientes son fuertes en la parte occidental de la isla. —Se pasó la mano por la barba de dos días, dando la sensación de sentirse cansado y derrotado. Había sido una noche larga.

—¿Cómo la identificaron? —preguntó Olivia—. Con tres meses a la intemperie, debía de estar en un estado de descomposición avanzado.

—Seguía llevando una pulsera sanitaria como alérgica a la penicilina en la que estaba inscrito su nombre. —El jefe de policía respiró profundamente—. Tiene razón, no había mucho más que fuera identificable.

Olivia había visto cuerpos en descomposición de semanas, meses e incluso años después de la muerte. Era difícil trabajar con ellos, emocionalmente hablando. Ver lo que la muerte le hacía al cuerpo humano le hacía pensar a uno en su propia mortalidad. O, como era el caso, en la mortalidad de los seres queridos.

—Me puse en contacto con el jefe de la policía del condado de Bellevue —continuó el jefe Rodgers—, y me dijo que iría a ver a la familia esta noche. El forense confirmará la identidad del cadáver; contamos ya con registros dentales como parte de los casos de personas desaparecidas.

—¿Nadie vio nada? —preguntó Zack—. Cuando desapareció, me refiero.

Rodgers sacudió la cabeza.

—La niña paseaba por la orilla del agua; había prometido que no se metería, y era una tranquila mañana de domingo.

—¿Sola? —preguntó Olivia con incredulidad.

—La isla es segura, agente St. Martin. Recibimos a muchas familias durante los fines de semana. Pocos problemas, y ninguno como este.

«Ningún lugar está a salvo de aquellos que van tras los niños.»

—Segura. —Olivia pronunció la palabra con brusquedad. Una tensión familiar bullía bajo su piel mientras intentaba refrenar sus emociones.

¿Quién estaba a salvo? Sin duda, no los inocentes niños, los seres más vulnerables de la sociedad, aquellos a los que deberíamos proteger. Nadie piensa que bajo el rostro amable de ese hombre de aspecto corriente que pasea por la playa se esconda un asesino. Todos esperan que el mal sea evidente a primera vista.

¿Es que no saben que el mal tiene el mismo aspecto que ellos? ¿Qué el enfermo pervertido no lleva «asesino de niños» escrito en la cara? ¿Qué los asesinos no llevan tatuada la palabra «asesino» en la frente?

—¿Olivia?

Era Zack, que le musitaba junto al cuello. ¿Por qué se acercaba tanto cuando ella estaba a punto de explotar? Olivia se apartó un paso de él, un paso pequeño, pero se percató de que Zack cambiaba de actitud. Desde que se había enterado de que el asesino de Missy andaba suelto, sus emociones se negaban a permanecer contenidas. Forcejeaban por liberarse de la caja de acero en las que ella las había encerrado hacía años, aporreándola hasta que el golpeteo se volvía casi insoportable.

—¿Liv? —La voz de Zack era baja. El jefe de policía les había dado la espalda y daba instrucciones a un ayudante—. ¿Se encuentra bien?

Ella cometió el error de mirarle a los ojos. Éstos la estaban valorando, escrutando, intentando trascender las capas de control que ella había construidos concienzudamente a lo largo de los años. Zack transmitía una sensación de fuerza, y su cuerpo parecía siempre a punto de moverse, incluso cuando permanecía quieto. Su angulosa quijada cubierta por una barba de dos días y la dureza de sus rasgos le hacían parecer bastante más imponente que sus ojos oscuros, que la observaban preocupados y cálidos.

—Estoy bien —farfulló Olivia apartándose de la mirada constante del detective. Evaluando el escenario del crimen, dejó que sus emociones se diluyeran y volvió a instaurar el control con firmeza.

El consabido ritual de la reunión de las pruebas la devolvió a la realidad. Respiró profundamente, hizo acopio de fuerzas e intentó olvidar que Zack seguía observándolo. Podía sentir su mirada en la nuca.

Olivia observó cómo una mujer, no mucho más alta que ella, se ponía en cuclillas para fotografiar las posibles pruebas. El destello del flash la tranquilizó; era algo familiar. Aunque en esos momentos trabajaba mayormente en el laboratorio, al principio de su carrera, cuando era agente de campo, había estado destinada al equipo de recogida de pruebas de la oficina de campo de San Francisco. Había trabajado en algunos casos importantes; el más grande, el de un asesino en el que intervenían varias jurisdicciones.

Pero aquello era historia pasada. Había entrado a trabajar en el laboratorio de Quantico hacía nueve años, dejando el FBI y el trabajo de campo sólo un año después. A veces, lo echaba de menos, como en ese momento, al observar a los profesionales capacitados hacer su trabajo. Deseaba unirse a ellos.

«¡Bueno!» No trabajaba bien en equipo, lo cual era la razón de que hubiera entrado en el laboratorio. De acuerdo, eso se podía considerar un ascenso, y de todas maneras, con su doctorado y su experiencia científica, el laboratorio era donde mejor encajaba. Pero si hubiera funcionado mejor en grupo, nunca habría abandonado el FBI. Le resultaba difícil abrirse a los demás, y cuando uno trabajaba estrechamente con las mismas ocho o diez personas en una operación de gran tensión, era necesario poder relajarse, desahogarse y charlar animadamente. Pero Olivia no; nunca. Y la tensión de mantenerse siempre en guardia casi acaba destrozándola.

Quantico era mejor. Un trabajo solitario, sólo ella y las pruebas. En eso era donde se desenvolvía mejor: en depender de sí misma para conseguir hacer el trabajo. Nada de depender de otro.

Olivia se dio cuenta de que Zack y el jefe de policía habían estado hablando entre sí en los últimos minutos. Se concentró en la conversación.

—Puesto que el forense está en la ciuda, ¿quiere que me encargue de la autopsia? —le estaba preguntando Zack al jefe de policía.

—Muy bien —convino Rodgers—. Enviaré a mi equipo científico al laboratorio de Seattle con las pruebas, en lugar de al laboratorio del estado. Todo lo mío es suyo.

—Lo mismo digo.

Los dos hombres se dieron la mano en señal de acuerdo.

—¿Y cual es el interés de los federales en todo esto? —preguntó Rodgers a Olivia, aunque miró a Zack.

—Sospechamos que este asesino ha estado actuando en varios otros estados durante muchos años —explicó Olivia—. Ha llevado su tiempo conectar los puntos, sobre todo porque en algunos de los crímenes había sospechosos.

—¿Y usted...? —empezó Rodgers, pero cerró la boca mientras hacía un gesto hacia la falda de la ladera al ver acercarse a Vince Kirby.

Zack se volvió en la misma dirección.

—¡Oh, mierda! —masculló—. ¿Cómo coño se ha enterado de esto tan pronto?

—No por mi unidad —dijo Rodgers indignado—. Pero no me extrañaría nada que tuviera un espía dentro en cualquier parte.

Zack pensó que el jefe de policía probablemente tuviera razón. El periodista había publicado demasiada información interna en su periodicucho como para que sólo fuera una cuestión de suerte. Tenía gente dentro, probablemente a más de uno. Hijo de perra.

Kirby les dedicó una sonrisa mirando más tiempo del debido hacia Olivia, que estaba tiritando, dando saltitos sobre los tacones, parada peligrosamente cerca de los reflectores. Para mantenerse caliente, sin duda. Zack deseaba darle de nuevo su cazadora, pero tuvo la impresión de que ella se mostraría reacia a aceptar el ofrecimiento.

—Este es el escenario de un crimen, Kirby —dijo Zack.

Kirby se detuvo justo al otro lado del brillante precinto amarillo de la policía y sonrió como el gato de Chesire. Sus facciones aparecían ensombrecidas y tristes bajo la hilera de focos.

—Resulta bastante evidente.

—¿Qué estas haciendo aquí? —Zack metió los puños en los bolsillos, más que nada para evitar tumbar a Kirby de un puñetazo. Cada vez que aquel gilipollas condescendiente se acercaba, a Zack le entraban unas ganas incontenibles de borrarle la sonrisilla de su cara larga y estrecha de un certero puñetazo.

Pero cada vez que deseaba golpear a Kirby, se preguntaba si la razón no sería que le culpaba por la muerte de Amy o que se culpaba a sí mismo.

—Diría que eso también resulta evidente. —Kirby miró más allá de ellos, hacia donde la policía científica estaba terminando su faena—. ¿El mismo tipo?

—Sin comentarios —dijo el jefe Rodgers—. Haré público un comunicado por la mañana. Puede pasarse por la comisaría alrededor de las once con toda confianza.

—Mmm. —Kirby sacó su libreta y su lápiz—. Veamos… el detective Zack Travis está fuera de su jurisdicción. Y se ha encontrado el cuerpo de una niña rubia. O eso al menos es lo que me han dicho mis fuentes. —Miró hacia Olivia y sonrió abiertamente—. Vaya, Travis, mira que traerse los ligues a los lugares del crimen. No sabía que eso estuviera en el reglamento. Aunque es evidente que has subido de categoría; a esta se la ve capaz de leer algo más que la primera cartilla.

Zack sacó las manos de los bolsillos y dio un paso adelante.

—Fuera de aquí, Kirby.

—Necesito una declaración.

—Lo que te voy a dar… —Zack respiró profundamente cuando sintió que una mano le agarraba con firmeza del antebrazo. Casi con la misma rapidez con que le había tocado, Olivia retiró la mano, pero la fuerza silenciosa de su presión detuvo el impulso de Zack lo suficiente para que éste se diera cuenta de que Kirby le estaba tendiendo una trampa.

No podía permitir que Kirby le afectara. El pasado era el pasado;

no podía ser que viera la cara de Amy cada vez que miraba a su novio. Aunque a veces, le resultaba condenadamente difícil olvidar y dejar en paz el pasado, sobre todo cuando le hacía sufrir.

El jefe de policía se interpuso entre él y Kirby.

—Le haré una declaración lejos del escenario del crimen —dijo el jefe Rodgers.

—Pero creía que...

—Me trae sin cuidado lo que crea, Kirby. No toleraré que se contaminen mis pruebas teniéndolo por aquí. O lo toma o lo deja.

Kirby miró a Zack y luego a Olivia. Le guiñó un ojo.

—Cuando acabe con el detective Alégrame el día Travis, pase a verme por el periódico, y le enseñaré cómo trata a una dama un hombre de verdad.

Zack se movió nerviosamente y echó una mirada a Olivia. Lo último que deseaba que se divulgara en la primera plana del periódico era que los federales estaban metidos en la investigación. Y Kirby no se detendría allí; arremetería contra el Departamento de Policía, la policía del condado y todos los que se pusieran a tiro.

Olivia no dijo una palabra. Levantó una ceja hacia Kirby con una expresión fría y distante de desaprobación. Entonces fue Kirby quien se movió con inquietud ante el reproche visual de Olivia, y Zack no pudo por menos que quedar impresionado ante el poder que ejercía ella con una simple mirada.

Kirby carraspeó.

—Me pasaré por la comisaría mañana, Travis. Todavía estas en el turno de tarde, ¿verdad?

—Habla con el jefe, Kirby. Yo no tengo nada que decirte.

—De acuerdo. —Le hizo un guiño a Olivia—. Sólo estaba bromeando, ¿sabe? El ladrido de Travis es bastante peor que su mordisco. El suyo podría ser mucho peor que el de él.

¿Qué demonios se suponía que quería decir?, se preguntó Zack. ¿Kirby estaba siendo amable?

—Vamos. —El jefe Rodgers condujo Kirby sobre el terreno rocoso hasta la explanada donde habían aparcado, situada más abajo.

—Gracias por no decir nada —le dijo Zack a Olivia, aunque seguía intentando resolver si Kirby se llevaba alguna especie de juego entre manos del que él ignorara las reglas.

—No tengo nada que decirle a ningún periodista. —Parecía irritada.

—¿Sucede algo?

Olivia levantó la vista hacia él con el rostro impasible.

—Confíe un poco en mí, detective. Lo último que deseo es que la prensa se centre en mi presencia, en lugar de lo que es importante.

—Y lo importante ahora es encontrar a este asesino antes de que muera otra niña.

Brian Hall observó su reflejo en el espejo mugriento y desazogado de su patético piso. Las zorras de la puerta de al lado habían vuelto a la carga y se gritaban la una a la otra utilizando un vocabulario que Brian sólo había aprendido después de entrar en la cárcel. La zorra número uno, la tía que parecía una bollera, había perdido su trabajo de ayudante —¿o ayudanta?— de camarero, y la zorra número dos, la colgada, quería dinero para un pico. El espejo tembló cuando algo metálico golpeó la pared medianera, y a Brian le entraron ganas de ir allí y darle una paliza a las dos zorras hasta que se callaran.

¿Cómo iba a poder pensar? ¿Cómo iba a poder hacer planes con aquellas dos dale que te pego todo el jodido tiempo? Al menos, en la cárcel había silencio. Cualquier cosa por encima de una conversación normal podía llevarte al otro barrio. Sí, claro, una y otra vez estallaban trifulcas, pero por la noche —como en ese momento— solía haber silencio. Tranquilidad.

Brian puso las manos sobre el tambaleante aparador y se escudriñó la cara con más detenimiento. Era un viejo; su vida estaba acababa. Tenía cara de cansado, y sus ojos azules estaban pálidos. Y también estaban inyectados en sangre, porque no dormía tan bien. Se pasó la mano por el pelo cortado muy corto. Había bajado y pagado diez pavos —¡diez pavos— al peluquero por el corte. Había tenido que hacerlo. El nacimiento del pelo estaba retrocediendo, y cuanto más corto llevara el pelo, menos advertiría lo poco que tenía. En la cárcel no se había preocupado.

Su boca había adoptado una mueca de desagrado perpetua. Intentó sonreír a su reflejo, pero no consiguió más que un rictus de desdén.

No tenía vida. Nadie lo contrataría, excepto como ayudante de camarero de algún grasiento restaurante donde la bazofia por la que realmente pagaba la gente era peor que la comida de la cárcel.

Todo el mundo le despreciaba. Daba igual que hubiera demostrado su inocencia. Había estado en la trena tres décadas; nadie creía realmente que fuera inocente.

Cerró los ojos, y cuando los abrió, clavó la mirada en la parte superior del abarrotado aparador. El acero azulado y mate de la treinta y ocho le envió un destello al incidir en ella la luz artificial. La había comprado en la calle, detrás de aquel antro espantoso que era su piso. Le había sorprendido lo fácil que había resultado.

Cogió el revolver con manos temblorosas y se quedó mirando el cañón de hito en hito.

—Mi vida está acabada —dijo con voz hueca y metálica.

Se puso el revolver en la boca, y el gusto metálico le hizo encogerse. Las lágrimas le resbalaron por la cara, y todo su cuerpo tembló cuando rodeó el revolver con la mano derecha para introducir el índice en el gatillo. Era difícil. Complicado.

Pero empezó a apretar el gatillo poco a poco. Sintió retroceder el percutor cuando el gatillo llegó a la mitad del recorrido. El gatillo se resistía, como si el propio revólver le dijera que esperase, que no lo hiciera, y entonces...

Clic.

El revólver estaba vacío; no lo había cargado. Dejándose caer en el suelo, empezó a sollozar.

Su madre le tenía miedo, aunque él culpaba de eso a su primo Toby. No tenía casa ni amigos; nada era como había sido antes de ir a la cárcel.

Furioso, se limpió las lágrimas de la cara. ¡Mira en lo que te han convertido esas zorras! En un viejo quejica y lloriqueante.

«¡Estúpida hija de puta, te mataré!» Otro mueble golpeó la pared del piso de al lado, mientras las zorras continuaban despotricando.

Patético. Él era patético, allí sentado en la raída alfombra acaso beige años atrás, pero ya marrón por el uso de años que de ella habían hecho otros patéticos perdedores como él que habían vivido en aquel patético piso.

Castigo. Tenía que hacerle algo a la gente que había destruido su vida. ¿Pero qué? ¿Qué podía hacer él para resarcirse de la vida que le habían robado?

Se levantó lentamente y caminó arrastrando los pies hasta la torcida mesa de formica situado en el rincón que hacía las veces de cocina, y donde se ubicaba un penoso frigorífico incapaz de mantener frías las cervezas y una placa de cocina de dos fogones. Sobre la mesa había un periódico y una libreta de espiral de noventa y nueve centavos que había comprado en el supermercado. Noventa y nueve centavos por aquella pequeña libreta de mierda de cuarenta hojas.

Se sentó en la solitaria silla y colocó el revólver con cuidado delante de él. Pasó la hoja y miró con atención los nombres de las personas que le habían tendido la trampa para incriminarlo.

Hamilton Craig. Maldito fiscal. No sólo consiguió que lo condenaran, sino que recurrió seis veces su libertad condicional. Brian no era capaz de encontrar su domicilio, pero se había enterado de que el gilipollas era el fiscal del distrito del condado. Brian sabía con exactitud dónde trabajaba, y nunca había olvidado el aspecto de aquel hijo de puta.

Gary Porter. El poli estaba jubilado, y Brian tampoco podía encontrar su dirección, pero tenía una idea: primero, ocuparse de Hamilton Craig; luego, seguir al poli a su casa desde el funeral. Y si tenía suerte, aquella puta también estaría allí.

La puta que había sido la causante de todo: Olivia St. Martin.

Para empezar, de no haber sido por ella, nunca habría ido a la cárcel. Ella había mentido a los policías, había dicho que lo vio llevarse a su hermana, lo cual era una gilipollez porque él no lo había hecho. Le importaba una mierda que a la sazón hubiera sido una niña pequeña; había seguido mintiendo, y eso era todo. Tendría que pagarlo caro, la puta frígida esa. Por las acusaciones cada vez que había acudido a oponerse a su libertad condicional; como si hubiera sido culpa de él que la estúpida madre de ella se hubiera suicidado. Si hasta llegó a decir en una ocasión que él debería haber sido ejecutado.

«Si se hubiera hecho justicia realmente, este hombre no estaría sentado hoy aquí. Estaría enterrado en la fría tierra, después de haber recibido una inyección letal.»

Oh, sí, él tenía planes para la señora St. Martin.

Primero se encargaría del maldito fiscal, y luego del poli.

Dejaría lo mejor para el final. Olivia St. Martin lamentaría haber mentido alguna vez sobre él.

Ella pagaría por sus crímenes.

Capítulo 10

Olivia aborrecía las autopsias, pero en las pocas que había presenciado, siempre se las había arreglado para salir adelante. La pura fuerza de voluntad para controlar sus emociones le permitía mantener una apariencia de tranquilidad mientras observaba al forense despiezar y volver a juntar un cadáver humano.

Nunca había presenciado la autopsia de un niño, pero no perdería la profesionalidad. Era un científica. Podía hacer aquello por Jillian Reynolds y Missy, y por todas las víctimas de quien ya era denominado por la prensa como el Aniquilador de Seattle.

Respiró hondo y echó una mirada a Zack. Éste tenía la mirada fija al frente, en dirección a la puerta por la que aparecería el forense. Su cara angulosa era todo un poema de rigidez y dureza, como si él también estuviera librando una batalla interior.

Si un hombre tan experimentado y fuerte como Zack Travis lo estaba pasando de pena en aquel cuarto, ¿cómo podía confiar ella en observar y conservar la imparcialidad?

Las puertas se abrieron, y un pequeño anciano de rasgos asiáticos entró empujando una camilla de acero inoxidable con ruedas. Lo siguió una mujer atractiva, alta y con el pelo negro recogido hacia atrás por una cinta. La mujer hizo un gesto con la cabeza hacia Zack y le lanzó una media sonrisa. Para Olivia fue más fácil observar aquel intercambio de saludos y preguntarse de qué se conocían que mirar a la sábana blanca colocada sobre el pequeño cuerpo.

La mujer empezó a disponer el instrumental mientras el hombre escribía en un diario. Las puertas se volvieron a abrir, y un hombre rechoncho y canoso, que a Olivia le recordó un Santa Claus bajito, entró de sopetón, saludando con la cabeza a su personal mientras atravesaba la sala hasta donde estaban ella y Zack.

—Detective Zack. —Los dos hombres se dieron la mano. Incluso sin sonreír, el forense parecía un tipo jovial.

—Doctor Sparks, esta es la agente St. Martin, del FBI.

El doctor Sparks cogió la pequeña mano de Olivia entre las suyas.

—Empezaremos de aquí a un momento. —Deslizó la mirada de Olivia a Zack—. Esto no va a resultar agradable de ver. Hemos limpiado el cuerpo lo mejor que hemos podido (y hemos enviado lo que hemos reunido a Doug, al laboratorio), pero la víctima está en un avanzado estado de descomposición.

—Podremos con ello —dijo Zack.

Olivia quería quedarse; quería ver lo que aquel hijo de puta le había hecho a Jillian Reynolds. Pero tan pronto como el doctor Sparks retiró la sábana, tuvo que marcharse.

—Lo siento —dijo entre dientes en dirección a Zack, y salió corriendo por la puerta.

Estaba casi fuera del edificio cuando Zack la alcanzó.

—Olivia.

No podía mirarle. ¿Qué debía de estar pensando de ella? Qué carecía absolutamente de profesionalidad. Pero si se hubiera quedado, no habría podido controlar su reacción, y eso era sencillamente inaceptable.

—Lo siento —repitió Olivia.

Zack la agarró por los hombros obligándola a ponerse frente a él. Olivia pensó que vería en sus ojos frustración o enfado o algo que demostrara que sabía que era ella era un fraude.

En cambio, sólo vio una profunda compasión.

—Liv —dijo Zack con dulzura utilizando su diminutivo familiar—. No pasa nada. Lo entiendo. Dé un paseo. Me reuniré con usted aquí mismo dentro de una hora.

Olivia asintió con la cabeza temiendo que si hablaba se le quebrara la voz.

Salió del edificio y caminó briosamente por la calle abarrotada del tráfico de mediodía. Lo único que quería era alejarse del edificio, huir de la muerte.

«No pienses en ello. No pienses en el aspecto que tiene ahora Jillian.»

Durante un instante fugaz se preguntó si la imagen del cuerpo la perseguiría durante el resto de su vida. ¿Cómo podía ser científica (testigo de infinidad de autopsias, cadáveres y horribles fotos de escenarios de crímenes) y que una víctima la descompusiera?

«¿Quién soy? ¿En qué me he convertido?»

Al cabo de unos minutos amainó el paso no sabiendo lo lejos que había llegado. Se paró cerca de una fuente, en el exterior de un edificio que supuso el Ayuntamiento. Los trabajadores que salían a comer, ataviados con camisas y zapatillas deportivas, paseaban con energía a su alrededor en parejas o tríos, charlando mientras quemaban calorías. Hacía un precioso día otoñal. Perfecto, cálido, con una ligera brisa y un límpido cielo azul.

¿Un día perfecto? No precisamente. Una niña de nueve años yacía en una fría sala de autopsias al final de la manzana. Una niña que nunca volvería a disfrutar de un día de otoño.

Se sentó en un banco delante de la fuente y observó fijamente el agua danzarina.

Tenía cinco años cuando Missy había sido asesinada, y recordaba sus sentimientos de miedo e impotencia más que cualquier otro detalle del secuestro real.

El tatuaje. Jamás lo había olvidado. El águila azul seguía produciéndole pesadillas, aquella manera de ondularse bajo los músculos de Hall, la manera de abultarse, como si estuviera a punto de levantar el vuelo...

Hall, no; otra persona. Otro asesino. ¿Lo había conocido Hall? Parecía una coincidencia excesiva que la camioneta de Hall hubiera sido la utilizada, y que él tuviera al mismo tatuaje que el asesino de Missy. Un águila azul no era un tatuaje infrecuente, mas no obstante... ¿Dos hombres jóvenes en la misma ciudad relacionados por la camioneta de Hall? No estaba convencida de que Hall no hubiera estado involucrado; era su camioneta, esa prueba era segura. Había vuelto a leer varias veces el informe de la policía sobre el asesinato de Missy desde la excarcelación de Hall. No había ninguna duda de que se había encontrado sangre de Missy en la camioneta. Y las fibras de las esterillas del vehículo estaban en la ropa de su hermana.

Missy había estado allí. ¿Pero Hall había tomado parte en su secuestro? ¿O era víctima de las circunstancias?

La melodía de su móvil la sobresaltó, y hurgó a tientas en el bolso para coger el teléfono. Era Greg.

—Hola. ¿Va todo bien? —preguntó Olivia.

—Tengo la muestra de ADN. Gracias por enviarlo en avión; eso nos da otro día. Empezaré las pruebas esta noche. Nos llevará un par de días, pero te haré llegar los resultados lo antes posible.

La mayoría de la gente que veía la televisión pensaba que entendía lo del análisis del ADN, pero lo cierto es que se trata de un proceso complicado y lento. Las partes más amplias del ADN de una persona son, en realidad, iguales a las del ADN de todas las demás personas, sencillamente porque todos son seres humanos. Pero cada individuo posee fragmentos exclusivos de ADN, y son éstos los que los científicos necesitan para elaborar un perfil genético único.

Pero, aunque importante, el perfil genético era sólo un pequeño paso. Todavía necesitaban un sospechoso con quién cotejar el perfil.

—Confróntalo con todos los perfiles de ADN de aquellos casos antiguos —dijo Olivia. En cuanto lo consiguieron, dos semanas antes, habían confrontado el perfil de ADN del caso de Missy con el de los agresores conocidos incluidos en el CODIS, pero no había habido coincidencias. El tipo no había sido introducido jamás en el sistema. Pero mientras Olivia estaba en Seattle, Greg estaba poniendo a trabajar a sus contactos para ver si había algún otro perfil elaborado a nivel local que, por una u otra razón, no hubiera sido introducido en el CODIS.

—Ya lo tenía previsto.

—Será una confirmación más cuando por fin lo encontremos. No quiero que se escape.

—Conozco mi trabajo, Olivia.

Greg parecía irritado.

—Perdona —dijo Olivia sintiéndose terriblemente culpable una vez más por haberle puesto en aquella situación.

Greg suspiró.

—Ten cuidado, Liv, ¿de acuerdo? Me tienes preocupado.

—Sé que lo estás, pero por el momento estoy bien. El jefe Pierson ni se inmutó cuando llegué ayer a la comisaría. Estoy trabajando directamente con el detective que lleva el caso. Se ha encontrado otro cadáver, éste de hace tres meses. —Le hizo un sucinto resumen sobre la desaparición y descubrimiento de Jillian Reynolds—. Probablemente se trate del mismo tipo. El detective Travis asiste a la autopsia en este preciso instante.

—¿Qué tal es el laboratorio de allí? ¿Son competentes?

—Mucho. Hay un laboratorio criminal del estado, pero Seattle también tiene el suyo propio, y le han dado prioridad a este caso. Lo comprobé ayer, y por lo que pude ver, no han descuidado nada. —El teléfono de Olivia emitió un pitido; miró la pantalla de identificación de llamadas, pero no reconoció el número, aunque si advirtió que el código era del área de Seattle. ¿Había terminado ya Zack con la autopsia?—. Tengo que colgar, Greg. Te llamaré cuando tenga noticias.

—Ten cuidado —repitió él, y colgó.

—Olivia St. Martin —respondió Olivia.

—¡Liv! Soy Miranda.

El corazón de Olivia se aceleró. ¿Por qué la llamaría Miranda? ¿Sabía que estaba en Seattle?

—Miranda… qué sorpresa.

—Quinn y yo acabamos de volver de nuestra tardía luna de miel, y me enterado de que Hall había sido puesto en libertad. No sabes cuánto lo siento.

La mente de Olivia proceso la información. Eso era verdad; su luna de miel se había visto interrumpida cuando se había requerido la presencia de Quinn para una investigación trascendental. Olivia había analizado para él en el laboratorio algunas de las pruebas de sangre de una sucesión de asesinatos ocurridos en varios estados.

Olivia se puso tensa. Quinn Peterson estaba destinado en la oficina del FBI en Seattle, aunque era absolutamente imposible que supiera que ella estaba allí. ¿O no era tan imposible? ¿Habría llamado el jefe Pierson para comprobar sus credenciales con la oficina de campo local, en lugar de fiarse de la llamada telefónica y la información de contacto de Greg? Olivia creyó que no; Pierson se había mostrado cordial y pareció creerse todo lo que ella había dicho.

—¿Liv? ¿Estas ahí?

Olivia sacudió la cabeza para aclararse las ideas.

—Sí, perdona, es que me pillas en mitad de algo. —Mentirosa. Y con su mejor amiga. Su estómago vacío sintió nauseas. Una cosa era pedirle a Greg que infringiera las normas por ella, y otra muy distinta poner a Quinn Peterson en la situación de tener que mentir a su jefe.

—Siento molestarte. Estoy segura de que estás ocupada, pero tenía que llamar y asegurarme de que estabas bien. Quinn me contó que el abogado de Hall cuestionó la prueba del ADN y demostró que Hall no había... esto... —La voz de Miranda se fue apagando.

—No, él no violó a Missy.

A Olivia le entraron unas ganas enormes de contarle a Miranda dónde estaba y qué estaba haciendo. La situación la superaba. Apasionadamente leal, Miranda le guardaría el secreto.

—De verdad que lo siento —repitió Miranda—. ¿Tiene alguna pista la policía? ¿Qué está haciendo el FBI?

Cabía esperar las preguntas de Miranda, pero Olivia no sabía qué responder.

—Esto... no lo sé.

—¿Qué es lo que está haciendo el FBI? —oyó decir Olivia a Quinn al fondo.

Él estaba allí. No había manera de que Olivia pudiera hablar de sus actividades en ese momento. Y no era justo pedirle a Miranda que ocultara semejante secreto a su marido, un agente del FBI. No, eso la pondría en una situación comprometida, y lo último que Olivia deseaba era meterse entre Quinn y Miranda. Ésta ya había pasado por demasiadas adversidades en su vida, y se merecía ser feliz con un hombre al que era evidente que amaba.

—Gracias por llamar —dijo Olivia—. Agradezco tu preocupación. Pero estoy bien. De verdad.

—¿Has hablado con la policía de California? ¿Tienen alguna otra pista?

—Hablé con Hamilton Craig, el fiscal que llevó la acusación contra Hall. Como es natural, ha reabierto el caso. Aunque éste está frío, y no creo que tengan recursos para proseguir con él. —Cambio el peso de su cuerpo al otro pie, aliviada porque Miranda no pudiera verla; habría sabido que no le estaba diciendo toda la verdad.

—Pregúntale sobre... —terció la voz de Quinn al fondo.

—Quinn quiere saber si, ahora que se ha reabierto el caso, el ADN del caso de Missy ha sido introducido en el CODIS, y que si puede hacer algo... ¡Caray!, deja que te lo pase y así podréis hablar de las cosas de trabajo.

—No, de verdad —se apresuró a decir Olivia—. Tengo que volver al trabajo. Confío en la gente que lleva el caso, pero está frío, y tengo que aceptarlo.

—Pero...

—Te llamaré luego, cuando haya menos ajetreo.

—Va... le —dijo lentamente Miranda—. Cuídate. Y Liv...

—¿Qué?

—Que te quiero.

La sala estaba demasiado fría. Un intenso silencio impregnaba la atmósfera, como si el propio edificio estuviera conteniendo la respiración, y sólo fuera interrumpido por el entrechocar del instrumental metálico sobre la camilla metálica.

Durante la autopsia de Jillian Reynolds, Jack había pasado del malestar a la furia de manera alternativa. Lo observó todo sin hacer ningún comentario, con la mandíbula apretada. Había asistido a muchas autopsias; nunca se sentía completamente cómodo, pero aquello era una parte de su trabajo y la cumplía sin quejarse. Jamás se había terminado de acostumbrar al olor, pero por lo general bromeaba con el forense y fingía interesarse en lo que el viejo excéntrico hacía.

Pero ese día no. No con aquella pequeña allí. Nadie habló, ni Zack ni el doctor Sparks ni sus ayudantes.

El tiempo había discurrido lentamente, pero sólo transcurrieron setenta minutos desde el principio hasta el final, y Zack consiguió todo lo que necesitaba. Causa de la muerte: múltiples puñaladas en el pecho y abdomen. A Dios Gracias, la muerte había sido rápida, pero no se había producido antes de la agresión sexual.

Zack nunca había tenido tantos deseos de atrapar a un asesino como aquel.

Tenían una buena noticia: una posible muestra de ADN. No se trataba de semen, sino de tres pelos del vello púbico con bulbos. No había manera de saber si se habían degradado hasta el punto de que su ADN fuera irreconocible, pero al menos era algo con lo que trabajar. Le dijo a Sparks que Doug Cohn enviaría a alguien a recogerlos en cuanto los hubieran preparado para ser transportados.

Confiaba en que el ex marido de Olivia fuera el buen tipo que ella parecía creer que era y que no se negase a acelerar otro par de pruebas. No pudo por menos que preguntarse qué es lo que había ocurrido para que se hubiera convertido en ex marido.

—Doctor Sparks, ¿había alguna marca en el antebrazo derecho, como en los casos de Benedict y Davidson?

—No quedaba suficiente piel ni tejido muscular para decirlo. Las abrasiones de los otros casos eran superficiales, y no hay manera de saber si el asesino dejó las mismas marcas en esta víctima. Pero sí que le confirmo que le cortaron el pelo. Lo pondré todo en el informe.

—Gracias.

Cuando el doctor Sparks terminó de lavarse, Zack salió de la sala de autopsias. No encontró a Olivia en el vestíbulo. Se pasó la mano por la cara áspera y se dio cuenta de que esa mañana había olvidado afeitarse, algo que le ocurría con frecuencia, sobre todo cuando trabajaba en un caso difícil.

Deseó poder haberle dicho algo más a Olivia que la hiciera saber que no pasaba nada porque se hubiera marchado. Antes de que hubiera recuperado la entereza, el dolor que asomó a su mirada había sido inconfundible. De ninguna manera podía culparla por su reacción; sin embargo, Olivia tenía un carácter tan fuerte, que a él le sorprendió que no se hubiera mantenido en sus trece sólo para demostrarle que era una poli dura.

Ya sólo eso lo intrigaba. Sin duda alguna, Olivia St. Martin era algo más que una cara bonita y una aguda inteligencia.

«Detente, Zack.» Era una insensatez pretender entender a la Superagente. Había dejado perfectamente claro con su lenguaje corporal que no quería que se le acercara nadie. Aunque tuvo que admitir que ella le estaba empezando a gustar; había tanta energía contenida en aquel pequeño cuerpo. Olivia se movía bajo su influjo. Zack dudó que ella se hubiera dado cuenta siquiera de la manera que tenía de meterse constantemente el pelo detrás de la oreja, de tirarse de los lóbulos de las orejas o de juguetear con el único anillo de su mano derecha.

¿Dónde estaba Olivia? Estaba un poco preocupado. No es que no pudiera cuidar de sí misma. Zack consultó su reloj. Le daría cinco minutos y luego intentaría encontrarla. Podría ser que sólo estuviera en los servicios de señoras.

Un movimiento delante del edificio atrajo su atención, y miró hacia la doble puerta de cristal que conducía al exterior. Olivia St. Martín abrió una de las hojas y entró; una vez dentro, entrecerró los ojos para adaptarse a la luz natural. Tenía la piel pálida; demasiado pálida. Su mano rozó la oreja para meter el pelo detrás, aunque enseguida unos cuantos pelos cayeron hacia delante. Cuando vio a Zack al otro lado del vestíbulo, se irguió y endureció la mandíbula, y su cara perdió la expresión de debilidad con la que había entrado.

—Debo disculparme por mi comportamiento tan poco profesional —dijo Olivia al llegar hasta él—. No debería haberme marchado.

Los sentimientos que bullían bajo la fría máscara de Olivia casi se podía tocar, pero ella se esforzó en impedir que Zack viera algo. ¿Por qué sentía esa necesidad de mantener un control tan férreo sobre sus emociones? Si él no diera rienda suelta a su frustración cada mañana en el gimnasio, estaría de un humor de perros todo el día. El trabajo exigía mucho; cada uno se desfogaba como podía.

—Ya le dije que lo comprendía. No tiene que fingir ante mí que es una chica dura. —Se interrumpió, sintiéndose violento—. He conocido a hombres muy fuertes que se han derrumbado ante la visión de un niño encima de esa mesa.

Olivia suspiró e intentó sonreír, pero evitó el comentario de Zack por completo cuando preguntó:

—¿Ha arrojado algo útil el examen?

—Vello púbico. El doctor Sparks lo está preparando para su envío. ¿Cree que su ex marido daría prioridad a otra muestra? —Zack intentó restarle importancia al tema, pero Olivia no estaba de humor.

Le dio la espalda a Zack y empezó a dirigirse a la puerta.

—Llamaré a Greg y le diré lo que quiero. Haga que Doug lo envíe al mismo sitio. Tenemos tiempo hasta mañana, porque aunque lo volviéramos a enviar en avión, no llegaría allí hasta bien entrada la noche—. Hizo una pausa y miró a Zack—. Pero se trata del mismo tipo. —No era una pregunta.

—Sin duda. —Zack frunció el entrecejo y salió a la calle tras ella. Técnicamente, él no entraba en servicio hasta las cuatro, pero ya había trabajado docenas de horas extras, la mitad de las cuales no las había anotado.

Alcanzó a Olivia en tres zancadas.

—¿Qué ocurrió en el caso en el que trabajó? ¿Dónde fue encarcelado el tipo equivocado?

Olivia dio un respingo casi imperceptible, pero Zack la estaba observando con mucha atención. Sin duda, aquel era un punto doloroso para ella.

—La policía encontró rastros de sangre en su camioneta que lo relacionaban con el asesinato de la niña —dijo Olivia con rapidez—. Mintió sobre su coartada; dijo que había estado en un bar, pero cuando aquello no se tuvo en pie, cambió su historia por la de que había estado en casa solo, durmiendo la mona después de un día de borrachera. Fue condenado en buena medida sobre la base de pruebas circunstanciales, pero las pruebas encajaban con las mentiras que le contó a la policía. No fue difícil utilizarlas para motivar al jurado. —Olivia dobló la esquina en dirección a donde Zack había aparcado después de recogerla en el hotel.

—¿Y entonces?

—Consiguió un abogado que se enteró de que había una muestra de ADN del asesino y la hizo comparar, lo cual demostró que él no había... —Dejó de hablar, pero se negó a mirar hacia Zack mientras avanzaba por la acera a grandes zancadas. Se aclaró la garganta—. Él no violó a la víctima.

—¿Y lo han soltado? ¿Así sin más?

—El fiscal del distrito se dio cuenta de que su acusación quedaba en entredicho con las nuevas pruebas. Puede que el tipo hubiera estado mezclado, pero las pruebas restantes eran circunstancias. No había nada que «demostrara» que la mató.

—¿Y por qué no se comparó antes el ADN?

—Es un caso antiguo.

¿Un caso antiguo? ¿Cómo de antiguo? Durante al menos los diez últimos años, algunos más en muchos lugares, la prueba del ADN había sido de uso corriente. Zack le lanzó una mirada a Olivia mientras cruzaban la calle hacia donde él había aparcado el turismo facilitado por la policía. A primera vista, Olivia parecía joven; Zack le había echado alrededor de los treinta la primera vez que la vio. Piel suave y delicada, pelo brillante, una figura esbelta y torneada. Pero en ese momento advirtió unas finas arrugas en torno a sus ojos y una ligera expresión de cansancio en el rostro. La manera que tenía de controlarse revelaba cierta madurez que la mayoría de las mujeres nunca adquirirían. Debía ser mayor de lo que él pensaba. ¿Treinta y cinco? ¿Más mayor? Tal vez aquel había sido el primer caso en el que ella había trabajado. La habría pifiado, se lo había tomado como una cuestión personal y andaba detrás de vengarse...

—¿No ira a jugar al somatén, verdad? ¿A intentar enmendar cualquier error que piense que cometió con las pruebas de ese viejo caso? Porque no me voy a quedar de brazos cruzados y dejar que los federales jodan la investigación. Quiero a ese tipo. Es un mal sujeto; pero lo quiero pillar con la ley en la mano. No voy a permitir que el hijo de puta se vaya de rositas por culpa de una investigación contaminada.

Olivia dejó de caminar bruscamente y se volvió hacia él con los puños cerrados en los costados. Todo su cuerpo vibraba con una furia contenida.

—Este asesino ha eludido la justicia durante más de treinta años; no haré nada que ponga en peligro una condena. Nadie tiene más ganas de atrapar a este asesino que yo, detective Travis. Lamento que tenga un problema con el FBI, ¡pero no se desquite conmigo!

Dicho lo cual, se alejó hecha una furia, deteniéndose sólo cuando llegó al coche.

¡Vaya, vaya! Definitivamente, algo sucedía. Y como que se llamaba Zack averiguaría de qué se trataba.

Olivia no sabía qué mosca le había picado. Nunca se dejaba llevar por la cólera, pero sentía como si todo su cuerpo fuera un muelle tensado al máximo que estuviera a punto de soltarse, desparramando sus emociones en todas las direcciones.

Aquello tenía que ver con el haber visto a Jillian Reynolds sobre la camilla. Había sido sólo un instante, pero la había puesto nerviosa. Había pensado —durante una fracción de segundo— que la que estaba tumbada allí era Missy. A punto de ser abierta por el forense.

Y luego estaba el haber hablado con Miranda —y haber mentido a su mejor amiga— y saber que ella y Quinn estaban en la ciudad. ¿Por qué tenía el asesino que haber atacado en Seattle? El único lugar donde tenía amigos de verdad. No le sorprendería que Miranda no la hubiera creído cuando le había dicho que estaba bien. Después de todo, era la peor mentirosa del mundo. Incluso por teléfono. Odiaba el engaño. Quería contarle la verdad a Zack; pero si lo hacía, no habría manera de que la permitiera tomar parte en la investigación. Incluso cabía la posibilidad de que llamara a Rick Stockton e hiciera que la despidieran. Zack tendría todo el derecho del mundo a hacerlo. Se había presentado con unas credenciales falsas, y había tergiversado sus funciones, y si aquel precario castillo de naipes se derrumbaba antes de que encontraran al asesino…

No. No podía pensar en semejante cosa. Lo encontrarían. Tenían que hacerlo.

Los sentimientos de responsabilidad y remordimiento la atormentaron hasta el punto de casi impedirle respirar. Si no hubiera sido por su testimonio de hacía treinta y cuatro años, la policía no habría cerrado el caso. Y tal vez, sólo tal vez, el verdadero asesino habría sido detenido.

Capítulo 11

Zack no preguntó a Olivia por el arrebato que había tenido al salir del despacho del forense y que había resultado demasiado apasionado para tratarse de un sermón sobre la justicia. Era algo personal. Zack se preguntó hasta qué punto aquel caso era personal para ella.

Cuando volvieron a la comisaría, Zack ya tenía otras cosas en la cabeza. Se fue a buscar a Boyd para averiguar como le iba con lo de las camionetas, mientras que Olivia se disculpó y se metió en la sala de reuniones.

Boyd seguía cotejando la relación de propietarios de las Expedition con los de los Dodge, pero estaba haciendo progresos.

—Si detectas alguna coincidencia, llévate a Jan O'Neal contigo para interrogarlos —le dijo Zack.

—¿Quieres que sea yo quien los investigue?

¿Por qué parecía tan asombrado? Esa era la razón de que Zack no se considerase a sí mismo un buen oficial de adiestramiento; tal vez no le estuviera dando a Boyd el suficiente refuerzo positivo. Hasta ese momento, el chico había hecho un buen trabajo, y Zack consideraba que prometía… siempre que dejara de adelantarse a sí mismo y perdiera aquella actitud de cachorro demasiado impaciente.

—Sí —dijo Zack—. Pero no solo. Ya sabes lo que tienes que buscar, y O'Neal es una buena poli. —Una de las más meticulosas del cuerpo. Boyd podría aprender con ella.

Zack echó una mirada al reloj de la pared.

—La agente St. Martin y yo vamos a ir a hablar con las dos testigos del secuestro de Benedict, a ver si recuerdan algo más sobre el tipo que vieron, aunque no me hago muchas esperanzas.

—Porque a los niños les da por inventarse las cosas, ¿no? —dijo Boyd.

—Exacto. Pero la primera vez que hablamos con ellas había mucha emotividad. Puede que el tiempo transcurrido ayude en este caso.

—¿Va todo bien con la agente? —preguntó Boyd.

—Mejor de lo que esperaba. Vamos a revisar todo los casos que trajo con ella, a ver si podemos localizar algún patrón adicional. Pásate por la sala de reuniones; tendré algún trabajo de seguimiento que exigirá contactar con otras jurisdicciones para el que necesitaré tu ayuda.

La siguiente parada de Zack fue el laboratorio de Doug Cohn. El director del laboratorio estaba inclinado sobre un microscopio. Zack esperó con impaciencia, aunque sin querer meterle prisa. Al final, se acercó hasta él.

Sin levantar la vista del aparato, Cohn dijo:

—No tengo nada nuevo, pero ya envié el pelo del vello púbico al contacto de la agente St. Martin en el laboratorio del FBI. En circunstancias normales, nunca pensaría que harían nada más rápido que nosotros, pero parecía absolutamente convencida de que se pondrían manos a la obra de inmediato.

—Gracias. Mira, sé que estás agobiado de trabajo, pero hazme un favor.

—Si es sobre tu caso, lo que quieras. —Cohn levantó la vista del microscopio.

Zack le entregó la lista de ciudades que Olivia le había dado antes.

—¿Puedes ponerte en contacto con estos departamentos y ver si puedes conseguir alguna información sobre las marcas en los antebrazos?

—¿También a ti te han estado fastidiando esas marcas? ¿Pudo obtener algo Gil en el cuerpo de la niña Reynolds?

Zack sacudió la cabeza.

—No quedaba suficiente tejido blando.

—Veré qué puedo hacer. ¿Algo más que quieras que averigüe?

—Claro, el nombre y el domicilio del asesino.

—¡Ajá! Mira, tantearé a los laboratorios y veré qué tienen.

—Bien, estaré en la sala de reuniones. Voy a llamar a Nashville para averiguar por qué razón no han enviado la información sobre el tatuaje. Luego, empezaré a revisar la lista y hablaré con los detectives encargados y que me envíen copias de todos los expedientes.

»Tal vez —dijo Zack por encima del hombro mientras salía del laboratorio— consigamos que mejore nuestra suerte.

Al abrir la puerta de la sala de reuniones empezó a decir:

—Liv, he puesto a trabajar a Cohn en...

Olivia se erguía de puntillas sobre una silla con los pies descalzos cubiertos por las medias, mientras escribía algo en la parte superior de la pizarra blanca. Al oír la voz de Zack, se sobresaltó y la silla se movió bajo ella. Aterrizó sin ninguna ceremonia sobre su trasero.

Zack se acercó hasta ella en dos zancadas y la ayudó a levantarse. Al principio, Olivia pareció indignada, pero acabó sonriendo tímidamente.

—Supongo que ponerse de pie encima de una silla no es la forma más inteligente de hacerlo, pero las personas bajitas hacen lo que pueden para compensar la desproporción.

Se apartó de él, y Zack contempló lo que ella había estado escribiendo en la parte superior.

—¿Fechas? —dijo.

Relacionadas bajo el año en curso en letras de molde escritas con pulcritud aparecían las tres víctimas de Seattle: Jillian, Jennifer y Michelle. Junto al nombre de cada una de las niñas se indicaba su edad, fecha del secuestro, hora probable de la muerte y fecha de hallazgo del cadáver. Según parecía, Olivia había hecho lo mismo con todas las víctimas de otros nueve estados, pero faltaba una información: la hora concreta de la muerte. Había anotado la que ella suponía con un rotulador de otro color.

Olivia había quitado el mapa y las fotografías de las víctimas del tablón de corcho y lo había pegado todo con cinta adhesiva en la pizarra blanca, de manera que toda la información sobre el caso se podía ver de inmediato.

Zack se quitó la chaqueta deportiva con un movimiento de hombros y la arrojó sobre una silla del rincón. Algunos detectives llevaban corbata; él no era de esos. Los pantalones Dockers y las camisetas negras eran su uniforme preferido. Si llevaba americana era, fundamentalmente, para ocultar la pistolera del hombro.

—Parece que tenía razón —dijo Zack—. Sus últimas tres víctimas están concentradas, mientras que la primera las precede al menos en un mes.

Olivia frunció el ceño.

—¿Qué pasa? —quiso saber Zack.

—Bueno, tengo la sensación de que hay algo acerca de estas primeras víctimas que es diferente a las otras. Pero no consigo ver qué es.

Zack estudió las fechas de la pared.

—Analicemos esto a fondo. El tipo se traslada de un estado a otro. ¿Por qué? Para evitar que lo descubran. ¿Y cómo? ¿Es económicamente independiente? ¿O trabaja en algo que le hace viajar mucho? ¿Tal vez es un vendedor?

Olivia negó con la cabeza.

—Estoy de acuerdo con el porqué, pero no con el cómo. Me parece que no necesita mucho dinero para vivir. Es soltero. Y disciplinado. Probablemente, no se permita muchos lujos.

—Pero no vive en la calle.

—No. Es una persona limpia. Lo más seguro es que tenga un aspecto pulcro. Y tiene cara de honrado. Esa es la razón de de que Jenny Benedict se fuera con él. Tiene pinta de no matar una mosca.

—¿Puede que trabaje en algún tipo de tienda? ¿En un centro comercial? Muchos niños frecuentan los centros comerciales, van de compras allí con sus padres. Es un terreno abonado para la caza.

Olivia escribió algo en la pizarra. «Ocupación: ¿Tienda? Posiblemente en un centro comercial.»

—Se le daría bien la gente, en especial las mujeres. Es familiar.

Probablemente parezca educado y puede hablar sobre un sinfín de temas. Y es un manipulador, aunque no lo aparente.

—Si se muda de estado cada dos años, lo más probable es que no tenga una profesión en la que necesite una clientela fija, como sería el caso de un abogado o un médico. ¿Qué tal algo relacionado con los niños, como un profesor?

—Un profesor. Tal vez. —Olivia lo escribió en la pizarra a continuación de «Ocupación»—. Salvo que... —Se interrumpió. Ella no tenía ningún hecho que respaldara sus opiniones. Tal vez estaba hablando demasiado; llevando a Zack por el camino equivocado. ¿Y si cometía algún error? ¿Qué pasaría si se concentraban en una parte de la investigación que no les reportara ningún resultado? ¿Y si perdían un tiempo precioso por culpa de sus opiniones?

—¿Olivia? —dijo Zack instándola a seguir.

—Lo del profesor es una buena idea. Kansas es el último lugar del que estamos seguros que estuvo. Podemos ponernos en contacto con todos los colegios de Seattle para ver si alguien ha sido trasladado desde Kansas.

—No es mala idea, excepto que usted no cree que sea profesor.

—Pero puede que lo sea. No podemos ignorar su instinto.

—Pondré a Boyd a ello, pero quiero saber qué es lo que está pensando.

Olivia se mordió el interior del carrillo.

—No soy una especialista en perfiles. No sé nada con seguridad...

—¡Carajo, Olivia!, yo tampoco soy un especialista en perfiles. —Se pasó la mano por el pelo y se quedó mirando el techo fijamente. Era evidente que ella había dicho algo inadecuado, ¿pero qué?

—Mire, deje de cuestionarse —dijo Zack—. Limítese a escupirlo. Si es una idea estúpida, olvidaré que la ha dicho, ¿de acuerdo? Pensé que ya habíamos tenido esta conversación.

Olivia se recriminó a sí misma mentalmente. Tenía que empezar a actuar como la agente del FBI experimentada que había hecho creer a Zack que era.

—No, no creo que sea profesor —dijo con convicción.

—¿Por qué?

—Porque no creo que fuera capaz de evitar tocar a las niñas, si estuviera rodeado de ellas todo el día.

Zack asintió con la cabeza.

—Buen argumento.

—Aunque creo que deberíamos investigarlo.

—Lo haré.

Olivia miró la pizarra de hito en hito. A esas alturas, resultaba evidente que en cada ciudad la primera víctima había sido asesinada mucho antes que las restantes, pero ¿por qué?

—Puede que haya dado con algo —dijo Zack al cabo de un instante.

—¿Con qué?

—La razón de que no trabaje con niños. Dijo que era porque sería incapaz de no ponerle las manos encima a las niñas. Lo descubrirían enseguida. Así que parte de su disciplina consiste en permanecer alejado de la tentación.

—Parece razonable.

—La primera víctima de cada ciudad esta separada en el tiempo… ¿Y si su primer asesinato fuera espontáneo? Luego, se asusta porque cree que ha cometido un error y se esconde. Espera, se asegura de que la policía no sabe lo suficiente para encontrarlo. También, mire aquí… —Zack se levantó y le quitó el rotulador para pizarras de la mano. Debajo de cada grupo de víctimas realizó una operación matemática. Cuando llegó a Texas, Olivia vio lo que él había observado.

—Los cuerpos de las primeras víctimas tardan más en ser encontrados. —Todas las demás víctimas habían sido descubiertas al cabo de unos días; las primeras, después de varias semanas.

—No es que las escondiera propiamente dicho, pero debió de haber arrojado los cuerpos en zonas poco transitadas —dijo Zack.

—¿Hay alguna manera de obtener información de las demás ciudades? Algunos de estos casos son tan antiguos…

—La conseguiré. —Zack consultó su reloj—. No me había dado cuenta de que era tan tarde. Tengo que llamar a Nashville sobre lo del tatuaje; se suponía que nos tenían que enviar el informe por fax. —Cogió el teléfono.

—¿Puede conseguir que le envíen todo el expediente?

—Se lo pediré, pero podría tardar un par de días. Ocurrió hace diez años.

Mientras Zack hablaba con los policías de Nashville, Olivia estudió el mapa. El cuerpo de Jillian Reynolds había sido descubierto a menos de cinco kilómetros de donde fuera vista por última vez. Según el jefe Rodgers, su madre y la policía habían creído que la niña se había ahogado, y habían centrado su atención en las zonas costeras, buscando en el resto de la isla sólo de manera residual. Se examinaron los vídeos de los ferrys con la idea de que la niña podría haberse escapado, o que, deseando simplemente subir al barco, tal vez se había perdido, o que, si había sido un acto delictivo, la verían con un extraño.

Nada de aquello dio sus frutos, pero al día siguiente concluyeron que la niña probablemente se había ahogado. La resaca era fuerte en aquella parte de la isla y, por consiguiente, podría haber sido arrastrada mar adentro, y el cuerpo seguiría la corriente hasta que fuera arrojado a la orilla a kilómetros de distancia, o quedara atrapado en alguna red de pesca.

Pero el asesino era metódico. No la había sacado de la isla. Había sabido que los ferrys y los muelles estaban vigilados por cámaras de vídeo; y llevársela en una embarcación privada habría sido peligroso. Sobre todo, teniendo en cuenta que la había secuestrado por la mañana.

—Zack —dijo.

—Discúlpeme un momento —masculló Zack al teléfono—. ¿Qué?

Olivia negó con la cabeza.

—Me olvidé que estaba hablando por teléfono.

—¿Qué? —repitió él.

—Jillian fue secuestrada en la isla y encontrada en la isla. Eso invita a pensar que fue asesinada en la isla. Y ésta no es muy grande. Tenemos que averiguar si fue asesinada a puñaladas en el bosque. De lo contrario…

—El asesino tenía un lugar para ocultarla.

Olivia asintió con la cabeza.

Zack terminó de hablar con Nashville y colgó el teléfono.

—Siguen reuniendo toda la documentación. Enviarán por fax los documentos y nos remitirán una copia de todo el expediente. Ahora, permítame que llame a Doug Cohn para decirle que se ponga con el análisis de las muestras de tierra lo antes posible. Cuando este caso esté resuelto, al tío le voy a tener que dar una medalla.

Jenny Benedict había vivido en Sahalee, un barrio de clase media alta. Diez años atrás, la zona no era más que un descampado con unas cuantas fincas de recreo; a esas alturas, las familias jóvenes que buscaban seguridad para sus hijos y un entorno tranquilo, habían construido docenas de zonas residenciales.

Olivia observó la sucesión interminable de jardines de césped perfecto, todos igualmente rectangulares, todos igualmente verdes. Las magníficas casas de dos plantas resultaban imposibles de distinguir, salvo por las caras alternas de ladrillo, piedra o madera. Los niños montaban en bicicleta, aunque Olivia advirtió que los padres no los perdían de vista. Una niña de su mismo barrio que debería haber estado a salvo había sido secuestrada y asesinada. Los padres estaban más atentos; al menos, durante un tiempo.

Pero algo sí que era cierto: en aquel barrio un extraño llamaría la atención. Ese asesino no llamaba la atención; su aspecto era el de cualquiera de ellos. Y vigilaba en busca de la oportunidad perfecta para llevar a la práctica sus enfermizas fantasías. Y esperaba a la oportunidad perfecta para asesinar.

—¿Se encuentra bien? —preguntó Zack.

Olivia lo miró. No parecía cómodo, pero ella no supo si se debía a que era demasiado grande para estar cómodo en el turismo de gama media o porque tenía que enfrentarse a los amigos y padres de Jenny Benedict.

—¿Olivia? —volvió a preguntar.

—Estoy bien —dijo ella.

—Ya veo. —Zack miró de manera significativa las manos de Olivia y volvió a centrarse en la carretera.

Olivia separó las manos rápidamente, que las había tenido apretadas mientras interiorizaba la rabia por lo que le había ocurrido a Jenny Benedict. Se alisó la falda y clavó la mirada al frente, recordándose, conscientemente, el mantener las manos separadas.

Zack aparcó delante de una de las casas más grandes de la parcelación; la vivienda tenía una fachada de estuco y ladrillo parecida a la de las demás casas.

—Pedí que las dos testigos se reunieran aquí para hacérselo más fácil a las niñas —dijo—. Ya les tomé declaración por separado, pero quiero comprobar si recuerdan algo más. Las dos estaban muy afectadas en el momento. Después, tengo que pasar a ver a los padres de Michelle Davidson. Les han llamado para que pasen por comisaría a actualizar los datos. —Se pasó la mano por la barba espesa y negra de la cara—. No sé qué decirles. Estamos siguiendo todas las pistas que hemos podido encontrar, pero todas son muy débiles.

Olivia alargó la mano y le tocó levemente en el brazo con las yemas de los dedos. El gesto pareció torpe; nunca había sido hábil en consolar a nadie.

—Está haciendo todo lo que puede. Lo verán en sus ojos.

Los ojos oscuros de Zack le sostuvieron la mirada, y Olivia sintió crecer en su estómago una sensación extraña e inusitada; una palpitación. Tragó saliva involuntariamente cuando se dio cuenta de que se sentía atraída por Zack. No le había costado mucho colocar el idilio y el sexo en la cola de su lista de prioridades. ¿En la cola? ¿Estaban siquiera en la lista? Tras el divorcio amigable con Greg, no se había vuelto a preocupar. El divorcio había sido un alivio.

Todavía reconocía aquella rara sensación; era algo más profundo que una mera atracción física. Cuando lo conoció, se había dado cuenta de que, en su estilo de poli arrogante y moreno, Zack Travis era muy atractivo. Llenaba cualquier habitación con la fuerza de su personalidad, con su mera presencia, lo cual tenía poco que ver con su complexión y sí mucho con su atractivo salvaje.

Pero el verdadero atractivo radicaba en su profunda compasión por las víctimas y en su obstinado convencimiento de que un buen trabajo policial acabaría con los malos; de que él estaba haciendo todo lo posible para proporcionar justicia a los supervivientes. Observarlo pensar, y hacer preguntas, y preocuparse, a Olivia le tocaba la fibra sensible.

Olivia se apartó. Nerviosa, alargó la mano hacia el manillar de la puerta para salir del coche repentinamente pequeño, cuando Zack la agarró del brazo. Ella se quedó inmóvil. Quiso apartarse de un tirón y decirle que no le gustaba que la tocaran, pero algo la detuvo. Zack la sujetaba con firmeza, pero luego, como si sintiera el miedo de Olivia, aflojó la presión.

Los dedos de Zack le acariciaron el brazo desnudo con un tacto sorprendentemente suave, sensible e íntimo. Una contradicción absoluta con la brusquedad de su comportamiento. Olivia resistió el impulso de abandonarse al tacto de Zack, y se estremeció.

No se atrevía a mirarlo; sus emociones estaban casi a flor de piel. Él se habría dado cuenta de lo confundida que estaba, de su necesidad; de hasta que punto él le embrollaba los pensamientos y los sentimientos y la confundía.

—Míreme —dijo Zack.

Olivia negó con la cabeza de manera tan imperceptible como tragó saliva, mientras reunía hasta el último átomo del control que él le hacía perder con tanta facilidad.

—Olivia.

Respiró profundamente al tiempo que se volvía hacia él. Perdida su dureza habitual, la expresión de Zack se había relajado de alguna manera. Ella sólo pudo pensar en enterrar la cara en su pecho ancho y dejar que la abrazara. Su presencia era tan poderosa, tan absolutamente abarcadora, que durante un instante fugaz Olivia creyó que podría protegerla, no sólo de sus pesadillas, sino de la maldad del mundo.

Imposible. Pero el labio le tembló ansiando probarlo, y se lo mordió. ¿En qué demonios estaba pensando?

—¿Qué es lo que la mueve?

Olivia abrió los ojos desmesuradamente. ¿A qué venía esa pregunta? ¿Qué es lo que quería saber? ¿Y por qué?

—La justicia —susurró ella, y carraspeó. Vuelve al trabajo. Tenía que librarse de aquellos pensamientos inconvenientes sobre Zack Travis. Él era un policía que investigaba un asesinato. Eso era todo.

Zack movió la cabeza adelante y atrás de manera casi imperceptible manteniéndole la mirada a Olivia. Los ojos del detective eran insondables, profundos, sagaces.

—No me lo creo.

Olivia interrumpió el contacto visual, inquieta por el intercambio de miradas y liberó el brazo que él le sujetaba. Abrió la puerta del coche.

—Me trae sin cuidado lo que crea —le espetó. Salió de un salto y cerró dando un portazo, desesperada por poner distancia entre ellos y recuperar el control.

Zack la observó dirigirse a grandes zancadas hasta el buzón y detenerse. No le estaba mirando, pero era absolutamente evidente que estaba pensando en él. Y Zack estaba pensando en ella. Había estado tan cerca de besarla. ¿Besarla? Carajo, la habría devorado. En la manera en que ella lo miró no había solo deseo. Bajo aquella pose controlada, había una complejidad de sentimientos soterrados. Zack quería abrirla y averiguar por qué estaba tan tensa, por qué no compartía nada sobre sí misma, por qué no le gustaba que la tocaran. Deseaba abrazarla y derretir su hielo. La frialdad de su personalidad no era más que una fachada; la había visto luchar con sus emociones. Y él tenía la sensación de que Olivia hervía por dentro, pero que mantenía sus sentimientos cerrados bajo siete llaves.

Se preguntó qué ocurriría si él encontrara la llave.

Salió del coche y cerró la puerta de un puntapié. Olivia St. Martín escondía algo, y aunque él la encontraba absolutamente excitante, su preocupación número uno era la investigación. ¿Qué podía ser eso que ocultaba? Había parecido tan asequible en el laboratorio, en el trabajo en común y con las pruebas, y con aquellas notas metódicas que había escrito en la pizarra blanca… Nada que ver con la mujer que acababa de salir del coche.

Al ver a la superagente por primera vez, la víspera en el despacho de Pierson, pensó que la había calado por completo. En ese momento, tuvo que admitir que no sabía que pasaba con ella. Se acordó de la reacción de Olivia al salir del despacho del forense. En el momento pensó que era una cuestión personal, aunque cuando habían estado trabajando juntos en la sala de reuniones se había comportado como una absoluta profesional.

Estaba escondiendo algo… ¿pero era personal o profesional? ¿O ambas cosas?

Se reunió con ella junto al buzón, al comienzo del sendero que conducía a la casa.

—Si está ocultando algo acerca de la investigación, lo averiguaré —dijo Zack en voz baja—. No dejaré que nadie juegue sucio con mis casos, especialmente en este. Puede llevarse toda la gloria; me importa una puta mierda la prensa, el reconocimiento o el mérito. Pero no joda el caso.

Las mejillas de Olivia enrojecieron de ira.

—¿Gloria, dice? —Su voz era un puro susurro—. ¿Cree que me importa la gloria? Bastardo.

Olivia pasó por su lado rozándolo, con las mandíbulas apretadas.

La había hecho enfurecer, y Zack se preguntó qué secretos acabaría escupiendo si la provocaba de verdad. Secretos; sí, tenía secretos. Y estaba absolutamente decidido a averiguar cuáles eran.

Caminaron hasta la puerta en un tenso silencio.

La casa pertenecía a Will y Dina Adams; su hija, Laura, había sido la mejor amiga de Jenny y una de las testigos del secuestro.

El señor Adams abrió la puerta antes de que Zack pudiera llamar con los nudillos.

—Detective Travis —dijo con solemnidad mientras les abría la puerta para que entraran.

Zack presentó a Olivia, y Adams los condujo a través de una planta amplia y embaldosada hasta la sala de estar, situada en la parte posterior de la casa.

Laura Adams era una niña preciosa de diez años, con una melena morena y grandes ojos azules que en ese momento aparecían anegados en lágrimas. La niña sonrió y parpadeó.

—Hola —dijo tímidamente.

—Hola, Laura —dijo Zack. Luego, sonrió también a la otra niña, que estaba sentada con la espalda recta y las manos agarradas con fuerza entre las rodillas—. Hola, Tanya. ¿Estáis bien?

—Sí —dijo Laura mientras Tanya se encogía de hombres.

La madre de Tanya estaba sentada en el otro extremo de la habitación, junto a Dina Adams.

—¿Cuánto tiempo va a durar esto? ¿No ha tenido bastante ya mi hija? ¿Por qué tienen que hablar con ella otra vez?

—¿Señora Burgess, verdad? —preguntó Olivia.

—¿Quién es usted? —dijo la señora Burgess retorciéndose las manos.

—Soy Olivia St. Martin, del FBI. Sé que esto es difícil para usted y para su hija, y le prometo que acabaremos lo más pronto posible.

La voz de Olivia fue tan profesional como tranquilizadora, con la cadencia de un psicólogo. Se había sentado al lado de Tanya y sonreía a Laura, que estaba sentada al otro lado de su amiga.

—Podéis llamarme Olivia —le dijo a las niñas.

Zack habría preguntado a las niñas, pero una mirada de Olivia le informó de que quería intentar algo en esa ocasión. Sintiendo curiosidad, le dio la oportunidad. La furia que había mostrado hacia él había desaparecido o había sido enterrada; la disposición y actitud parecían haberse dulcificado, aunque no faltaba seguridad.

El rápido cambio de humor de Olivia intrigó a Zack.

—El detective Travis me ha dicho que visteis al hombre que se llevó a Jenny —dijo Olivia con voz pausada—. Os debe de resultar difícil pensar en ello.

—Nunca lo olvidaré —dijo Laura con sus grandes ojos llorosos—. No dejo de pensar que volverá.

Olivia conocía muy bien esa sensación. Había temido exactamente lo mismo durante años: que el miserable hombre del tatuaje trepara por el enrejado de rosas que había fuera de la ventana de su dormitorio y se la llevara, igual que había hecho con Missy.

Olivia había roto el enrejado durante Halloween, tres años después de que Missy fuera asesinada. Su Padre pensó que habían sido los adolescentes que vivían en su misma calle y que eran famosos por cometer pequeños actos de vandalismo. Nunca le había confesado la verdad.

—No dejaré que nadie te haga daño —dijo el padre de Laura con la voz ronca por la emoción. Olivia se dio cuenta de que todos la miraban. ¿Cuánto tiempo había estado pensando en el pasado?

Se aclaró la garganta.

—Es normal tener miedo —le dijo a las niñas—. Nadie os reprocha que tengáis miedo por lo que le sucedió a Jenny. Pero tenéis unos padres que os quieren y que harán todo lo que esté en sus manos para protegeros.

El señor Adams se sentó en el brazo del sofá situado al lado de su hija, y le apretó la mano con la boca firme y los ojos húmedos.

—Laura, Tanya, sé que las dos ya le habéis dicho al detective Travis y a otros policías lo que visteis. Pero a veces, uno puede acordarse de pequeños detalles que no parecen importantes en su momento o que olvidó por lo horrible que era lo que estaba sucediendo. Si creéis que podéis, me gustaría que me contarais lo que sucedió. Con vuestras palabras. Y cualquier cosa que recordéis, con independencia de lo insignificante, nimia o tonta que penséis que es, por favor, contadla.

Laura asintió con la cabeza, casi impaciente por contar su historia, pero sin dejar de mirar a su padre en busca de apoyo. La niña había percibido la incomodidad de su padre porque tuviera que recitar de nuevo la tragedia. Probablemente, Adams pensara en que podría haber sido perfectamente su hija... y lo aliviado que estaba porque no hubiera sido así. Entonces, junto con el alivio, llegaba la culpa.

Olivia comprendía aquellos sentimientos a la perfección.

—Estábamos jugando en el parque Brown, el que está a la vuelta de la esquina. Solemos ir en bicicleta, pero la mía tenía una rueda desinflada y no me apetecía sacar la bomba y ensuciarme, así que fuimos caminando. Siempre vamos allí.

—El barrio era tan seguro —dijo la señora Adams—. Siempre pensé que era seguro.

Que su madre perdiera el control no le haría ningún bien a Laura, pensó Olivia.

—Este es un barrio precioso. Es natural que sintiera que era seguro. —Olivia se volvió de nuevo hacia Laura antes de que pudiera entablarse una conversación—. Así que fuisteis caminando. ¿Cuánto se tarda?

La niña se encogió de hombros.

—Ni idea. Unos pocos minutos. No tengo reloj, y no tenemos prisa por llegar allí. Sólo vamos allí porque es algo que se puede hacer, ¿sabe?

—¿Qué hicisteis cuando llegasteis allí? ¿Había otros niños?

—Había algunos niños mayores sentados junto al estanque, fumando. No nos aceramos hasta allí, aunque habíamos llevado pan para los patos. Pero mi mamá siempre me dice que no me acerque a los mayores.

Laura miró a su madre, y Olivia supo de inmediato que estaba mintiendo; el corazón se le aceleró.

—¿Conocíais a esos niños mayores? —preguntó con prudencia.

Laura se volvió a encoger de hombros.

—No.

—¿Nunca los habíais visto en el parque?

—Bueno, sí, los veíamos por allí. Viven en el barrio.

—¿Hablasteis alguna vez con ellos?

—No; lo que quiero decir es que tal vez dijéramos «hola» o algo así, pero hablar, hablar, no.

Olivia levantó la ceja y miró a Laura directamente a los ojos.

Fue Tanya la que rompió a llorar.

—¡Es culpa mía! —dijo llorando.

Olivia alargó la mano y apretó la de la niña.

—Nada es culpa tuya —dijo con firmeza—. Cuéntame lo que ocurrió.

—Je… Jenny dijo que no fuéramos junto a ellos, pero Laura y yo… nosotras… nosotras… nosotras sólo queríamos probarlo. Ya sabe, un cigarrillo. Y… y… nos lo habían ofrecido antes, y dijimos que no, pero habíamos hablado de ello, y Jenny no quería, pero Laura y yo sí, así que le dijimos que esperase junto a la fuente, que volvíamos enseguida. Pero… pero…

El cuerpo pequeño de Tanya se movió convulsivamente al ritmo de los sollozos. Olivia sintió deseos de cogerla en brazos y decirle que todo iría bien, pero tenía que saber el resto de la historia. Apretó la mano de la niña un poco más para atraer su atención, y Tanya la miró finalmente a los ojos, con la cara arrasada en lágrimas.

—Nadie está enfadado contigo, Tanya. Nadie. Por favor, dime que ocurrió a continuación.

A Tanya le temblaba el labio inferior.

—Nosotras... esto... nos acercamos a ellos y les pedimos un cigarrillo. Yo di una calada y empecé a toser. Sabía mal. No era como había pensado. Laura no quiso probar después de eso, y los chicos empezaron a reírse de nosotras, así que nos alejamos corriendo, de vuelta a la fuente. —Se mordió el labio.

Olivia se volvió a Laura, que parecía acongojada.

—¿Laura?

La niña asintió con la cabeza.

—Pero Jenny no estaba allí. Tanya estaba bebiendo agua porque la lengua le sabía asquerosa, y yo miré alrededor, y fue entonces cuando vi a Jenny hablando con aquél tipo. Tenía el pelo muy, muy corto. Y llevaba una camiseta. No podía verle la cara a Jenny, pero se fue con él. Le grité y le hice gestos con los brazos para que pudiera verme, pero no sé si me vio. Y se metió en su camioneta.

—¿Qué aspecto tenía esa camioneta?

Laura echó una mirada a Travis y luego volvió a mirar a Olivia. ¿Otra mentira en ciernes?

—Era grande y negra, pero no sé de qué clase.

Eso era lo que había dicho con anterioridad, y según los informes, describió lo que la policía decidió que era una Dodge Ram, debido al símbolo de la marca en un lateral.

—¿Alguna otra cosa?

La niña negó con la cabeza.

Olivia se volvió hacia Tanya.

—Dijiste que viste un tatuaje en el brazo del hombre.

—Pensé que era eso.

—¿Qué clase de tatuaje?

—No lo sé. Sólo una mancha azul. Estaba muy lejos. —Se limpió las lágrimas de la cara y se acurrucó junto a su madre, que había cruzado la habitación para estar con ella.

Olivia suspiró.

—¿Qué hay de los chicos con los que hablasteis? ¿Cómo se llaman?

—No sé.

—Yo conozco a uno de ellos —dijo Laura—. Sean Miller. Es el hermano mayor de Betsy. Ella está en tercer grado. —Lo dijo de manera que pareció que Betsy fuera una niña pequeña, siendo que sólo estaba en un curso anterior al de Laura y sus amigas.

—¿Y dónde vive?

—Enfrente del parque. No sé la dirección, pero tienen unas margaritas pintadas en el buzón. No se puede equivocar.

—Buen trabajo —dijo Zack mientras detenía el coche delante del buzón gris pintado con unas llamativas margaritas amarillas.

Se había quedado tan sorprendido como los padres cuando Tanya confesó que habían estado fumando con los adolescentes. Su historia inicial —que Jenny había ido a coger agua a la fuente y que fue entonces cuando la vieron desaparecer con el extraño— parecía verosímil. Él no había ido con la idea de presionarlas.

—Eso no cambia nada, pero quizás el chico Miller recuerde haber visto algo. O alguno de sus amigos.

Aunque las palabras de Olivia eran sinceras, parecía frustrada, mientras que a él aquello le había puesto las pilas. Cualquier información nueva era una ventaja, y como cualquier detective sabía, cuantos más testigos, mayores eran las posibilidades de obtener información valiosa para la investigación.

—Veamos qué tiene que decir el chico Miller.

Caminaron hasta la puerta principal de la magnífica casa que daba al parque donde había sido secuestrada Jenny Benedict. Desde la parte delantera de la casa se podía divisar todo el parque. Zack se preguntó cuánto tiempo habría esperado allí el asesino de Jenny. ¿Había estado dando vueltas en coche por el barrio? ¿Esperó a que surgiera la oportunidad perfecta? ¿O fue todo un encuentro casual, un secuestro espontáneo?

Habían preguntado por todo el barrio después de la desaparición de Jenny, incluso habían ido a aquella casa, pero nadie había informado haber visto algo.

Pero no habían hablado con el chico Sean Miller. Nadie le había dicho a Zack que sabían que estuvo en el parque aquel día.

Una niña de unos ocho años abrió la puerta. Zack le enseñó su placa y le entregó una tarjeta de visita.

—¿Me harías el favor de avisar a tu madre o a tu padre?

La niña miró la tarjeta y arrugó el entrecejo.

—No están aquí, aunque mi hermano, sí. —Cerró la puerta antes de que Zack pudiera decir algo.

Zack sopesó los pros y los contras de hablar con el chico en ausencia de sus padres. Podrían tener algún problema, ya que Sean Miller era menor de edad, pero puesto que no era sospechoso, Zack ya se preocuparía de cualquier problema potencial, si surgía alguno. Era de esperar que nadie sacara las cosas de quicio porque interrogara al chico.

Miró su reloj y se pasó la mano por el pelo. ¿Qué era lo que estaba demorando el chico? Levantó la mano para volver a golpear la puerta, y Olivia dijo:

—¿Impaciente?

Zack dejó caer la mano y se mostró preocupado. Ya estaba a punto de hacer un chiste, cuando la puerta se abrió.

Sean Miller apenas parecía lo bastante mayor para afeitarse, aunque sus ojos castaños miraban con la desafiante cautela de tantos adolescentes que tienen algo que ocultar a los polis, desde algo tan insignificante como haber fumado un canuto una vez en el jardín trasero, hasta tan importante como haber cogido el nuevo Jaguar para dar una vuelta por el barrio y dejarlo para el desguace.

—No pueden entrar —dijo, con la barbilla hacia fuera—. Mi madre no está aquí, y no se permite que nadie entre en la casa.

—No tenemos necesidad de entrar. ¿Sean, verdad? —Zack dio un paso hacia él, descollando sobre el escuálido adolescente.

—¿Sí?

—Tenemos que hablar.

—No he hecho nada.

—¿He dicho yo que hayas hecho algo? —¡Carajo!, ¿a qué venía la actitud del chico? A Zack no le quedó más remedio que reconocer en Miller parte de la propia mala actitud de cuando había sido un joven gamberro.

—Entonces, ¿por qué están aquí?

—¿Por qué no le dijiste al policía que estuvo aquí la semana pasada que habías estado en el parque Brown cuando secuestraron a Jenny Benedict?

El chico se encogió de hombros.

—Eso no es una respuesta.

—No tengo nada que decir.

—Tal vez sí lo tengas en la comisaría de policía.

—No puede obligarme a ir. No he hecho nada. —Pero el chico se cruzó de brazos y dio un paso atrás, con el miedo ensombreciéndole la mirada.

—Ocultar información a la policía es un delito.

—No he hecho nada —dijo paseando la mirada de Zack a Olivia.

Olivia miró a Zack e hizo un gesto con la cabeza hacia Sean. Luego, se volvió hacia el chico y dijo:

—Sean, soy Olivia St. Martin, del FBI. —Su voz era pausada y tranquilizadora. Zack hubiera podido escucharla durante horas, y se preguntó cómo sería cuando interrogaba a los sospechosos. Habría apostado que sería capaz de hacerlos confesar sin levantar la voz.

—Estoy segura de que no has hecho nada malo —dijo Olivia—. De hecho, creo que estás tan asustado como tu hermana Betsy.

—Yo no estoy asustado —dijo el chaval en un tono que no expresaba nada en absoluto.

—Tal vez no —dijo Olivia—, pero Betsy, sí, ¿no es cierto?

Sean no dijo nada, y Olivia insistió.

—El martes por la tarde, más o menos a esta hora, se llevaron a Jenny Benedict del parque. Vuestra madre trabaja. ¿Dónde estaba tu hermana mientras estabas en el parque?

—Yo no he dicho que estuviera en el parque.

—No dijiste que no estuvieras.

—Yo... —se interrumpió y miró a Zack. Zack lo estaba observando con cara de pocos amigos. A todas luces, Olivia estaba haciendo el papel del poli bueno; a Zack no le importaba ser el poli malo en aquella situación—. Sí, estuve allí —admitió el chico.

—¿Qué es lo que viste?

—Nada —dijo rápidamente; demasiado rápidamente. Zack estaba a punto de saltarle al cuello, cuando Olivia dijo—: Se suponía que no tenías que ir al parque sin Betsy, ¿no es así?

—Ella quería ver este estúpido programa, el mismo programa de niños tontos de todas las tardes. Y si traía a la pandilla, se chivaría de lo de fumar. El parque está al otro lado de la calle; puedo ver la puerta de casa desde el estanque. Y sólo estuve fuera treinta minutos; ella ni siquiera se dio cuenta. —El chico estaba hablando más deprisa—. Y cuando oí gritar a una de las niñas acerca de no sé qué, salimos pitando de allí. No vi a nadie llevándose a Jenny. Lo juro.

—¿Oíste gritar a una niña y te largaste? —La actitud de poli bueno de Olivia se esfumó, y dio la sensación de que quisiera abofetear al muchacho. Zack no la culpó, pero tampoco quería perder la cooperación del chico.

—Y-yo... —Sean bajó la vista y empezó a mover los pies.

—¿Qué viste antes de que Jenny fuera secuestrada? —preguntó Zack.

Zack hizo una pausa.

—No sé. Nada importante.

—Ponnos a prueba.

El chico volvió a dudar, y Olivia dijo:

—Sean, el hombre que mató a Jenny matará a otra niña, si no lo detenemos. Si hubiera sido tu hermana, ¿no querrías ayudar?

El miedo y la preocupación cruzaron por la cara del chico.

—Yo... ¡ah, joder! —Resopló, y entonces dijo de sopetón—: Esa mañana vi a un tipo. No era alguien conocido, y mis amigos y yo estamos siempre en el parque, ya sabe, aquí no hay nada que hacer y ninguno tiene permiso de conducir. El sujeto no había estado por aquí antes, y era viejo, ¿sabe? No es que pareciera tan viejo en realidad, pero se le notaba en la cara, ¿sabe lo que le digo? Pensé que tendría la edad de mi padre, alrededor de cuarenta, pero puede que fuera aun más viejo, como de cincuenta.

—¿Lo viste bien? —preguntó Zack.

Sean negó con la cabeza.

—No, en realidad fue sólo una impresión.

—¿Crees que podrías trabajar con un dibujante de la policía?

—No, de verdad que no lo vi tan bien.

—¿Dónde estaba cuando lo viste? —preguntó Zack cambiando la orientación de la conversación.

—Mi amigo Kyle y yo estábamos sentados en el estanque dando de comer a los patos y de palique, ya sabe. Era temprano; mi madre no se había ido a trabajar todavía, y yo sólo quería un par de minutos de paz antes de hacer de niñera el resto del día. Y allí estaba ese tipo, caminando por el parque.

—¿Por qué te fijaste en él?

Sean pensó durante un minuto largo.

—No lo sé, exactamente. Creo que fue por el tatuaje.

Zack sintió que Olivia se ponía tensa y se inclinaba hacia delante, pero no dijo nada.

—¿Un tatuaje? —preguntó Zack.

—Sí. La gente de por aquí no los llevan, al menos no esos grandes dibujos azules como Popeye.

—¿El tatuaje era de Popeye?

Sean sacudió la cabeza.

—No, eso fue justo lo que pensé cuando lo vi. Popeye, el marino. Popeye lleva un ancla, creo; aquel tatuaje era un águila.

—Debiste de haber estado bastante cerca para darte cuenta que era un águila.

—El tipo pasó justo al lado del estanque, pero no se paró ni nada parecido. Kyle y yo levantamos la vista y seguimos dando de comer a los peces.

—¿Pelo?

—Corto. Realmente muy corto. Quizá fue por eso que pensé en Popeye.

—¿Ojos?

—Llevaba gafas de sol.

—¿Camisa?

—Blanca.

—¿Pantalones?

—Vaqueros.

—¿Zapatos?

Sean hizo una pausa.

—Esa es la razón por la que creo que me fije en él. En el barrio hay muchos caminantes, pero él llevaba grandes botas de senderismo.

—Si tuvieras que calcular su estatura, ¿qué dirías?

—Que era más alto que mi padre, pero eso no es decir mucho. Mi padre es más bajo que yo.

—Necesitaremos el apellido y la dirección de Kyle —dijo Zack cuando se dio cuenta de que no podría conseguir más detalles del chico—. Y enviaré a un dibujante de la policía. Creo que recordarás muchas más cosas de lo que crees.

Capítulo 12

Kyle Bolks no tuvo nada nuevo que añadir a la información proporcionada por Sean; de hecho, ni siquiera recordaba qué día había sido secuestrada Jenny. Olivia escucho a Zack mientras éste llamaba por teléfono a su compañero para que acompañara al dibujante a casa de los Miller. La madre de Sean tendría que dar su consentimiento, pero Olivia no creyó que eso fuera un problema. La mayoría de la gente deseaba ayudar.

Durante el trayecto desde la flamante zona residencial de los Benedicts hasta el barrio más asentado de los Davidson, situado a varios kilómetros y un puente de distancia, Olivia se dedicó a mirar fijamente a través de la ventanilla mientras Zack conducía. Grandes arces se alineaban en las aceras, y los buzones de los bordillos estaban decorados con elegantes números. Senderos largos y estrechos conducían a casas antiguas, pintorescas y bien conservadas que a Olivia le recordaron más Vermont que la Costa Oeste.

Zack había estado callado durante los quince minutos que tardaron en atravesar la ciudad, aunque a Olivia no le importó; seguía incómoda por la conversación que habían mantenido antes de su reunión con Laura y Tanya. Pero lo que realmente la puso nerviosa había sido la expresión de la cara de Sean Miller cuando el chico se dio cuenta de que el hombre que había visto en el parque a primeras horas de la mañana del día que secuestraron a Jenny era probablemente el asesino de la niña; y de que podría haberse tratado de su hermana pequeña, de que podría haberse tratado de alguien a quien él quisiera.

Olivia se imaginó el tatuaje del águila y no pudo evitar un estremecimiento. No albergaba ninguna duda de que el hombre que Sean había visto no sólo había asesinado a Jenny Benedict, sino también a su hermana, Missy. Él estaba en Seattle. Preparándose para hacer presa en otra víctima confiada. Esperando al momento oportuno para recibir a la presa.

«¡Para!» Tenía que dejar a un lado sus sentimientos. Zack Travis ya se había revelado como un hombre demasiado perspicaz. Si llegara a imaginar siquiera que ella tenía otro motivo para estar en Seattle, la mandaría a hacer las maletas. Y llamaría a su jefe, y la despedirían. Sin su trabajo no era nadie. Había edificado toda su vida de adulta en torno a la ayuda a los demás de la mejor manera que sabía: con la ciencia. Y si le faltara, ¿qué podría hacer? ¿A quién ayudaría? Sin su trabajo, ya no podría seguir luchando por los derechos de las víctimas ni para que se hiciera justicia para los que quedaban atrás. Pero Olivia estaba dispuesta a arriesgar todo cuanto tenía, todo lo que era con tal de detener a aquel asesino. Y si, por lo que fuera, Zack se enteraba de la verdad, ella asumiría las consecuencias. Hasta entonces, tenía que andarse con mucho tiento y dejar de sentirse culpable. Ya habría tiempo suficiente después para la culpa.

Zack detuvo el coche delante de una casa de dos plantas de estilo victoriano con un porche que se extendía por los laterales y con un columpio colgante. No hizo ningún ademán de salir.

—Odio esto.

Olivia le lanzó una mirada. Zack miraba fijamente al frente a través del parabrisas con la mandíbula apretada.

—Ellos se dan cuenta de su preocupación —dijo Olivia en voz baja, reprendiéndose por estar preocupada por su difícil situación, cuando lo que estaba en juego era algo más que su futuro—. A veces, no se puede hacer otra cosa.

Zack la miró, y Olivia se sorprendió de que un hombre con semejante fuerza física y emocional permitiera que el dolor de una investigación perturbadora ensombreciera su expresión. Si ella permi tiera que el dolor y la furia afloraran, jamás sería capaz de hacerlas a un lado.

Trago saliva, decidida a no permitir que Zack viera otra cosa que a una profesional que se sentaba a su lado. Por dentro, su ánimo decaía bajo el peso del engaño. ¿Qué derecho tenía a preguntar siquiera a Laura Adams? ¿O a Sean Miller? ¿O a estar allí, en el exterior de una casa abrumada por la pena?

Zack salió del coche de repente, antes siquiera de que Olivia pudiera pensar en expresar su conflicto. Menos mal. «Céntrate, Olivia, Céntrate. Mantén la mente fija en el objetivo: detén al asesino de Missy antes de que robe otra vida.»

Ya asumiría las consecuencias —internas y externas— después.

Cualquiera que entrara en el hogar de los Davidson lo primero que pensaría sería en la palabra «familia». Las fotos de los tres hijos —dos niñas y un niño— llenaban toda la superficie disponible y muchas de las paredes. Zapatos de diferentes números se amontonaban contra la pared al otro lado de la puerta de entrada. En el pasillo, junto a un perchero que separaba el vestíbulo de la cocina, había un armario para las tarteras, perchas para los abrigos y un panel de corcho para las notas.

Olivia se quedó mirando el panel de los mensajes de Michelle.

«Te queremos, Michelle.»

Haber ido allí no había sido una buena idea. Debería haberse quedado en la comisaría revisando los diarios de las pruebas. Concentrarse en los hechos, en la ciencia; eso es lo que acabaría con aquel caso, y no hablar con los testigos infantiles, y sin duda, no el hacer frente a los padres de una de las víctimas.

«Te estás metiendo en camisas de once varas, Liv.»

—¿Les apetece un café? —Alta y delgada, Brenda Davidson caminaba como si cada paso le lanzara una flecha dolorosa hacia la columna vertebral.

Zack declinó la invitación en nombre de ambos, y la señora Davidson asintió con la cabeza como si el esfuerzo la agotara. Unos círculos negros rodeaban sus grandes ojos azules, unos ojos brillantes con un dolor apenas disimulado.

Los condujo a través del pasillo y de una gran cocina abierta hasta la sala de estar. Una vez más, la palabra clave era «familia»: los vídeos de los niños abarrotaban las estanterías a ambos lados de una televisión con una gran pantalla. Los juegos de mesa llenaban otra estantería empotrada. Y fotos; había fotos por todas partes.

Olivia cogió un marco de plata y observó a una niña que podría haber sido Missy. El mismo pelo rubio y rizado; los mismos ojos grises. Le tembló el labio. ¿Qué clase de hijo de puta podía hacer daño a una criatura tan dulce e inocente?

—Esa es del año pasado, cuando Michelle cumplió los diez años.

Olivia dio un respingo y casi dejó caer la foto. La volvió a colocar con cuidado en la estantería y se volvió hacia la señora Davidson.

—Es preciosa —dijo moviendo los pies. Se aferró a su bolso con las dos manos.

Los ojos hinchados de la señora Davidson se llenaron de lágrimas, y la pena se grabó en cada grieta de su piel.

—¿Lo han encontrado?

Quien respondió fue Zack. Olivia casi había olvidado que él estaba allí.

—Seguimos todas las pistas, señora. Tenemos a mucha gente capacitada trabajando en el caso.

Pistas. ¿Qué tenían? Un adolescente que había visto el tatuaje de un águila y un hombre de unos cincuenta años con gafas de sol. Podría ser que de aquello saliera algo, pero ¿antes de que fuera asesinada otra niña? ¿Antes de que el depredador se escabullera?

Zack miró alrededor.

—¿Está el señor Davidson en casa?

—Está durmiendo. —Aunque la voz de la señora Davidson tenía un tono monocorde, Olivia detectó un atisbo de ira en sus ojos.

Zack lanzó una mirada a Olivia antes de volver a hablar.

—No era nuestra intención molestarla, pero nos sería útil si pudiera repasar el día que Michelle fue secuestrada y ver si recuerda cualquier cosa sobre la camioneta que vio su vecino. Si vio algo en el vecindario. Cualquier cosa podría ser útil.

La señora Davidson se dejó caer en el sofá por módulos y se puso a manosear un mantón de punto.

—He revivido una y otra vez sobre cada minuto y cada segundo de aquel día. Y nada. Nada. Jamás lo olvidaré.

—No es culpa suya, señora Davidson —dijo Zack.

—Enseñé a Michelle a desconfiar de los extraños —continuó la señora Davidson como si Zack no hubiera hablado—. Le dije qué tenía que hacer si se le acercaba un hombre extraño. Lo que tenía que hacer si alguien intentaba hacerle daño y... y... —Reprimió un sollozo.

Olivia vio moverse algo por el rabillo del ojo. Volvió la cabeza ligeramente; una niñita rubia de unos seis o siete años estaba de pie dentro de la cocina. La niña se mantenía apartada, fuera del campo visual de su madre.

—Mi vida, mi pequeño ángel maravilloso —farfulló la señora Davidson entre las manos.

«¿Mami?» La voz de la niña fue un sonido agudo y penetrantes; Brenda Davidson no pareció advertir su presencia en el umbral, pero Olivia no podía apartar la vista de ella. En su interior, ella volvía a tener cinco años y observaba a su madre desmoronarse...

—Michelle era bailarina, ¿saben? —dijo la señora Davidson—. Una hermosa bailarina. Tuvo el papel protagonista en el recital de primavera. Habría vuelto a tener el papel protagonista este otoño... —Su voz se fue apagando mientras clavaba la mirada en otra foto de la pared.

«¿Mami?»

«¿Mami? Missy no va a volver, ¿verdad?» Olivia oyó su propia voz infantil en la cabeza, y el recuerdo de su madre se hizo más nítido que nunca. Su madre no le había respondido a la pregunta. Cuando miraba a Olivia, no la veía; cuando Olivia hablaba, no la oía.

«¿Mami?» susurró la niña, y sus grandes ojos redondos tan parecidos a los de su hermana mayor, parpadearon con rapidez, como si se esforzaran en no llorar. Olivia recordaba aquel sentimiento demasiado bien, su intento de controlar sus lágrimas porque sus padres no querían verlas, y ella no quería lastimarlos.

—Díganme que saben quién es. —La voz de la señora Davidson se tornó repentinamente dura—. Que lo encontrarán. ¡Que harán que lo ejecuten por lo que le hizo a mi niña!

—Trabajamos día y noche para conseguir llevarlo ante la justicia, señora Davidson —dijo Zack. Colocó una de sus tarjetas de visita en un extremo de la mesa—. Si recuerda algo, aunque no parezca importante, por favor, no dude en llamarme, de día o de noche. —Parecía frustrado.

Tan frustrado como la niñita, que retrocedió un paso hacia el interior de la cocina con el labio inferior temblándole. «Amanda.» Olivia recordó el nombre de la niña, leído en los informes. Mientras Olivia observaba, Amanda abrió la puerta de un armario y se metió dentro a gatas. Desapareció. Olivia clavó la vista en el armario, y se recordó escondiéndose en su santuario, el armario empotrado de su dormitorio. Se había quedado dormida allí muchas noches. Sus padres nunca lo supieron; jamás la vigilaron.

«Melissa era tan buena, tan perfecta. No se merecía morir.»

La voz de su madre de nuevo, hablando como si estuviera en la habitación. Olivia se estremeció como si un fantasma le hubiera rozado la piel. Olivia quería a su hermana, pero cuando murió, ésta se había convertido en una santa a ojos de su madre. Perfecta. Un ángel.

Y Olivia… no lo era.

—Señora Davidson —dijo Olivia con firmeza—. ¿Dónde están sus otros hijos?

La apenada madre parpadeó.

—¿Qué importa eso ahora?

—¿Sabe dónde están?

—Por supuesto que lo sé. Están arriba.

—¿Está segura?

—Agente St. Martin, creo… —Zack intentó interrumpir, pero Olivia lo ignoró.

—¿Le importa acaso dónde están? ¿Está tan inmersa en su dolor que no puede ver que hay dos niños que siguen necesitándola?

—Le garantizo, señorita St. Martin, que en lo único que pensamos es en Michelle. En este momento, la que importa es Michelle.

Debería estar buscando a su asesino, ¡en lugar de acusarme de ser una mala madre!

—Deje que nosotros nos preocupemos de encontrar a su asesino. Usted tiene dos hijos que necesitan que sea usted una madre, y no que se encierre en su dolor. Lamento muchísimo lo que le ocurrió a Michelle, pero Amanda y Peter siguen vivos y la necesitan más que nunca.

—¡Cómo se atreve!

—Discúlpenos, señora Davidson. —Zack agarró a Olivia por el brazo. Ella estaba temblando. Había ido demasiado lejos. Lo sabía, pero no podía parar.

Si podía evitar que una niña fuera desatendida, habría merecido la pena. Olivia debería haber encontrado una manera más profesional, más diplomática, ¡lo que fuera! Pero lo único que era capaz de ver fue a la pequeña Amanda Davidson metiéndose a gatas en el armario de la cocina. Fue como verse a sí misma.

Zack se la llevó fuera de la casa.

—¿Qué bicho le ha picado? —No esperó a que Olivia le respondiera, lo cual fue un alivio, porque ella no tenía ninguna respuesta que dar. No sabía lo que la había impulsado a saltarle al cuello a aquella mujer. ¿La manera en que ésta había hablando de Michelle? ¿O cómo recordaba a su propia madre hablando de Missy?

—Métase en el maldito coche y espéreme. Tendrá suerte si conserva su placa cuando acabe esta investigación.

Zack volvió a entrar en la casa hecho una furia.

Olivia se paró junto a la puerta del acompañante y apoyó la frente en el techo del coche. No podía controlar los temblores, así que concentró toda la energía de su cuerpo sólo para conseguir parar. Poco a poco, recuperó el dominio de sí mismo e hizo una larga y entrecortada inspiración.

Brenda Davidson no era su madre. ¿Qué había hecho? ¿Cómo demonios podía haber perdido el control de aquella manera?

Lo peor es que no se arrepentía. ¿Se había vuelto tan insensible en su propio dolor que era incapaz de considerar la angustia de los demás?

Su trabajo ya pendía de un hilo, y era posible que acabara de cavar su tumba como profesional. Casi había estado a punto soltar una carcajada al oír el comentario de Zack sobre conservar su placa. ¿Qué placa?

Valdría la pena perder cuanto tenía, todo lo que era, si podía evitar que la hermana pequeña de Michelle creciera como había crecido ella.

Zack no sabía si estaba más furioso con Olivia porque ésta hubiera atacado a una madre transida de dolor, o consigo mismo por haberse limitado a contemplar el desarrollo del ataque sin haberla detenido antes de que se pasara de la raya. No conocía a Olivia desde hacía mucho, pero lo último que había esperado de ella es que se dedicara a fastidiar a las víctimas.

No fue capaz de hablar, ni siquiera de mirarla, cuando salió del barrio de los Davidson a demasiada velocidad en dirección a un lago cercano que frecuentaba de adolescente. No supo por qué se dirigió hacia allí, excepto que aquel había sido el lugar adonde solía ir a reflexionar cuando se debatía entre volver al hogar, a una casa vacía, o meterse en problemas con los amigos.

Frenó en cuanto entró en el aparcamiento de grava y deseó tener su bicicleta; necesitaba una buena sesión de desahogo a cien por hora.

Zack puso la palanca del cambio automático en punto muerto con la mano derecha y con la izquierda golpeó el volante.

—¿A qué coño vino todo eso?

Olivia no lo miró, y eso lo enfureció aun más. Ella mantuvo la mirada fija al frente, con las manos agarradas con fuerza en el regazo como una bibliotecaria repipi. La única señal de que estaba ligeramente alterada era el ligero estremecimiento de su cuerpo, como si estuviera temblando y se esforzara al máximo por parar.

—Lo lamento —dijo Olivia en voz baja. Con demasiada tranquilidad. Demasiado serena—. Si quiere presentar una queja a mi superior, yo estaré...

—¡Oh, a la mierda con eso!

Zack abrió la puerta brusquedad, la cerró de un portazo y se dirigió a la orilla lo más deprisa que pudo.

Una vez allí, se quedó contemplando al solitario pescador que estaba sentado en un bote en la otra orilla del pequeño lago. El sol empezaba a bajar; Zack había perdido la noción del tiempo.

Respiró profundamente varias veces sin apartar la vista de las aguas inmóviles y fue recobrando la calma.

A Olivia St. Martin le pasaba algo. Todo lo que había visto desde que ella llegó la tarde anterior le decía que era una profesional a carta cabal. Había sido sincera acerca de la información que tenía y que no tenía; había compartido más de lo que él esperaba. Zack estaba muy impresionado por la forma en que ella había manejado las entrevistas con Laura Adams, Tanya Burgess y Sean Miller. Todas, hasta aquella diatriba dirigida a la señora Davidson.

Repasó mentalmente la escena, haciendo memoria de lo que pudiera haberla hecho explotar. Había algo, aunque Zack fue incapaz de precisarlo. ¿Fue cuando la pequeña entró en la habitación? Pero… no estaba allí cuando Olivia soltó el sermón. ¿A dónde se había ido?

«¿Sabe dónde están sus hijos?»

«Por supuesto que lo sé. Están arriba.»

Pero la niñita no estaba arriba; Amanda Davidson había bajado. Y algo relacionado con su aparición había irritado a Olivia.

Zack estaba decidido a averiguar de qué se trataba, pero primero tenía que controlar su ira.

Respiró hondo y se acordó de la primera vez que había perdido los estribos en el trabajo. Era un novato a la sazón, ni siquiera habían transcurrido seis meses desde que abandonara la Academia, un poli de barrio. Les habían avisado, a él y a su compañero, un viejo y sabio policía negro llamado Kip Granger, para que acudieran al deprimido Distrito Central por un caso de violencia doméstica. El tipo le había dado una paliza salvaje a su mujer ante la mirada de doce transeúntes embobados.

Zack reaccionó instintivamente y se abalanzó sobre el tipo. El marido tenía un cuchillo, y Zack estuvo a punto de que lo matara.

Se frotó el brazo donde todavía lucía una cicatriz de aquella noche. Había aprendido por las malas a no dejar que el carácter controlara sus actos.

Zack percibió la presencia de Olivia antes de oír sus pisadas. Su enfado era sólo una parte de las complejas emociones que lo asediaban. Aunque no acababa de comprender del todo a Olivia y lo que le había ocurrido en casa de los Davidson, tenía casi el convencimiento de que algo muy concreto la había sacado de quicio.

Lo que Olivia le dijo fue bastante peor de lo que había imaginado.

—Anoche le dije que mi hermana había sido asesinado.

Olivia habló en voz baja, pero su voz había perdido el carácter tranquilizador que había mostrado con anterioridad, cuando le había hablado a las niñas. En ese momento, Olivia parecía frustrada y asustada.

Zack guardó silencio y no se volvió hacia ella por temor a que Olivia no dijera nada más, pero su corazón empezó a acelerarse a medida que su furia remitía y se despertaba su compasión.

—Yo tenía cinco años; Missy, nueve. Estaba presente cuando la secuestraron. No pude impedírselo. Él... la cogió en brazos sin más... y yo eché a correr hacia mi casa.

La voz de Olivia se quebró, y entonces Zack sí que se volvió para mirarla. Y por primera vez vio un dolor descarnado en los ojos de la agente, como si una pantalla invisible se hubiera evaporado para dejar al descubierto su alma. El dolor no expresado lo enfureció, conmoviéndolo de una manera que sólo pudo percibir de manera muy sutil. Algún desconocido hijo de puta había asesinado a su hermana, y aquello había afectado tan profundamente a Olivia que todavía seguía atormentándola. ¿Había estado enterrado el dolor durante todo aquel tiempo y sólo la investigación lo había sacado al exterior? ¿O eran los sentimientos que siempre bullían bajo la superficie de Olivia, desconocidos para cualquier observador gracias a su pericia para mantener aquella pantalla protectora?

—Mis padres nunca lo superaron.

Esperó a que ella dijera algo más, pero no lo hizo. El silencio de Olivia no lo engaño; Zack pensó que allí había algo más. Muchísimo más. Lo podía ver en el temblor de su barbilla, en la palidez de su tez, en las lágrimas de sus ojos. Lágrimas. No creyó que Olivia llorase mucho. Y al no derramarse, formaban un ligero brillo que le iluminaban la mirada.

—¿Y? —la instó a seguir Zack.

—Se olvidaron de mí.

Su voz fue tan débil, que Olivia casi pareció una niña.

—Olivia —susurró él mientras se pasaba una mano por el pelo. Dio un paso hacia ella, impulsado por el deseo vehemente de abrazarla para protegerla de sus demonios personales. Pero… ¡carajo! Ella había traspasado la línea, y por mayor que fuera su capacidad de comprensión o de compasión, no podía olvidar lo que había ocurrido en casa de los Davidson.

—Lo siento muchísimo. Pero el que sus padres no pudieran superar el dolor no significa que los padres de Michelle descuiden a sus hijos. No puede tratar a las víctimas supervivientes de esa manera.

Zack percibió un ligero atisbo de aceptación y culpa en la mirada de Olivia.

—¿Pero quién se ocupa de Amanda? —dijo ella, y una lágrima solitaria se deslizó por su mejilla. Zack vio cómo la pequeña gota llegaba hasta la barbilla de Olivia, temblaba y caía. Olivia no se dio cuenta, y ninguna otra lágrima siguió a aquella.

—¿La vio? —preguntó Olivia en tono apremiante—. ¿La miró realmente? Hizo todo lo que pudo para pasar desapercibida, y su madre ni siquiera se dio cuenta. Ni siquiera cayó en la cuenta de que la niña estaba en la habitación cuando dijo que su «ángel maravilloso» se había ido. ¿Qué cree que sintió Amanda al oír eso? ¿Qué ella no es maravillosa? ¿Qué aquello debería haberle ocurrido a ella? ¿Qué era ella la que debería haber muerto en lugar de su «maravillosa» hermana?

»Ni una sola vez se dirigió a Amanda. Ni una. Ni una sola vez la tocó, la abrazó o le dijo que la quería.

—Usted no sabe eso…

—Se puede ver en su forma de hablar. —Olivia apretó las mandíbulas, y la ira creciente aplastó la profunda tristeza—. La casa apesta a angustia. El dolor hace que Brenda Davidson sea incapaz de ver a los que han quedado. ¡Lo siento! Siento haber traspasado mis límites, pero si puede ahorrarle a Amanda Davidson una vida de abandono y culpa, ¡estaré encantada de haber hablado! Si tan sólo una persona les hubiera dicho a mis padres...

Olivia se interrumpió de repente, se cubrió la boca con las manos y abrió los ojos desmesuradamente, conmocionada.

—Yo no... Yo...

—¿Qué? —Zack quería saberlo todo. Se acercó un paso, la agarró por los brazos y la sacudió una vez. En voz baja, dijo:

—¿Es esa la razón de que esté aquí? ¿A causa de su familia? ¿De su hermana? ¿Está demasiado implicada en esto?

Zack observó los ojos llenos de vida de Olivia, su cutis suave, su boca roja. Había tanto en aquel pequeño envoltorio, tanta profundidad e inteligencia, y tanta necesidad; Olivia era una solitaria que necesitaba a alguien. Pero, ¡carajo!, no estaba dispuesto a poner en peligro el caso porque ella estuviera demasiado implicada emocionalmente.

—Se lo prometo. Me controlaré. No... no sé por qué... Nunca hago cosas así.

Zack la creyó. Ella no hacía cosas así porque reprimía sus sentimientos. Y había sido necesario que apareciera Amanda Davidson, de seis años, para sacarlos a la superficie. No, no todos. Había más, y él iba a averiguar exactamente qué estaba ocurriendo.

Olivia no le estaba contando todo. Zack se acercó un paso más, le colocó las manos en los hombros y le levantó la cabeza para que lo mirase.

—Olivia —dijo con voz suave pero firme—. La creo. Pero hay algo más que lo que me está contando. Dígame la verdad, ahora mismo. ¿Por qué...?

El teléfono de Zack sonó.

—No hemos acabado con esta conversación —dijo abriendo el teléfono con una sacudida y apartándose de ella—. Travis.

—Soy Doug Cohn. Creo que tengo algo.

—¿El qué?

—No es gran cosa, pero hablé con los directores de dos laboratorios que se acuerdan de las chicas rubias. Uno es de Austin, Texas, y el otro, de Colorado. Los dos recuerdan las marcas de los antebrazos. Me han enviado las fotografías de los expedientes por correo electrónico. Creo que tendrías que verlas.

—¿Por qué?

—Porque son idénticas. Pensé que quizá habían sido hechas con algo que el asesino utilizara para transportar a las víctimas, algo con unos bordes punzantes. E incluso cuando Gil dijo que era un objeto punzante, pensé que era algo que estuviera fijo. No parecía haber una presión diferente en cada uno de los cortes, como sería el caso si alguien hubiera marcado a las niñas de manera intencionada. Pero ahora... creo que es su firma.

—¿Firma con su nombre?

—No con su nombre, pero quizá sea su marca. Como la «Z» del Zorro. Había doce marcas; tenían que significar algo. Cuando hablé con Massachussets, el director del laboratorio me dijo que dos de las chicas habían sido marcadas, pero que no pudieron observar ningún detalle, porque los cuerpos no estaban en buenas condiciones.

—Estaré ahí en un instante. —Zack colgó y se volvió hacia Olivia, pero no tuvo que repetir la conversación. Ella había oído suficiente.

—Está marcando a sus víctimas —dijo Olivia, y su voz dejó traslucir horror e incredulidad.

Había policías por todo el bosque, pero no estaban llamando a las puertas.

Aún no.

Era prudente por naturaleza, lo que le había servido de mucho durante años. Parecía tener un sexto sentido que le indicaba cuando retirarse; y cuando marcharse.

La extraña sensación empezaba como un cosquilleo en la nuca; como un ligero roce que, cuando se frotaba la cabeza, desaparecía.

No podía marcharse. Ya había visto al siguiente ángel que tenía que liberar.

Lo estaba esperando a él.

Pero, primero, tenía trabajo que hacer. Todavía no había localizado una camioneta, pero eso era sólo cuestión de tiempo. Si la policía llamaba a su puerta, sería sólo para hacerle preguntas sobre el día que desapareció la niña. Les diría que recordaba haber visto las noticias sobre el suceso, pero que no tenía ningún recuerdo concreto de lo que había ocurrido aquel día. Y que ojalá les pudiera ser de más ayuda, pero que hacía tres meses de aquello. ¿Y él? Bueno, trabajaba en un restaurante local; había llegado allí por el trabajo hacía bastante más de un año. Conocía a la mayoría de la gente que vivía en la isla. Y le gustaba estar allí.

No hables demasiado, muéstrate familiar, pero un poco serio.

Ya lo había hecho antes, y nadie había sospechado nada.

No, no podía irse. Todavía, no. Tenía un ángel más que liberar, y luego estaría en paz durante un tiempo.

Se preparó para acostarse. Era temprano, ni siquiera las nueve, pero a la mañana siguiente le tocaba el turno de los desayunos. No sería conveniente que faltara a un turno programado. Llegar tarde —porque el nunca llegaba tarde— podía llamar la atención. Pero no sería porque se durmiera alguna vez; su reloj interno lo despertaba cada mañana a las cinco.

Su ritual a la hora de acostarse era siempre el mismo. Se duchaba; la mera idea de meterse dentro de las sábanas con la mugre del día sobre la piel lo espantaba.

Siempre comprobaba las puertas y las ventanas, aunque recordara haberlas cerrado. Apagaba las luces, pero no la lamparilla de noche ni la del cuarto de baño. Las persianas bajadas. Había sustituido las delgadas cortinas del dormitorio de la cabaña por unas persianas que obstruían el paso de toda luz.

Dormía en calzoncillos y dejaba los zapatos junto a la cama. Podía calzarse inmediatamente si fuera necesario; un vestigio de sus años en el ejército.

Podía dormir a oscuras. A veces.

Y a veces, como esa noche, su mente no encontraba reposo.

A veces, como esa noche, pensaba en «ella». En Angel.

El dolor que sentía en su corazón se extendió hasta hacerse casi insoportable. La echaba tanto de menos: la respiración de ella en su cara; su sonrisa. Echaba de menos la manera en que ella sonreía «sólo para él».

Y cómo siempre, cuando pensaba en Angel antes de dormir, recordaba bastante más de lo que quería.

Se trasladaban a Los Ángeles; la séptima vez que se mudaban en once años. Pero esa vez era diferente.

Esa vez se habían marchado sin su madre. Estaba muerta.

—Para ya de gimotear, chaval. Y deja de comportarte como un mariquita.

Bruce no era su padre, pero él no recordaba a su padre. Su madre no se había casado con él, como tampoco se había casado con Bruce. Pero, excepto por ciertos sentimientos aislados que lo inquietaban o reconfortaban alternativamente, no era capaz de recordar un momento en el que Bruce no hubiera estado en casa. Quería que Bruce se marchara. Quería que volviera el tiempo en que no tenía que compartir a su madre con nadie; en el que ella dejaba que durmiera a su lado en su cama cálida y suave.

Echaba de menos a su madre. Aunque seguía teniendo a Angel.

Era tan hermosa. Su pelo rubio, tan blanco como la nieve cuando era pequeña, se había oscurecido ya hasta volverse de un reluciente color dorado, unos reflejos blancos y naturales que brillaban al sol.

Ella era su niña pequeña, tanto como lo era de su madre y de Bruce. Él la quería más, y la cuidaba más. Bruce y su madre discutían y luego se hacían cosas el uno al otro que hacían que las sábanas de su madre olieran raro. Cuando ella se iba a trabajar, y Bruce se marchaba al bar de la esquina, solía tumbarse en el lado de la cama de su madre y recordar cómo era la sensación de que ella lo abrazara. Entonces se envolvía en las mantas y las almohadas de su madre.

Pero no olían igual. Olían a pescado y a sucio, y más a Bruce que a su madre.

Ahora, su madre se había ido. Primero su olor, y ahora su cuerpo.

En aquel coche largo, largo, camino de Los Ángeles, Angel pasó el brazo por encima y le tocó la mano. Los grandes ojos verdes de Angel se llenaron de lágrimas; ella también echaba de menos a su madre.

¿O es que ya tenía miedo de su padre?

Él se inclinó sobre ella y le susurró al oído:

—Te prometo que cuidaré de ti. No permitiré que te haga daño.

Ella le apretó la mano; su cara era demasiado mayor para sus siete años.

—Es demasiado tarde.

Tres años y nueve traslados después, ella también estaba muerta.

Capítulo *13*

Era más de medianoche, y todos los presentes en la sala de reuniones estaban agotados. Zack, Olivia, Boyd, Cohn y la detective Jan O'Oneal habían estado revisando todos los informes que Cohn había recibido de los laboratorios de los otros estados, además de las hojas que Nashville había enviado por fax mientras Zack y Olivia estaban hablando con la señora Davidson.

—Muy bien, todos necesitamos dormir un poco —dijo Zack—, pero repasemos una vez más lo que tenemos y aclaremos lo que vamos a hacer mañana.

—Nos quedan por revisar unas cuantas páginas más, pero hemos encontrado seis direcciones en las que tienen los dos tipos de camionetas —dijo Boyd—. Lo primero que haremos por la mañana Jan y yo será ir a comprobarlas en persona.

—Buen trabajo.

—Tengo que llamar a los demás laboratorios —dijo Cohn—. Lo haré mañana a primera hora. Y voy a poner a un par de los técnicos de mi laboratorio a investigar las marcas. Puede que el doce signifique algo, como en la mitología.

—Deberíamos de ponernos en contacto con el FBI, para ver si tienen alguna información sobre las marcas —dijo Olivia en voz baja mirando a Zack.

—¿Con quién? ¿Cómo podemos acelerarlo?

Olivia tragó saliva. Se estaba poniendo al descubierto; no había otra salida.

—Deberían ponerse en contacto con el jefe de la oficina de Seattle y pedirle que la unidad de investigación analice las marcas, además del número «doce», por si significara algo.

—Pídale a su gente que intervenga. Oficialmente. —Zack se pasó la cara por la mano—. Tiene razón. Esta podría ser la oportunidad que necesitamos. Lo primero que haré por la mañana será hablar con el jefe Pierson.

Olivia asintió con la cabeza. Era lo más inteligente que se podía hacer. Le aterrorizaba irse de Seattle. Quería estar allí cuando atraparan a aquel tipo. Tenía que verlo, mirarle a la cara. Enfrentarse a él.

Pero su objetivo primordial era detenerlo. Si poner al descubierto su engaño significaba aproximarse al descubrimiento del asesino de Missy, entonces se descubriría.

—Creo que nos estamos acercando —dijo Zack, como si le hubiera leído los pensamientos—. Esta noche no podemos hacer nada más; es casi la una. Vayámonos a casa, durmamos un poco y volvamos aquí a las ocho.

El Oso Rizoso tenía que ir. Y Bessie, la vaca de peluche que la tía Grace le había regalado el año anterior por su cumpleaños. Un jersey, porque enfriaba por las noches. Y una muda de ropa interior y calcetines de repuesto, por si aquello duraba un par de días. ¡Ah! Y no te olvides del dinero. Tenía ochenta y seis dólares en su hucha de Cenicienta. Había llegado a tener ciento once dólares, pero el mes anterior le había comprado un regalo de cumpleaños a Michelle con su dinero; un maletín de pintura, porque Michelle quería ser artista cuando fuera mayor.

Amanda tragó para deshacer el nudo que tenía en la garganta, decidida a no llorar. Si lo hacía, su madre podría oírla, y nunca podría encontrar a Michelle.

Aunque la noche anterior, cuando lloró, su madre no había acudido. Tal vez mami no se diera cuenta, hiciera lo que hiciese Amanda.

Amanda se mordió el interior del carrillo y se succionó el labio inferior. Papi había llorado. Ni una sola vez en su vida había visto llorar a papá, pero había llorado tres veces desde que Michelle se fuera al Cielo.

Ella no sabía dónde estaba exactamente el Cielo. Siempre que mami hablaba de él, decía que el Cielo estaba en el firmamento. Cuando iban a la iglesia por Semana Santa y Navidad, aquel pastor vestido con un vestido largo decía que Jesús estaba allí arriba, en el Cielo.

Amanda no había nacido todavía cuando el volcán Monte Santa Elena entró en erupción, pero había visto un programa con papá sobre aquello una noche, hacía mucho tiempo. Amanda se había asustado, y se había metido a gatas en la cama con Michelle.

—¿Y si una montaña revienta y nos entierra? —había preguntado mientras se arrebujaba con fuerza en el precioso edredón rosa de Michelle.

—Eso no ocurrirá.

—Pero el tipo del programa dijo que podía ocurrir.

—Sólo si Dios lo quiere.

—¿Dios? ¿Y por qué habría de querer enterrarnos?

—Tonta, cuando un volcán entra en erupción es un acto de Dios. Eso es lo que dice mami. Así que, si ocurre, ocurre. No puedes hacer nada al respecto. Amanda tenía que encontrar el Cielo y llevar a Michelle a casa. Si lo hacía, mami dejaría de llorar y la volvería a abrazar. Amanda tenía miedo de que Dios se hubiera llevado a Michelle porque discutían por todo, como cuando Michelle cogía el trozo más grande de pizza, o cuando tomó prestada la bicicleta nueva de Amanda, que le habían regalado por su sexto cumpleaños, y la estrelló contra el rosal de la señora Hendrick, abollándola.

Michelle podría coger su bicicleta y tener el mayor trozo de pizza hasta el fin de los tiempos. Si Amanda decía que lamentaba haber gritado a su hermana, quizá Dios la dejase volver del Cielo.

Sólo tenía que encontrar el Cielo primera. Y la única manera que se le ocurría de llegar al Cielo era empezar por el lugar donde Dios le dijo al mundo que estaba furioso. El volcán Monte Santa Elena.

Confiaba en que ochenta y seis dólares fuera suficiente para llegar allí.

Capítulo 14

Brenda Davidson apenas había dejado de llorar desde que habían encontrado muerta a su hija.

Cuando Michelle desapareció, no había llorado. Volvería a casa sana y salva, sin duda. Las cosas malas les ocurrían a los demás niños; a los suyos, no. No a su nenita.

Se sorbió la nariz en una profunda inspiración que acabó en un sollozo.

Aquella mujer de la víspera... Brenda debería haberla echado. ¡Cómo se atrevía a acusarla de desatender a sus hijos! ¿Quién era ella para juzgarla? Michelle estaba con sus amigas; no era culpa suya que se la llevaran. Como no lo era que la asesinaran.

Pero en el fondo, en lo más hondo de su corazón, sólo se culpaba a sí misma.

«Tiene a sus dos otros hijos, señora Davidson. ¿Les ha dicho que los quiere?»

No paraba de decirles a cada momento a sus hijos que los quería. Les hacía tartas, y llevaba a las niñas a las Girl Scouts cada semana, y a Peter, a los entrenamientos del equipo de fútbol; y se había presentado voluntaria en el colegio de los niños para ayudar en la comida de la pizza todos los viernes. No paraba de «demostrarles» su amor.

Brenda estampó una sartén sobre el fogón. ¡Mira, les estoy haciendo tortitas! Había perdido a su hija y estaba cocinando en la maldita cocina. Se hacía cargo; siempre se encargaba sola.

Metió la mano en un cajón y sacó un molde metálico. Se lo quedó mirando de hito en hito durante largo rato, y las lágrimas le corrieron por la cara hinchada. A Michelle le encantaban las tortitas con forma de Michey Mouse; solía comerse una pila de cuatro con mermelada de fresa. Y en las ocasiones especiales, Brenda dejaba que los niños les pusieran nata montada por encima.

Brenda se deslizó hasta el suelo mientras los sollozos le sacudían el cuerpo. «Todo es culpa mía.» No había sido lo bastante diligente; no había vigilado a Michelle con la suficiente atención; no había pensado que alguna vez pudiera ocurrirle algo malo a su nenita...

—¿Mamá?

Se sorbió la nariz con la respiración entrecortada; sentía el cuerpo pesado, y sus movimientos eran torpes. Parpadeó y levantó la vista hacia su hijo.

—¿Qué? —Su voz era pastosa, un mero susurro.

—No encuentro a Amanda.

—¿Qué estará tramando ahora? —Brenda se levantó apoyándose en la repisa para soportar su peso—. ¿Dónde está tu padre?

—Durmiendo —dijo Peter en voz baja.

Andy se pasaba los días durmiendo desde la muerte de Michelle. ¡Cómo tenía la desfachatez de dormir! Ella no era capaz de dormir más que unos pocos minutos cada vez, porque cada vez que cerraba los ojos, veía a Michelle. No era justo que tuviera que soportar aquella carga sola. No era justo que le hubieran quitado a su nenita.

—¡No es justo! —gritó Brenda.

Por el rabillo del ojo vio que Peter se estremecía y se recogía sobre sí mismo, encogiendo los hombros como si quisiera hacerse más pequeño.

«Usted tiene otros dos hijos, señora Davidson. Ahora, la necesitan más que nunca.»

¿Qué estaba haciendo? ¿Qué les estaba haciendo a sus propios hijos?

—Peter... —Alargó la mano para coger a su hijo, dio un traspiés y lo levantó en brazos—. Lo siento. Lo siento. Lo siento. —Lo abrazó con más fuerza—. Te quiero, Peter. Y lo siento, siento muchísimo todo esto. Por favor, perdóname, por favor.

—Te quiero, mamá. Sé que extrañas a Michelle. Yo también la extraño.

—La extraño muchísimo. —Brenda nunca se libraría de la mancha negra que tenía en el corazón—. Pero vosotros me necesitáis, y no he estado aquí para cuidaros.

—Lo entiendo, mamá. —A Peter le corrieron las lágrimas por la cara. ¿Había llorado ya? Sin duda, también estaba apenado. Adoraba a sus hermanas. Y aunque tenía trece años, jugaba con ellas y les permitía que lo siguieran por el barrio sin quejarse demasiado—. Pero, mamá… estoy muy preocupado por Amanda. No sé dónde está.

A Brenda le dio un vuelco el corazón. No, no pasaba nada malo con Amanda. Era una buena niña.

—Estoy segura de que andará por ahí. Se ha aficionado a estar en su casa de juguete. Mira arriba; yo iré al patio trasero.

Pero cuando Brenda llegó a la gran casa de plástico colocada en mitad del patio, vio que Amanda no estaba dentro. Sintiendo un pánico creciente, buscó por todo el patio, pronunciando su nombre.

—¡Amanda! ¡Amanda!

No respondió. No estaba fuera.

No estaba dentro.

Había desaparecido.

—¡Andy! ¡Maldita sea, Andy! —Brenda entró como una exhalación en el dormitorio que compartía con su marido hasta la desaparición de Michelle—. ¡Andy, Amanda ha desaparecido!

Andy se incorporó y, por primera vez, Brenda se percató del agotamiento y el dolor grabado en el rostro de su marido. Quizá no hubiera estado durmiendo; quizá se había estado rompiendo la cabeza, igual que ella. En soledad.

—Llama al 911. Y al detective Travis. —Andy saltó de la cama y se puso una camiseta que estaba hecha una pelota sobre el suelo—. Haré que los vecinos se pongan a buscar. La encontraremos. ¡La encontraremos!

—No puedo perder a otra hija —dijo Brenda en un sollozo.

Andy y Brenda vieron la nota sobre el tocador al mismo tiempo. Las claras letras de molde estaban escritas concienzudamente a lápiz morado.

«Para mami y papi.»

—¡Dios mío, Andy!, ¿la he obligado a marcharse? ¿A dónde diablos habrá ido?

El estridente pitido del móvil sacó a Olivia del sueño. Buscó a tientas el pequeño aparato y escudriñó la oscuridad con los ojos entrecerrados para leer los dígitos rojos del despertador del hotel. Las 6:34. Gimió. Después de dar vueltas y más vueltas durante la mayor parte de la noche, había conseguido dormir sólo tres horas.

—Hola —dijo antes de que se sonara el cuarto timbrazo.

—¿Liv? Soy Greg.

Olivia se frotó los ojos.

—Lo siento. Estoy medio dormida.

—Probablemente, no has dormido mucho —dijo Greg con una voz teñida de preocupación—. ¿Cómo lo llevas?

—Estoy bien. Estamos avanzando.

—Quería que supieras que terminé el análisis del ADN de la muestra que me enviaron de Seattle, y que coincide en un noventa y nueve coma noventa y nueve por ciento con la muestra de Missy.

El cuerpo de Olivia se tensó, y ella reprimió un sollozo. Su instinto le había dicho que tenía razón, que el asesino de Missy estaba en Seattle; su experiencia le decía que tenía razón, pero oír el resultado de la prueba definitiva...

—Gracias, Greg.

«Gracias» parecía absolutamente inapropiado. Greg estaba arriesgándose a recibir un reprimenda, cuando no algo peor, así por ayudarla a engañar al Departamento de Policía de Seattle para que la dejaran tener pleno acceso al caso, como por utilizar los recursos del estado sin autorización.

—Recibí las muestras de vello púbico esta mañana. Me pondré con ellas hoy mismo y debería tener una respuesta en el curso de la mañana. —Hizo una pausa—. Rick me ha preguntado por ti esta mañana.

—¿Ah, sí?

—Le dije que estabas bien.

—Siento ponerte en la tesitura de tener que mentir a tu jefe.

—He sido yo quien me he puesto en esta situación, Olivia. No descansarías jamás, si no hicieras todo lo que estuviera en tus manos para ayudar. Pero me sigues preocupando. ¿Qué vas a hacer, si atrapáis a ese tipo?

Olivia llevaba días pensando en eso mismo. ¿Qué haría? ¿Se enfrentaría a él? ¿Lo abofetearía? ¿Le desearía que se pudriera en el infierno? Nada de eso parecía adecuado. Nada de lo que ella pudiera hacer enmendaría todo lo malo que había hecho aquel sujeto. Nada de lo que Olivia dijera haría desaparecer el dolor y la conciencia de que, durante treinta y cuatro años, un violento depredador hubiera andado suelto por las calles.

—No lo sé, Greg —dijo.

—Cuanto todo esto acabe, Liv, sabes que seguiré esperándote.

—Lo sé. —Su voz fue un puro susurro. Sí, lo sabía. Greg seguía queriéndola. Ella había sido una esposa horrible; no había sido capaz de darle el afecto que él se merecía. Distante, incapaz de compartir sus temores, había preferido la soledad a la compañía. Pero él seguía a su lado, y ella nunca lo olvidaría.

—Te haré saber los resultados del vello púbico cuando haya acabado, pero también me pondré en contacto con el director del laboratorio de Seattle, Doug Conh, y le enviaré un informe por escrito. Lo necesitarán para el tribunal más adelante.

—Gracias, Greg.

Se despidió de él y colgó el teléfono, sentándose en el borde del colchón del hotel, y de repente la habitación se le antojó demasiado insulsa. ¿Cómo había acabado allí, a casi cinco mil kilómetros de su trabajo, sus amigos y su hogar?

¿Amigos? ¿Qué amigos? Su mejor amiga estaba realmente allí, en Seattle, y ni siquiera le había dicho todavía a Miranda lo cerca que estaba. Y Rowan, su otra compañera de la Academia del FBI, se estaba relajando en Colorado, en paz por primera vez en su vida. Su ex marido, Greg, era su único otro amigo íntimo, y ella tenía la sensación de que lo estaba utilizando.

Su casa de Virginia no era un hogar. Aunque decorada con más gusto que aquella habitación de hotel en la que estaba sentada en ese momento, apenas era más íntima. Pasaba todo el tiempo trabajando; no había nada especial esperándola en casa.

De repente, se sintió vieja. Le faltaban unos meses para cumplir los cuarenta, y allí estaba ella, mintiendo y manipulando a la gente por primera vez en su vida. No era supersticiosa ni creía en los malos augurios ni en ninguna de esas tonterías, pero no pudo por menos que pensar que su traición y su engaño estaba contribuyendo a la maldad del mundo.

Se dirigió lentamente al baño y abrió el grifo del agua caliente al máximo. La presión del agua era lastimosa, pero al menos la temperatura era correcta. Se desnudó y se situó bajo el chorro punzante, decidida a que la ducha le proporcionara la energía que necesitaba para mantener ese día las apariencias.

Nada más cerrar el grifo, oyó que estaban aporreando la puerta. Salió de la bañera de un salto y agarró la toalla, pero no cubría lo suficiente. No había llamado al servicio de habitaciones. Chorreando, corrió hasta la cama y se puso la delgada bata de algodón blanco que había llevado de casa; aquel no era un hotel de cinco estrellas que regalara albornoces de felpa y cremas corporales.

Los golpes continuaron, y Olivia oyó una voz sorda que pronunciaba su nombre, pero la puerta era demasiado gruesa para identificarla. Miró a través de la mirilla.

Era Zack Travis.

Olivia quitó los cerrojos torpemente y abrió la puerta.

—¿Qué...?

Travis entró inmediatamente, y Olivia dio un paso atrás.

—¡Joder!, pensé que le había ocurrido algo. Debe usted dormir como un muerto. Llevo llamando diez... —Zack la examinó de arriba abajo, lentamente—. ¡Oh! —dijo sin apartar los ojos, que se oscurecieron, volviéndose casi negros, mientras reparaba en el pelo mojado y en la bata chorreante de Olivia, y su mirada bajaba hasta el pecho y volvían a subir hasta la cara de Olivia.

El cuerpo de Olivia reaccionó ante la persistente y admirativa mirada de Zack. Sintió un cosquilleo en los pechos y cómo se le endurecían los pezones, y una repentina opresión en la garganta. Tragó saliva y retrocedió otro paso para dejarlo entrar; luego, cerró la puerta agradecida porque ya no la mirase, aunque su cuerpo seguía traicionando su deseo.

—No caí en la cuenta de que tenía que llamar para pedirle permiso para ducharme. —Olivia intentó aparentar un aire profesional y duro, como si no se hubiera dado cuenta de la manera en que Zack le había inspeccionado el cuerpo con la mirada. Lejos de eso, le salió una voz ronca y sorda.

Zack se volvió para mirarla de nuevo, sosteniéndole, impasible, la mirada. Olivia se sintió atrapada contra la puerta, incapaz de moverse hacia el interior de la habitación sin tocarlo. La idea le produjo un escalofrío, al que no pudo restar importancia atribuyéndolo a que hubiera cogido frío de después de la ducha. La sensación persistió, y Olivia fue algo más que consciente de que la fina bata de algodón se había pegado demasiado a su cuerpo mojado.

Así que era Zack.

Él avanzó hacia Olivia, que cometió el error de mirarle a los labios; Zack los separó y se pasó la lengua por ellos.

La expectativa hizo que el corazón de Olivia se acelerase. La mano de Zack subió y le rodeó la nuca. Un escalofrío involuntario recorrió el cuerpo de Olivia.

Quiso decirle que se apartara, pero no consiguió reunir las palabras. En su lugar, bajó los párpados y separó los labios ansiando saborear los de Zack.

Olivia había esperado calor cuando él le rozara la boca con la suya; lo que no había esperado fue un relámpago que la atravesara y le quemara las puntas de los pies.

El beso fue breve pero intenso. Zack retrocedió, y ella abrió los ojos. Por la expresión de su cara, él había sentido el mismo chisporroteo eléctrico entre los dos.

Olivia no quiso dedicar ni un instante a pensar en el error que acababan de cometer.

—Discúlpeme —farfullo Olivia. Pasó por su lado rozándolo, cogió la ropa del armario empotrado y se metió en el baño, cerrando la puerta con firmeza y apoyándose en ella. ¿Qué había en Zack Travis que la ponía tan nerviosa? Ella no era una joven que anduviera a la caza de polis calientes. Era una mujer madura, responsable y profesional. Tenía cosas más importantes que hacer que mirar a un hombre con ojos de cordero degollado.

Había dejado que la besara; había querido que la besara. Quería que la volviera a besar.

Pero eso estaba fuera de lugar.

El estridente timbre del móvil la sobresaltó. Pero era el del teléfono de Zack, no el suyo. Se puso la falda y la blusa de seda a toda prisa, mientras oía a Zack decir su nombre al teléfono.

Luego, silencio. ¿Quién lo había llamado? ¿Tenía que ver con el caso? ¿Le había llamado alguien del FBI para comprobar las credenciales de Olivia? ¿Zack ya se había puesto en contacto con el jefe de la oficina de Seattle y le había hablado de ella? Olivia no había tenido tiempo para prepararse. ¿Qué le diría a Zack?

Tal vez Zack lo comprendiera, pero la apartarían de la investigación y la enviarían de vuelta a Virginia. Jamás vería cara a cara al asesino de su hermana ni conseguiría que al final se hiciera justicia.

La información que había reunido durante las últimas semanas en Virginia les habían aportado nuevas pistas. Tenían mucho más que la víspera, y la víspera mucho más que el día que Jennifer Benedict había sido asesinada.

Olivia había ayudado, aunque hubiera infringido las normas al hacerlo. Y a todo esto, ¿cuáles eran aquellas malditas normas?

No quería engañar al detective Zack, pero estaría metida en aquello hasta el final... ya fuera ese mismo día, al siguiente o al cabo de una semana.

Respiró hondo y se puso la americana, se aplicó un poco de maquillaje en las sombras negras de debajo de los ojos, asumió una expresión profesional y se pasó rápidamente un cepillo por el pelo húmedo. No tenía tiempo de preocuparse por su aspecto.

Abrió la puerta y vio a Zack reclinado contra la pared con la cabeza gacha, los ojos cerrados y el móvil —ya cerrado— apoyado contra la frente.

—¿Qué ha ocurrido?

Zack la miró a los ojos con una expresión de dolor en la cara.

—Era Brenda Davidson. Su hija Amanda ha desaparecido.

A Olivia le dio un vuelco el corazón.

—Tenemos que encontrarla.

Capítulo *15*

Olivia hizo todo el trayecto hasta casa de los Davidson con los nervios de punta. ¿Se había llevado a Amanda el asesino de Michelle? ¿Era una venganza personal contra la familia Davidson?

En ninguno de los casos que había examinado el asesino se había llevado a una niña de su propia casa. Eso había ocurrido con otros asesinos, sin duda, pero no con este. A menos que a Olivia se le hubiera pasado algo por alto. ¿Se le había escapado alguna conexión importante?

No, no en un asunto como aquel, pero la semilla de la duda la tenía en ascuas.

Brenda Davidson les entregó la carta en cuando entraron en la casa.

Queridos mami y papi.
He ido al Cielo a buscar a Michael. Le diré a Dios que lo siento. Traeré de vuelta a casa a Michelle y ya no lloraréis más.
Vuestra otra «ija»
Amanda Lynne Davidson.

Olivia y Zack leyeron la carta al unísono, y ella le miró a los ojos. ¿Era culpa suya? ¿Le había dado una idea equivocada a Amanda? ¿Era ella tan culpable como sus padres? ¿O más aun?

«Dios mío, si estás ahí, ¡por favor, protégela!», rezó mentalmente Olivia.

—Ha salido todo el mundo a buscarla —dijo Andy Davidson—. Todos los sitios a los que pudiera haber ido. Pero ¿dónde está? ¿Por qué?

—Lo siento —dijo Olivia pensando en las duras palabras que le había dirigido a Brenda Davidson.

—Tenía razón usted.

Brenda habló en voz tan baja, que Olivia casi no se dio cuenta.

—¿Perdón? —dijo Zack.

Brenda miró a Olivia directamente a los ojos; sus brillantes ojos azules estaban hinchados e inyectados en sangre.

—Usted.

—Ayer me pasé de la raya… —empezó a decir Olivia.

Brenda levantó la mano y sacudió la cabeza, con los labios temblorosos.

—N-no. Tenía razón. No me daba cuenta de lo que les estaba haciendo a mis otros hijos. Realmente no los veía; sólo percibía el agujero que ha quedado en nuestra familia. Sólo… a Michelle. —Le tembló la voz, pero tragó saliva y sacó la barbilla, atrayendo junto a ella a su hijo, al que abrazó con fuerza mientras le besaba la cabeza. Agarró con firmeza las manos de su marido, y éste rodeó a su familia con un abrazo.

—No puedo perder también a Amanda.

—La encontraremos —se encontró diciendo Olivia. Sabía mejor que nadie que no había que dar falsas esperanzas; pero con absoluta seguridad que el destino, o Dios, o cualquiera que fuera la condenada fuerza que hubiera allí fuera, no apartarían a Amanda de su familia—. ¿Podemos ver su habitación?

—La policía ya la ha registrado —dijo el señor Davidson.

—Desearía verla. Es sólo un minuto.

Olivia sabía lo que debía de haber sentido Amanda. Y si Amanda era como ella, habría dejado pistas con la esperanza de que su madre o su padre la encontraran. Aunque Olivia no se había escapado jamás, había estado perdida toda su vida.

Brenda la condujo al piso de arriba, dejando que Zack hablara con los agentes uniformados que estaban coordinando el registro del amplio comedor de los Davidson. Olivia no sabía qué decirle a la mujer. Antes de entrar, se detuvo en la puerta de la habitación de Amanda.

—Señora Davidson, lamento de verdad lo de ayer.

—Si la hubiera escuchado, tal vez Amanda no se habría escapado. La descuidé. —Se le hizo un nudo en la garganta, y su mano revoloteó hasta sus labios—. La quiero tanto.

—Mi hermana fue asesinada cuando éramos niñas —se encontró diciendo Olivia—. M-mi... mi madre... —se interrumpió, sorprendida de haber expresado sus sentimientos en voz alta.

Brenda extendió las manos y le cogió las suyas. Por vez primera, que ella pudiera recordar, Olivia no se estremeció; antes bien, agradeció el contacto.

—Ella se comportó como yo —dijo Brenda apretando las manos de Olivia—. Ahora me doy cuenta de en qué me estaba convirtiendo. Si no hubiera dicho lo que dijo, creo que no me habría percatado de lo que le estaba haciendo a mi familia. Gracias.

—Usted los quiere.

—Pues claro. Y estoy segura de que su madre también la quería. Lo que ocurre es que, a veces, el dolor te devora.

Olivia sacudió la cabeza.

—No, mi madre fue incapaz de querer a nadie más después de que Missy... desapareciera. Se suicidó en uno de los aniversarios de su asesinato. —Cinco años de convivencia con una mujer que la había parido, pero que no la veía, no la tocaba y no la reconocía. Olivia había querido desaparecer, había deseado estar en cualquier parte excepto en su casa.

Brenda abrió la boca y atrajo a Olivia hacia ella, abrazándola con fuerza. Olivia se sintió incómoda en el abrazo y no lo devolvió, pero Brenda no pareció advertirlo.

—Pobre niña. —¿Niña? Olivia se acercaba a toda velocidad a los cuarenta; con toda seguridad, Brenda era más joven que ella. No pudo recordar a nadie que la hubiera llamado «niña». Pero si volviera a ser niña, desearía que una mujer como Brenda Davidson fuera su madre.

Brenda se apartó y la miró fijamente a los ojos con la resolución escrita en su rostro.

—Encontraremos a Amanda y la traeremos a casa. Y le prometo que ella no volverá a dudar jamás de que la quiero con todo mi corazón. Sobreviviremos.

Olivia la creyó.

No vieron nada útil en el dormitorio de Amanda. Brenda volvió a recitar las cosas que faltaban: un par de animales de peluche, algo de ropa y dinero, unos cien dólares que calculaban habría en la el cerdito hucha. Su bicicleta también había desaparecido del garaje.

Cuando salían de la habitación, Olivia reparó en un ordenador colocado en una hornacina en lo alto de las escaleras. Las estanterías de ambos lados estaban abarrotadas de papeles y libros infantiles.

—Este no es el despacho de su marido.

—No, es para los niños. Para que hagan los deberes y jueguen con el ordenador.

—¿Sabe Amanda utilizar el ordenador?

Brenda sonrió con tristeza.

—¿Y qué niño de hoy en día no?

Olivia se sentó delante de la pantalla, y cuando estaba a punto de encender el ordenador, se dio cuenta de que ya estaba conectado. Movió el ratón y la pantalla negra fue sustituida por un salvapantallas con la foto de los niños Davidson —los tres— vestidos para Halloween.

Brenda respiró temblorosamente.

—Dios, cuanto la hecho de menos.

—No dejará de hacerlo nunca —dijo Olivia en voz baja. Abrió el explorador de internet y estudió el historial.

Alguien había accedido a Mapquest, un programa de cartografía gratis de internet, a las 3:35 de la madrugada. De ese día. El corazón de Olivia se aceleró; abrió el último mapa consultado.

—¿Tendría alguna razón Amanda para ir al volcán Monte Santa Elena? —preguntó Olivia.

—¿A Santa Elena? ¡Uy, Dios, no! —Brenda se inclinó sobre el

hombro de Olivia—. ¡Ay, Dios mío! Los volcanes le dan un miedo terrible. No había nacido cuando el Santa Elena entró en erupción, pero estuvimos hablando del tema. Ella decía que cuando Dios se enfurece, hace que las montañas estallen. —Se incorporó de golpe—. ¡Eso está lejos. ¡Mi pobre niñita! —Brenda bajó las escaleras corriendo, llamando a su marido.

Olivia imprimió el mapa que Amanda llevaba consigo e intentó razonar como una niña de seis años.

La Interestatal 5, que conducía al Monte Santa Elena, estaba a unos tres kilómetros de la zona residencial donde vivían los Davidson, aunque no había forma que de que la pequeña Amanda pudiera acceder con su bicicleta a la autovía sin ser detectada. A esas alturas, la patrulla de carreteras ya habría localizado a la niña. Y aunque fuera tan decidida como parecía, la autovía era un lugar demasiado aterrador. No, Amanda se mantendría en las carreteras secundarias todo el tiempo que pudiera.

Olivia se concentró en el mapa y escogió el trayecto más recto lejos de la autovía. Muy bien, una niña de seis años en una bicicleta. Empezaría pedaleando deprisa, pero se cansaría y bajaría la marcha. ¿Habría hecho, tal vez, un promedio de algo más de tres kilómetros por hora? Eso la situaría justo al norte de Kent.

—¿Olivia? —Zack subió corriendo las escaleras y miró por encima del hombro de Olivia—. La madre dice que la niña ha ido al Monte Santa Elena. ¿Qué está pasando?

Olivia le puso al corriente de lo que había descubierto mientras ellos estaban abajo.

—Creo que ahora estará por aquí —dijo señalando la zona que rodeaba Kent.

Zack asintió con la cabeza.

—Vamos.

—Voy con ustedes —dijo Brenda.

—Deberían permanecer en casa por si llama —le dijo Zack.

El señor Davidson sacudió la cabeza.

—No, yo me que quedaré. Ve tú, Brenda. Y trae a Amanda a casa.

Amanda estaba sentada bajo un gran árbol y lloraba. Le dolían las piernas, y se había comido toda la comida que había llevado y seguía teniendo hambre. En algún lugar, tal vez cuando se detuvo en el campo para otear, había perdido a Bessie. El sol quemaba, pero no se atrevía a quitarse la chaqueta porque se había olvidado el protector solar y se quemaba con facilidad.

Iba a decepcionar a su mamá. Jamás conseguiría llegar al volcán y llevar de vuelta a Michelle. Parecía tan cerca en el ordenador, pero ni siquiera podía ver todavía la montaña. Nunca podría arreglar las cosas y hacer que mami la volviera a querer. Pero no podía volver a casa.

Tal vez mamá no se hubiera dado cuenta de que se había marchado; tal vez siguiera llorando, y Amanda pudiera volver a hurtadillas esa noche.

Respiró entrecortadamente mientas se limpiaba las lágrimas. Iría a casa y se escondería en el garaje hasta que todos se fueran a dormir, y entonces entraría. Nadie la echaría de menos.

—¡Amanda!

Levantó la vista. ¿Mami?

—¡Mami! —se levantó de un salto y echó a correr todo lo deprisa que le permitieron sus cansadas piernas—. ¡Mami!

—¡Oh, mi niña! —Su madre la levantó en brazos, y la abrazó con tanta fuerza que Amanda no pudo respirar, pero no dijo nada porque nunca se había sentido tan bien en su vida. Empezó a llorar de manera incontrolable.

—Mami, intentaba llevar de vuelta a Michelle. Lo intenté, pero el Cielo está demasiado lejos y no pude encontrarlo. —Las lágrimas de su madre se mezclaron con las suyas—. Sigues llorando, mami. Lo siento.

—No, mi niña, no. Lloro de alegría.

—Pero...

—Te quiero. Te quiero mucho. Y me has dado un buen susto, Amanda. No sabía dónde estabas ni por qué te habías ido.

—Pensé que no te darías cuenta de que me había ido.

El cuerpo de su madre se puso rígido. Entonces, Brenda se sentó en el suelo, se puso a Amanda en el regazo y empezó a besarla por todas partes.

—Nenita, te quiero. Soy yo quien lo siente.

—Echas de menos a Michelle.

—Sí. Sí, echo de menos a Michelle.

—Yo también la extraño.

—Ya lo sé. —Brenda la abrazó con fuerza contra su pecho, subiendo y bajando la mano por la espalda de su hija, al tiempo que deseaba poder ahuyentar el dolor y la tristeza que habían llenado sus vidas desde la muerte de Michelle.

Nunca olvidaría a Michelle; ella tendría un lugar privado en su corazón. Pero lo más importante es que no volvería a descuidar al resto de su familia nunca más.

Ellos la necesitaban. Y de lo que no se había percatado hasta ese momento era que ella los necesitaba.

Capítulo 16

Zack Y Olivia no hablaron mucho durante el trayecto desde casa de los Davidson. Ya era más de mediodía cuando llevaron de vuelta a su hogar a Amanda y a Brenda. De ahí, se fueron a la comisaría, donde la dibujante mostró su trabajo, aunque éste era demasiado vago para que fuera utilizado por los telediarios. El hombre podía haber sido cualquiera, y la dibujante no estaba segura de que Sean hubiera recordado suficientes detalles.

Lo único que Sean describió bien fue el tatuaje. Cuando Olivia vio el dibujo, supo sin ningún género de dudas que era el mismo tatuaje del hombre que mató a Missy.

Brian Harrison Hall tenía uno idéntico en su brazo.

—El hombre de california que acaba de ser excarcelado tenía un tatuaje igual a este —dijo Olivia—. Un testigo lo identificó por su tatuaje.

Zack estudió su copia del dibujo.

—Un águila azul. California… —Echó una mirada a la pizarra—. Eso fue hace treinta y cuatro años. La primera víctima. —Hizo una pausa y miró a Olivia—. Hablamos acerca de que este asesino probablemente no trabaje con un compañero, pero ¿y si él y ese otro tipo…? ¿Cómo dijo que se llamaba? ¿Hall?

Olivia asintió con la cabeza sin sorprenderse de que Zack se acordara.

El detective dio unos golpecitos sobre el dibujo del tatuaje.

—Bueno, consideremos esto detenidamente. Supongamos que Hall fuera inocente... y apuesto a que lo era. Si hubiera sospechado de nuestro tipo, habría dicho algo al respecto, ¿de acuerdo?

—De acuerdo.

—Así que Hall es inocente, pero es demasiada casualidad que dos hombres de más o menos la misma edad y complexión, con el mismo tatuaje, que vivían en la misma ciudad y con acceso a la misma camioneta no se conocieran.

—¿Quiere decir que podrían haberse conocido, aunque Hall no tuviera nada que ver con el asesinato? —Olivia cayó en la cuenta. Aquello tenía sentido.

—Exacto. —Zack se levantó y empezó a dar vueltas por la sala—. Pongamos por caso, debido al tatuaje, que sirvieran juntos en Vietnam. ¿Cuándo fue licenciado Hall? —Zack cogió una carpeta y empezó a hojearla.

—El 10 de abril de 1972 —dijo Olivia quitándole la carpeta. No quería que Zack viera todos los detalles que contenía. Ella había escrito sólo los nombres de pila de las víctimas en la pizarra. Si él escarbaba demasiado, vería que la primera víctima compartía apellido con ella.

Zack la miró asombrado.

—Buena memoria.

Olivia no hizo ningún comentario; se había aprendido de memoria el expediente del caso de Missy.

—Apostaría lo que fuera a que nuestro asesino sirvió con Hall en Vietnam. Tal vez fueran licenciados al mismo tiempo. Y puede que no se llevaran bien entre ellos.

—¿Está sugiriendo que nuestro asesino le tendió una trampa a Hall?

—Todo es posible en este punto. Pero creo que debemos seguir con la suposición de que se conocían, y eso nos da algo con lo que seguir. —Cogió el teléfono y marcó una extensión—. No va a ser fácil conseguir los registros militares, pero creo que su gente probablemente pueda conseguirlos más deprisa.

Al teléfono, Zack dijo:

—¿Jefe? Aquí Travis. Mire, creo que necesitamos ponernos en contacto con la oficina de Seattle. Tenía intención de llamarle esta mañana, pero con lo de la búsqueda de Amanda Davidson... Sí, bueno... Dos cosas. La primera, es que la agente St. Martin y yo tenemos la teoría de que nuestro asesino sirvió en Vietnam y que debió de ser licenciado alrededor de abril de 1972... Pongamos entre finales de 1971 y octubre de 1972. Segundo, ¿recuerda las marcas en los brazos de las víctimas? Doug Cohn habló anoche con varios laboratorios, y en sus víctimas aparecían las mismas marcas. Doce pinchazos. Necesitamos que algún experto nos ayude a descubrir qué podrían significar.

Zack escuchó un momento antes de continuar.

—De acuerdo, llame y arréglelo; luego, haga que se pongan en contacto conmigo y con la agente St. Martin, y les informaremos de lo que hemos descubierto hasta el momento. —Colgó.

—¿Sabe una cosa? —dijo Zack—, después de que el jefe presente la petición a Seattle, tal vez debiera de trabajar como enlace con su gente. No tengo ningún problema al respecto. He conocido a muchos federales que engañaron a este Departamento, pero usted ha estado fantástica. No tendría ni la mitad de lo que tengo, si no lo hubiera aportado usted.

—Yo... —¿Qué podía decirle a eso? Respiró hondo—. Zack, creo que debería explicar...

—Olvide eso... Tengo una idea.

—¿Cuál?

—Hacer que Hall colabore.

Olivia entrecerró los ojos.

—No entiendo.

—El tipo que acaba de ser excarcelado. Apuesto a que sabe perfectamente a quién estamos buscando. Aunque no haya pensado en ello, probablemente dará con un nombre, si le hacemos las preguntas adecuadas... Tales como: ¿conocía a alguien que hubiera servido en Vietnam que estuviera en Redwood City con usted? Muchos de esos tipos salían juntos. Entonces el ambiente no era favorable al ejército. Apuesto a que lo conoce o puede darnos un par de nombres de tipos con un tatuaje parecido.

Olivia no supo qué decir. Sí, la idea era brillante. Era casi seguro que Hall tendría nombres. Pero la mera idea de verlo después de haber testificado contra él, entonces y en cada una de las vistas de su libertad condicional, la aterrorizaba.

Pero había que hacerlo. Era la mejor pista que tenían.

—Llamaré a la oficina del fiscal del distrito y les pediré que se pongan en contacto con el abogado de Hall —dijo Olivia.

—Mientras hace eso, iré a hablar con Doug Cohn para ver que está ocurriendo con los expedientes de los laboratorios sobre esas doce marcas.

Zack pasó por su lado y le dio un apretón en el hombro. El gesto se volvió íntimo cuando sus dedos le masajearon el cuello.

—Estamos cerca, lo puedo sentir. ¡Animo!, y cuando atrapemos a ese bastardo la invito a cenar a un restaurante con vistas al lago Unión.

Y dicho esto, se marchó.

Olivia dejó que se marchara. Podía haberlo detenido y haberle contado la verdadera razón de su presencia allí, pero no lo hizo. Sólo estaba ganando tiempo.

Buscó en su agenda el número de la oficina del fiscal del distrito del condado de San Mateo, de la que Hamilton Craig era el titular. La pasaron de un despacho a otro hasta que, al final, alguien le dijo que el fiscal no se podía poner y se ofreció a ayudarla.

Olivia no quería hablar con nadie que no conociera, así que colgó y encontró el número del móvil de Gary Porter.

Gary era el policía, ya jubilado, que había investigado el caso de Missy, y acudido a todas las vistas de la condicional para oponerse a la puesta en libertad de Brian Hall. No sólo había apoyado a Olivia todas las veces que ésta testificó en contra de la concesión de la condicional a Hall, sino que había sido la figura paterna de la que ella careció durante el juicio inicial. Sus padres estaban tan consternados y turbados por el dolor, que apenas sí fueron conscientes de que Olivia estuviera en la misma sala, por no hablar de lo que había tenido que pasar contándoles a los abogados y al juez lo ocurrido el día que desapareció Missy.

Con independencia de lo que ocurriera con aquel caso, aunque perdiera su trabajo o a sus amigos o el respeto de Zack, jamás lamentaría su decisión, si le había evitado a Amanda Davidson el dolor emocional que ella había sufrido de niña.

Gary respondió al tercer tono.

—Gary, soy Olivia St. Martin. ¿Cómo estás?

—Podría estar mejor.

—¿Qué sucede?

El policía hizo una pausa.

—¿No recibiste mi mensaje? Te dejé uno en el teléfono de tu casa y en el tu oficina hace dos días.

—No. No lo he recibido. No... no estoy en Virginia en estos momentos.

—Hamilton Craig fue asesinado a tiros. La policía cree que sorprendió a un ladrón en su casa.

—¿Hamilton? ¿Está muerto?

Olivia apoyó la frente en la mano, y sintió la piel repentinamente húmeda por el sudor. No podía imaginarse al animado fiscal del distrito, que para ella había sido más importante que la vida misma cuando era niña... muerto. Esa era la causa de que la hubieran mareado en la oficina del fiscal del distrito.

—El funeral es esta noche.

—Cuánto lo lamento.

—Si no era por lo de Hamilton, ¿para qué me llamabas?

—Podría haber una pista en el asesinato de Missy.

Hubo un largo silencio.

—¿Ah, sí?

—De una manera un tanto extraoficial he estado ayudando en otro caso que guarda un asombroso parecido con el de Missy. Pensamos que quizás Hall conozca al asesino de Missy. —Olivia le explicó lo de los tatuajes, lo que había visto el testigo de Seattle y la teoría de Zack de que el asesino había luchado en Vietnam con Hall, y de que tal vez le había tendido una trampa o al menos lo conocía cuando le robó la camioneta.

Gary no dijo nada durante un buen rato.

—¿Gary?

—¿Estás en Seattle ahora?

—Sí.

—No sabía que hubieras conservado tu condición de agente de campo.

Olivia no respondió.

—No tienes que decir nada. ¿Qué quieres que haga?

—En la oficina del fiscal del distrito me han estado mareando (no me dijeron nada de lo de Hamilton), y no conozco a nadie más allí. Necesito que alguien se ponga en contacto con el abogado de Hall para ver si podemos interrogarlo.

—¿Quién? ¿Tú?

—O el detective con el que estoy trabajando o alguien de allí. Yo no, no, personalmente. Sé que no debo estar cerca. Aunque creo que Hall colaborará, ¿no te parece? ¿Acaso no querría saber que alguien le tendió una trampa para enviarlo a la cárcel.

—Tienes razón, Hall picará. ¿Vas a venir tú también?

—L-lo dudo. —Quería ir, pero en cuanto el FBI local entrara en acción, se le ordenaría que volviera a Virginia—. Pero lo voy a intentar. Simplemente, no asistiré al interrogatorio.

—Me pondré en contacto con la oficina de Hamilton y pasaré la información. Estoy seguro de que colaborarán. ¿Cómo puedo ponerme en contacto contigo?

—Llámame al móvil. O mejor todavía, diles que llamen al detective Zack Travis, del Departamento de Policía de Seattle. —Proporcionó el número de Zack, se despidió y colgó.

Olivia ocultó la cara en sus brazos y respiró hondo. Su vida estaba entrando en una espiral de descontrol, pero estaban mucho más cerca de encontrar al asesino de Missy. Y eso valía algo. Aunque Zack la enviara de vuelta a Virginia o Rick Stockton la despidiera, ella no podría dejar de valorar lo que había aportado a la investigación.

Tenía que centrarse en eso.

El teléfono de la mesa de la sala de reuniones sonó.

—Dígame —respondió.

—Liv, soy Zack. Baje al laboratorio. El genio Doug Conh acaba de averiguar lo que significan las marcas; no se lo va a creer.

Capítulo 17

Ocho personas se metieron como pudieron en la sala de reuniones del laboratorio, que era la mitad de grande que la que Zack había requisado para la investigación del Aniquilador. Olivia detestaba el apodo que la prensa le había puesto al asesino, pero el alias parecía haber tomado carta de naturaleza, y ya se lo había oído utilizar a más de un poli.

Doug Cohn estaba parado delante de todos, avergonzado por la audiencia mientras jugueteaba con las gafas que no paraba de ponerse y quitarse. Además de Doug, Zack y Olivia, en la sala estaban Nelson Boyd y Jan O'Neal, dos miembros del equipo de Doug presentados como Randy y Deb, y el propio jefe de policía, Lance Pierson.

Aunque Olivia pensó que estaría nerviosa, la familiaridad de las tablas e información sobre cuestiones científicas y forenses que cubrían la pared le proporcionaron seguridad y tranquilidad. Doug carraspeó.

—Gracias por venir. Seré todo lo breve que pueda, aunque creo que es importante que todos comprendamos cómo he llegado a esta conclusión —dijo.

Zack terció.

—Para poner a todos al corriente lo más deprisa posible, nos centraremos primero en las camionetas que sabemos se utilizaron para transportar a la víctima. ¿Boyd?

El joven detective se irguió.

—La detective O'Neal y yo visitamos seis casas de King County que tenían registrados tanto un Ford Expedition como un Dodge Ram. Todos los propietarios se mostraron colaboradores, nos permitieron inspeccionar los vehículos y nos dieron cuenta del paradero de cada vehículo en los días en cuestión.

—¿Qué hay del Expedition cuyo robo se denunció la víspera del secuestro de la niña Benedict? —preguntó Zack.

—Ni rastro de él. Hemos alertado a todos los estados limítrofes para que estén ojo avizor.

—Por mi parte, me inclino a aceptar la teoría de la agente St. Martin, de que el sospechoso roba un vehículo cuando le conviene —dijo Zack— y lo restituye antes de que alguien se percate de su desaparición.

—Eso implicaría que el asesino tiene acceso a esos coches hasta durante tres días, durante los cuales nadie advertiría su desaparición, o durante los que es libre de utilizar distintos vehículos sin que nadie lo considerase extraño —dijo el jefe Pierson.

Nadie dijo nada durante unos segundos.

—Tenemos que hablar con todas las agencias de alquiler de coches, concesionarios y encargados de los estacionamientos prolongados de los aeropuertos —dijo Zack.

—Boyd y yo podemos encargarnos de eso —dijo Jan O'Neal tomando notas.

—He activado un control en la base de datos de robos de vehículos —terció Doug—, de manera que si se roba un todoterreno o una camioneta cubierta en King County, se me notifique. Durante los dos últimos días se han denunciado veintitrés robos, y el detective Travis ha alertado a las patrullas para que los pongan en su lista de prioridades.

—El asesino los utiliza fundamentalmente para transportar; no mata a sus víctimas en el vehículo —dijo Olivia—. Una cantidad así de sangre sería imposible de eliminar por completo.

—Pero nunca hemos encontrado el escenario del crimen —dijo Zack—. Los cuerpos son arrojados en otras partes.

Los presentes se miraron unos a otros.

—¿Y qué hay del sitio en el que vive? —terció Doug—. Necesitaría intimidad, así que tendría que tratarse de una parcela grande. Tal vez en el extrarradio. Algún lugar que tenga poco o ningún tráfico y pocos vecinos.

—Viviría en una casa, no en un piso —dijo Olivia.

Doug asintió con la cabeza.

—Un lugar donde nadie pudiera verlo acarreando un cuerpo del coche a la casa y viceversa.

—Ha de tener un garaje junto a la casa o una parcela de al menos una hectárea.

—O quizá se lleva a la víctima a un lugar alejado para matarla y luego arroja el cuerpo en la ciudad —dijo Zack.

—En cualquier caso, lo que buscamos es una zona discreta —convino Pierson.

—¿Y por qué arroja el cuerpo en la ciudad? Podría abandonarlo en las montañas, donde es difícil encontrarlo. —Olivia pensó en la investigación del Carnicero de Bozeman, que duró años. Todavía no se habían recuperado todas las víctimas conocidas, y probablemente nunca se conseguiría.

—Excepto por lo que se refiere a las primeras víctimas —le recordó Zack a Olivia. El detective explicó a los presentes lo que él y Olivia habían hablado sobre la posible espontaneidad de los primeros asesinatos y el abandono del cuerpo en un lugar más alejado para hacer más improbable un descubrimiento rápido de la víctima.

Nadie tuvo una respuesta satisfactoria al hecho de que el asesino arrojara los cadáveres posteriores en la ciudad.

—Gracias a la información proporcionada por la agente St. Martin, le pedí a Doug que trabajara con los laboratorios de las demás jurisdicciones donde se habían producido crímenes parecidos. Tanto a Doug como a mí nos intrigaba las marcas en los antebrazos de las víctimas. Ni el forense ni una somera búsqueda en la base de datos criminal arrojaron detalle alguno que se acercara a la solución —dijo Zack.

—Las marcas fueron realizadas post mórtem —dijo Doug—. Doce pinchazos en los antebrazos de las víctimas, aparentemente uniformes.

—¿Significa algo el número doce? ¿Es un recuento de sus víctimas?

—Consideramos esa posibilidad, excepto que todas sus víctimas tenían los doce mismos pinchazos. El doce puede significar algo: doce son los apóstoles del Nuevo Testamento, doce es una docena, podría ser que fuera la edad que el asesino cree que tienen sus víctimas... Podría ser casi cualquier cosa —dijo Doug.

—Esa fue la razón de que le pidiera que se pusieras en contacto con la oficina de Seattle —le dijo Zack a Pierson—. La agente St. Martin dice que su departamento de investigación puede investigar para ver si encierran algún significado.

—Pero ya no necesitamos consultar con ellos —dijo Doug—, porque lo hemos resuelto. Al menos, eso creo.

—Y lo habéis hecho —le garantizó Zack.

Doug se apartó de un tablón de corcho donde estaban pegados tres juegos de dos fotos. Olivia se dio cuenta de inmediato de que la segunda foto estaba tomada con la cámara de un microscopio. Los cortes, que en la superficie parecían pinchazos —casi como unas comas— eran en realidad dos marcas diferentes.

—Las fotos superiores fueron obtenidas del cuerpo de Michelle Davidson, las del medio de Jennifer Benedict, y las de debajo de una víctima de Massachussets. Como podéis ver, las marcas de ambas víctimas son virtualmente idénticas. A todas luces, esta «firma», a falta de una palabra mejor, vincula a nuestro asesino con el de Massachussets. Y los otros laboratorios con los que he hablado tienen una documentación parecida, aunque mucha está almacenada, puesto que los casos ocurrieron hace veinte o treinta años.

—Doug ha hecho una trabajo fantástico al conseguir esta información —dijo Zack—. Hemos pedido a todas las demás jurisdicciones se pongan a trabajar en esto con nosotros. Seguimos recibiendo información por fax y correo electrónico, y las cajas con las pruebas están en camino. Pero, debido a lo delicado de la situación que entraña tratar con Kansas y Kentucky, porque allí condenaron a alguien por estos delitos, decidimos no ponernos en contacto con ellos hasta que no hayamos detenido a un sospechoso. Luego, compartiremos nuestra información con esos departamentos de policía, y entonces podrán decidir qué hacer con los condenados. Puede haber información adicional de la que no tengamos conocimiento.

—Si podemos mantener a la prensa al margen mientras seguimos a este tipo, tanto mejor —dijo Pierson—. No quiero que enreden las cosas.

Olivia había estado mirando fijamente las marcas de los antebrazos. Tenían el aspecto de puntos y líneas pequeños. Punto, línea, línea, punto, línea, línea, punto. Luego, el dibujo cambiaba, si es que era un dibujo.

—Hay dos marcas características —dijo—. Son como unos puntos y unas líneas, pero no forman un dibujo.

—Muy bien. —Doug acompañó su expresión de aprobación con un movimiento de cabeza y cogió un puntero metálico—. En realidad fue su información la que me dio la pista.

—¿Mi información?

—Usted le contó al detective Travis lo del error judicial de California. El tipo tenía un tatuaje, parecido al identificado por nuestro testigo, Sean Miller, y había combatido en Vietnam. Así que llamé a mi padre. Tiene ochenta y cinco años y luchó en la Segunda Guerra Mundial, y lo sabe todo sobre el ejército. Es su obsesión. Estuvimos hablando sobre el tatuaje, y me dijo que el águila era un tatuaje frecuente entre los soldados. A continuación, le pregunté por las marcas que tanto me inquietaban; le dije que no parecían un dibujo y que, aunque uniformes, se asemejaban a unos puntos y unas líneas. Entonces, me pidió que le diera por orden los puntos y las líneas... tal y como aparecen aquí. «Me las puedes leer?», preguntó. Y eso hice. «Eso es código Morse», me dijo.

—¿Código Morse? —preguntó Olivia boquiabierta—. ¿Marca a sus víctimas con un mensaje en Morse?

—El código Morse es un sistema de puntos y rayas que se usaba para las transmisiones telegráficas, pero que ha ido perdiendo vigencia desde 1979. Hoy día está obsoleto.

—Pero en Vietnam se utilizaba habitualmente —dijo Pierson—. Encaja a la perfección.

—En el código Morse, cada letra tiene asignados unos puntos y unas rayas. Por ejemplo, la letra «A» es punto-raya, la «B», raya-punto-punto-punto, etcétera. Puesto que no hay ninguna pausa ni interrupción entre las marcas de nuestras víctimas, mi padre tardó unos cuantos minutos en resolverlo, pero tenemos una palabra.

Doug hizo una pausa.

—Angel.

«¿Angel?» Olivia pronunció la palabra. El corazón le golpeaba el pecho cuando preguntó:

—¿Y qué significa eso? ¿Está firmando los cuerpos? ¿Lo de «angel» se refiere a él? ¿O está diciendo que su víctima es ya un angel? ¿U otra cosa completamente diferente?

—Bingo —dijo Zack—. Esa es la pregunta del millón de dólares. Jefe, ¿ha llamado ya al FBI de Seattle?

—El jefe de la oficina estaba en los juzgados, pero le dejé todos mis números. Responderá a mi llamada; he trabajado con él anteriormente.

—Tenemos que averiguar qué significa lo de «angel» —dijo Zack—. Si es su firma, la manera en que se ve a sí mismo o si hace referencia a la víctima. También tenemos que conseguir el registro de todos los licenciamientos militares, honrosos y deshonrosos, hasta el primer asesinato. Olivia, ¿qué ha pasado con su conversación sobre aquel viejo caso?

—El fiscal del distrito ha muerto recientemente, pero hablé con el detective encargado de la investigación original, y va a localizar al abogado de Hall para ver cuando puede usted hablar con él —dijo Olivia—. Le proporcioné sus números de contacto y le dije que era fundamental que habláramos con Hall lo antes posible.

Zack puso al corriente al resto del equipo sobre la posible conexión entre aquel error judicial y el asesino.

—No nos queda mucho tiempo —dijo Zack dirigiéndose a todos—. Si mantiene su patrón, matará una vez más y luego desaparecerá. Si no lo cogemos ahora, puede que tarde años en reaparecer.

Había desempeñado una diversidad de trabajos con diferentes nombres a lo largo de los años, pero su mejor fuente de información procedía del trabajo en los restaurantes.

Cuando vivía en Atlanta, su nombre era Tom Ullman y trabajaba de barman. Trabajar en un bar le suministraba la mejor información personal, y le permitía encontrar la camioneta adecuada con absoluta facilidad. Pero también tenía que escuchar muchas gilipolleces, y todo el mundo quería conversación.

Él no quería hablar; sólo le interesaba escuchar.

En Colorado y en Kentucky no había trabajado en ningún restaurante ni bar, pero cuando atacó en Massachussets, se llamaba Andrew Richardson y había encontrado trabajo en un restaurante grande y agradable situado en el sector de clase media de Boston. Y puesto que era un hombre paciente, fue capaz de esperar hasta conseguir la información necesaria.

El trabajo en los restaurantes también le permitía observar fácilmente y con discreción el aparcamiento. Cuándo conseguía lo que necesitaba saber, observaba la partida de los clientes. Si tenían el tipo adecuado de vehículo, era un augurio de que era el momento adecuado para entrar en acción.

En ese momento respondía al nombre de Steve Williams.

Todo estaba saliendo a la perfección, como si estuviera predestinado. Ya había encontrado al ángel; esa noche, encontraría la camioneta.

Llevaba en Vashon bastante más de un año y no sólo había llegado a reconocer a los clientes habituales, sino que también conocía sus vehículos y horarios. Kart y Flo Burgess estaban jubilados y vivían en West Seattle. Iban a Vashon a comer al menos una vez por semana, y generalmente se sentaban en la zona de barra que él atendía, porque no tenían que recordarle que a la señora Burgess le gustaba su martini con vodka con cuatro aceitunas.

Tenían un Ford-150 acondicionado como caravana.

Colocó la bandeja con el cambio de la pareja sobre la mesa.

—Gracias por venir. Hasta la semana que viene.

Estaba a punto de alejarse, cuando la señora Burgess dijo:

—Mañana nos vamos a visitar a nuestra hija. No volveremos hasta dentro de un par de semana.

El corazón se le aceleró, y sonrió.

—Tengan cuidado en la carretera.

Karl Burgess negó con la cabeza.

—Este año no me siento con fuerzas de conducir hasta Phoenix.

—Su espalda —dijo la señora Burgess en un medio susurro—. Se está haciendo viejo. —Sonrió y le dio una palmadita en la mano a su esposa.

—Entonces los veré cuando vuelvan —dijo él, y se alejó.

Estaba tan impaciente por terminar su plan, que apenas se sintió capaz de acabar su turno, pero se obligó a ser paciente. Todo estaba saliendo a la perfección. Al día siguiente era viernes; sabía dónde se encontraría exactamente su ángel.

Escuchó a escondidas la conversación de los Burgess, mientras estos terminaban sus cafés. Su vuelo salía temprano, e irían en coche hasta el aeropuerto. Eso significaba el aparcamiento de larga duración.

Había entrado y salido del aparcamiento de larga duración en Atlanta, Kansas City y Austin. Seattle sería pan comido. ´

Se había acostumbrado a quedarse unos minutos en el local después de acabar el turno, porque la mayoría de los camareros así lo hacía. No quería destacar. Sabía lo que la gente pensaba de él: un tipo agradable al que le gustaba su oficio y que se esforzaba en fomentar sus dotes artísticas. Tenía cierto talento, y se preocupaba de llevar algún dibujo para enseñárselos al personal. Eso le proporcionaba la excusa necesaria para que nadie pensara demasiado en él.

Había dicho que estaba divorciado, y que se había trasladado y establecido en la isla de Vashon en busca de un cambio apacible. También había hecho creer que tenía una hija mayor en la universidad, así que, si alguna vez llegaba tarde o tenía que desaparecer durante algunos días, decía que había ido a visitar a su hija a Oregon. Lo bastante cerca para un viaje de fin de semana, pero no tan cerca como para que alguien esperase que ella lo visitara.

El éxito radicaba en los detalles. Lo planificaba todo con cuidado, de manera que la gente creyera lo que él quería que creyera. Y dado que la historia era parecida en todos los estados, nunca perdía el hilo de quién fingía ser.

Pero esa noche, dijo que estaba cansado, y se marchó del restaurante en cuanto terminó; caminó hasta su cabaña, distante unos ochocientos metros, y fue directamente al dormitorio. Sacó el mapa y el bloc y planeó cada paso para el día siguiente.

El día siguiente sería el último. El pensamiento tenía un regusto agridulce. Le gustaba la costa noroccidental del Pacífico; en especial le gustaba vivir junto al mar. Le recordaba su primera infancia, antes de que todo cambiara; cuando sólo estaban él y su madre, y vivían, inseparables, en la costa de un estado que apenas recordaba. Antes de que Bruce Carmichael apareciera en sus vidas y les robara su inocencia y la vida de su madre. Antes de Angel.

Se encontró sentado en el pequeño porche de la cabaña contemplando el cambiante color del cielo. El sol ya se había ocultado, pero no era la puesta del sol lo que lo atraía, sino las diferentes capas de colores del cielo. El azul celeste, el morado y el verde esmeralda. Se entretuvo contemplando la forma de degradarse cada color hasta convertirse en otro cada vez más oscuro, mientras la línea del horizonte de Seattle adquiría vida.

A Angel le habría encantado estar allí.

—Sácame de aquí, por favor.

Él y Angel estaban sentados en el estrecho balcón de un edificio de tres plantas sin ascensor, apretujados porque el balcón apenas era lo bastante grande para contener una maceta de flores. La anciana del piso de al lado tenía seis tiestos que se tambaleaban en el borde de una verja de hierro; en tres meses que llevaban viviendo allí, ya se habían caído dos tiestos, haciéndose añicos contra la acera de cemento de abajo.

—¿Y adónde podemos ir? —preguntó él.

Estaba asustado. Aborrecía estar asustado, pero el miedo lo devoraba hasta el punto de impedirle pensar. No era el miedo a lo desconocido, ni el temor a morirse de hambre, ni a que lo mataran.

Era el miedo a parecerse a Bruce más de lo que él quisiera.

—A cualquier parte —susurró ella abrazándose las rodillas, con el hermoso pelo rubio colgándole, resplandeciente para él, centelleando incluso allí, en aquel roñoso balcón encima de una calle rebosante de basura. Él alargó la mano y lo tocó. Era tan suave—. Me hace daño cuando me toca. Me hace mucho daño. A veces, puedo escapar, y me invento historias para poder pensar en otras cosas. Pero a veces no puedo, y entonces es peor.

Ángel había cumplido los nueve años la semana anterior. Y algo que había pasado aquella noche la había cambiado.

Bruce había estado haciendo daño a Angel en la cama de ésta durante dos años, desde que su madre murió y Bruce se los llevó con él. Pero la semana anterior había sido peor.

—Me va a matar —susurró ella—. Igual que a mamá.

—No le dejaré que te mate.

—No puedes detenerlo.

La ira borboteó dentro de él. Ella pensaba que no podría protegerla, que no sería capaz de defenderla. ¿Es que no sabía lo mucho que la quería?

—Voy a escaparme —dijo ella—. Si no me ayudas, me iré yo sola. —Trató de no llorar al decirlo.

—No puedes abandonarme.

—No quiero hacerlo. Estoy asustada. —Ella se recostó contra él y dejó que la abrazara. La ira había desaparecido, pero el miedo era mayor que nunca.

—Encontraré la manera. Encontraré la manera de alejarlo de ti para siempre.

Capítulo *18*

Después de asistir al funeral de Hamilton Craig, Gary Porter entró en su casa vacía. Extrañaba a su esposa, Janet, pero considerando todos los sacrificios que ella había hecho a lo largo de la carrera profesional de Porter, en ese momento no podía impedirle que realizara sus sueños, aunque ambos fueran unos sesentones. Janet era licenciada en Historia, y a la sazón trabajaba como guía de una importante agencia de viajes. En ese momento, dirigía una gira turística para la tercera edad por Francia. Ella siempre le pedía que la acompañara, pero Gary no tenía ningunas ganas de viajar. Le gustaba estar en casa, tener una rutina; para él, viajar era igual a estrés.

Aunque extrañaba a Janet, cuando ella estaba en casa la relación de ambos era mejor y más fuerte. A él le gustaba oírla hablar sobre su trabajo y los lugares de interés, y le encantaba que le proyectara las dispositivas de cada viaje.

Esa noche, sin embargo, Gary se sentía viejo y habría dado cualquier cosa por tener a Janet con él. Era el funeral de Hamilton, por supuesto, que le hacía sentirse mortal; que le recordaba que la vida era injusta y que un acto aleatorio de violencia podía segar la vida de un buen hombre.

Fue encendiendo las luces distraídamente camino del estudio, mientras sus pasos resonaban sobre el suelo de madera noble. Un rápido vistazo al reloj del vestíbulo le indicó que ya era demasiado tarde para llamar a Janet a París. Una lámpara de suelo en un rincón, junto a su sillón de lectura —un viejo sillón reclinable de piel que tenía desde hacía unos veinte años— y una lámpara de escritorio proporcionaban la única luz de la pieza. Se dejó caer en la mullida silla del escritorio y encendió el ordenador. Mientras esperaba, abrió el cajón inferior y sacó una botella de Glenlivit. No bebía cuando Janet estaba en casa, pero se había aficionado a beberse a sorbos uno o dos vasos cuando ella estaba fuera. La extrañaba.

Y echaba de menos el trabajo.

Se pasó la mano por la cara tocándose el bigote, ya predominantemente gris. El funeral de Hamilton era el cuarto al que asistía ese año. Dos de las muertes se habían debido a sendos ataques cardíacos; otra había sido la de un poli muerto en acto de servicio. A medida que sus colegas se iban haciendo mayores y se jubilaban, los funerales cada vez se debían más a causas naturales.

Se sirvió un par de dedos del güisqui escocés y empezó a darle sorbos mientras accedía a su cuenta de correo electrónico.

Al menos seguía siendo capaz de ayudar. Se había puesto en contacto con Ned Palmer, uno de los ayudantes del fiscal del distrito que estaba familiarizado con la investigación del asesinato de Melissa St. Martin, y Ned le prometió que se pondría de inmediato a intentar conseguir una entrevista con Brial Hall. Gary le había dado los números de contacto de Seattle, preocupado por Olivia.

La conoció cuando era una cría asustada de cinco años que, no obstante, se guardaba todo dentro. Sus padres, perdidos en su dolor, la habían descuidado, y tanto él como Hamilton la habían acogido bajo sus alas protectores. Se habían asegurado de que no tuviera que testificar en el juicio y de que sólo tuviera que contarle al juez lo que había visto. No había habido turno de repreguntas. Nada que pudiera aterrorizar a la niña.

Al hacerse mayor se había convertido en una mujer hermosa y brillante, pero Gary sabía que el asesinato de su hermana le había cambiado el curso de la vida para siempre. Era algo que a lo largo de su carrera él había visto muchas veces. Una muerte violenta destruía más de una vida.

La habitación se quedó a oscuras.

—¡Mierda! —masculló mientras hurgaba en el escritorio en busca de la linterna de bolsillo que tenía siempre a mano. Probablemente se había fundido un fusible. Hacía tiempo que no le ocurría algo así.

Sin poder encontrar la linterna, se levantó, y a tientas, se dirigió hasta la puerta y avanzó por el pasillo. En la cocina, junto a la pared, encima de un alimentador de baterías, había una linterna, porque Janet siempre estaba preocupada por los terremotos. Cuando se iba la electricidad, la luz se encendía y se podía ver el camino en la oscuridad. Gary distinguió las sombras que arrojaba la luz a medida que se iba acercando a la cocina.

En el mismo instante en que cruzó el umbral, la puerta trasera se abrió. Gary echó mano a la pistola por costumbre, pero ya no la llevaba.

—¿Quién…?

Antes de terminar la frase, reconoció a Brian Harrison Hall. El hombre levantó el brazo, exhibiendo una pequeña semiautomática. En cuanto se dio la vuelta para echar a correr, oyó la detonación del arma y sintió que el fuego se extendía por su pecho. El sonido se repitió, pero el dolor no aumentó.

Supo que iba a morir.

Gary cayó al suelo, intentó levantarse, anduvo a trompicones unos cuantos pasos por el pasillo y se desplomó.

No podía respirar. Sintió que Hall se paraba junto a él.

—Hijo de perra —farfulló Gary con ira. Su voz sonó lejana, como si hablara desde el fondo de un largo túnel.

—Tú me convertiste en asesino —dijo Hall.

Gary oyó otro ruido, pero su último pensamiento fue para Janet y sus hermosos y risueños ojos castaños.

Zack, Olivia y Doug Cohn estaban trabajando en la sala de reuniones principal, elaborando un esquema de los secuestros y las pruebas a partir del creciente montón de informes que las demás jurisdicciones les habían enviado. Buscaban cualquier cosa, alguna conexión, que les proporcionara otra pista. Quizá algo que se relacionara con el código Morse o la palabra «angel».

El jefe Pierson asomó la cabeza a las nueve de la noche y dijo:

—Me voy, pero acabo de hablar con la oficina de Seattle. Se van a poner de inmediato con la conexión «angel», y también revisarán los expedientes de todos los veteranos del Vietnam licenciados entre octubre de 1971 y octubre de 1972 y que estuvieran empadronados en California. Va a ser una lista enorme, pero está todo en la base de datos. Puede que nos lo envíen mañana por la tarde.

»Van a asignar al caso a uno de sus mejores agentes de inmediato, y probablemente se ponga en contacto con usted.

—¿Quién? —se oyó preguntar Olivia.

—Quincy Peterson. ¿Lo conoce?

Olivia asintió con la cabeza. Quinn; el marido de Miranda y además un buen amigo.

De todos los agentes que ella conocía, no podía haber pedido a nadie mejor.

Pero iba a tener que admitir ante sus mejores amigos que los había estado mintiendo.

—¿Es alguien bueno? —le preguntó Zack después de que Pierson se marchara de la sala.

—El mejor —dijo ella.

El teléfono sonó, y Olivia pegó un respingo cuando Zack contestó. Ella necesitaba comer y dormir; necesitaba salir de allí. Tenía los nervios destrozados. ¿Debía llamar a Quinn esa noche y explicárselo todo? Sí, tenía que contarle con exactitud los motivos de que hubiera hecho lo que había hecho. Quinn se lo merecía.

Quinn se atenía al reglamento, pero sabía cuándo había que saltarse las normas. Sólo que Olivia no sabía si él estaba dispuesto a infringirlas.

—Allí estaremos. —Zack dejó caer el auricular sobre el soporte mientras garrapateaba algo en una libreta.

—Eh, superagente, tenemos que salir pitando hacia California. Era el ayudante del distrito del condado de San Matero. Ha localizado al abogado de Hall, y mañana a las diez de la mañana tenemos una reunión. —Cogió el teléfono antes de que Olivia pudiera responder—. Eh, Joe, ¿podrías llamar al aeropuerto y sacar dos billetes para San Francisco? Para mí y para la agente St. Martin. El jefe te lo autorizará, te lo prometo. Creo que esta es nuestra oportunidad.

Zack volvió a colgar.

—Joe dice que tendremos que volar esta noche. Lo está arreglando todo. Pasemos por mi casa y por su hotel y cojamos una bolsa de viaje.

—No puedo ir —le espetó Olivia. Miró a Doug Cohn y se preguntó cómo iba a salir de aquello. El día que Zack iba a estar fuera, ganaría tiempo para hablar con Quinn.

—¿Por qué?

—Yo... mire, no puedo pedirle a Doug que haga él todo este trabajo. Hay que revisar muchos expedientes; solo, le llevará toda la noche. Y probablemente también todo el día de mañana.

—Boyd y O'Neal pueden sustituirnos. Esto es importante, Olivia. Tiene que venir; sabe más que yo sobre los casos antiguos. Venga, hablaremos de ello por el camino.

Zack tenía la habilidad de echar por tierra todos los argumentos de Olivia, y ésta no supo qué decir. Quería tener tiempo para hablar con Quinn antes de que éste hiciera acto de presencia, pero volar a California desbarataba la idea.

Siguió a Zack fuera de la sala e intentó pensar la forma de contarle la verdad sobre el asesinato de su hermana.

Capítulo 19

Zack condujo primero hasta su casa, porque el hotel de Olivia estaba más cerca del aeropuerto.

—Siéntase como en su casa —dijo Zack mientras abría la puerta lateral y encendía las luces—. Tardaré sólo un minuto.

La puerta lateral daba acceso a una antecocina acristalada, una pieza que prometía ser soleada y acogedora por las mañanas. La mesa era del más puro estilo años cincuenta, con un tablero de Formica rojo y unas patas sólidas, la clase de mueble que veinte años atrás se había quedado desfasado, pero que en ese momento estaba de moda. Unos tiestos pequeños con hierbas y flores llenaban un macetero de ventana.

Unas fotos enmarcadas de etiquetas de cajones de fruta cubrían una de las paredes, y cuando Olivia entró en la cocina se encontró con que el pintoresco arte ocupaba todo el espacio disponible. Olivia salió despreocupadamente de la cocina —que, excepción hecha de los electrodomésticos modernos, hacía juego con la mesa del rincón— y entró en un comedor formal.

Los muebles eran viejos, a todas luces antiguos, aunque bien conservados. Unos pañitos de encaje, que no encajaban para nada con la personalidad de Zack, se adherían a las superficies del aparador y la mesa. Salió de la pieza y se encontró en el salón, y supo que era allí donde Zack pasaba el tiempo cuando estaba en casa.

Los muebles, tapizados en piel oscura, eran blandos y suaves. Las paredes estaban cubiertas con fotos de la costa noroccidental del Pacífico y escenas marinas. Unas luces resaltaban varios cuadros antiguos. Los libros abarrotaban en doble hilera sendas librerías que discurrían desde el suelo al techo a ambos lados de la chimenea de ladrillo. En los rincones se amontonaban pilas de libros, la mayoría de misterio, éxitos de ventas y biografías. Pero lo que más sorprendió a Olivia fueron las plantas: había montones de ellas. Algunas colgaban del techo; había también dos grandes plantas de suelo, potos, si no recordaba mal, y diversas plantas pequeñas de todo tipo encima de las mesas, todas lozanas. Nunca hubiera imaginado que Zack Travis tuviera tan buena mano para las plantas.

La sala estaba atestada de cosas, pero no daba la impresión de desorden. Era acogedora.

Olivia caminó hasta una mesa redonda que había en una esquina. Entremezcladas con las plantas, había unas cuantas fotografías enmarcadas en unos marcos antiguos de plata. Reconoció al joven Zack de inmediato; sus ojos eran tan oscuros y penetrantes como cuando era niño.

Al principio, Olivia pensó que la anciana de las fotografías sería la madre de Zack, pero cuando los vio juntos se dio cuenta de que la anciana dama era su abuela.

Olivia se preguntó por qué Zack no tendría en la casa fotos de su madre.

Una chica, posiblemente unos diez años más joven que Zack, aparecía en varias de las fotos. No había duda de que eran hermanos; Amy, la había llamado él. Y estaba muerta.

Olivia se sintió intrigada por lo que le había ocurrido a la chica. Había sido una niña preciosa y una joven encantadora.

Oyó los pasos de Zack sobre el piso de madera noble y se volvió para que él no creyera que estaba fisgoneando.

—Me gusta su casa —le dijo.

—Gracias. Era de mi abuela.

—¿Murió?

—Hace dieciséis años.

—Lo siento.

Zack echó una mirada a una de las fotos de la mesa y sonrió con añoranza.

—La llamaba Mae, diminutivo de Margaret. No quería que la llamaran abuela ni nada parecido. Era para desternillarse de risa con ella; ninguna mujer podría haberme criado mejor.

—¿Qué les ocurrió a sus padres? —preguntó Olivia, y se llevó la mano a la boca—. Lo siento, me estoy entrometiendo.

Zack rechazó su disculpa con un gesto de la mano.

—Mi madre no quiso cargar con hijos. Así que me dejó aquí cuando cumplí nueve años. Supongo que era muy travieso. Mae me acogió; no me había visto desde que era un bebé. Mi madre y ella no se llevaban muy bien. Pero Mae nunca se desquitó conmigo. Luego, al cabo de tres años, mi madre volvió a pasar por aquí, embarazada, sin dinero y con el corazón destrozado. Se mudó a aquí, y ella y Mae no paraban de discutir, por más que se esforzaron en intentar que funcionara.

»Entonces, tuvo a Amy, y al cabo de cuatro semanas se fue con algún tipo que conocería la noche anterior. Nunca más tuve noticias de ella.

—Oh, Zack, eso es horrible. —Olivia no supo qué era peor, si ser abandonado físicamente por la propia madre, como en el caso de Zack, o emocionalmente, como le había ocurrido a ella tras la muerte de Missy.

—A los dieciocho años intenté dar con ella. Más por Amy que por mí. Amy no paraba de preguntar por ella, de querer saber cuando iba a ir a visitarla. Creo que para ella fue difícil tener a una anciana por madre, y a un adolescente por hermano. Así que hice algunas averiguaciones, consulté algunos registros públicos y creo que acabé por aclarar qué ocurrió.

—¿Y que fue? —Olivia no pudo evitar la pregunta.

—Murió en un accidente de tráfico en el que conducía borracha. —Se rió, aunque no había humor en su tono—. Conducía borracha, y mató a dos personas inocentes en el choque.

Zack llevaba una bolsa al hombro. Olivia se percató de que se había duchado y afeitado —todavía tenía el pelo mojado— y un fresco perfume a jabón lo envolvía.

—La policía no se puso en contacto jamás con nosotros porque no supieron quién era. La encontré en una base de datos de personas desconocidas con la ayuda de un poli de Seattle. Me ayudaron mucho... Yo no era un chico fácil de tratar. Me parecía mucho a nuestro testigo, Sean Miller. Ya sabe, resentido y todo eso. Fue después de averiguar lo de mi madre que decidí que quería ser poli. Me despedí de las malas influencias, me matriculé en una universidad pública y el resto es historia.

—¿Qué le pasó a Amy?

El dolor y las emociones encontradas ensombrecieron el rostro de Zack, pero dio la impresión de querer contárselo. Olivia contuvo la respiración, aunque no supo la razón de hacerlo. Tuvo el pálpito de que aquello era importante para Zack, y tener la sensación de que él quería compartirlo con ella la conmovió. Era como si ambos hubieran dado un paso emocional hacia algo que ella no fue capaz de reconocer ni definir, aunque era un lugar que ella anhelaba. ¿Confianza? ¿Comprensión? No lo sabía.

—Se metió en un lío y acabó muerta.

Había escogido las palabras con cuidado. Había más de lo que él había contado, pero Olivia no insistió.

En lugar de entrar en detalles, Zack cambió de tema.

—Sería mejor que nos moviéramos. Nuestro vuelo sale dentro de noventa minutos.

El momento de intimidad se había interrumpido, pero no así el vínculo. Olivia se preguntó si Zack se había dado cuenta de que algo había cambiado entre ellos o si sólo era producto de su imaginación.

Camino del hotel para que ella cogiera lo indispensable para pasar la noche, Olivia repasó todas las maneras imaginables de explicarle a Zack la razón de que no pudiera ir con él a California. Tenía que hacerlo. No podía seguir haciendo más juegos malabares con las mentiras.

Zack detuvo el coche en el aparcamiento y apagó el motor. Estaba a punto de abrir su puerta, cuando Olivia le tocó el brazo.

—Espere.

Se volvió hacia ella.

—¿Qué sucede?

—No puedo ir con usted.

Zack la observó durante un minuto largo con una expresión difícil de interpretar.

—Eso es lo que dijo en la comisaría. ¿Qué está pasando?

Olivia tragó saliva. «Quítate esto de encima.»

—Le dije que mi hermana fue asesinada, y que esa fue la razón de que entrara en el FBI. Pero no le conté toda la historia.

El se puso tenso, pero no dijo nada.

Olivia respiró hondo.

—Missy tenía nueve años, y yo, cinco. Estábamos en el parque, y se estaba haciendo tarde. Yo quería irme a casa, pero Missy estaba leyendo; siempre se enfrascaba en la lectura. —Intentó sonreír, pero sólo consiguió hacer una mueca.

»Me alejé para ir a los columpios. Estaba furiosa con ella, porque estaba asustaba, pero si me iba sola a casa, me hubiera metido en problemas. Teníamos que permanecer juntas; esa era la norma.

»Entonces, miré hacia donde estaba Missy y vi que un hombre estaba hablando con ella. Grité y eché a correr hacia ellos, pero él me golpeó y agarró a Missy. Esa fue la última vez que la vi con vida.

—Oh, Dios mío, Liv. No sabe lo que lo siento. No me sorprende que este caso sea tan importante para usted. —Zack la tocó la mejilla, pero el roce acabó convirtiéndose en caricia. Olivia levantó la mano e intentó apartar la de Zack, pero él se la cogió entre las suyas y se la apretó con fuerza—. Ha llevado este caso sorprendentemente bien, aun cuando la tocaba tan de cerca. A veces, nuestros temores manejan nuestros objetivos. No pasa nada.

—No, no. Déjeme terminar. —En lugar de hacer que la conversación fuera más fácil, la comprensión de Zack la estaba angustiando—. Por favor.

Él asintió con la cabeza sin soltarle la mano.

—No puedo interrogar a Brian Harrison Hall. Yo testifiqué contra él y ayudé a meterlo en la cárcel. Fue condenado por el asesinato de mi hermana.

Zack parpadeó una vez, dos, como si estuviera asimilando lo que ella le acababa de decir. No podía haber oído bien.

—¿Qué?

—Le aseguro que estoy siendo objetiva. No voy a estropear este caso.

—Me ha mentido. —¿Por qué no le sorprendía? ¿No había dicho hacía apenas un par de días que los federales siempre se guardaban la información importante para ellos?

Zack retiró la mano de las de Olivia de un tirón y se la pasó por el pelo.

—¿No es asombroso? ¿Por qué no confió en mí?

—No es que no confiara en usted. No lo conocía cuando llegué aquí. No sabía donde me estaba metiendo en realidad. He realizado toda esa investigación, he conectado todos los puntos a causa de de ese error judicial. Si no hubiera sido por mí, Jillian, y Jenny, y Michelle, podrían seguir vivas hoy. Acusé a Hall porque vi su tatuaje; testifiqué contra él. Si hubiera hecho otra cosa, tal vez nada de esto habría ocurrido, y la policía habría mantenido abierta la investigación. ¡Habría hecho algo!

Durante el apasionado relato de Olivia, Zack la estuvo observado. Vio el dolor reflejado en su rostro, vio la angustia y el ardor. Ella no había mostrado abiertamente sus emociones, y salvo por el arrebato en el lago después de hablar con Brenda Davidson, se había mantenido emocionalmente distante. Porque estaba demasiado implicada en el caso. El darse cuenta de que ella se culpaba por algo que a todas luces caía fuera de su control, aplacó algo la furia de Zack.

—Ojalá me lo hubiera dicho al principio.

—Lo sé, lo siento. Quise hacerlo, pero pensé que usted y todos los demás pensarían que estaba demasiado implicada en el caso.

—Escúcheme. Debería habérmelo dicho, porque esto explica muchas cosas. Como su arrebato en casa de los Davidson. Si las cosas hubieran discurrido de otra manera, podríamos haber tenido muchos problemas con ellos. Pero usted ha sido una parte esencial de esta investigación, y la verdad es que puedo decir que no estaríamos tan cerca sin usted. —Los casos que había llevado consigo; su forma de interrogar a las amigas de Jenny y que los había conducido al testigo, Sean Miller. Y Zack había avanzado cuando había adoptado las ideas y teorías de Olivia. Ella era una fantástica caja de resonancia. Excepto cuando dudaba de sí misma.

—Así que todo se trataba de eso... Cada vez que le pedía que me diera su opinión, usted dudaba. No quería expresar su opinión a causa de lo que había ocurrido con la investigación sobre su hermana. ¡Carajo, Olivia, usted era una niña! Vio lo que vio. Les corresponde a los adultos descifrar la información y entender lo que significa. A estas alturas, debería saberlo.

—Y lo sé. —El tono de su voz fue débil, y no debería de haber mirado a Zack—. Racionalmente, sé que no sería la única culpable de lo que ocurrió entonces. Había unas pruebas circunstanciales, y un fiscal, y una policía... pero en mi fuero interno, no dejo de pensar en que podría haber hecho o dicho otra cosa. Todas esas niñas... muertas. Igual que Missy.

Las palabras de Olivia lo descorazonaron. Deseó garantizarle que todo saldría bien, que atraparían al asesino de su hermana; que podría olvidar aquel dolor sabiendo que había hecho algo importante para corregir los errores de los que, para empezar, ella no era en absoluto responsable.

Alargó la mano hacia ella y le acarició la mejilla suave y delicada con el dorso de la mano. Cuando la conoció, había pensado que era una mujer menuda con una voluntad férrea. Rígida, profesional, todo eficacia y seriedad. Por primera vez, el término «frágil» atravesó sus pensamientos. Zack le metió el pelo detrás de la oreja y le levantó la barbilla, obligándola a mirarlo.

La omisión de Olivia seguía molestándolo a un nivel distinto, aunque no podía enfadarse con ella.

—Liv —dijo con dulzura—. No puedo quitarle los años de sufrimiento, ni el sentimiento de culpa desde que se enteró de que este tal Hall es inocente. Pero puedo decirle que es usted bastante increíble. Usted tenía cinco años, y su mundo se vino abajo. No puedo ni imaginarme qué se debe sentir en un caso así.

—Comprenda que no puedo interrogar a Hall. Declaré contra él en las vistas por la libertad condicional. No querría ayudarme; no después de haber pasado treinta y cuatro años en la cárcel.

Zack asintió con la cabeza.

—Lo entiendo. Pero sigo necesitándola allí. Él puede darnos algo para seguir investigando. Dos son mejor que uno, y tenemos que volver aquí lo antes posible. Y usted conoce el caso mejor que nadie. ¿Observará el interrogatorio?

Olivia dudó, y asintió con la cabeza.

—Bueno. —Zack miró su reloj.

—Pero...

—Nada de peros. Debería subir corriendo y coger su cepillo de dientes, o tendremos que compartir el mío.

Al decir esto, Zack cayó en la cuenta de que no le importaría compartir con Olivia mucho más que un simple cepillo de dientes.

Brian daba vueltas por la ratonera de su piso a altas horas de la madrugada. No quería reunirse con su abogado y un poli de Seattle por la mañana.

No después de lo que había hecho, especialmente.

Ellos no lo sabían; no podían saberlo. No había dejado huellas dactilares, nadie lo había visto, no había nada que lo relacionara con los asesinatos. Pero la piel le picaba, y no podía evitar la sensación de llevar los crímenes escritos por toda la cara.

Su abogado le había convencido para que asistiera a la reunión.

—Mira, Brian —le había dicho Miles después de que Brian se hubiera hecho el remolón, entre carraspeos e interjecciones, sobre lo de acudir a la comisaría de policía—. Entiendo lo que sientes. He conseguido que la oficina del fiscal del distrito te conceda inmunidad. Nada de lo que digas será utilizado en tu contra. Y si los ayudas a atrapar a ese asesino, serás un héroe.

—¡Pero yo no sé nada! No estaba allí. No conocía a la niña. Ya le dije que no tuve nada que ver con ello.

—Te creo, Brian. Pero los polis creen que alguien que conocías pudo tenderte una trampa para incriminarte. Robó tu camioneta y la utilizó en el crimen. ¿Es que no quieres saber quién es el responsable de tu encarcelamiento?

—Fueron los polis —farfulló. Pero al final, había aceptado con la condición de que no tuviera que ir a la comisaría de policía. Miles lo arregló para que se reunieran en las dependencias que el defensor público tenía en los juzgados.

Brian no podía dormir porque no podía quitarse de la cabeza que alguien que él conocía le había enviado a la cárcel. ¿Quién le odiaba tanto? Cuando volvió de Vietnam no le quedaban muchos amigos en la ciudad. Los que no habían ido a la guerra se marcharon a la universidad o cambiaron de ciudad o lo menospreciaron. Él ya no había andado con la misma gente. ¿Se trataba de alguien que había trabajado en el almacén? ¿Alguien del grupo de veteranos que hubiera conocido en el club en el que tanto había bebido aquél fatídico día?

Antes de que se quedara dormido, el alba despuntó sobre la bahía. Una sensación angustiosa le había carcomido durante toda la noche.

¿Había matado a dos personas por nada?

Capítulo 20

Zack condujo desde el hotel en el que se habían alojado, situado en la zona del aeropuerto de San Francisco, durante treinta minutos en dirección sur hasta Redwood City. Olivia comentó el cambio espectacular que había experimentado la zona desde la última vez que la había visitado, aunque no parecía inclinada a hablar de su infancia. Zack decidió que era hora de que se tutearan.

—¿Cuándo fue la última vez que estuviste aquí?

—Hace doce años, cuando me licencié en Stanford.

—¿En Stanford? ¡Vaya! ¿En qué te licenciaste?

—Derecho Procesal Penal, Psicología y Biología.

—¿Tres licenciaturas? ¡Guau! Así que eso hace que tengas... ¿cuántos?, ¿treinta y cuatro años? No... debes de andar por los treinta y nueve. —Olivia tenía cinco años cuando su hermana fue asesinada.

—No es de buena educación hablar de la edad de una señora.

—¿Fuiste tarde a la universidad?

—Algo así.

Zack dejó de insistir. Había esperado que ella se abriera y le contara qué era lo que la había estado preocupando, pero tal vez sólo fuera que le costaba volver a la zona donde su hermana había sido asesinada; que no deseara recordar a sus padres; recordar que su madre se había suicidado.

—¿Tu padre sigue aquí?

Olivia negó con la cabeza.

—Vendió la casa y se mudó en cuanto me fui a la universidad.

—Eso debió de resultarte duro.

—Más duro fue vivir en la casa después del asesinato de Missy.

—No quieres hablar de ello, ¿verdad?

Zack sintió que Olivia lo miraba, y con un rápido vistazo captó el cansancio en sus ojos y la palidez de su piel antes de volver a centrarse en la carretera.

Al cabo de un rato, Olivia habló.

—Mi madre nunca se sobrepuso a la muerte de Missy. No permitió que nos mudáramos; no permitió que nadie tocara nada del dormitorio de Missy. Yo andaba de puntillas por la casa para que no me viera, porque cuando me miraba, veía el odio en sus ojos.

—Ella no te odiaba.

Olivia no dijo nada, y Zack alargó el brazo y le apretó la mano. Ella se estremeció, pero no la retiró.

—¿Por qué no te gusta que te toquen?

—No lo sé —dijo con rapidez. Con demasiada rapidez—. Supongo... bueno, después de la muerte de Missy, me convertí en una especie de desaparecida. Para mi madre y para mi padre; así era más fácil para ellos.

—¡Pero si tenías cinco años! —Zack no pudo por menos que sentir hostilidad hacia aquellos padres que habían desatendido a su hija viva a causa de la pena que sentían por la muerta.

—Cuando mi madre se suicidó, le pregunté a mi padre que si nos íbamos a mudar. Se limitó a encogerse de hombros. Creo que si yo hubiera sido lo bastante mayor y hubiera puesto la casa a la venta, no le habría importado.

Olivia hizo una pausa y bajó la mirada hacia la mano de Zack que cubría la suya. Del cuerpo del detective irradiaba una fuerza que la envalentonó. Nunca le había contado a nadie lo ocurrido el día que su madre se suicidó.

—Fui yo quien encontró su cuerpo.

—¿Cuántos años tenías?

—Seis. —Olivia cerró los ojos y revivió mentalmente el cadáver ensangrentado de su madre. Ésta había ingerido somníferos mezclados con una bebida de baja graduación que contenía vodka, pero debió de haber sobrevivido a eso. Para asegurarse de conseguir su propósito, se había metido una pistola en la boca y apretado el gatillo.

—Se pegó un tiro. Lo hizo en el dormitorio de Missy, el día del aniversario de su muerte. Oí el disparo. Mi padre estaba trabajando, y yo acababa de llegar del colegio. Había mucha sangre. En la pared, detrás de la preciosa cama blanca de Missy... esparcida por todas sus muñecas y juguetes... por todas partes.

—¡Oh, Dios, Liv!

Zack salió de repente de la autovía. Olivia abrió los ojos y se sorprendió cuando Zack dobló para enfilar la rampa y meterse en el aparcamiento de una empresa. Apagó el motor.

—Lo siento, no debería haber sacado el tema —empezó a decir Olivia.

Zack la cogió por la barbilla y la obligó a mirarlo. Al principio, Olivia pensó que estaba enfadado con ella, y quizá lo estuviera, pero no por la razón que ella pensaba.

—Deja ya de disculparte. —La voz de Zack era baja y ronca, llena de emoción contenida.

Olivia se vio arrastrada hacia él, y los ojos negros de Zack buscaron su mirada, como si él estuviera compartiendo su vitalidad y su fuerza.

—Liv, te has estado culpando por algo de lo que sencillamente no eres responsable.

—No me culpo.

—¿De verdad que no?

¿Qué pensaba realmente ella?

—No lo sé.

—¿Quién, entonces? ¿Qué es lo que te corroe por dentro? ¿Tu padre? ¿Tu madre?

A Olivia se le escapó una lágrima, y la desconocida humedad se deslizó por su mejilla.

—Culpo al asesino de Missy por llevársela; y antes que a nadie, a Dios, por crearlo. Me culpo por no habérselo impedido. Culpo a

Missy por no marcharse del parque cuando se lo dije. Y a mi padre, por vagar por la casa como un fantasma. Y a mi madre por… por mirarme como si yo hubiera sido ¡la que tenía que haber muerto!

Zack la rodeó con sus brazos mientras ella lloraba en silencio, el cuerpo convulso pero sin apenas emitir sonido alguno, como si se esforzara en reprimir cada lágrima. ¡Dios!, Zack quería librarla de aquel dolor. De haber podido, de buena gana se habría echado sobre los hombros aquella angustia.

Su madre se había deshecho de él; lo había abandonado porque le convenía. Había abandonado a Amy porque le convenía. Zack lo había pasado muy mal cuando se dio cuenta de que su madre amaba más su libertad que a sus hijos. Se había sentido abandonado por su madre, pero Mae nunca le había hecho sentir una carga ni que no fuera querido.

A Zack se le aclaró todo: la reacción de Olivia ante Brenda Davidson y la pequeña Amanda; su obsesión con el caso; y antes que nada, la razón de que hubiera entrado en el FBI. La justicia era una motivación poderosa, y aunque ella había creído hasta hacía poco que el asesino de su hermana estaba entre rejas, luchaba por las víctimas vivas además de por las muertas.

Se había pasado la vida luchando por las víctimas como ella.

Zack le acarició el pelo y aspiró el frescor que emanaba de él. La besó en la sien. Luego, en la mejilla. Le levantó la barbilla para que pudiera mirarle a los ojos. El labio de Olivia tembló, y sus mejillas brillaron de emoción.

—Olivia, cuando esto acabe te voy a llevar a algún lugar lejano. Quiero pasar un tiempo a solas contigo. Sin este caso colgando sobre nuestras cabezas, donde podamos hablar de verdad.

Olivia abrió la boca para protestar. Zack le puso el dedo en los labios.

—Chist. Nos lo merecemos, Liv. Tengo que saberlo todo sobre ti. Sobre cómo te convertiste en la increíble mujer que está sentada ahora mismo aquí. Eres inteligente y sensual, y estoy encantado de que hayas venido a Seattle, y no sólo por la investigación.

Se inclinó y le rozó los labios con los suyos, recordando lo sucedido la víspera, cuando la había besado espontáneamente en la habitación del hotel. Había estado tan tentadora, con aquella ropa fina que se amoldaba a sus pechos voluptuosos, mostrándolo todo al tiempo que lo escondía.

Aquella imagen había permanecido en su memoria durante las últimas veinticuatro horas. El pensar en lo seductora que se había mostrado entonces, en lo hermosa que estaba sentada a su lado en ese momento, hizo que deseara desaparecer con ella. Los dos juntos. Solos. En la cama.

Intentó que el beso fuera leve, dulce, cariñoso; Olivia necesitaba afecto, no pasión. Pero saborearla una vez no era suficiente. Ella había despertado su pasión, un deseo vehemente e intenso que hacía mucho, mucho tiempo que Zack no sentía. Una necesidad intensa de conectar con ella a todos los niveles que pudiera; de conocer su mente, su cuerpo y su alma.

Zack intensificó el beso; los labios de Olivia estaban salados por las lágrimas.

Olivia gimió en los labios de Zack, un sonido breve pero intenso que denotaba deseo. Él engulló la necesidad de Olivia haciendo el beso más profundo, le rodeó el delicado cuello con las manos, y el pelo sedoso de Olivia se enredó en sus manazas. Él le frotó los hombros y arrastró la mano hasta la curva de su busto redondo.

Los dos se apartaron al mismo tiempo. Zack tragó saliva con el corazón golpeándole en el pecho. Los ojos color avellana de Olivia resplandecieron, cubiertos de emoción y deseo; su boca estaba roja, exuberante, hinchada por la furia del beso.

Zack la soltó a regañadientes.

—Definitivamente, quiero pasar más tiempo contigo.

—Cuando hayamos atrapado a este tipo. —La voz de Olivia sonó áspera, pero ya había recuperado la fuerza que Zack había vislumbrado en ella el día que se habían conocido en el despacho de Pierson.

Entonces había pensado que quería atrapar al asesino desesperadamente.

En ese momento, lo deseó aun más.

Olivia observó el interrogatorio desde una habitación con cristal unidireccional contigua a la sala de reuniones del defensor público. Habría deseado que Gary Porter hubiera acudido, no sólo porque había sido él quien lo había puesto todo en marcha, sino porque siempre había estado a su lado cuando ella había tenido que enfrentarse a Brian Hall. En su lugar, un joven policía de expresión perdida permanecía de guardia a su lado.

Por supuesto, Hall era inocente, y ella no debía tenerle miedo. Sin embargo, lo temía, una sensación irracional y muy real que hacía que el corazón le latiera con fuerza y ella se retorciera las manos.

No se podía creer que hubiera llorado entre los brazos de Zack. Se sentía idiota, aunque consolada al mismo tiempo. Y luego estaba lo del beso… Se llevó las manos a los labios. Aquel beso.

Tenía que dejar eso a un lado, ya pensaría en ello más tarde.

¿Cuándo había sido la última vez que había llorado? Podría haber sido el día de la desaparición de Missy. Había llorado para sí, sola, hasta quedarse dormida a altas horas de la madrugada. Se había acercado lentamente a la cama de su madre con la intención de meterse en ella, pero su padre le había dicho que se fuera, que su madre estaba durmiendo en la habitación de Missy hasta que su hermana volviera a casa.

Missy nunca volvió a casa.

«Para. Deja ya de pensar en eso.»

Hasta ese día, no se había percatado de cuánta era la ira interior que seguía albergando contra sus padres. Y contra Missy, aunque la frustración con sus hermana se debía más a que hubiera muerto, y eso no era culpa suya. Olivia sabía que nada de aquello era racional, pero ahí estaba, expuesto para que lo examinara con cuidado.

Había resultado fácil odiar a Brian Hall cuando era el villano, el hombre que no sólo había robado la vida de su hermana, sino a su familia y su seguridad. Su excarcelación traía de vuelta otros sentimientos que ella había reprimido durante muchos años, como la ira hacia su familia, en especial hacia su madre. Debería haberlo visto venir, sobre todo después del enfrentamiento con Brenda Davidson, pero no fue hasta la pregunta de Zack esa mañana temprano que Olivia «supo» que nunca había perdonado a su madre por tratarla como a una paria.

Olivia se había estado preguntando durante años si su madre habría sentido lo mismo hacia Missy, de haberse invertido los papeles; si hubiera sido Olivia la que muriera, y Missy la superviviente. ¿Habría ignorado su madre a Missy? ¿Habría llorado tanto la muerte de Olivia que ya no habría podido seguir funcionando?

De niña, Olivia había creído que su madre habría preferido que fuera ella la que muriese, y Missy la que viviera. De mayor, sabía que las cosas no eran así de simples. Era como si uno estuviera en un edificio en llamas y sólo pudiera salvar la vida de uno de sus dos hijos: ¿a quién coger? Con independencia de a quién se escogiera, uno acabaría abrumado por la culpa a causa del que murió. Miraría al superviviente y se preguntaría si debía haber sido otra la elección. La amargura, y la pena, y el dolor, le paralizarían hasta que ya no pudiera mirar a su hijo sin lamentarlo.

Tras años de estudios de psicología y ciencias, Olivia sabía que su madre era una psicótica y, por tanto, mentalmente inestable. Acaso la muerte de Missy había desencadenado la enfermedad, o puede que siempre hubiera tenido un trastorno límite de la personalidad. De manera intuitiva, Olivia sabía que no debía culpar a su madre por todo lo que había dicho y hecho… ni por lo que no había dicho o hecho. En tal caso, era su padre el que debería haber asumido la responsabilidad y haber hecho algo para conseguir que alguien ayudara a su madre; asumir, en suma, el papel de ambos padres, puesto que su madre estaba incapacitada.

Pero la niña que llevaba dentro sólo quería ser amada completamente, sin reservas, y serlo por quien era interiormente.

Olivia no sabía si quedaba algo dentro que mereciera la pena amar.

Culpar a los demás no la llevaba a ninguna parte; la culpa la había estado comiendo viva. Zack tenía razón: se disculpaba por todo, tuviera la culpa o no. Tenía que parar.

Miró a través del espejo falso y vio entrar en la sala a Brian Harrison Hall. El familiar «bum-bum-bum» del corazón le resonó sordamente en el pecho, aumentando de ritmo. Aun sabiendo que él no había matado a Missy —y ya no creía siquiera que estuviera implicado— seguía provocando un miedo intenso y abrumador dentro de ella.

Olivia respiró hondo y se centró en Zack. Estaba frente a ella, mirando al espejo como si pudiera verla. Su cara la tranquilizó y le dio fuerzas.

Bueno, había llegado la hora.

Zack percibió la tensión de Olivia al otro lado del espejo y desechó su sensación por ridícula. Se había mostrado inquieta al llegar, así que era natural que él pensase que seguía nerviosa por todo el asunto. Volver a su ciudad natal; enfrentarse al hombre al que durante treinta y cuatro años consideró el asesino de su hermana; enfrentarse a sus miedos.

—Están entrando —le dijo a Zack el ayudante del fiscal del distrito, Ross Perdue, después de cerrar su móvil. Zack había estado tan enfrascado en sus pensamientos sobre Olivia y lo que ésta había tenido que pasar, que casi se olvidó del hombre que estaba con él en la habitación. Perdue era un abogado joven de unos treinta años y aspecto relamido que vestía un traje caro y lucía un Rolex. Zack se preguntó si sería de familia rica, porque sin duda alguna los funcionarios no estaban tan bien pagados.

—Como le dije por teléfono, hemos concedido inmunidad a Hall para cualquier cosa que diga que pueda incriminarlo. En nuestra opinión, el hombre cumplió treinta y cuatro años de cárcel. Si es culpable de complicidad o de obstrucción a la justicia, ya habría cumplido su condena.

A Zack no le hacía muy feliz el acuerdo, pero como Perdue le había explicado anteriormente, en un principio Hall se había negado a la entrevista. Podría haber exigido días y una orden judicial obligarlo a hablar y, para entonces, el asesino podría haber vuelto a atacar. En ese momento, no podían permitirse el lujo de enfrentarse a Hall. Necesitaban la información «ya».

Cuando Hall entró pausadamente en la sala acompañado de su abogado, Zack sintió un rechazo inmediato hacia él. Al principio, fue la actitud con que se presentó, balanceando el cuerpo como si fuera el que mandara; pero sus ojos mostraban miedo y recelo y no dejaban de mirar rápidamente a un lado y a otro, como los de un roedor. Hall era culpable de algo. Zack lo olió. Pero se recordó que no estaba en aquella sala para averiguar qué mierda de poca monta habría estado tramando aquel tipo en las semanas transcurridas desde que fuera puesto en libertad. Estaba allí para averiguar a quién conocía Hall hace treinta y cuatro años.

—Gracias por venir, señor hall —dijo Zack con el tono de voz más cordial del que fue capaz. Alargó la mano—. Soy el detective Zack Travis, del Departamento de Policía de Seattle. —Sorprendido a todas luces, Zack le estrechó la mano.

Tras las presentaciones de todos los presentes, se sentaron y Zack empezó a hablar.

—No le entretendré mucho, señor Hall. Su abogado le ha informado del motivo de que necesitemos su ayuda.

—Ustedes creen que alguien me tendió una trampa para incriminarme en el asesinato de aquella niña.

Zack asintió con la cabeza.

—Exacto.

—No sé de quién se trata, pero espero que lo atrapen y que se pudra en prisión como casi me pudrí yo. —Hall miró a Perdue.

—Tengo algunas preguntas que tal vez le ayuden a recordar.

—Adelante. Esa es la razón de que haya venido. —Volvió a mirar a Perdue—. Y nada de lo que diga pueden utilizarlo para joderme, ¿no es así?

—Ya me aseguré de eso —terció Bledsoe, el abogado de Hall—. Te enseñe los documentos cuando veníamos hacia aquí.

—Sólo quiero oírselo decir.

—Es cierto —dijo Perdue—. Lo que diga aquí no se admitirá en juicio. Tiene inmunidad absoluta.

Hall se cruzó de brazos con aire de suficiencia.

—¿Cuándo lo licenciaron de Vietnam? —preguntó Zack.

—El 10 de abril de 1972. Ahí también me jodieron con el tiempo. Sólo firme por un año, pero me tuvieron allí dieciséis jodidos meses. Menuda mierda.

—Y volvió a California. ¿Dónde nació, en Redwood City?

Hall se encogió de hombros.

—En Palo Alto. Mi madre tenía una casa en Menlo Park. Allí me crié.

—Eso está a unos diez minutos al Sur —explicó Perdue.

—Así que, en esencia, volvió a casa —insistió Zack.

—Sí. Aunque tenía un empleo. En un almacén. Trabajaba como mozo de almacén.

—¿Regresó con usted algún colega del Ejército? ¿Algún amigo?

Hall volvió a encogerse de hombros.

—Ni idea.

—¿Conocía de alguien de los que trabajaban con usted que también hubiera estado en Vietnam? Puede que no sirvieran con usted, pero que hubieran estado allí más o menos al mismo tiempo.

—¡Joder!, conocí a un puñado de veteranos después de volver a casa. A la mayoría los conocí después de licenciarme. Con honor —puntualizó, y soltó un gruñido—. Para lo que me sirvió en juicio, cuando sus chicos me condenaron injustamente por asesinar a aquella niña. No soy un jodido pervertido. No me excitan las niñas pequeñas.

Zack apretó el puño debajo de la mesa para evitar estrangular a Hall por su tono chulesco.

—¿Recuerda a alguno de los veteranos con los que trabajaba o con los que andaba, tal vez un compañero de cuarto o algún colega de juergas? —preguntó Zack—. ¿Alguien que tuviera un tatuaje en el brazo izquierdo parecido al suyo?

Hall arrugó el entrecejo y contempló su brazo izquierdo; aquello era señal de que estaba intentando realmente recordar algo.

—En Vietnam había muchos tíos que se hicieron tatuar. Yo sólo me hice este en mi primer permiso. Algunos tipos se cubrieron todo el cuerpo con ellos. —Sacudió la cabeza—. Muchos nos hicimos águilas. Ya sabe, el pájaro norteamericano y toda esa mierda.

—¿Alguno de los tipos que conoció cuando volvió a California?

—En el almacén había dos sujetos que tenían unos tatuajes iguales al mío.

—¿Recuerda sus nombres?

—Mmm, uno era el encargado. No había estado en Vietnam, pero había vivido algún tiempo en el extranjero a principios de los sesenta. George algo. No recuerdo el apellido. Lo llamábamos George. Ya estaba allí cuando empecé a trabajar, y seguía allí cuando me marché.

Zack tomó nota del dato. La información sobre el empleo de Hall estaba en los expedientes. Se acordaba del nombre del encargado: George Levin. Sin duda, merecía la pena investigarlo.

—¿Alguno más del que se acuerde?

—Había algunos otros, pero no sé sus nombres. ¿No deberían haber investigado todo esto los polis hace treinta jodidos años?

Tal vez, pensó Zack, pero las pruebas contra Hall habían parecido consistentes en el momento. Le gustó pensar que él habría seguido las líneas de investigación adicionales, pero sabía que cuando se trataba de enfrentarse a un asesinato violento como el de Melissa St. Martin, las pruebas circunstancias solían servir.

Ya había investigado el almacén donde había trabajado Hall hacía todos esos años. No sólo estaba cerrado, sino que había sido desmantelado. En el solar se había construido un centro comercial hacía más de diez años.

—Usted dijo que había estado bebiendo en un bar el día que fue secuestrada Melissa St. Martin.

—Así es.

—¿Quién estuvo allí con usted? ¿Es posible que alguien se percatara de que estaba bebiendo demasiado? ¿Alguien que supiera el tipo de camioneta que conducía?

—No, sólo estaban los chicos, ya sabe. Muchos de los que merodeaban por el club eran veteranos, de Corea, de Vietnam o de la Segunda Guerra Mundial. Aquellos tipos eran demasiado viejos. Yo...

Se interrumpió y pegó un puñetazo sobre la mesa.

—¡Ese hijo de puta! ¡Ese bastardo pervertido y psicópata! ¡Él fue quién me tendió la trampa!

La repentina explosión de ira y la expresión de comprensión que atravesó su rostro convencieron a Zack de que su reacción era auténtica.

—¿Quién? —preguntó.

—Ese mierda de Chris Driscoll. Debería haberlo sabido, el muy hijo de puta. Le conseguí un jodido trabajo y un estudio en el edificio en el que vivía. Yo le decía: «Eh, amigo, vamos a tirarnos a alguna jai», pero nunca venía cuando salíamos. Siempre estaba haciendo sus mierdas. Excepto aquél día. Vino al bar y se tomó una cerveza con nosotros. Ahora sé por qué. Él pudo tenderme la trampa. Él me robó la camioneta. Era un cerdo pervertido de mierda.

A Zack se le erizaron los pelos de la nuca. Allí estaba; lo sentía. Cuando volvió a hablar, lo hizo con mucho más tranquilidad de la que sentía.

—¿Qué sabe de Driscoll? ¿De dónde era? ¿Sirvió con usted?

—Estuvimos en la misma unidad durante seis meses. Era una máquina, un obseso del orden. Ni se te ocurriera tocarle sus jodidas cosas. Por eso me tendió la trampa. Porque le toqué sus preciosas cosas. Me dijo que si volvía a tocárselas, me mataría. No le creí. Allá en la jungla todo el mundo se hacía el gallito, ya sabe; mucho hablar, y poco hacer. Excepto cuando entrábamos en combate; entonces actuábamos todos.

—¿Cree que le tenía manía porque tocó sus pertenencias?

—El tipo estaba de los nervios, pero allí todos se las arreglaban como podían, ¿sabe lo que le quiero decir? Pero es él. Se marchó de allí cuatro semanas después que yo. Le dije que fuera a visitarme, que podíamos compartir una casa y que le enchufaría en el almacén. Vino a verme, pero no quiso quedarse en mi casa. Le encontré un estudio en mi edificio. Intentaba que se alegrara. Había estado tres años en Vietnam, y creo que eso le desarregló la cabeza. Pero un tipo que conocí allí, mi sargento, decía que Driscoll siempre había sido así. La mayor parte del tiempo estaba tranquilo, y de repente, ¡zas!, algo lo hacía explotar y era capaz de matarte por cualquier gilipollez.

—¿Por qué cree que se trata de él y no de otra persona? —Aunque Zack ya no albergaba ninguna duda de que algo había desencadenado el recuerdo de Driscoll y su convencimiento de que éste le había tendido una trampa para incriminarlo.

—Porque yo no tenía relación con ninguno de los otros tipos. Un buen puñado murió, un par se volvió a alistar y la mayoría volvió a casa. Driscoll no tenía ninguna casa a la que ir.

—¿Por qué?

—Porque había crecido bajo tutela judicial o algo así. Ya sabe, en hogares de acogida. A su madre la mató un tipo con el que vivía.

El sujeto estaba en el sistema. Zack tenía que conseguir sus antecedentes, pero no era fácil acceder a los registros juveniles y no los conseguirían con rapidez.

—¿De dónde era?

Hall se encogió de hombros.

—De todas partes, decía. Aquel tal Bruce era un tarado hijo de puta. Probablemente de ahí le viniera a Driscoll.

—¿Bruce?

Hall hizo una pausa.

—No paraba de hablar de Bruce y de cómo iba a matarlo cuando dejara el Ejército y que nadie lo sabría. En una ocasión, uno de los chicos le preguntó quién era el tal Bruce, ¿sabe?, que si le había robado la chica o algo así. Le dijo que Bruce estaba en la cárcel por matar a su madre.

—¿Recuerda algo más sobre Bruce? ¿Dónde pudieron haber vivido? ¿O dónde fue asesinada la madre de Driscoll?

Hall negó con la cabeza a las tres preguntas.

—Ojalá pudiera ayudar, pero no lo sé. Driscoll se ponía muy nervioso siempre que hablaba de ello, así que no insistíamos, ¿sabe? Excepto que una vez Driscoll dijo que Bruce estaba en San Quintín. Sí, en San Quintín.

Hall no tenía más información acerca de Bruce ni de las actividades de Driscoll. No había tenido ninguna noticia de éste mientras estaba en la cárcel ni desde que lo habían soltado.

Cuando Hall se preparaba para marcharse, Zack le hizo una última pregunta.

—¿Le dice algo la palabra «angel»?

—¿Angel? ¿Se refiere a la hermana de Driscoll? Carajo, tío, no hablábamos de ella, sencillamente. Cuando uno de los chicos de la unidad encontró una foto bajo su almohada, todos pensamos que era muy extraño. La niña parecía tener unos nueve o diez años, ¿sabe? Driscoll hablaba y no paraba sobre si Angel esto o Angel lo otro, y supusimos que era su hermana. Cuando le preguntamos que había ocurrido, dijo que estaba muerta y nos mandó a tomar por culo. —Hall puso los ojos en blanco.

—Y tenía un tatuaje como el suyo, ¿correcto?

—Exactamente como el mío. Debería haberlo sabido... Me llevó al mismo tío que le hizo el suyo en Saigón.

Chris Driscoll era el Aniquilador; Zack no tenía ninguna duda.

—¿Cuándo lo vio por última vez?

Hall hizo una pausa para pensar.

—Aquel día en el bar. Entró, se bebió una cerveza con nosotros y se marchó. Después de eso, no le volví a ver jamás. —Hall miró a Zack de hito en hito—. Lo va a encontrar, ¿verdad? E ira a la cárcel por tenderme una trampa, ¿no es así?

—Irá a la cárcel por matar a treinta niñas —dijo Zack con una voz sorprendentemente tranquila.

—De acuerdo. —Hall asintió con la cabeza—. Ya entiendo.

Capítulo *21*

Zack utilizó el despacho de Perdue para llamar al jefe Pierson y contarle todo de lo que se había enterado.

—Tenemos que emitir una orden de detención contra Chris Driscoll. Necesitamos su historial militar, su última dirección conocida y cualquier pariente vivo. Tal vez los federales puedan ayudarnos a conseguir sus antecedentes juveniles. Pienso en California. Su padrastro está en la cárcel en California por asesinato; Hall cree que mató a la madre de Driscoll. Y necesito interrogar cara a cara a su padrastro, Bruce. Su apellido podría ser Driscoll, pero no podemos estar seguros a ese respecto. Probablemente fuera detenido a finales de los años sesenta.

—Veré qué puedo hacer —dijo Pierson—. Podría haber muerto; a estas alturas probablemente ronde los setenta años. ¿Se va a quedar ahí esta noche?

—No, si puedo evitarlo. Tengo la corazonada de que Driscoll va a actuar. Por los patrones que Doug, Olivia y yo identificamos, se suele mover con rapidez al final de cada orgía criminal. —Zack consultó su reloj—. Son las once. San Quintín está a solo una hora o así hacia el norte de San Francisco. Iré hasta allí en coche y luego me dirigiré de vuelta al aeropuerto. Nuestro vuelo sale a las tres y cuarto. Debería de estar de vuelta ahí dos horas más tarde.

—Llamaré a la cárcel y le concertaré una visita.

—Si el tipo está muerto, quiero hablar con alguien que lo conociera; el alcaide, cualquier guardia con el que pudiera haber hablado, un recluso que fuera amigo suyo...

—Le llamaré dentro de una hora.

Zack colgó y buscó a Olivia con la mirada. Estaban en el exterior de los juzgados del condado de San Mateo, en Redwood City. Olivia estaba parada debajo de un roble y miraba fijamente una hilera de rosales que crecían cerca de uno de los laterales de la escalinata principal. Zack pensó que no estaba mirando anda; parecía perdida en sus pensamientos.

No había tenido oportunidad de hablar con ella después de interrogar a Hall. Se acercó y la tocó en los hombros.

—Liv, ¿cómo lo llevas?

—Estoy bien.

Zack no dudaba de que lo estuviera, pero aquella experiencia le seguía resultando dolorosa.

—Estoy esperando a que Pierson me llame para ver si podemos entrar en San Quintín y hablar con el padrastro de Driscoll. Puede que hayan tenido algún contacto a lo largo de los años.

Cuando Olivia no dijo nada, Zack continuó:

—Hemos emitido una orden de detención contra Driscoll, y Pierson va a intentar que los federales se ocupen de averiguar si el tipo tiene alguna prestación del ejército. Es probable que reciba una pensión o, como mínimo, que tenga algún tipo de cobertura sanitaria. Hasta los asesinos necesitan un médico de vez en cuando.

—No creo que a él le preocupe eso. Es demasiado metódico para dejarse atrapar por el sistema. Probablemente, no utilice su propio nombre. Y sabes tan bien como yo lo fácil que es crear una nueva identidad, si se sabe lo que se está haciendo.

—Pierson intenta conseguir una foto. Será antigua, pero podemos hacer que un artista forense haga una extrapolación de su aspecto probable actual.

—Bien. Quiero ver las fotos. Antes y después.

—¿Estás segura?

Olivia se volvió para mirarlo, y aunque su cara era una máscara, en su voz había un dejo de emoción.

—Pues claro que estoy segura. Tengo que verla. ¿Crees que no podría soportarlo? No me voy a desmoronar ahora.

—No creí que lo fueras a hacer. Sólo quería ahorrártelo.

Olivia parecía querer discutir con él; su mentón se movió espasmódicamente, y cerró los ojos.

—Tengo que ver esa cara —susurró—. Quizá fuera eso lo primero que me impulsó a ir a Seattle. Durante treinta y cuatro años me he imaginado a Brian Hall como el hombre que destruyó a mi familia. Quiero ver quién es el verdadero responsable.

La atrajo hacia él y la estrechó entre sus brazos. Al principio, Olivia se puso tensa, pero terminó relajándose en el abrazo de Zack. ¿Llegaría a sentirse cómoda alguna vez con el tacto de Zack? Entonces, le rodeó la espalda con los brazos y lo abrazó con fuerza; en aquel pequeño gesto había una buena dosis de confianza. No era algo que ella hiciera a la ligera, se percató Zack, mientras le besaba la parte superior de la cabeza.

Entonces, Olivia se apartó.

—Gracias, Zack. Por comprender. Y por dejarme hacer lo que tengo que hacer.

Enfurecido, Brian salió del juzgado como un vendaval. Su maldito abogado le había dicho que pasaría «por lo menos» otro mes antes de que recibiera su indemnización. Probablemente, tres. Aunque, «con toda seguridad, para enero.»

¡Enero! No tenía dinero, lo que le pagaban en el trabajo y nada eran lo mismo, y tenía que salir de la ciudad. No fuera a ser que alguien descubriera que él había apiolado al poli y al fiscal.

Brian había pensado que si acudía allí ese día, y cumplía con su jodido «deber cívico», ellos le darían al menos una puta recompensa.

Chris Driscoll le había tendido una trampa. Aquel cabrón de mierda había dejado que se pudriera en la cárcel mientras él se iba de rositas.

Era culpa de los polis. Deberían haberle hecho aquellas preguntas antes; nadie le había preguntado jamás por alguien que tuviera un motivo para tenderle una trampa. No, habían dado por sentado que era culpable, y sólo quisieron saber dónde había estado y con quién, y no se tragaron que había estado durmiendo la mona después de una juerga. ¿A quién le importaba si mintió acerca de dónde había estado? Todo el mundo «sabe» que los polis con unos vagos hijos de puta a los que les trae sin cuidado que seas inocente.

Al salir del juzgado, vio su ranchera medio destartalada delante del edificio. Una multa de color amarillo se agitaba prendida en su limpiaparabrisas.

¡Vaya, hostias!

Arrancó la multa de un tirón y la rompió en dos. No iba a pagarla de ninguna manera.

Entonces fue cuando la vio.

Estaba parada bajo un árbol, vestida impecablemente, y el poli que le había preguntado por Driscoll la agarraba por los hombros. La estaba mirando. Entonces, se inclinó y la besó, la rodeó con sus brazos y se alejaron, camino del aparcamiento del otro lado de la calle.

Allí estaba ella. Hall no llevaba su pistola; no se había atrevido a llevarla al juzgado. Podía haberle pegado un tiro allí mismo, en ese mismo instante.

Seattle. ¿Estaba ella en Seattle con el poli? Brian se rascó la cabeza. Había registrado el escritorio del poli, y había encontrado una dirección de Olivia St. Martin en Fairfax, Virginia. Había planeado dirigirse a Virginia, apiolarla y tal vez subir hasta Canadá y quedarse por allí sin llamar la atención durante algún tiempo. Quizás, haberla visto fuera una señal. Ella no estaba en Virginia; estaba trabajando con el poli de Seattle.

Tal vez debería ir a Seattle; no tardaría más de dos días en coche. Pasaría por la ratonera de su piso, cogería sus cosas y se largaría. Tenía dinero suficiente para gasolina.

Pero, ¿la encontraría en Seattle? Tenía la dirección de su casa. Tarde o temprano, tendría que volver a casa, ¿verdad? Y él podría estar esperándola. Y saltarle la tapa de los sesos en cuanto entrara por la puerta.

Pero Seattle estaba más cerca. Pinto, pinto, colorito, vende las vacas a veinticinco...

¿Virginia? ¿O Seattle?

—¿Dónde te criaste? —preguntó Zack cuando estuvieron de nuevo en el coche y se dirigían hacia la autovía.

Olivia hizo un gesto vago con la mano hacia el Oeste.

—No lejos de aquí.

—¿Tu hermana fue secuestrada en el parque de tu barrio?

—Sí.

—¿Quieres volver allí?

Olivia había estado pensando precisamente en eso. Se había preguntado si ir al parque la ayudaría a desterrar parte del dolor que seguía sintiendo en su interior. Tras el asesinato de Missy, no había vuelto a atravesar el parque jamás. Por las mañanas, tenía que hacer el largo trayecto hasta el colegio. Aborrecía caminar sola, así que intentaba mezclarse con algunas de las chicas mayores del vecindario; esperaba detrás de la puerta principal hasta que las chicas pasaban por delante de su casa, y entonces echaba a correr y las seguía. Ellas la ignoraban, pero daba igual. Se sentía más segura por su mera presencia.

—¿Tenemos tiempo?

—Disponemos de unos minutos. Y puesto que estamos aquí… si quieres ir…

Olivia asintió con la cabeza e indicó a Zack que siguiera hacia el Oeste, en lugar de doblar hacia el Norte para meterse en la autovía.

Le sorprendió lo mucho que habían cambiado las cosas, y hasta qué punto seguían iguales. Todo parecía «más»: más casas, más tiendas, más negocios… Pero las calles eran las mismas, y no tuvo dudas para encontrar el camino de vuelta al hogar.

«El hogar.» Nunca había pensado en su casa como en un hogar, al menos después de la muerte de Missy.

A cabo de un par de giros, Olivia dijo:

—Para.

Zack detuvo el vehículo y echó una mirada a las casas de ambos lados de la calle.

—¿Han edificado sobre el parque o algo así?

Olivia sacudió la cabeza; sentía una opresión en el pecho, y en su cabeza pugnaban emociones contrapuestas. Señaló una casa que se levantaba justo al otro lado de la calle. La fachada de ladrillo era señorial, aunque la casa no era grande; los postigos blancos estaban recién pintados y tenía las cortinas descorridas para dejar entrar la luz.

Después de la muerte de Missy, su madre no había vuelto a descorrer las cortinas.

—Ahí es donde vivíamos.

Para ella, la casa había sido anodina, grande e intimidatoria, carente de calor y de luz, además de amor.

Olivia se quedó mirando de hito en hito la modesta construcción de dos plantas de Eucalyptus Street. El magnolio que crecía en la parte delantera, apenas un árbol joven en la juventud de Olivia, había madurado, y ella ya no podría abarcar el tronco con los brazos. Las hojas oscuras y gruesas y las enormes flores blancas se arqueaban con rigidez sobre el césped recién cortado. Un grupo de tres abedules blancos se agrupaban en la esquina más meridional de la casa, protegiendo parcialmente una lozana clemátide que había trepado hasta lo más alto de un enrejado de casi dos metros y medio. Sendos rosales meticulosamente arreglados, que abarcaban todas las tonalidades del blanco al rojo intenso pasando por el naranja, cubrían las dos lindes laterales de la propiedad. El padre de Olivia había invertido al menos tres horas diarias en el cuidado de su jardín.

Los nuevos propietarios debían de haber apreciado el esfuerzo, porque lo mantenían floreciente.

A Olivia le latía el corazón con tanta fuerza, que podía oír el vibrante «bum-bum» en los oídos. Su visión se fue estrechando hasta que el precioso jardín desapareció y lo único que vio fue la cara hostil de la casa de su infancia. Las ventanas del piso de arriba la miraron con ferocidad, acusándola; la puerta cerrada semejaba unos labios fruncidos. La ira de su madre y el dolor que le desgarraba las entrañas.

Olivia aborreció haber vuelto al hogar.

Era la casa en sí la que la aterrorizaba. Seguía oyendo los sollozos de su madre, como si las paredes hubieran grabado cinco años de agonía maternal para reproducir todo aquel llanto angustioso para ella.

Olivia extendió una mano temblorosa hacia el manillar de la puerta.

—Caminemos un poco —dijo ella.

Zack salió del coche y le abrió la puerta extendiendo la mano para ofrecerle apoyo y consuelo. Olivia se sentía tremendamente inválida, como un lastre. Veía la casa como se mantenía en su recuerdo, no como era en ese momento.

Pero allí parada, mirándola fijamente, vio que algunas cosas sí habían cambiado.

En el camino de acceso había un pequeño monovolumen.

Y un triciclo en el porche delantero.

La risa de unos niños revoloteó a través de las ventanas abiertas.

Mientras observaba todo esto, la puerta se abrió y dos niños pequeños, quizá de cuatro y cinco años, salieron corriendo de la casa. Se reían tontamente, y el sonido de sus risas se deslizó por los oídos de Olivia como un oasis en un desierto.

Las risas le trajeron recuerdos de «antes». De antes de que Missy muriese y el mundo cambiara; de cuando corrían por la calle camino del parque, riendo y haciéndose rabiar mutuamente; de cuando preparaban la fiesta de cumpleaños de papá o sorprendían a su madre con unas flores; de cuando jugaban con las muñecas y a las casitas.

La madre, una morena atractiva de caderas anchas y sonrisa permanente, salió rápidamente detrás de sus hijos.

—¡Esperad! —les gritaba mientras cerraba la puerta.

Los niños, una niña y un niño, se pararon en seco.

—Por favor, ¿podemos tomar un helado?

—Si os portáis bien en la tienda —dijo la madre.

—¡Seremos buenos! ¡Te lo prometemos!

La madre sonrió con ganas, se colgó un gran bolso del hombro y abrió la puerta corredera del monovolumen. Los niños se metieron apresuradamente en el coche, y ella les aseguró los cinturones de las sillitas de coche. Instantes después, se alejaron en el coche.

—¿Liv? —dijo Zack con dulzura, utilizando el pulgar para limpiarle las lágrimas cuya presencia Olivia ignoraba.

—Me alegra que la casa haya encontrado una familia. —Olivia le apretó la mano—. Caminemos. El parque está a la vuelta de la esquina.

Doblaron la esquina y se encontraron frente al parque, y el recuerdo del secuestro de Missy fue tan vívido, que Olivia pudo sentir el cardenal que le había dejado en la cara la agresión de Driscoll. La marca se había curado antes de que hubieran sabido con certeza que Missy estaba muerta.

Olivia caminó hasta la placa conmemorativa que el ayuntamiento había colocado un año después del asesinato de Missy, y pasó los dedos por las letras en bajorrelieve.

«Este parque está dedicado a la memoria de Melissa Anne St. Martin.»

La desvencijada estructura de barras metálica para juegos infantiles había sido sustituida varias veces a lo largo de los años. La estructura de juegos que había en ese momento, pintada de amarillo y rojo intensos, tenía tres toboganes, un puente y una barra de descenso. Cuatro caballos separados estaban sujetos con cemento a los cimientos por debajo del ladrillo para que los niños pudieran galopar en el sitio.

Los árboles habían aumentado tres veces su tamaño, tanto en altura como en anchura.

El ladrillo había sustituido a la arena.

Los columpios ya no estaban.

¿Cuántas familias que disfrutaban de aquel parque sabían a quién estaba dedicado? ¿Cuántas personas recordaban que una niña pequeña había sido secuestrada en aquel lugar?

—Sentémonos —la animó Zack instándola a sentarse en un banco situado en mitad del parque.

La presencia de Zack era reconfortante, como estar envuelta en un edredón de plumas en pleno invierno mientras la nieve cae alrededor. Olivia había sentido siempre tanto frío, tanta soledad… Pero con Zack no se sentía desgraciada, y su soledad empezaba a desvanecerse.

—Han quitado los columpios —dijo Olivia—. Me encantaban los columpios. Siempre quería subir más.

—A mi hermana también le encantaban los columpios. De niña —dijo Zack.

—¿Cómo murió Amy?

Zack no dijo nada, y durante un instante Olivia se preguntó si no habría sobrepasado una barrera invisible entre ellos.

—Murió en una redada antidroga —dijo Zack de repente.

—¿También era policía?

—No. Era una drogadicta en rehabilitación.

—Oh, cuanto lo siento.

Zack nunca hablaba de Amy con nadie; le resultaba muy doloroso. Pero Olivia lo entendería, y le pareció justo contárselo todo.

—Mae murió cuando Amy tenía catorce años. Entonces yo era un poli novato y me trasladé a vivir de nuevo a casa de Mae en calidad de tutor de Amy. Amy tenía mucha ira contenida. Yo me había marchado de casa a los dieciocho años, hecho un matón que se movía en el límite de la legalidad. Andaba con los tipos equivocados, no quería ir a la universidad ni conseguir un trabajo, en realidad no quería hacer nada que no fuera correr en mi bicicleta y andar por ahí con los amigos.

»Cuando averigüé lo de mi madre, hice un buen examen de conciencia y supe que no quería acabar como ella, preocupándome sólo de mí. Me sentía impotente para devolver la vida a las dos personas que había matado. El alcoholismo es una enfermedad, pero, ¡carajo!, tenía la sensación de que ella tenía que haberse controlado algo más.

Zack miró hacia los niños que estaban jugando, unos niños pequeños, porque era día lectivo, y la madre que los vigilaba. Ni él ni Olivia habían tenido una infancia «normal», pero ¿qué era «normal» en esos días? Tal vez fuera un sentimiento, la sensación de ser querido y estar cuidado, más que un entorno estructurado. A él lo habían querido y lo habían cuidado bien, aun sin su madre.

A Olivia, no.

Y en muchos aspectos, tampoco a Amy.

—Mae y Amy chocaban permanentemente. Mae no quería que Amy acabara siendo como su madre, y Amy tenía a nuestra madre en un pedestal. Cometí una gran equivocación desde el principio; nunca le conté a Amy lo que le había sucedido realmente a nuestra madre. No quería herirla. Me pregunto sí, de haber sido sincero desde el principio, las cosas habrían sido de otra manera.

—Un panorama hipotético. —Olivia le apretó la mano—. Lo conozco muy bien.

—Al final se lo dije, cuando ya se había enganchado a las drogas. Ella tenía entonces quince años, y yo no supe manejar la situación en absoluto. No paraba de hacerle advertencias de lo más torpes, del tipo: «Endereza tu vida, o acabarás muerta o en la cárcel»—. Zack meneó la cabeza sintiendo una opresión en la garganta.

—Eras prácticamente un chaval.

—No era más que un poli arrogante, atemorizado por la posibilidad de joderle la vida a mi hermana por no tener la menor idea de lo que era ser padre. Así que interpretaba el papel del poli malo. Impuse unas normas y unas horas de volver a casa muy estrictas. Mae era estricta, pero también comprendía algo que yo no fui capaz de entender: comprendía el valor de la confianza y el amor. Y lo único que yo veía en Amy era a una chica desafiante que, si no se la ataba corto, y pronto, acabaría convirtiéndose en una de las yonkis que veía a diario, tiradas en el suelo sin conocimiento en los barrios bajos.

Vio mentalmente a Amy parada frente a él tal y como era a los quince años. Camisetas sin mangas de tirantes delgados, vaqueros raídos y siempre oliendo a maría. En menos de un año, había pasado de ser una buena chica de casi sobresaliente en todas las asignaturas a convertirse en una drogadicta que apenas pasaba por clase.

—Bueno, eso duró un par de años. Se escapaba cada dos por tres, la encontraba, le imponía unas normas más duras, la vigilaba... Acabó odiándome, y pensé que debido a mi condición de poli, Amy acabaría por no confiar en la policía. Que fue lo que acabó matándola.

—¿Qué sucedió?

¿Qué había sucedido? Ni siquiera Zack estaba completamente seguro de comprender a Amy ni a todos los acontecimientos que condujeron a su asesinato.

—Al terminar el instituto, uno de sus mejores amigos murió de sobredosis. Eso la impresionó de verdad. En esa época, estaba viviendo con algunos chicos mayores, universitarios, y me pidió si podía volver a casa. Le dije que sí, siempre que viviera de acuerdo con mis normas. Ella tenía diecinueve años, y creí, por su forma de comportarse, que quería realmente salir de la vida que había escogido.

»Durante un tiempo, las cosas entre nosotros marcharon bien.

Conseguí que empezara una terapia para desengancharse, y pareció que daba resultados. Amy no quería hablar conmigo de nada, pero daba la sensación de haber perdido parte de la ira y de la hostilidad, así que no la presionaba para que hablara. Entonces, empezó a asistir a clase en la universidad municipal. Allí fue donde conoció a Kirby.

—¿Al periodista?

Zack asintió con la cabeza, y recordó el día que Amy llevó a Kirby a cenar a casa, aparentemente con la intención de presentárselo. Zack ya conocía a Kirby, un periodista gallito que aparecía como un sabueso en todos los escenarios de crímenes delicados desde que se había hecho cargo de la sección de sucesos seis meses antes. A la sazón, Kirby no conocía límites, y tampoco los había aprendido desde entonces.

—Lo que viera Amy en él… lo ignoro.

Tal vez no lo supiera. Kirby era atento, y daba la sensación de que escuchaba de verdad a Amy. La comprendía en cuestiones que Zack no la había comprendido jamás. Quizá se debiera a que los separaban menos años; o tal vez, a que Zack seguía molesto por las elecciones vitales que había hecho Amy. Se había sentido orgulloso de ella por haber conseguido limpiarse de las drogas; ¿habría sentido lo mismo si ella hubiera seguido drogándose? ¿La habría seguido queriendo?

—Salieron durante mucho tiempo. Un par de años. Yo ya era lo bastante adulto para aceptar a Kirby como parte de la familia, supongo. Vamos, que si Amy estaba en casa, Kirby también estaba allí. Yo no paraba mucho en casa y hacía horas extras siempre que podía. Habíamos recibido la casa de Mae limpia de polvo y paja, pero no dinero, así que tenía que devolver los préstamos de mis estudios, costearle la carrera a Amy y pagar las facturas.

»Entonces, todo cambió. —¿Había cambiado? ¿Fue algo repentino o gradual? Zack lo ignoraba; no recordaba muchas cosas de aquella época, a excepción del trabajo.

»Oí algo sobre una operación antidroga secreta en la facultad de Amy. Estaba preocupado por ella, porque ella parecía preocupada, y temí que siguiera teniendo amigos en aquel mundo.

Zack no había olvidado jamás de lo que se enteró aquel día.

Cuando empezó a preguntar por el asunto, el jefe Lewiston lo llamó a su despacho, donde le dijo sin ninguna ambigüedad que se mantuviera al margen. El golpe era una operación conjunta de la policía estatal y los federales para meter entre rejas a algunos traficantes importantes. Si tenían éxito, podrían eliminar la mitad de los canales de distribución de drogas en la ciudad de la noche a la mañana.

«¿Hasta qué punto está involucrada mi hermana?» había preguntado Zack.

Lewiston no había querido decírselo. Pero al final, Zack se enteró de que Amy estaba actuando de infiltrada para la policía.

—Amy conocía a todos los que se movían en el mundo de la droga. Confiaban en ella. No podíamos introducir a ninguno de los chicos, así que cuando uno de los agentes de narcóticos que teníamos en el campus se acercó a ella, Amy aceptó ayudar.

—¿Y no te lo dijo?

Zack meneó la cabeza.

—No confiaba en mí.

—Estaba asustada.

—Debía de haberlo estado. Estaba jugando a un juego muy peligroso. Si yo lo hubiera sabido, se lo habría impedido. O protegido. Tal y como discurrieron las cosas, no pude hacer nada.

—¿Murió durante la operación?

Zack respiró hondo al tiempo que negaba con la cabeza.

—La operación salió perfectamente. Cogieron a todos los que querían y se interrumpieron las principales vías de distribución de la costa noroccidental del Pacífico.

»A Amy la mataron a tiros a la mañana siguiente desde un vehículo en marcha.

Olivia alargó la mano para agarrarlo.

—¡Oh, Zack! ¡Eso es terrible!

—¿Sabes cuál fue el problema? Que Kirby lo sabía todo desde el principio; lo sabía y no me dijo nada. Decía que la amaba, pero no hizo nada para protegerla. De hecho, escribió todos los artículos posteriores sobre la operación y el asesinato de Amy. No puedo mirarlo sin pensar que él debería haber hecho algo diferente; que yo debería haber hecho algo diferente. Y no sólo en cuanto a su actuación como infiltrada, sino respecto a su educación.

Olivia apoyó la cabeza en el hombro de Zack.

—No puedo imaginarme lo que debe ser padre. Ser responsable de la salud y seguridad de otro ser humano.

—¿No quieres tener hijos?

—No. Jamás. Aunque entre Greg y yo había muchos pequeños problemas, la causa de nuestro divorcio fue que él quería hijos, y yo, no. Me negaba a traer un hijo al mundo; un hijo que pudiera ser violado o asesinado o herido. He visto demasiado dolor, demasiada angustia. Mi madre se suicidó porque perdió a una hija; Brenda Davidson cayó en una profunda depresión. No culpo a ninguna de las dos, la verdad. ¿Cómo puede sobrevivir una madre, cuando ha perdido parte de sí misma? ¿Y cómo puede proteger una madre a su hijo a cada instante todos los días?

—Puede que nuestro trabajo haga que nos hastiemos —dijo Zack—. Y tu infancia no ayuda. Pero ahí fuera hay cosas buenas; cosas para disfrutar y celebrar. Crecí en Seattle y no se me ocurre un lugar más hermoso para vivir. Toda la costa noroccidental del Pacífico es increíble. La visión de las montañas el primer día despejado después de una tormenta de nieve; atravesar el estrecho de Puget en velero; subir hasta uno de los cientos de lagos y pescar durante horas. —Hizo una pausa y se pasó la mano por el pelo—. No sé. El mundo es peligroso, pero hay mucho por lo que vivir.

—Sí, supongo que lo hay.

Permanecieron sentados en silencio observando a los niños jugar.

El móvil de Zack sonó unos minutos más tarde, y él miró el número.

—El jefe Pierson —le dijo a Olivia antes de responder a la llamada. Colgó al cabo de un minuto.

—Bruce Carmichael es el hombre que buscamos. Murió de cáncer de próstata hace tres años, pero el alcaide consiente en dejarnos ver sus archivos y hablar con algunos de los guardias que lo conocieron. Nos espera a la una. Es mejor que nos pongamos en marcha.

Capítulo 22

Zack Y Olivia pasaron su primera hora en San Quintín revisando el expediente carcelario de Bruce Carmichael.

En 1960, Bruce asesinó a su pareja de hecho, Miriam Driscoll, una camarera de casino de Nueva Jersey, tras lo cual desapareció con sus dos hijos menores, Christopher Adam Driscoll, de once años, hijo del anterior matrimonio de Miriam, y Angel Lee Carmichael, de seis, e hija suya.

Consiguió evitar que lo detuvieran durante casi tres años, hasta que Chris Driscoll llamó a la policía desde una vivienda social de Los Ángeles, diciendo que su padrastro había matado a su hermana y asegurando que él había matado a su padrastro. Cuando la policía de Los Ángeles acudió, descubrió tanto a Carmichael como a Driscoll cubiertos de sangre. Carmichael había recibido un golpe que lo dejó sin conocimiento, pero no estaba muerto. La niña de nueve años había sido apuñalada hasta morir. La autopsió reveló que había sido agredida sexualmente reiteradamente. Concluida la investigación forense, las pruebas demostraron que era su propio padre quien había abusado sexualmente de ella.

El joven Driscoll, de catorce años, le dijo a la policía que oyó gritar a su hermana y que llamó a la policía antes de entrar en el dormitorio, donde vio a Carmichael apuñalando a su hermana. Intentó detenerlo, pero Carmichael lo amenazó con el cuchillo. Tras un forcejeo, el arma cayó debajo de la cama. Entonces, Driscoll golpeó a Carmichael en la cabeza con una lámpara, y éste cayó al suelo inconsciente. Un análisis de sangre realizado en el hospital confirmó que Carmichael había estado bebiendo, y que tenía un nivel de alcoholemia en sangre de 0,25%.

Driscoll le dijo a la policía que él y su hermana habían estado planeando escaparse a causa de los malos tratos, pero que Carmichael había descubierto sus planes, y asesinado a Angel.

Carmichael contó una historia completamente diferente. Afirmaba que, al entrar en el apartamento, había visto a Driscoll sentado en el borde de la cama de Angel; el chico sujetaba un cuchillo, y Angel estaba muerta. Según él, había luchado con su hijastro para quitarle el cuchillo, pero, debido a su estado de ebriedad, había resbalado, lo que Driscoll había aprovechado para dejarlo sin sentido con una lámpara.

El momento de la muerte podía haber apoyado ambas versiones, pero el fiscal creyó a Driscoll. No sólo Angel había sido agredida sexualmente por su padre, sino que Carmichael había apuñalado hasta la muerte a Miriam Driscoll con el mismo cuchillo.

El adolescente estaba consternado por no haber sido capaz de proteger a su hermana, y fue ingresado bajo vigilancia, para evitar que se suicidara, en el hospital del condado durante la mayor parte del juicio contra Carmichael. Al jurado le dejó indiferente la afirmación de Carmichael de que su hijastro había asesinado a Angel. Fue condenado a cadena perpetua y más tarde extraditado a Nueva Jersey para ser juzgado por el asesinato de Miriam Driscoll, aunque se declaró culpable para evitar la pena de muerte.

De no haber muerto de cáncer, al año siguiente habría sido enviado a Nueva Jersey para cumplir su segunda condena a cadena perpetua.

—¡Menudo hijo de puta! —dijo Zack pasando las páginas rápidamente—. Una vez oí, no recuerdo donde, que los monstruos se hacen. Chris Driscoll es el fruto de su educación. Eso no lo hace menos culpable, pero, ¡carajo!, no soporto que el ciclo continúe.

—Puede que explotara cuando su padre asesinó a su hermana —dijo Olivia—. Igual que mi madre cuando murió Missy. Probablemente se culpara a sí mismo y pensara que era débil porque no había podido protegerla. Para sobrevivir, absorbió la fuerza de la personalidad de su padrastro, y acabó siendo exactamente igual a él. Pero bastante peor. Es más metódico y más disciplinado. Ha tenido años para perfeccionar sus crímenes. Desde una edad bien temprana aprendió a moverse de un estado a otro, a crearse identidades falsas, a pasar desapercibido... Y todo porque su padrastro lo hacía para evitar ser detenido.

—Su biografía podría explicar la razón de que el primer asesinato que comete en cada estado parezca espontáneo y diferente a los otros —dijo Zack—. Puede que no lo planee, o al menos no con tanta meticulosidad como los demás, pero ve a una víctima que le recuerda a su hermana y se la lleva. Acuérdate de Jillian Reynolds. Tras ser secuestrada, fue arrojada sólo a unos tres kilómetros de distancia.

—Y en un lugar aislado —añadió Olivia—. ¿Quizá para que su cuerpo no fuera encontrado con tanta rapidez?

—Podría ser. —Zack reunió los documentos e hizo un gesto hacia el guardia que había permanecido con ellos en la sala—. Agente, tengo que hablar con el alcaide para que haga enviar una copia de este expediente a Seattle.

—Los acompañaré a su despacho.

Zack se inclinó hacia Olivia.

—Hagamos que fotocopien lo importante y lo envíen todo por fax al departamento. A ver si le sirve de ayuda a tu gente para hacer un perfil de dónde podemos encontrar a este tipo antes de que vuelva a actuar.

Chris Driscoll entró con su pequeño todoterreno urbano en el aparcamiento de larga duración del aeropuerto internacional de Seattle, extrajo el tique de la máquina y lo guardó con meticulosidad en su cartera. Lentamente, recorrió los pasillos de cabo a rabo buscando la gran ranchera blanca de Karl y Flo Burgess.

La encontró en la décima hilera.

Detuvo el vehículo en el pasillo sin apagar el motor y cogió el juego de llaves de repuesto que había robado del cajón de la cocina de los Burgess. Tras sacar la ranchera y dejarla con el motor en marcha, metió su coche en la plaza. De esa manera devolvería la camioneta en el lugar exacto donde la había encontrado.

Al salir, entregó al encargado el tique que acababa de sacar.

—He olvidado mi medicación —dijo con timidez, por si acaso al encargado le extrañaba que hubiera entrado en las instalaciones sólo veinte minutos antes.

—Ya suele ocurrir —dijo el tipo sin mirarlo realmente—, pero tengo que cobrarle un dólar.

—Lo entiendo —Le dio el dólar y se marchó.

Treinta minutos después estaba aparcado en la calle de la casa del ángel. Iba un poco retrasado; ella iba a casa en bicicleta desde el gimnasio todas las tardes, y doblaba la esquina entre las 16.45 y las 16.55. Ya eran poco más de las 16.30. No quería perderla; no podía perderla.

Driscoll cerró los ojos durante un instante, sólo un instante, para fortalecer su resolución. Angel se le apareció de repente. Un recuerdo, una pesadilla.

Ella había planeado traicionarlo.

«Voy a hablar con la señora Thompson mañana.»

Volvían a estar sentados en el balcón, dos semanas después del cumpleaños de Angel, y Chris había estado pensando acerca de adónde podrían escapar y en cómo se las arreglaría para pagar la comida y el alquiler; en cómo podría cuidar de Angel.

También había estado planeando la mejor manera de matar a Bruce. Porque la única manera segura de que pudieran escapar de Bruce era asegurarse de que estaba muerto.

«¿Qué? —Sin duda, no la había entendido bien. Estaba absorto en sus pensamientos—. ¿Hablar con ella de qué?»

«De lo que me hace papá. Ella es muy cariñosa. Me ayudará; sé que lo hará. Y puedes venir conmigo.»

«No, no. Te dije que encontraría una manera.»

Angel sacudió la cabeza. Sus grandes ojos verdes eran demasiado adultos para su edad, demasiado tristes para una niña.

«No puedo esperar; no puedo esperar más. Siempre me está haciendo daño. Y no quiero sentirme así nunca más. No quiero seguir asustada.»

«No.»

Chris abrió los ojos, sobresaltado. Habían pasado diez minutos; eran casi las 16.45. Tenía que tomar posiciones.

Ya llevaba puestos los guantes. Reunió sus pertrechos y salió de la camioneta sin hacer ruido. Había un buzón al que la hiedra y los arbustos cubrían parcialmente. Había comprobado ya el itinerario de ella, y sabía que aquel era el mejor lugar para cogerla. Si se mantenía en el lado más alejado del buzón, nadie lo vería, a menos que caminara en línea recta hacia él. Esperaría a que llegara su ángel. Esperaría, y ella iría a parar directamente a sus brazos.

Simuló que echaba una carta al buzón, no fuera a ser que pasara alguien por casualidad, y se escondió.

Y espero.

Oyó el flap-flap-flap de los radios decorados antes de verla.

Contó hasta tres, salió del escondite y le cortó el paso.

Capítulo 23

En cuanto Zack salió del aparcamiento del aeropuerto, su móvil sonó.

—Travis.

—Soy Pierson. Tiene a otra. Nina Markow, de nueve años.

—¿Cuándo?

—Hace cuarenta y cinco minutos, dentro del condado. En cuanto llegaron los primeros agentes y se dieron cuenta de que la víctima encajaba en nuestro perfil, me llamaron.

—¿Dónde? Ya estoy en el coche.

—Regresa a la comisaría. Tenemos a dos testigos, y los he puesto a trabajar con dibujantes distintos. Y tenemos parte de una matrícula de la camioneta que ya se está procesando. Debería tener una relación dentro de una hora.

—Estaré ahí en veinte minutos. —Colgó.

—¿Otra?

—Hace cuarenta y cinco minutos.

Olivia cerró los ojos.

—Había confiado en que tendríamos más tiempo.

—Yo, también. Pero ahora tenemos un nombre, y hay dos testigos. Y parte de la matrícula de la camioneta. Todos están trabajando en esto.

—¿Pero podemos encontrarlo antes de que la mate? ¿Antes de que desaparezca.

—No voy a dejar que muera la niña, Olivia. La encontraremos. «Tenemos que hacerlo.»

Cuando Olivia y Zack entraron en la comisaría, ella tuvo la fugaz sensación de que el mundo había dejado de girar sobre su eje, de que el tiempo se había detenido.

El agente especial del FBI Quinn Peterson estaba sentado en la mesa de Zack hablando con un anciano, mientras el dibujante trabajaba junto a ellos.

Quinn levantó la vista y miró a Olivia a los ojos. No pareció sorprendido de verla, pero tampoco contento. Le dijo algo al hombre, se levantó y se acercó a ellos. Como siempre, iba vestido de manera impecable.

—Usted debe ser el detective Travis —dijo Quinn, y alargó la mano—. Soy el agente especial Quincy Peterson, del FBI de Seattle.

Se estrecharon las manos.

—Zack Travis. ¿Mi jefe le ha puesto al corriente del caso?

Quinn asintió con la cabeza.

—Hablé con él anoche, y de nuevo esta mañana cuando he llegado. Está al teléfono, ocupándose de los políticos. La prensa no sabe nada todavía, así que por el momento nos ahorramos esa fauna. He hecho que un dibujante de la oficina se ponga a trabajar con Henry Jorge, vecino de Nina, que presenció el secuestro y consiguió ver parcialmente la matrícula de la camioneta. El dibujante de ustedes está esperando en una sala de reuniones a que llegue la amiga de Nina con sus padres. Deben de estar a punto de llegar.

—¿Qué ocurrió?

—Nina Markow se dirigía a su casa en bicicleta desde el gimnasio. Entrena todos los días después del colegio. Entró en su calle y, según el señor Jorge, un hombre salió de entre los arbustos y se plantó justo delante de la bicicleta. La niña giró bruscamente el manillar y cayó al suelo. El hombre la ayudó a levantarse y se la llevó a rastras hasta una camioneta blanca parada a media manzana de distancia. El hombre le tapó la boca con la mano, y la niña no pudo gritar. El señor Jorge echó a correr tras ellos, pero tiene ochenta y tres años. No pudo alcanzarlos antes de que la camioneta arrancara, aunque su vista fue lo bastante buena para retener parcialmente el número de la matrícula trasera. Ya la estamos procesando.

—¿Pierson le dijo que hemos identificado al asesino? Se llama Christopher Driscoll.

Quinn asintió con la cabeza.

—Nuestra gente está tirando de todos los hilos para conseguir su historial militar, pero no es fácil. Conseguí la foto original de su identificación militar, y puede que el dibujante le saque partido junto con las descripciones del señor Jorge y de Abby Vail, la amiga de Nina que también presenció el secuestro y ha facilitado un buen retrato robot de cual es el aspecto del hombre. Hemos traído a un par de agentes para que ayuden a su equipo a cubrir los concesionarios de coches, las empresas de alquiler, los aeropuertos y cualquier otro lugar en el que ese tipo pudiera conseguir el vehículo sin levantar sospechas.

—¿Dónde están los padres de la víctima?

—Sólo tiene madre, es viuda. Trabaja fuera de la ciudad, dentro del condado, y una... —Quinn echó un vistazo a su libreta— y la detective Jan O'Neal ha ido para informarla y traerla aquí. Pero con el tráfico de los que salen de trabajar ahora, no creo que estén aquí antes de una media hora o así.

Quinn echó una mirada a Olivia y dijo:

—Detective, ¿le importa si hablo un momento con la agente St. Martin? No será mucho tiempo.

—Utilicen la sala de reuniones. Tengo que presentarme al jefe, y me reuniré con ustedes cuando llegue la testigo. Y llámeme Zack.

Quinn asintió con la cabeza.

—Gracias. Yo soy Quinn.

Peterson le puso la mano a Olivia en la parte baja de la espada mientras la conducía a la sala de reuniones, donde cerró la puerta tras ellos.

—¿Qué demonios estás haciendo? —dijo Quinn, intentando a todas luces aplacar una ira que llevaba mucho tiempo bullendo—. ¿Es que has perdido el juicio?

—Puedo explicarlo.

—Pues deberías empezar a hablar. Cuando llegué aquí esta mañana y me enteré de que la «agente» St. Martin había sido una parte esencial de esta investigación, no me podía creer que fueras tú. «¿Olivia St. Martin?», pregunté. El jefe Pierson me cantó tus alabanzas y me dijo que estabas en Redwood City ¡interrogando a Brian Hall!

—No lo hice yo... Le conté a Zack lo de Missy. Le dije que no podía estar en la sala con Hall, que probablemente no aceptaría muy bien mi presencia y que no quería arruinar el caso.

—¡Arruinar el caso! ¡Coño, Olivia, tú no eres agente! Ya has arruinado el caso!

—¡Y un cuerno lo he arruinado! —Olivia tragó saliva, sorprendida por su arrebato—. Quinn —dijo intentando conservar la calma, aunque su frustración y su ira estaban más cerca de la superficie de lo que creía—, acudí a los canales adecuados. Acudí a Rick Stockton y le enseñé todo lo que había reunido sobre estos casos. Sí, sabía que eran pruebas circunstanciales, ¡pero había muchas! ¡No podía quedarme cruzada de brazos! Y cuando Rick dijo que tenía las manos atadas, que no había nada que yo pudiera hacer, que él no podía enviar a un equipo a ayudar, no me dejó elección.

—Siempre has tenido una elección. Podías haberme llamado. Sabes que me habría esforzado al máximo por ayudarte. En cualquier momento y en cualquier lugar.

Olivia respiró hondo sintiendo el corazón en un puño.

—Lo sé. Sé que lo habrías hecho. ¿Pero no lo entiendes? Mi testimonio metió a un inocente entre rejas.

—No sabes si Hall estuvo implicado.

—No, no lo sé, pero creo que no. Zack y yo hemos hablado de ello, y ninguno pensamos que Driscoll tenga un cómplice. Los ataques son demasiado personales, demasiado íntimos. —Hizo una pausa—. Y Hall es demasiado imbécil.

—Olivia...

—No, escúchame. Tenía que hacer algo; tenía que poner la información sobre la orgía de asesinatos de Driscoll en las manos adecuadas. Tenía que hablar con alguien que estuviera en el caso y mostrarle una a una las pruebas. No me habrían escuchado; ¡soy una científica de laboratorio!

—Esto es grave, Olivia. Podrían despedirte.

—¿Crees que no sé que es grave? ¿Crees que me importa que me despidan? —Olivia se agarró las manos con fuerza para que dejaran de temblar—. Metí a un hombre inocente en la cárcel y dejé libre a un asesino para que hiciera presa en unas niñas pequeñas. Ha matado al menos a treinta niñas. Por mi culpa. ¡Por la mía! Era imposible que me quedara sentada sin hacer algo. Lo conozco; sé cómo actúa. Me pasé semanas estudiando todos los crímenes parecidos cometidos en el país. Ahora mismo, hay dos hombres sentados en la cárcel, a los que creo inocentes, porque Driscoll les tendió una trampa para que fueran inculpados de sus crímenes. Este tipo es inteligente, astuto, metódico, disciplinado... —Respiró hondo.

—La mayor parte del tiempo se controla —continuó Olivia—. Apresa a la víctima inocente; y espera a estar solos para matarla. Y cuando las cosas se ponen demasiado calientes, cuando la policía empieza a acercarse, tiende una trampa a otro o se marcha sin más. Abandona la jurisdicción. Controla sus impulsos enfermizos el tiempo suficiente para establecer un lugar de residencia en cualquier otro lugar. Y entonces, empieza de nuevo.

—Liv, esto no es culpa tuya. Tenías cinco años cuando Missy murió —dijo Quinn.

—No se trata de Missy; se trata de todas las demás niñas. Se trata de Chris Driscoll y de las familias que ha destruido. Me trae sin cuidado que me despidan, con tal de que lo atrapemos. ¿Crees que me importa tanto mi trabajo? —Negó con la cabeza.

—¡Maldita sea, Olivia! —Quinn se pasó una mano por el pelo y empezó a dar vueltas por la sala de reuniones. Entonces, se quedó mirando fijamente la pizarra blanca, reconociendo las pequeñas y perfectas letras de molde de Olivia. Leyó la cronología de los asesinatos, estudió las fotos, vio el tiempo y el esfuerzo, y la dedicación que ella había puesto en el caso—. ¿Quién sabe la verdad?

—Nadie. Aquí, nadie. Greg sí lo sabe.

—Greg —repitió Quinn sacudiendo la cabeza.

—Quinn, por favor. Por favor, deja que me quede. Tengo que acabar esto.

La puerta se abrió, y Zack Travis llenó la entrada.

—Abby Vail está aquí con sus padres. ¿Preparados?

Olivia miró a Quinn.

—Yo sí —dijo Olivia.

—Vamos —dijo Quinn rehuyendo la mirada tenaz de Olivia.

Por el momento, no había problema.

«Gracias, Quinn.»

Olivia, Quinn y Zack entraron en otra sala de reuniones para hablar con Abby Vail, la vecina y amiga de diez años de Nina, «la víctima».

¿Qué le iba a suceder a Abby, si Nina moría? ¿Se sentiría culpable durante el resto de su vida? ¿Culpable por no haber hecho nada, por no haber podido hacer nada, para impedir que el hombre malo se llevara a su amiga? ¿El recuerdo de Nina en el momento de ser secuestrada la perseguiría siempre?

Abby Vail era pequeña para ser una niña de diez años, flacucha, pelo rubio corto, grandes ojos castaños y unos hoyuelos que se le marcaban al hablar.

—¿Han encontrado a Nina? —preguntó la niña en cuanto entraron por la puerta.

—Todos la están buscando —dijo Zack. Saludó a los padres con la cabeza—. Gracias por traer a Abby. Soy el detective Travis, este es el agente especial Quinn Peterson y Olivia St. Martín, del FBI.

La madre, una versión de Abby en grande, saludó con la cabeza; tenía los ojos rojos e hinchados.

—Cualquier cosa que podamos hacer... Podría haber sido... —No terminó la frase, pero miró a su marido por encima de la cabeza de Abby con la barbilla temblorosa. El marido alargó el brazo por detrás de la espalda de Abby y apretó el hombro de su esposa, mientras que con la mano libre agarró el de Abby.

Zack empezó a hablar.

—Abby, sé que hablaste con el agente de policía que fue a tu casa, pero si no te importa, me gustaría que empezaras desde el principio y contaras todo lo que viste y oíste.

Abby asintió con la cabeza e hizo una profunda inspiración.

—Nina vive en la misma calle que yo, y estaba esperando que llegara a casa. —Hizo una pausa.

—¿Ibais a ir juntas a jugar? —sugirió Zack.

Abby pareció avergonzarse.

—No exactamente. Ayer discutimos, y las dos seguíamos enfadadas. Bueno, yo ya no lo estaba, pero no quería ser la primera en disculparme. Pensé que quizá, si salía cuando ella llegara, podríamos, bueno, no sé, olvidarnos de la pelea.

Olivia no se percató de que estaba asintiendo con la cabeza hasta que Abby la miró y se encogió de hombros.

—Parece tonto, pero siempre da resultado —dijo Abby—. Así que la estaba esperando y la vi doblar la esquina en la bicicleta. Entonces, salí a la calle.

—Abby, ¿dónde estabas exactamente cuando viste por primera vez a Nina? —preguntó Quinn.

—Estaba mirando a través de la ventana de la cocina.

—Viste la camioneta blanca.

Abby arrugó la nariz.

—No la vi. No la vi hasta que el hombre metió a Nina dentro.

—Señora Vail —dijo Zack, y su voz, serena y afable, estaba en absoluta contradicción con la dureza de su aspecto—. No se culpe. ¿Cuándo vio por primera vez la camioneta?

—Cuando salí para ir a comprar a la tienda, a eso de las cuatro y media o un poco más tarde. La camioneta estaba allí, pero no había nadie dentro. Si hubiera habido alguien sentado en el interior, me habría dado cuenta. —Hizo una pausa—. Al menos creo que me habría dado cuenta.

—Probablemente el aspecto de la camioneta hiciera suponer que era de alguien del barrio —sugirió Quinn—. ¿Estaba limpia? ¿Era nueva?

La señora Vail asintió con la cabeza.

—Tenía buena pinta. Sencillamente, no pensé en ello.

A Abby le tembló el labio.

—La pelea fue una verdadera tontería. El señor Benjamín escogió a Nina para que formara parte del equipo de las mejores. Y tuve envidia. En realidad, yo quería estar en el equipo avanzado, y soy tan buena como Nina, pero ella es tan buena en las paralelas, tan buena de verdad, y... —De repente, las lágrimas empezaron a correrle por la cara—. Yo soy la siguiente de la lista, pero así no quiero. No quiero entrar en el equipo de esta manera. —Se volvió y enterró la cara en el pecho de su padre.

Olivia respiró agitadamente, y Zack la miró a los ojos. Se la quedó mirando fijamente, compartiendo una vez más su fuerza, mientras el padre de Abby susurraba palabras tranquilizadoras sobre el pelo de su hija.

Olivia asintió con la cabeza, incapaz de sonreír pero queriendo que Zack supiera que su presencia la consolaba y le daba valor a partes iguales. Le traía sin cuidado lo que ocurriera una vez que atraparan a Chris Driscoll; probablemente perdería su empleo, a Greg podía costarle su carrera, y sus amigos podrían perfectamente dejar de hablarle para siempre. Pero por primera vez, creyó poseer la resistencia para llevar aquella investigación a buen puerto.

«Por favor, Dios, escúchame por una vez. Protege a Nina. Haz que encontremos al secuestrador y permite que se haga justicia de una vez por todas.»

Apartó la mirada de la de Zack y apoyó las manos en la mesa por delante de ella. Su gesto atrajo la mirada de Abby, y la niña la miró sorbiéndose la nariz.

—Hola, Abby. Puedes llamarme Olivia, ¿vale? ¿Crees que puedes terminar de contarnos lo que viste? Si necesitas más tiempo, no hay problema, pero sabes que es realmente importante que lo sepamos todo, si queremos encontrar a Nina, ¿de acuerdo?

Abby movió la cabeza en señal de asentimiento y tragó saliva con la barbilla temblándole todavía.

—Lo lamento.

Olivia sacudió la cabeza.

—No te tienes que disculpar. Nada de lo ocurrido es culpa

tuya. ¿Vale? Ese hombre malo lleva haciendo daño a niñas mucho tiempo, y tú no tienes nada que ver con eso. Él es el único responsable.

Abby asintió con la cabeza y se secó la cara con el dorso de la mano. Su padre le entregó un pañuelo de papel arrugado que sacó del bolsillo; la niña lo cogió, rompiéndolo entre sus dedos.

—Saliste de tu casa para encontrarte con Nina cuando ella entró en vuestra calle montada en la bicicleta. ¿Qué ocurrió entonces?

—Ella estaba todavía a mitad de manzana. Me senté en el porche delantero con un libro para que no pensara que la estaba esperando, pero no estaba leyendo. Entonces, un hombre se puso delante de ella, Nina giró bruscamente para evitar golpearlo, y se cayó encima de los arbustos.

—¿Dónde estaba el hombre antes de pararse delante de la bicicleta de Nina?

Abby arrugó el entrecejo.

—¡Caramba!, realmente no lo sé —dijo mientras cerraba los ojos. Olivia le dio tiempo—. No estaba en la calle —dijo Abby—. El buzón. ¡En el buzón! —Abrió los ojos—. ¡Eso es! Estaba junto al buzón y entonces se puso delante de Nina. Ella giró el manillar y fue a parar a los arbustos de detrás del buzón.

—¿Qué sucedió entonces? —la animó Olivia.

—Él se inclinó para ayudarla a levantarse. Al menos eso fue lo que pensé. Pero Nina no le cogió la mano, sino que se apoyó en la bicicleta como pudo para incorporarse. Y entonces, empecé a acercarme para ver si se había hecho daño.

—¡Dios mío! —dijo la señora Vail reprimiendo un sollozo.

Abby se mordió el labio.

—No… no pensé que fuera a ocurrir nada malo, la verdad. Bueno, en nuestra calle nunca ocurre nada malo.

—Está bien, Abby. ¿Qué sucedió a continuación?

—El hombre la levantó en brazos, y Nina empezó a patalear y a gritarle que la bajara. Creo que también pidió socorro. Yo… creo que no estoy segura.

El señor Vail le apretó la mano.

—Cariño, hiciste lo correcto. Yo estaba trabajando en el despacho de casa cuando oí a Abby pedir auxilio a gritos. Salí de casa corriendo y vi que el vecino de la casa contigua a la de Nina, Henry Jorge, corría por la calle. No supe qué pensar, excepto quizá que el adolescente que vive la misma calle y que se acaba de sacar el carné de conducir, había atropellado a alguno de los niños pequeños. Había hablado con su madre dos veces acerca de lo deprisa que conduce. —El señor Vail sacudió la cabeza—. Lo siento.

—No pasa nada —dijo Olivia, demasiado familiarizada con la necesidad de pensar y actuar como si todo fuera normal.

—Nina, ¿qué recuerdas del hombre que se llevó a Nina? —preguntó Quinn.

—Ya se lo dije al policía que vino.

—Lo sé, pero me gustaría que nos lo contaras también a nosotros.

—Era alto.

—¿Más que tu padre?

Abby negó con la cabeza.

—No.

—¿Cuánto mide usted, señor Vail?

—Un metro ochenta y ocho.

—¿Qué más viste? —insistió Quinn.

—Era bastante viejo.

—¿Cómo de viejo?

Abby se encogió de hombros. A los niños todos los adultos les parecían viejos.

—¿Qué fue concretamente lo que te hizo pensar que era viejo?

—Tenía poco pelo.

—¿Era calvo?

La niña sacudió la cabeza y se frotó la nariz con el dorso de la mano.

—Tenía el pelo corto, como si se lo hubiera cortado mucho, pero tenía una zona brillante en la parte de atrás. El abuelo se corta el pelo muy corto porque se le cae, y eso hace que no parezca tan viejo.

—¿Podrías decir de qué color lo tenía?

Abby se volvió a encoger de hombros.

—La verdad es que no lo sé, porque no había mucho pelo. Aunque no era oscuro, como negro o castaño.

—¿Cómo iba vestido?

La niña se lo pensó.

—Vaqueros. Y una camiseta blanca.

A Olivia le latió con fuerza el corazón.

—¿Viste alguna otra cosa que te llamara la atención?

Abby sacudió la cabeza.

—¿Y sus brazos? ¿Los llevaba descubiertos?

—Sí, pero llevaba puesto… —Se interrumpió—. No, no era una camisa. Pero llevaba una cosa azul muy rara en el brazo.

—¿Un tatuaje? —preguntó Olivia, que se recriminó en su fuero interno por dirigir a la niña, aunque era incapaz de contenerse.

—Sí, podía ser, pero estaba como emborronado.

—Los tatuajes viejos pueden tener ese aspecto.

A Olivia le temblaron las manos, y se las puso en el regazo. No cabía ninguna duda de que Chris Driscoll era el secuestrador de Nina que se había esfumado.

—¿Saben quién es ese hombre? —preguntó el señor Vail.

Zack y Quinn intercambiaron sus miradas. El que habló fue Quinn.

—Tenemos un par de buenas pistas.

—¿Qué significa eso?

—Señor Vail, me gustaría contarle todo lo que sabemos —dijo Quinn—, pero en aras de la seguridad, no puedo hacerlo. Sólo le diré que tenemos un sospechoso, y que entre el FBI y el Departamento de Policía de Seattle estamos haciendo todo lo humanamente posible para localizarlo.

—Abby, ¿serías capaz de describirle a un dibujante lo que viste? —preguntó Zack—. Es alguien que hará un dibujo de lo que le digas, así que puedes ayudarnos a hacernos una buena idea del aspecto de ese hombre.

—No me acuerdo de mucho.

—Pero el señor Jorge recuerda un poco, y tú recuerdas otro poco. Con la ayuda de los dos, creo que lograremos hacernos una buena idea del aspecto de ese hombre.

—Lo intentaré.

—Gracias, Abby.

Zack se levantó.

—El dibujante vendrá de un momento a otro. ¿Les apetece un vaso de agua? ¿Un refresco?

Los Vail negaron con la cabeza al unísono.

—Encuentren a Nina. El mundo de Lydia gira en torno a ella.

Un olor hediondo la despertó.

Nina tosió, y su voz sonó lejana. Aspiró una mezcla de humo de coche y suciedad. La envolvía un zumbido tenue y constante, arrullándola entre el sueño y la vigilia, pero un repentino tin-tin procedente de debajo de ella la despertó de golpe.

Algo iba mal. Tenía la cabeza embotada, como cuando su madre la despertó en mitad de la noche, el año anterior, para decirle que la abuela había muerto. Pero aquello era diferente. Le dolía. El frío la hizo estremecerse, y la piel se le puso como carne de gallina.

«Duérmete. Estás soñando.»

No, no era un sueño. Nina intentó cerrar los ojos, pero algo los mantenía cerrados. Como una venda. Intentó tocarse el doloroso chichón que tenía en la parte de atrás de la cabeza, pero no pudo mover los brazos. Se retorció. Tenía las manos atadas a la espalda y estaba tumbada sobre el costado.

Entonces, recordó.

Tenía grabada en la memoria la cara del hombre que se había parado delante de su bicicleta, haciendo que se estrellara.

Estaba doblando la esquina de la Tercera con Harrison Drive, su calle, cuando un hombre apareció repentinamente delante de ella. Había girado bruscamente para no golpearlo, yendo a parar contra los arbustos y cayéndose de la bicicleta.

—Lo siento, cariño —le había dicho el sujeto abalanzándose hacia ella.

—Estoy bien. —Había intentado levantarse, pero el tobillo se le había atorado entre el pedal y el armazón de la bicicleta, y había tropezado.

Él la había cogido, y Nina había tomado aire mientras miraba fijamente aquellos ojos tan claros, unos ojos que casi no parecían reales. No mostraban ningún sentimiento y no parecían lamentarlo.

Había algo malo en aquel hombre y en la manera que tuvo de mirarla. Como si la conociera. Entonces, Nina había tomado aire para gritar, pero la mano izquierda del hombre le había tapado la boca, mientras él le daba la vuelta para poder inmovilizarla contra su cuerpo con el brazo derecho.

Todo había ocurrido muy deprisa. En un instante se había caído de la bicicleta, y al siguiente el hombre avanzaba por la acera con ella hasta una gran camioneta en la que Nina no había reparado hasta ese momento.

—¡Nina!

Había sido su amiga Abby, que vivía en la misma calle.

Nina había mordido la mano del hombre, que le soltó una palabra fea al oído, pero no la soltó. Ella había lanzado una patada hacia atrás con la intención de darle en las partes íntimas, las cuales, según le había dicho su madre, dolían mucho.

«Si alguien intenta tocarte, grita y dale una patada en las partes íntimas. Te soltará, y entonces echa a correr muy deprisa.»

Pero ella no había podido alcanzarle con el pie; y de repente, sus pies habían dejado de tocar el suelo cuando él a levantó, medio transportándola, medio empujándola, hacia la gran camioneta blanca. Tenía los brazos inmovilizados a los costados y pataleaba furiosamente en el aire.

—¡Suéltela! ¡Socorro! ¡Que alguien me ayude! ¡Socorro! —Abby había empezado a gritar, y Nina rezó para que hubiera alguien cerca, quien fuera.

El hombre la empujó al interior de la camioneta, y ella se golpeó la cabeza contra el salpicadero. El intenso escozor hizo que las lágrimas corrieran por su cara, pero siguió forcejeando para soltarse.

—¡Alto! —Había sido la voz de un hombre y sonaba muy lejos—. ¡Usted! ¡Deténgase! ¡Ya he llamado a la policía!

Nina había reconocido al hombre; era el señor Jorge, el vecino de la casa de al lado, el que no paraba de quejarse de que *Scrappy*, el gato atigrado color naranja de Nina, se echara a dormir en sus arriates de margaritas. ¡Él la iba a ayudar!

Entonces, algo le golpeó con fuerza en la cabeza y ya no había recordado nada hasta ese momento, cuando el horrible olor a humo de coche la despertó.

¿Cuánto tiempo llevaba dormida? ¿Dónde estaba? No podía ver. Se retorció y descubrió que podía moverse un poco. Aunque tenía las manos atadas, sus pies estaban libres. Tras retorcerse de un lado a otro, se dio cuenta de que podía sentarse.

El horrible hedor del tubo de escape… el traqueteo… el sordo zumbido del motor… Estaba en la trasera de una camioneta. El hombre de ojos claros la había cogido, y el señor Jorge y Abby no había podido detenerlo. Le iba a hacer algo malo; su madre decía que si un hombre la cogía, le haría daño, y que por lo tanto tenía que echar a correr. Pero ella no había salido corriendo, no había podido hacerlo, y nada de lo que le habían enseñado había dado resultado.

Se aguantó las lágrimas; cada vez que una piedra producía un sonido metálico contra el chasis, su miedo aumentaba. El tintineo era cada vez más frecuente. ¿Adónde la llevaba? ¿Qué iba a hacer aquel hombre? ¿La iba… a matar, como a aquellas otras niñas de las que había oído hablar a su madre con la señora Vail?

Aquello tenía mala pinta. En ese momento, todas las cosas que le había dicho su madre, que le habían dicho sus profesores, se le antojaron carentes de importancia. Su madre siempre estaba preocupada.

«Sí, mamá» le decía después de escuchar otro sermón sobre lo de ser prudente y desconfiar de los extraños.

Y había ido a darse de bruces en la bicicleta con uno.

Reprimió un grito; quería tanto a su mamá en ese momento. Pero no quería que el hombre la oyera. Tenía que encontrar la manera de salir. Ella era todo lo que tenía su mamá desde la muerte de papá. Nina ni siquiera lo recordaba; sólo tenía dos años entonces. Su mamá era su única familia.

Su mamá lo hacía todo por ella. No eran ricas; de hecho, siempre estaban sin un centavo y no podía hacer las cosas que hacía la familia de Abby, como ir al cine o marcharse de vacaciones todos los veranos a Disney World o algún otro sitio divertido. A veces, sentía envidia de que la familia de Abby tuviera dinero para hacer cosas, y su madre, no, pero Nina sabía que su madre trabajaba mucho para tener una cuenta de ahorro para la universidad, y ella tomaba lecciones de gimnasia, que costaban mucho dinero. A Nina le encantaba la gimnasia y sabía que era buena. Su madre decía que le encantaba verla, y su entrenador decía que podría presentarse a las pruebas para el equipo estatal al año siguiente.

El equipo estatal era un escalón más hacia el equipo olímpico. Nina ansiaba eso más que nada en el mundo.

Bueno, en ese momento había algo que deseaba aun más. Tenía que encontrar la manera de escapar.

Reprimió un sollozo. Forcejeó con las cuerdas que le ataban las manos; estaban apretadas, y se le habían dormido los dedos. ¿Cómo…? Un momento. Tal vez pudiera… ¡Sí! Aquello era igual que los aros.

Aunque se hacía tanto daño en las muñecas que le corrieron las lágrimas por la cara, Nina se impulsó hacia arriba con las palmas de las manos y echó el cuerpo hacia atrás, para pasarlo por el agujero que formaban sus brazos. Descendió con cuidado, porque no quería hacer ruido, y pasó los brazos por debajo de las piernas hasta que quedaron delante de ella.

¡Sí!

Levantó las manos, se arrancó la venda y parpadeó. No veía nada. Del exterior no llegaba ninguna luz; tampoco de la cabina de la camioneta. Estaba encerrada en un habitáculo de acampada, lejos de su mamá, lejos de cualquier ayuda. El corazón le latió con fuerza. ¿Cómo conseguiría llegar a casa? Y aunque consiguiera escapar de aquel hombre, ¿dónde estaba? ¿Adónde iría?

«¡Déjalo ya, Nina!» No podía pensar así. Se trataba de escapar, sin más. Escapar. Ya resolvería todo lo demás después.

Sólo escapar.

Utilizó los dientes para aflojar las cuerdas que la maniataban por las muñecas, y la dureza de la fibra hizo que se dejara los labios y las encías en carne viva. Pero estaba dando resultado; se estaban aflojando.

De repente, la camioneta empezó a subir una cuesta pronunciada, y Nina se cayó, sin poder evitar un grito cuando su dolorida cabeza chocó contra la puerta trasera. Se incorporó y buscó a tientas un manillar en el habitáculo de acampada. No pudo encontrar ninguna; estaba atrapada.

Seguía intentando aflojar las cuerdas cuando la camioneta aminoró la marcha, haciendo un giro pronunciado. El aire empezó a hacerse considerablemente más caliente.

Tenía que salir. En cuanto el hombre abriera la puerta, tenía que salir corriendo. Lo más deprisa que pudiera.

Y sin mirar atrás.

El viernes por la noche, el ayudante del fiscal del distrito Ross Perdue se quedó a trabajar hasta tarde. No tenía esposa ni hijos, y vivía para su trabajo. En el juzgado todos auguraban que sería el designado para sustituir a Hamilton Craig como fiscal del distrito para el resto del mandato, y era perfectamente posible que acabara siendo el fiscal de distrito electo más joven de la historia del condado, si ganaba en las siguientes elecciones.

La mayoría de la gente pensaba que Ross era un trepa, pero los que lo conocían bien —que no eran muchos— sabían que lo que le motivaba era bastante más que un simple cargo. Hacía ocho años, cuando todavía era estudiante de Derecho, su joven esposa embarazada había sido abatida a tiros el día de su primer aniversario de boda.

Al siguiente semestre, Ross había cambiado su objetivo de convertirse en mercantilista por el de penalista, y no había vuelto a mirar atrás.

Había algo en el carácter de la muerte de Hamilton Craig que lo preocupaba, pero no era capaz de averiguar qué. Tal vez fuera lo azaroso de aquella, que tanto se parecía a la de Becky. No parecía haber una «motivación», y la violencia aleatoria se le antojaba tremendamente injusta, igual que un tornado que cayera del cielo y arrasara sólo una casa de un barrió entre miles.

Cuando llamaron a su puerta eran más de las seis, mucho después de que la mayoría de los fiscales se hubieran marchado para el fin de semana.

Era el jefe de policía de Redwood City, Bill Tuttle. Ross se levantó y extendió la mano.

—Jefe. ¿En qué puedo servirle?

El policía no se sentó.

—Gary Porter fue asesinado en su casa en algún momento ayer por la noche.

—¿Gary Porter? ¿Le conocía yo?

—Probablemente, no. Había sido detective, y llevaba varios años jubilado.

—¿Y? —le animó a seguir Ross.

—Hemos inspeccionado su casa esta mañana cuando su esposa le llamó desde París y dijo que no podía ponerse en contacto con él. Desde hacía unos pocos años tomaba una medicación para el corazón, así que la mujer estaba preocupado por él. Lo encontramos en la cocina, muerto a tiros.

»Por lo que hemos podido saber, Gary volvió a casa después del funeral de Hamilton Craig. Encendió las luces, se dirigió a su despacho y se sirvió un güisqui. Bebió aproximadamente la mitad antes de que se fuera la luz. Entonces, se dirigió a la cocina, (probablemente a coger una linterna para examinar la caja de los fusibles), y alguien le disparó en el pecho. Quien fuera, le volvió a disparar de cerca cuando ya estaba en el suelo.

—¡Joder! —Las manos de Ross se tensaron—. ¿Tiene algún sospechoso? ¿Necesita una orden?

Tuttle hizo una pausa.

—Engatusé a los del laboratorio criminal para que hicieran horas extras y analizaran la bala. Acaban de entregarme el informe. El proyectil coincide con el arma que mató a Hamilton Craig.

—No es una casualidad. ¿Cree que quizá trabajaron juntos en algún caso? ¿Asesinatos por venganza? Puedo comprobar los prisioneros excarcelados y ver si concuerdan...

—Hay uno al que quiero investigar de inmediato.

—¿De quién se trata?

—Brian Harrison Hall.

—¿Hall? He estado reunido con él esta misma mañana. Proporcionó al Departamento de Policía de Seattle una valiosa información sobre unos asesinatos cometidos allí. ¿Por qué demonios mataría a Hamilton y a un policía retirado?

—¿Tal vez por qué se tiró treinta y cuatro años en la cárcel? —Tuttle se inclinó sobre la mesa de Ross—. Ross, permítame que no me ande con rodeos. Mis veinte años de experiencia me dicen que no es ninguna casualidad que Hall fuera puesto en libertad hace menos de un mes, y que ahora Hamilton y Gary estén muertos. Hall vive en la ciudad, y tiene un motivo. Sólo quiero hablar con él. Pero necesito una orden para registrar su piso.

—¡Oh, mierda! —Ross sopesó los pros y os contras. Si Hall era inocente, lo iban a pasar mal con la prensa. Desde la revisión de la condena de Hall, habían tenido bastantes problemas de relaciones públicas.

Pero si fuera culpable...

—¿Piensa que puede ir detrás de alguien más?

—Que me aspen si lo sé. ¿El juez? Fue Clive Dunn y murió hace años. Igual que el compañero de Porter. ¿Quizá los miembros de la junta de la condicional? ¿Los agentes que lo detuvieron? ¿La chica que declaró contra él? No lo sé.

—No sé si tenemos fundamentos legales —masculló Ross—. Pero... —Consultó el registro para ver que juez estaba de guardia esa noche—. Muy bien. La suerte está de nuestro lado. Faith Hayes es la encargada de la lista de casos. Ella nos dará la orden. Casi seguro restringida, pero nos permitirá entrar en el piso de Hall. ¿De acuerdo?

—De acuerdo.

Capítulo 24

Una hora después, los dos dibujantes habían terminado su labor conjunta de realizar un dibujo realista de Chris Driscoll basándose en la foto del ejército y las descripciones de Henry Jorge y Abby Vail.

—Haré que se difunda esto por los canales federales —dijo Quinn cogiendo una copia.

—¿Se lo damos a la prensa? —preguntó Zask, casi para sí.

—Yo opino que sí —respondió Quinn—. Este tipo ha estado por Seattle varios meses, quizá más tiempo. Alguien lo habrá visto. Si podemos colocarlo en las cadenas de informativos... —Quinn miró su reloj— podemos conseguir que salga en los informativos de las diez y de las once. ¿Podemos establecer aquí una línea abierta para recibir llamadas?

—Por supuesto —dijo Zack.

—Tenemos quehacer copias y distribuir el dibujo entre todas las empresas de alquiler de coches, concesionarios y cualquier otro sitio donde pueda conseguir un coche con facilidad —dijo Olivia—. Y creo que deberíamos cubrir la isla de Vashon.

—¿Vashon?

—La primera víctima fue secuestrada y asesinada en Vashon. Creemos que el crimen pudo haber sido espontáneo. —Olivia se dirigió al mapa—. ¿Te fijas en cómo tanto Michelle como Jennifer fueron arrojadas a más treinta kilómetros de donde fueron secuestradas? No así Jillian, que fue arrojada a tres kilómetros. Hemos elaborado un esquema de los demás crímenes; la primera víctima se encontró siempre en una zona solitaria a menos de ocho kilómetros de donde fue vista por última vez. Los demás cuerpos fueron arrojados entre dieciséis y ochenta kilómetros de distancia, y en lugares mucho más frecuentados.

—El asesino podría vivir o trabajar en la isla —dijo Zack.

—Exacto.

—Repartámonos el trabajo —dijo Zack—. Quinn, ocúpate de los canales federales. Le diré a mi jefe que se encargue de los medios de comunicación. Boyd y O'Neal pueden ocuparse de los concesionarios. Liv, tú y yo iremos a Vashon en cuanto hayamos hablado con la señora Markow. —Consultó su reloj—. Ya debería de estar aquí.

—Me pondré a ello. —Quinn garrapateó unos números y se los entregó a Zack—. Son mis números de contacto. Puedes llamarme tanto de día como de noche. Los tuyos ya me los dio Pierson.

—Gracias.

Quinn miró a Olivia.

—Recuerdos de parte de Miranda. Deberías llamarla.

A Olivia se le cayó el alma a los pies.

—La llamaré. Ya pensaba hacerlo.

Quinn no dijo nada a eso, sino que se marchó.

—¿De que va esto?

—La esposa de Quinn es una gran amiga mía. Estuvimos juntas en la Academia. Cuando llegué a la ciudad no la llamé, y debería haberlo hecho.

—No hemos tenido mucho tiempo desde que llegaste. Lo entenderá.

—Sí. Estoy segura. —Salvo que había mentido por teléfono a Miranda el otro día. «Espero que lo entiendas, Miranda. De verdad que sí.»

Zack salió de la sala para conseguir suficientes copias del dibujo y enviar los juegos a diferentes partes de la ciudad. Olivia permaneció absorta en el minucioso dibujo que tenía delante.

Chris Driscoll parecía tan normal, que casi parecía amable. Tal vez fuera porque ninguno de los testigos le había visto los ojos. Éstos tenían una expresión anodina, casi ausente; eran impasibles y estaban vacíos. Tenía una cara delgada, con unos rasgos ligeramente marcados y una barbilla ligeramente hendida.

Olivia comparó el dibujo con la foto del ejército de Driscoll, sacada cuando se alistó a los diecinueve años. Excepto por el mismo aspecto general —pelo muy corto, ojos azules claros y la altura— realmente no se parecía en nada a Hall. A los cinco años, aquello había sido todo cuanto ella había tenido: la impresión general de la persona. Lo que resaltaba era el tatuaje, y había sido el tatuaje lo que era idéntico.

Entonces, ¿qué es lo que recordaba ella realmente? Desde entonces, había visto a Hall tal y como éste aparecía cuando se enfrentaba a él en las vistas para la libertad condicional. Fotografías de la prensa. No como el joven que había asesinado a Missy.

Chris Driscoll había tenido una infancia desgraciada. Su madre fue asesinada, y el asesino los había paseado por todo el país a él y a su medio hermana para evitar que lo detuvieran. Olivia podía haber sentido cierta simpatía por el niño; era capaz de apreciar la causa de su locura.

Aunque no era capaz de entender cómo aquél hombre podía lastimar y matar a tantas niñas inocentes. No todos los niños criados por padres maltratadores se convertían en máquinas de matar. Olivia supuso que debía ser algo relacionado con el carácter intrínseco, algo que lo había convertido en un asesino al exponerse a la furia de otro.

Fuera lo que fuese o fuera quien fuese quién había creado a aquel monstruo, había que pararlo. Antes de que Nina Markow muriese.

Un golpe en la puerta precedió a la aparición de la cabeza de Jan O'Neal, que, al verla, entró en la sala.

—Tengo aquí a Lydia Markow —dijo la policía en voz baja—. La he metido en otra sala de reuniones y le he dado un poco de agua. ¿Dónde está Travis?

—Con el jefe Pierson. Si quieres reunirte con Travis, ya me sentaré yo con ella.

—Gracias. No quiero dejarla sola mucho tiempo. Parece que lo está llevando bien, pero nunca se sabe.

Jan le entregó una foto.

—Dimos una vuelta por la casa para coger una foto reciente de la víctima.

Nina Markow era una niña preciosa de aspecto delicado y huesos pequeños que tenía una amplia y encantadora sonrisa. Se recogía el pelo rubio platino en un moño que descansaba, tirante, en lo alto de su cabeza, y que relucía como si reflejara toda la luz de la habitación. Era una foto de cuerpo entero de Nina, que, vestida con un body rojo, blanco y azul, posaba, descalza, en una pose complicada. Era tanta la vida y la energía que irradiaba de aquella instantánea, que Olivia se sorprendió frotándose los ojos, como si deseara que Nina entrara en la sala en ese mismo instante.

—Llevaré la foto para que hagan copias y se distribuyan —dijo Jan. La agente miró el dibujo que Olivia tenía delante—. ¿Ese es Driscoll?

Olivia asintió con la cabeza.

—El maldito hijo de puta.

Jan acompañó a Olivia hasta donde esperaba la madre de Nina.

Olivia miró a través del cristal de la puerta. Lydia Markow era igual que su hija y tenía el mismo pelo rubio recogido atrás; era una mujer atractiva, vestida con un sencillo y barato traje de chaqueta. Estaba jugueteando con dos delgado anillos dorados que llevaba en la mano izquierda.

Olivia respiró hondo y confió en que Zack se diera prisa en aparecer. No sabía qué decirle a la madre, aunque sí sabía que, de estar en el pellejo de Lydia Markow, querría sencillamente que alguien estuviera allí con ella.

Cuando entró en la habitación, Lydia levantó la mirada. Tenía los ojos enrojecidos, aunque secos. Sonrió a Olivia de manera forzada.

—¿La han encontrado?

Olivia negó con la cabeza y se sentó. Lydia cerró los ojos y se santiguó.

—Estamos haciendo todo lo posible.

—¿Saben quién lo hizo?

Olivia dudó; no sabía qué decirle.

—Tenemos un sospechoso —dijo por fin. No iba a mentir a aquella mujer.

—Es el mismo hombre que mató a las otras niñas, ¿verdad?

Olivia no respondió. Tal vez no debería haber dicho nada. Nunca había trabajado con supervivientes con anterioridad. ¿Qué se suponía que tenía que decir? ¿Cuánto se suponía que debía revelar?

—Pensaba que sí. —Unas lágrimas silenciosas resbalaron por las mejillas de Lydia—. No puedo perderla. Mi marido… murió cuando Nina tenía dos años. Ella era la niña de sus ojos; y también la de los míos. No sé cómo… No, Dios no me la quitará. La protegerá.

Lydia tiró de un colgante enterrado bajo su blusa; era un pequeño crucifico de oro. Los labios de la mujer se movieron en silencio al rezar, y el abatimiento se apoderó de sus ojos.

Zack entró en la sala, y Olivia se volvió hacia él con lágrimas en los ojos. Él le puso una mano en el hombro y le dio un apretón.

—Señora Markow, quiero que sepa que estamos haciendo todo lo que podemos para encontrar a Nina. Todo. Todos los agentes de Seattle la están buscando. Tenemos un retrato del hombre que se la llevó. ¿Le importaría mirarlo?

La mujer alargó la mano para coger el papel.

Contempló la foto fijamente durante un largo minuto.

—Nunca lo he visto —dijo—. Lo siento.

—Eso no es ningún problema. Tanto Abby Vail como Henry Jorge han proporcionado unas buenas descripciones. Tenemos varias pistas.

Zack le contó lo que creían que había ocurrido esa tarde.

—¿Desea hacer alguna pregunta?

—¿Cuánto… cuánto tiempo…? Bueno, he leído en el periódico que él no las mata enseguida. Así que tenemos tiempo, ¿verdad? Tenemos tiempo para encontrarla, ¿no es así?

Zack tragó saliva, y Olivia percibió la frustración y la tensión que irradiaba del cuerpo del detective.

—Creemos que contamos con algún tiempo. También poseemos

mucha más información que antes. Tenemos parte de un número de matrícula, y en este momento hay seis parejas de agentes repasando la lista y hablando con los veintidós propietarios de King County con camionetas blancas último modelo con esa matrícula parcial. Ampliaremos la búsqueda a los condados circundantes. Además, tenemos un retrato robot del sospechoso que estamos distribuyendo en localidades claves, y los medios de comunicación han aceptado emitir la foto en los informativos. Hemos montado un operativo de alerta sobre el secuestro, y el FBI se ha involucrado. Le prometo que haremos todo lo que esté en nuestras manos para encontrar a Nina y llevarla de vuelta a casa sana y salva.

Lydia cerró los ojos con fuerza; se le saltaron unas lágrimas.

—Gracias —consiguió decir a duras penas.

—Su vecino, el señor Jorge, sigue aquí. Quiso esperarla por si necesitaba que la llevaran a casa —dijo Zack.

—Henry es un hombre muy amable. Le pediré que me lleve a la iglesia. Si se enteran de algo, me encontrarán en San Esteban.

Por lo general, Zack disfrutaba del viaje en ferry desde Flauteroy a la isla de Vashon. Esa noche, el viaje de veinte minutos se le antojó diez veces más largo y no paró de dar vueltas por la cubierta de observación mientras él y Olivia programaban su tiempo.

—Supongamos que vive o trabaja aquí; ¿significa eso que probablemente haga la compra en la isla?, ¿que coma en los restaurantes?, ¿que llene el depósito del coche? —Zack fue proponiendo las ideas.

—Empecemos por aquí. Preguntemos a los empleados del ferry si lo reconocen. —Olivia alargó la mano para impedir que Zack siguiera dando vueltas—. Encárgate de la tripulación de abajo; yo me encargaré de la de la cubierta de observación, y nos reunimos en el coche cuando atraquemos.

—Tienes razón. Debería de haber pensado en ello. —Se pasó una mano por el pelo, terriblemente frustrado porque Driscoll se hubiera llevado a otra niña cuando estaban tan cerca de encontrarlo.

Se separaron, y Zack bajó a la cubierta de los coches de los pasajeros. La mayor parte de la gente había subido a la cubierta de observación; unas pocas personas circulaban por el exterior, arrebujadas en sus chaquetas. El aire era notablemente más frío en el mar que en tierra, y con el otoño ya bien avanzado, las temperaturas seguirían descendiendo.

Zack empezó con la tripulación de seguridad. Preguntó a los cuatro de la cubierta de los coches, y ninguno reconoció a Driscoll. Dos apenas sí miraron el dibujo. ¿Qué clase de seguridad tenían, si ni siquiera veían algo?

Diez minutos después, cuando sonó el primer toque de sirena, Zack estaba decidido a acudir a la autoridad responsable de los transportes para denunciar a los idiotas que tenían contratados.

Hasta que se encontró con Stan Macker.

Stan Macker estaba a punto de jubilarse. Era calvo y tenía la cara curtida de un hombre que había trabajado al aire libre la mayor parte de su vida. Daba la impresión de que preferiría morir en pleno trayecto y ser enterrado en el mar. Su puesto estaba en la puerta de embarque.

Zack se acercó a él sin ninguna esperanza.

—Detective —dijo el anciano con un movimiento de cabeza.

—¿Cómo sabe que soy policía?

—Me llamo Stan Macker. Llevo trabajando en los transbordadores cuarenta años. Le he estado observando desde que subió a bordo. A usted y a esa preciosa potrilla. He visto que les ha pedido a los guardas de seguridad y a la mitad de mi tripulación que miren una foto. Sospecho que quiere que mire la foto.

Zack le entregó el dibujo.

Stan lo miró de hito en hito asintiendo con la cabeza y se lo devolvió.

—Un Ford Ranger verde oscuro. Modelo de finales de los noventa. Hoy ha estado aquí.

—¿Cuándo?

—Cogió el de la una y diez a Flauteroy. No ha regresado.

—¿Por qué lo recuerda? Debe de ver miles de personas y coches al día.

—Llevo aquí tanto tiempo, que recuerdo los coches. Y a las personas. Hay una mujer que vive en Vashon que lleva cogiendo el transbordador todos los fines de semana desde hace dieciséis años. Sólo faltó un día. Aquello me sorprendió, así que llamé a la subestación de Vashon, la describí a ella y a su coche y les dije que no había estado enferma ni un día en dieciséis años, y que tal vez le había ocurrido algo. Y algo le ocurrió. Esa mañana había tenido un ataque. Los médicos consiguieron salvarle la vida. —Se encogió de hombros—. Sencillamente, recuerdo las cosas.

—¿Y qué es lo que hace a este hombre digno de que se lo recuerde? ¿Va y viene del trabajo todos los días?

Stan negó con la cabeza.

—¡Ca! Es muy irregular. Pero se queda en su camioneta. Siempre. No pone música. Ni sale del coche para estirar las piernas. Ni lee... Tenemos mucha gente que lee un libro o el periódico mientras permanecen sentados en los coches. Éste, no. Se queda con la mirada fija al frente. Por eso llama la atención.

—¿Tienen cintas de seguridad? Tengo que ver esa camioneta y coger el número de matrícula.

—Hable con el jefe de seguridad. Él se las puede conseguir.

—¿Lo ha visto alguna vez en otro vehículo? Tal vez una camioneta grande o un todoterreno urbano? —Zack no quería condicionarle, pero tenía que saber si Driscoll llevaba a sus víctimas a la isla.

—No. Sólo el Ranger. Pero no estoy de servicio las veinticuatro horas al día, los siete días de la semana.

—Gracias por su ayuda. Hablaré con el jefe de seguridad. ¿Cómo se llama?

—Ned Jergens.

—Ese fue policía. —Zack no lo había llegado a conocer bien, pero reconoció el nombre.

—Ajá. Es un buen tipo. Está destinado en Flauteroy, pero aquí tiene su número directo. Nos lo dan por si tenemos algún problema.

—Muchísimas gracias, Stan. Se lo agradezco de veras.

—El tipo ese es un indeseable, ¿no es así?

—De la peor especie. Si lo ve, llame a Jergens de inmediato. Y a mí también. —Zack le entregó su tarjeta.

274

En cuanto Zack y Olivia desembarcaron, llamaron al jefe Pierson y le contaron lo que había dicho Stan Macker. Pierson se pondría en contacto con la Autoridad Portuaria de Seattle y con Ned Jergens y conseguiría todas las cintas de seguridad desde el secuestro de Jennifer Benedict el mes anterior.

El barrio comercial de Vashon estaba muy animado por la noche, y Zack y Olivia se dividieron la calle. Treinta minutos más tarde, Olivia entraba en un restaurante situado al final del embarcadero. El aroma a buena comida hizo que le gruñeran las tripas; su único alimento ese día había consistido en un bocadillo empaquetado en el aeropuerto de San Francisco.

Preguntó por el encargado, y veinte minutos más tarde una joven asiática de unos veintitantos años salió dando brincos de la cocina.

—¡Hola! Soy Denise Tam. ¿Puedo ayudarla?

Olivia se presentó y mostró su identificación del FBI.

—Estamos buscando a un hombre que creemos vive en la isla. Conduce un Ford Ranger verde oscuro. —Le entregó el dibujo a Denise—. ¿Lo ha visto? ¿Es posible que haya venido a comer?

—¡Oh, Dios mío! —dijo la encargada llevándose la mano a la boca—. Si es Steve.

A Olivia el corazón le dio un brinco hasta la garganta.

—¿Steve? ¿Sabe cómo se apellida?

—Steve Williams. Lleva trabajando aquí casi dos años. ¡Oh, Dios mío! ¿Qué ha sucedido? ¿No se habrá metido en ningún lío?

Olivia echó un vistazo por el restaurante intentando localizar a Driscoll.

—¿Trabaja esta noche?

La chica negó con la cabeza.

—No, cambió el turno. Tiene una hija en la universidad, en Oregon, y ha ido a visitarla.

¿Hija? En los antecedentes de Driscoll no había nada que indicara que tuviera ninguna hija o que hubiera estado casado alguna vez. Podía ser verdad o una estratagema.

—¿Sabe como se llama su hija?

—Angel.

Olivia se quedó sin resuello, pero se recuperó enseguida.

—Tengo que ver los historiales laborales de sus trabajadores ahora mismo.

—No... no sé si se supone que deba hacer eso.

—Puedo conseguir una orden y volver dentro de una hora, pero, durante el tiempo que tarde en volver, alguien puede morir. ¿Quiere tener eso sobre su conciencia?

Denise la miró como si estuviera a punto de echarse a llorar.

—Lo siento. Lo siento. Pase a la oficina.

—Un segundo. —Olivia abrió el móvil de una sacudida y marcó el número de Zack—. Bingo. En un restaurante del embarcadero... La Choza del cangrejo. Estaré en la oficina con la gerente.

Treinta minutos después, Zack y cuatro ayudantes del jefe de policía del condado de la subcomisaria de la isla de Vashon tenían rodeada la cabaña alquilada por Steve Williams, también conocido como Chris Driscoll.

La pequeña casa se levantaba en el margen del bosque donde, a menos de kilómetro y medio, se había descubierto el cuerpo de Jillian Reynolds. La propiedad parecía vacía, pero Zack no iba acorrer ningún riesgo. Había hecho que los ayudantes del sheriff inspeccionaran el perímetro completamente, y luego había llamado a la puerta. Al no haber respuesta, entraron en la casa.

Chris Driscoll había vivido en la isla de Vahson durante bastante más de un año, pero la pequeña cabaña no reflejaba nada personal: ni fotografías ni cuadros en las paredes. Cuando Zack llamó al propietario de la vivienda, se enteró de que había sido alquilada parcialmente amueblada. Driscoll pagaba el alquiler en metálico, y le había dicho al dueño que era el dinero de las propinas. Nunca se retrasaba en el pago.

La casa era insulsa, estaba inmaculada y carecía de personalidad.

El cubo de la basura estaba vacío. No había platos ni en la repisa de la cocina ni el fregadero; no había plantas en las jardineras de las ventanas. La mesa de superficie acristalada tenía dos sillas perfectamente alineadas.

El dormitorio no parecía haber sido utilizado, salvo por el hecho de que la cama tenía unas sábanas blancas y dos mantas muy bien remetidas al estilo militar. Zack temió que Driscoll hubiera escapado ya, que no tuviera intención de volver después de Nina Markow.

Comprobó los cajones y se sintió aliviado al encontrar ropa. Tres juegos de uniformes para el restaurante —pantalones deportivos negros y polos negros— aparecían rígidamente doblados. No había ropa sucia en el cesto; tampoco la había ni en la lavadora ni en la secadora.

Dado que la habitación carecía de cualquier objeto personal, la solitaria foto resaltaba como un faro.

Zack, con los guantes puestos, la cogió.

El niño era Driscoll, a los nueve o diez años. Llevaba el pelo rubio muy corto, en un estilo que había estado muy de moda en los cincuenta y principios de los sesenta. La niña tenía cuatro o cinco, y era un niñita preciosa. Una niñita que a los nueve años se habría parecido notablemente a Michelle Davidson o a Nina Markow. Entre los dos, arrodillaba, había una mujer que rodeaba los hombros de los niños con los brazos. Sonreía a la cámara.

Zack le dio la vuelta.

«Mamá y Angel. 10 de febrero de 1960.»

La foto había sido hecha seis meses antes de que Bruce Carmichael matara a Miriam Driscoll.

Sintiendo un extraño malestar, Zack volvió a dejar la foto en su sitio y se dirigió al armario empotrado. Dentro había algo así como un maletín que se parecía más a una gran caja negra que al que podría utilizar un viajante de comercio.

Estaba cerrado.

¿Cabía la posibilidad de que Driscoll hubiera montado algún tipo de explosivo en la casa? Zack no tenía el instrumental para desactivarlo, y los artificieros tardarían quince minutos como mínimo en llegar a la isla, y eso utilizando a los guardacostas para su traslado.

Llamó a Doug Cohn.

—Doug, necesito que te traslades con tu equipo a Vashon lo antes posible. Trae a George Franz contigo.

—¿Una bomba?

—Probablemente no, pero no quiero correr el riesgo de no ver tu horrible cara por la mañana.

—Entiendo.

Zack le dio las indicaciones, y luego ordenó a los ayudantes del jefe de la policía del condado que establecieran un cordón de seguridad alrededor de la casa de campo y que no dejaran entrar a nadie hasta que llegara la policía científica. Luego, buscó a Olivia con la mirada.

¿Dónde demonios se había metido?

¿Habría visto algo? No era tonta... ¡no se le ocurriría ir tras Driscoll ella sola! ¿O sí? ¿Era posible que Zack la hubiera juzgado mal desde el principio? El corazón y la mente de Olivia estaban tan implicados en aquel caso, entre sus padres, y su hermana, y todo lo que había ocurrido con la familia Davidson...

No. Ante todo, era una profesional.

Pero el corazón empezó a latirle rápidamente, y Zack sacó su pistola, sujetándola al costado mientras rodeaba la cabaña.

La vio bajo la luz de la luna, arrodillada en la tierra en el límite del bosque. Zack sintió una oleada de alivio por todo el cuerpo mientras volvía a enfundar su arma.

Arrodillada en el suelo, con las piernas incapaces de sujetarla por más tiempo, el haz de la linterna bailaba sobre la piedra gris que tenía delante.

Parecía una lápida.

Los puntos y rayas con lo que ya estaban familiarizados habían sido esculpidos en la piedra profundamente, como si un cantero se hubiera pasado horas y horas trabajando y luego hubiera pulido la piedra hasta dejarla como un canto rodado.

—¡Olivia!

Oyó la voz de Zack, pero le pareció que venía de lejos. En su lugar, oyó la voz de Missy, alta y clara:

—Deja que termine este capítulo nada más.

Los nombres y las caras de treinta víctimas parecidas pasaron fugazmente por su cabeza, hasta que empezó a sentir nauseas. Unas vidas sesgadas, unas niñas que no tuvieron la oportunidad de crecer, de aprender, de amar, y de ser amadas.

Y Olivia tampoco había conocido el verdadero amor jamás. Nunca había aceptado el amor de nadie porque había estado atrapada en el pasado, en su corazón muerto.

Ya no permitiría por más tiempo que el asesinato de Missy siguiera impidiéndola vivir; ya no seguiría siendo prisionera de su dolor ni de su culpa.

Zack se arrodilló en el suelo a su lado.

—Liv, ¿qué sucede?

Parecía preocupada. Olivia señaló la piedra.

—Parece una lápida, pero la tierra no está removida. —Alumbró con su luz el jardín que los rodeaba. A la luz del día, la zona sería una explosión de color.

—Es un altar —dijo Olivia—, dedicado a su hermana muerta.

Zack asintió con la cabeza.

—He llamado a la gente de Doug Cohn. No tardarán en llegar. Les diré que vean esto.

—He permitido que el pasado me controle durante mucho tiempo. Las elecciones profesionales que hice, las amistades que he escogido, mis relaciones con la gente… —Miró fijamente a Zack a los ojos, implorándole que la comprendiera. No sabía cómo expresar la revelación que había tenido mirando la triste roca medio enterrada en la tierra.

—La indiferencia de mi padre, el dolor de mi madre, mis propios sentimientos de culpa. Cumpliré cuarenta años el año que viene, y tengo la sensación de no haber dirigido mi vida.

Se levantó y bajó la mirada hacia Zack, que seguía arrodillado junto a la lápida.

—Eso se acabó. Mis decisiones son sólo mías. Mis sentimientos son sólo míos. —Olivia le tocó la cabeza, y con los dedos, le rozó la oreja y la barbilla rasposa, deslizándoselos por los labios. Zack le besó el pulgar, le cogió la mano y se levantó.

—¿Sabes lo que pienso? —dijo Zack en una voz baja y suave que hizo que a ella le recorriera un escalofrío. Cogió las manos de Olivia entre las suyas y le acarició las palmas con los pulgares—. Creo que todas las elecciones que has hecho a lo largo de tu carrera te han conducido a este lugar y a este momento. Y te han conducido a mí. No puedes pensar en el pasado, en lo que podría haber sido. Lo que es, es. Lo que has hecho, hecho está. Hay tantas cosas que caen fuera de nuestro control, Liv; tantas cosas. Pero las elecciones que hemos hecho, la de estar en el lado correcto de la justicia, equilibra la balanza.

La besó levemente y también con demasiada brevedad.

—Vayamos a reunirnos con Cohn al puerto. No soporto estar esperando por aquí, pero hasta que tengamos más información, no podemos hacer nada más.

Se alejaron del altar del jardín.

—Gracias, Zack.

—¿Por qué?

—Por ayudarme a que me encuentre a mí misma.

Él negó con la cabeza.

—Nunca has estado perdida.

Capítulo 25

Chris detuvo la camioneta a medio camino de la subida a las montañas de las Cascadas, a noventa minutos en coche al Este de Seattle. La temperatura ya había descendido de los cinco grados, y tenía que levantar el campamento. Había examinado la zona muchas veces, y nunca había visto excursionistas ni campistas por allí. Había registrado la zona circundante, recorriendo arriba y abajo la carretera, tanto en coche como a pie, y nunca había visto huellas recientes de neumáticos ni rastro de gente. Suponía que el camino sería utilizado fundamentalmente por los guardas forestales, y los oiría llegar mucho antes de que llegaran hasta él.

Su estancia en el ejército le había servido de mucho; años de entrenamiento y de planificación hacían que levantar un campamento fuera algo llevadero y fácil. No había dejado nada de sí tras él. Y cualquier rastro que quedara cuando liberase al ángel, en pocos meses estaría enterrado bajo la nieve. El suelo absorbería la vida de ella, y él se desharía de su envoltorio. Ella sería libre y viviría sin dolor ni tristeza.

Se sentó en el suelo y cerró los ojos. Estaba preparado.

Todo había empezado cuando murió mamá. Chris no sabía cómo había muerto ella, entonces no, porque Bruce los sacó a ella y a Angel del colegio y se fueron de Nueva Jersey.

«Tu madre ha muerto en un accidente. Tengo que encontrar un trabajo.»

No volvieron a casa; nunca recogieron su colección de bichos ni sus libros ni sus juguetes. Angel empezó a llorar por su osito de peluche, hasta que Bruce le dio una torta.

Primero fueron a Texas, un viaje muy largo. Tardaron días y días en llegar.

Cogieron un piso de una sola habitación en el que Chris podía oír las peleas de la gente que vivía en el piso contiguo. Bruce dormía en la cama con Angel. Chris dormía en el suelo. Y Angel lloraba todas las noches.

Bruce le hacía daño.

Chris no tardó mucho tiempo en enterarse de lo que Bruce le estaba haciendo a Angel, pero no hizo nada para impedírselo. Era bajo para sus once años. Su madre le había dicho que cuando creciera sería grande y fuerte, pero no había sido así. Y Bruce era tan grande y tan mezquino, que Chris no quería que también le hiciera daño a él. Pero cuando Bruce se iba, cuidaba de Angel. La arreglaba, y la abrazaba, y también le compró un nuevo oso de peluche con el dinero que había robado de la cartera de Bruce.

La había querido, y había cuidado de ella durante tres años, y entonces ella también quiso abandonarlo.

No podía permitírselo; estaría perdido sin ella.

Angel nunca podría marcharse.

Chris se levantó de donde estaba y atravesó la carretera hacia la camioneta. Abrió la parte trasera y alargó la mano en busca de su ángel.

Un movimiento brusco y repentino junto a su pecho lo sobresaltó. Tanteó con la mano en la oscuridad y sus dedos rozaron pelo, pero estuvo a punto de darse de bruces.

Subió de un salto sin pérdida de tiempo, sintiendo, más que viendo, que su ángel saltaba de la parte trasera de la camioneta y echaba a correr.

La ira le ardió en las venas con violencia. Ella intentaba escapar, abandonarlo.

Jamás lo consentiría.

Zack y Olivia se reunieron con los guardacostas en el puerto. Doug Cohn y su equipo desembarcaron, y Zack le puso al corriente de lo que habían descubierto, tras lo cual atravesaron de nuevo el estrecho con los guardacostas.

—¿Detective Travis? Tiene una llamada por radio —dijo uno de los oficiales, y le entregó un transmisor-receptor portátil.

—Aquí Travis.

—Soy Quinn Peterson. Hemos recibido una llamada por el dispositivo de alerta. Se ha visto a la camioneta en cuestión dos veces en la Autopista 90, dirigiéndose al Este en dirección a las montañas de las Cascadas. Un tipo jura que vio una camioneta blanca cogiendo la Carretera 56, que entrecruza el afluente septentrional medio del río Anchor.

—Las Cascadas tienen una extensión enorme, y la Carretera 56 es prácticamente intransitable en algunos parajes.

—Eso debería de facilitarnos el dar con él. He llamado a los guardas forestales para que aumenten las patrullas, y tenemos un helicóptero en estado de alerta. El jefe de policía del condado ya ha llamado a todo el personal de permiso para iniciar la búsqueda sin pérdida de tiempo.

—Tardaremos dos horas en llegar allí —dijo Zack, desanimado. Dos horas podían significar la diferencia entre una Nina viva o muerta.

—Treinta minutos como máximo. Tengo un helicóptero esperándoos en la comisaría de los guardacostas con un experto en búsqueda y salvamento a bordo.

—¿De quién se trata?

—De mi esposa, Miranda. Si le ocurre algo, te haré personalmente responsable.

Nina corrió como no había corrido nunca hasta ese momento. Aunque estaba agotada y pensaba que no podría un paso más, siguió avanzando; o dando traspiés. A veces, avanzaba lentamente, pero estaba demasiado aterrorizada para dejar de moverse.

Estaba en las montañas, era cuanto sabía, así que se centró en correr hacia abajo, siempre hacia abajo, y permanecer alejada de la carretera. No podía arriesgarse a que la viera, a que la oyera. Lo cierto es que la oscuridad allí era considerable, excesiva.

Y Nina aborrecía la oscuridad.

Eran muchos los ruidos que competían con su respiración agitada y sus gritos ocasionales: búhos que ululaban, roedores que correteaban, grandes animales que emitían sus llamadas, el estrépito del agua, un río…

Ninguno era tan aterrador como el hombre que había visto.

Parecía normal. Pero un simple vistazo a sus ojos odiosos le dijo a aquella pequeña que, si no sacaba fuerzas para correr, él le haría mucho daño.

¿Cuánto tiempo llevaba corriendo? ¿Seguía persiguiéndola? ¿Acabaría por atraparla? ¿Podría oírla?

Nina no sabía dónde estaba, pero no se detuvo. No quería detenerse para intentar oírlo. Rogó y suplicó a Dios que la ayudara. La luna se metía y salía por detrás de las nubes, guiándola y ocultándola alternativamente.

Aun antes de oír el fragor de un cuerpo al moverse entre los árboles, vio el movimiento por el rabillo del ojo; el corazón le latió con tanta fuerza que le dolió.

Un haz de luna se reflejó en dos ojos.

Él estaba allí; allí mismo. A unos metros de distancia.

La mataría.

Nina contuvo un grito, y el cuerpo —cubierto de pelo— pasó corriendo por su lado tan cerca, que ella percibió el terror del animal. ¿O fue su propio miedo?

Era un ciervo. Un ciervo, no un hombre.

Nina se dejó caer en la tierra húmeda y lloró. Nadie la encontraría. No sabía donde estaba ni a qué distancia estaba de Seattle, eso si estaba siquiera en el estado de Washington.

«Levántate, Nina.»

«No. No quiero. Estoy cansada.»

Pero la voz insistió. «Levántate, muévete. Sigue corriendo. Se lista, Nina. Marca tu camino.»

Encontró una gruesa rama en el suelo y empezó a marcar los árboles, bien rompiendo una rama pequeña o arañando el tronco con la rama que sujetaba en la mano. No sabía si aquella le serviría de algo, pero hacer «algo» la tranquilizó de verdad.

No oía que la persiguiera; no oía nada que no fueran los depredadores de cuatro patas. Pero ellos la aterraban bastante menos que aquel hombre malo. Al igual que el ciervo, ellos le tenían más miedo a ella, que el que ella les tenía a ellos.

¿Qué era eso?

Se detuvo. Escuchó. Un ruido débil, lejano, un motor. Las luces atravesaron el bosque de repente; luego, acompasada al traqueteo del coche, la luz subió y bajó.

¿Había llegado la ayuda?

Nina escuchó, y su miedo creció. No, no era la ayuda. Aquello sonaba igual que la camioneta que conducía el hombre malo. Era él.

Nina se agachó.

Un chirrido y un grito inhumano.

Zas. Crac.

Silencio. Un silencio mortal.

Nina echó a correr. Corrió todo lo deprisa que pudo por un sendero angosto, y entonces, de repente, se encontró cayendo...

Capítulo 26

Zack le había dicho a Olivia que Miranda iba a acompañarlos en la búsqueda en helicóptero, aunque verla siguió siendo una sorpresa agradable. Miranda le dio un enorme abrazo y preguntó:

—¿Cómo estás? —Luego, miró a Zack, que estaba hablando con el piloto—. Quinn me lo ha contado todo. —Miranda susurró—: Tu secreto está salvo conmigo —Olivia se relajó—.

—Gracias. Estamos tan cerca. No quiero echarlo a perder todo ahora y no estar aquí cuando lo encontremos.

—Lo sé, Liv. Sé perfectamente cómo te sientes.

Miranda la entendía como nadie. Tener allí a su amiga, no sólo para encontrar a Nina, sino como apoyo, la fortalecía.

—Siento no haberte dicho que estaba en Seattle cuando me llamaste el otro día.

—Hablaremos de eso más tarde. Bueno —Miranda echó un vistazo a Zack—, supongo que ese es el detective Travis, ¿no?

—Sí.

—Es…, esto, bueno, tan atractivo como Viggo Mortensen en *El señor de los anillos*.

Olivia se ruborizó. Miranda sabía que a Olivia le encantaba la trilogía de Tolkien.

—¡Miranda! No me había dado cuenta. —Por supuesto que sí, nada más verlo.

—Entonces, es que estás ciega. —Miranda levantó la vista al cielo—. Tenemos que ponernos en marcha; está entrando la niebla.

Zack se acercó.

—¿Miranda Peterson?

—Sí. —Ella le estrechó la mano—. Pongámonos en marcha, y os iré contando mi plan durante el camino—. Miranda entregó a Zack y a Olivia sendas copias del mapa de la sección central y occidental de las montañas de las Cascadas.

—Acabo de hablar con mi compañero —dijo Zack mientras se ponía los auriculares y amoldaba el equipo en la parte delantera del helicóptero para encajar sus largas piernas—. Han encontrado al propietario de la camioneta. Está registrada a nombre de Karl Burgees. Él y su esposa se fueron de vacaciones esta mañana temprano. Su vecino dice que fueron al aeropuerto en su propio coche. Boyd va para allí a buscar el vehículo de Driscoll. Tenemos una orden y lo remolcaremos hasta el laboratorio. Además montaremos una operación de vigilancia de veinticuatro horas en el aeropuerto, por si Driscoll vuelve a por su coche.

—Espero que no vuelva —dijo Olivia. Miranda y Zack la miraron con escepticismo.

—Si regresa, es que Nina está muerta.

Zack coordinó la operación con la policía del condado desde el helicóptero y escuchó a Miranda exponer su plan. Hablaron a través de los micrófonos incorporados a los auriculares que llevaban puestos, esforzándose en que sus voces se oyeran por encima del ruido del helicóptero.

—Mientras la policía del condado no diga otra cosa, vamos a suponer que el testigo que dice haber visto a la camioneta blanca tomar la Carretera 56 es fiable. Eso nos sitúa... aquí. —Miranda señaló el acceso a la Carretera 56 desde la autopista—. Aquí hay algunas casas y cabañas desperdigadas. A un kilómetro y medio más o menos, la montaña empieza a ascender de manera considerable. Aquí está el afluente septentrional medio del río Anchor; se puede ver como la 56 lo cruza aquí y... aquí.

—La carretera llega a la cima de la montaña —dijo Zack—. He estado allí. En verano es precioso, pero en invierno es intransitable.

—Aparte de este campo que hay junto a la salida, hay otros dos sitios donde podemos aterrizar. Podemos subir unos cinco kilómetros, hasta un hotel de montaña que tiene una pradera lisa y amplia. Ya he hablado con ellos y nos han dado permiso; si lo necesitamos, ahí está. O podemos aterrizar aquí. —Señaló un punto a un kilómetro y medio montaña arriba—. Es un campamento de los Boy Scouts.

—Él no irá a ningún sitio donde lo puedan ver u oír.

—Estoy de acuerdo. Quiere intimidad, pero también accesibilidad. Me parece que ya habrá tenido vigilado algún sitio.

—No necesita mucho para sobrevivir —terció Olivia—. Su cabaña tenía lo básico; no había nada superfluo. No necesitará encender ningún fuego. Así que quizás haya previsto llevarse un saco de dormir y una manta térmica, agua y provisiones.

—Estoy de acuerdo —dijo Miranda—. Estuvo en el ejército, así que sabe cómo vivir con lo mínimo. Pero también va a necesitar una vía de escape; no se va a aislar tanto, que quede atrapado.

—Pero lleva años asesinando. No va a pensar que le seguimos el rastro —dijo Olivia—. Hasta esta mañana no hemos descubierto su identidad.

¿Esa mañana? Olivia se dio cuenta de que había sido un día largo. Se frotó las sienes, sintiéndose repentinamente cansada, y se sorprendió cuando Zack alargó la mano hacia ella y le masajeó el cuello.

Olivia le miró a los ojos.

—Esto casi ha acabado, Liv —dijo Zack, como si ella fuera la única que estuviera en el helicóptero—. Vamos a cogerlo. Esta noche.

Miranda paseó la mirada de Olivia a Zack y se aclaró la garganta.

—Bueno, he marcado las coordenadas en el mapa. La policía del condado está inspeccionando todos los caminos que salen de la Carretera 56, para ver si encuentran huellas de rodada de una camioneta. Van a caballo, en coche y a pie. Hemos establecido puestos aquí —en el hotel donde podían aterrizar—, en este puesto de los guardabosques y aquí, en la subcomisaría de la policía del condado en la base de la montaña.

—¿Y que pasa si se percata de la actividad y la mata inmediatamente? —preguntó Olivia.

—¿Y qué otra cosa podemos hacer? —dijo Zack—. Si no hacemos nada, la matará sin ningún género de dudas. Pero supongo, Miranda, que tienes un plan para minimizar nuestra actividad.

Miranda asintió con la cabeza.

—Se han suspendido las transmisiones por radio. Todas las conversaciones se hacen a través de frecuencias de seguridad. Si el asesino está controlando la televisión y la radio comerciales, entonces sabrá que los hemos identificado. Tenemos su retrato robot saliendo en todas las cadenas de la parte occidental de Washington, y el dispositivo de alerta está activado, lo cual sitúa su cara y descripción en miles de sitios web del país. No tiene escapatoria. Lo único que tenemos que hacer es encontrarlo antes de que mate a Nina.

Zack estudió el mapa.

—Tu marido me dijo que eres una especialista en búsqueda y salvamento. Liv, pensaba que me habías dicho que fuisteis juntas a la Academia del FBI.

—Y así fue —dijo Miranda—, pero la abandoné antes de la graduación. Es una larga historia. —Miró a Olivia, y ésta se sintió fatal porque su amiga la estuviera protegiendo—. Era la directora de Búsqueda y Salvamento de Montana, antes de que Quinn y yo nos casáramos en junio pasado.

—Ah. —La cara de Zack se ensombreció al recordar—. ¡Ah! El Carnicero de Bozeman.

—Sí, bueno, eso terminó. —Una sombra oscureció el rostro de Miranda, y Olivia alargó la mano hacia ella.

—No pretendía sacar a relucir el tema —dijo Zack.

—No pasa nada. Ahora tenemos al Aniquilador de Seattle en nuestras manos. ¿No os revienta la gilipollez que se le ha ocurrido a la prensa?

—Tengo una transmisión del agente especial Quincy Peterson —dijo el piloto.

—Pásela —dijo Zack.

Todos oyeron la voz de Quinn a través de los auriculares.

—La policía del condado ha encontrado la camioneta a dos kilómetros y medio de la Carretera 56, bien pasado el campamento de los Boy Scouts. Se reunirán con vosotros en el campamento y os llevarán hasta allí.

—¿Y Nina? —preguntó Olivia echándose hacia delante.

—No hay rastro de Nina ni de Driscoll. La camioneta había tenido un accidente... Atropelló a un ciervo. Los airbag saltaron, pero hay un poco de sangre en la cabina. No así en la parte trasera. ¿Cuál es vuestro tiempo estimado de llegada?

—Cuatro minutos hasta el campamento —dijo el piloto.

—Yo estoy a unos cincuenta minutos. Doug Cohn y su ayudante están conmigo, y tengo a dos agentes que me siguen. Y Travis, tu compañero Boyd encontró el coche de Driscoll en el aparcamiento de larga duración del aeropuerto de Seattle-Tacoma. Si encuentran algo de interés en la cabina, nos llamará.

—Gracias, Peterson. Corto.

Zack observó detenidamente la camioneta empotrada en una secuoya; tenía uno de los neumáticos metido en una zanja tan profunda, que la rueda trasera ni siquiera tocaba el suelo. Un ciervo yacía muerto en mitad de la carretera. Al animal apenas le quedaba un resto de vida cuando los primeros ayudantes del jefe de policía del condado llegaron al escenario. Habían avisado a un guardabosques, que sacrificó al animal poco antes de que Zack, Miranda y Olivia llegaran. Zack ni siquiera tuvo que mirar las huellas del derrape para colegir lo que había ocurrido.

El ciervo cruzó la carretera, la camioneta lo golpeó, y el impacto sacó al vehículo del camino y lo envió dentro de la zanja y contra el árbol.

—¿Por qué no podría estar el muy bastardo muerto detrás del volante? —masculló Zack entre dientes.

El ayudante del sheriff le dirigió una media sonrisa.

—Eso sería demasiado fácil.

Zack no quería alterar ninguna prueba, pero necesitaba tanta información como pudiera obtener para aclarar lo ocurrido. ¿Por qué Nina no estaba en la camioneta, y adónde había ido Driscoll? ¿Seguía teniendo a Nina? ¿Estaba viva? La policía del condado iba a llevar más focos, pero todo lo que tenían en ese momento era unas cuantas linternas de trabajo.

El airbag había saltado y tenía restos de sangre, como si Driscoll se hubiera herido o el impacto le hubiera producido una hemorragia nasal. Cuando llegara Doug Cohn, analizaría todo el vehículo.

Con las manos enguantadas para evitar contaminar las pruebas, Zack examinó la cabina. Encontró varios mapas, la documentación del coche a nombre de Karl Burgess, algunos audiolibros y un par de entradas de cine. Todo parecía antiguo y aparentemente dejado allí por los propietarios de la camioneta.

En el habitáculo de acampada, Zack encontró unas cuerdas. Todavía tenían los lazos hechos, y las levantó preguntándose qué había sucedido.

¿La había desatado Driscoll? ¿Se había liberado Nina por sus propios medios? ¿Había oído él las noticias y la había arrojado en las montañas —viva o muerta— para poder escapar?

¿Adónde había ido Driscoll?

Zack rodeó la parte delantera de la camioneta y puso la mano en el capó. Apenas se notaba caliente; probablemente, el accidente había ocurrido una hora u hora y media antes.

Dio la vuelta lentamente al vehículo, moviendo la linterna adelante y atrás. A la tercera vuelta algo le llamó la atención.

Se puso en cuclillas y las rodillas le crujieron; recogió un casquillo. ¿Era reciente? La caza no estaba permitida en aquella parte de las montañas de las Cascadas, pero eso no significaba que los cazadores no hubieran traspasado los límites no señalizados.

Lo volvió a dejar donde lo había encontrado, señalando el lugar con una banderola de señalización de pruebas que había cogido del equipo de la policía del condado.

Se levantó, y miró alrededor iluminándose con la linterna. Entonces lo vio. La tierra estaba removida y había huellas de pisadas.

La vía de huida de Driscoll.

—Eh, agente. —Zack esperó a que el joven policía llegara hasta él—. Esto parece una especie de sendero. ¿A dónde conduce?

El ayudante consultó un detallado mapa de la zona.

—Bueno... los Boy Scouts utilizan mucho esta zona, pero fundamentalmente en verano. El tiempo es muy impredecible en otoño. El campamento principal está donde han aterrizado... Aquí, a unos tres kilómetros de distancia. Los exploradores señalan los senderos todos los años como parte de sus actividades. Este sendero parece uno de los suyos... pero no está en el mapa.

—Entonces, ¿no sabe a dónde conduce?

—El programa de los Boy Scouts hace que los niños recorran los senderos con el objetivo de llegar al campamento principal. Hay muchos requisitos; ha pasado mucho tiempo desde que estuve en los exploradores. Pero... a menos de ochocientos metros de aquí, hay un afluente del río Anchor. Este tipo podría seguir todo el curso del río montaña abajo. Hay mucha vegetación en la que esconderse. Los abetos son muy frondosos en toda esta región.

—De acuerdo, supongamos que no está herido. A pie, todavía tardará horas en bajar la montaña. Necesitamos que un equipo de rastreadores se dirija a la parte más baja del río y empiece a subir; otro, que empiece desde aquí e intente seguirle el rastro. Tal vez podamos cerrarle el paso. Él sólo puede seguir el río o volver a subir por este sendero. Si no recuerdo mal el mapa, por la parte occidental del río hay un enorme desnivel.

—En efecto. ¿Hasta dónde han de bajar?

—¡Miranda! ¡Miranda! —llamó Zack. La esposa de Quinn parecía tener una comprensión intuitiva del terreno, aunque según parecía sólo llevaba unos meses viviendo en Seattle. Tal vez tuviera alguna buena idea de hasta dónde podía bajar Driscoll con el tiempo del que disponía.

Miranda no contestó, y Zack sacó su transmisor-receptor.

—Aquí Travis. Estoy intentando localizar a Miranda Peterson y a Olivia St. Martin.

Chisporroteo.

—¿Travis? Aquí Miranda. Liv y yo estamos inspeccionado algo más arriba en el camino. Parece que hubo una escaramuza. Cambio.

¿Cambio? ¡Coño!, a Zack no le gustaba la idea de que dos mujeres —daba igual lo bien preparadas que estuvieran— se alejaran en mitad de la noche, cuando un asesino andaba suelto.

—¿Dónde estáis?

—A casi un kilómetro, subiendo por el sendero en el que te encuentras.

—Me reuniré con vosotras allí. Manteneos a la vista.

—Entendido.

Zack se volvió al ayudante.

—Proteja la zona. Voy a subir por el sendero para ver qué han descubierto. Mantenga abierta la comunicación, y si surge algún problema, dígamelo.

Con todos los hombres en el bosque, Zack no creía que Driscoll anduviera por los alrededores. Lo más probable es que estuviera bajando a pie la montaña lo más deprisa posible, confiando en poder llegar a la carretera principal y desaparecer antes de que lo alcanzaran.

Su móvil no tenía cobertura allí, así que utilizó la radio con la frecuencia de seguridad para llamar a la subcomisaría de la policía del condado y transmitir la información de lo que había recogido en la escena del crimen. Antes de que cortara la comunicación, doce hombres, entre guardabosques y ayudantes, se habían puesto en camino hacia la falda de la montaña para subir por el afluente septentrional medio del río Anchor con la esperanza de detener a Driscoll cuando bajara. Otros seis se estaban dirigiendo al campamento de los Boy Scouts, donde ya se había establecido un control provisional.

Zack confiaba en no equivocarse acerca de la huida de Driscoll, pero tuvo el mal presentimiento de que el final de todo no estaba tan cerca.

«Por favor, Dios mío, si me escuchas, haz que se encuentre bien.»

Con cuidado de no pisotear la prueba, Olivia repasó la escena en su cabeza.

Alguien había levantado un pequeño campamento. No había fuego, pero sí un saco de dormir, una mochila con provisiones y agua y una brillante lona impermeable.

Olivia sospechó que Driscoll utilizaba la lona para llevar los cuerpos de vuelta a la ciudad y deshacerse de ellos. Le intrigaba que no los dejara en la naturaleza; eso retrasaría considerablemente su localización. Pero aquello era una cuestión para los psicólogos del comportamiento del FBI. Si tuviera que aventurar una suposición, o Driscoll quería que los cuerpos fueran encontrados para que recibieran sepultura o se hiciera el duelo o tenía el deseo inconsciente de ser detenido.

O tal vez algo menos profundo; quizá tan sólo se tratara de su deseo de demostrar que era más inteligente que nadie, que era capaz de irse de rositas cometiendo el crimen «perfecto».

El suelo estaba húmedo allí arriba, plagado de agujas de pino, guijarros y tierra mojada. Las huellas de las pisadas eran excelentes; ella y Miranda habían colocado varias banderolas allí donde creía que se podían obtener unos buenos moldes.

El juego de huellas más pequeñas se dirigía montaña abajo, pero con la niebla que se iba espesando y la insuficiente iluminación que proporcionaba su linterna, no podía asegurar que pertenecieran a Nina.

—Miranda, ven aquí —llamó Olivia deseando la opinión experta de su amiga.

—Acabo de hablar por radio con tu detective. Viene hacia aquí.

—Él no es «mi» detective —dijo Olivia.

—Mmm.

—¿Qué se supone que significa eso? —Olivia meneó la cabeza—. Ahórratelo. Mira esto. —Alumbró con la linterna una huella clara que se dirigía monte abajo.

—Alguien estuvo corriendo, pero el suelo está húmedo y resbaló aquí... y ahí —dijo Miranda.

—Parecen pequeñas.

—Pequeñas para un hombre.

—Creo que Nina se escapó —dijo Olivia, rebosando confianza—. ¿Y si consiguió escapar como fuera? ¿Y si corrió y corrió, y se escapó de él? Tenemos que ir tras ella.

—Estoy de acuerdo, pero tienes que asumir que podría estar muerta.

—No. ¿Por qué? ¿Por qué tengo que asumirlo? Por la misma regla de tres, puede estar viva. No puedo llegar demasiado tarde.

—No es todo responsabilidad tuya, Liv.

Olivia negó con la cabeza.

—No lo entiendes.

Se hizo un silencio.

—Lo siento —dijo Olivia—. No quería decir eso. Lo entiendes mejor que nadie.

—No pasa nada, Liv, pero sólo quiero que estés preparada para lo peor al tiempo que esperas lo mejor. Mira aquí... —Miranda separó dos abetos jóvenes y señaló unas huellas más profundas en la tierra—. Él salió en su persecución. Puede que la haya alcanzado.

—O puede haber huido —dijo Olivia con tozudez.

—Sí, puede que lo haya hecho. O que echara a correr, y él la atrapara y la matara. O que Driscoll pensara que sería más fácil encontrarla en la camioneta. O que él haya preferido escapar. —Los ojos de Miranda estaban llenos de compasión—. Liv, prepárate, ¿de acuerdo?

Olivia cerró los ojos y se imaginó a Nina muerta. La cara de Nina se transformó entonces en la de Michelle Davidson, y luego en la de Missy.

—No. Está viva. Tengo ese presentimiento.

—¡Olivia!

La voz de Zack atravesó la inmóvil niebla.

—¡Aquí! —gritó Olivia, y observó como la sombra de Zack surgía de entre la niebla. Los haces de las linternas al rebotar en la niebla conferían a la luz un naturaleza surrealista.

—¿Qué habéis encontrado?

Olivia mostró las pruebas a Zack una por una.

—Zack, creo que ella ha escapado. Y es probable que esté muerta de miedo, aterrorizada, y helada. Tenemos que ir tras ella. Miranda tiene una gran experiencia como rastreadora. —Miró a su amiga con la esperanza de que no la contradijera. Olivia sabía que estaba poniendo a Mirada en un aprieto, pero en ese preciso instante lo más importante era encontrar a Nina.

La niña «tenía» que estar viva.

—De acuerdo —dijo Zack.

Olivia estaba a punto de protestar, cuando se dio cuenta de que Zack estaba de su parte.

—Iremos los tres; no os perdáis de vista ni un instante. Voy a llamar para informar de nuestra situación.

Cuando habló con el ayudante, se enteró de que Quinn Peterson y Doug Cohn tardarían sólo quince minutos en llegar.

Resultó sorprendentemente fácil seguir el rastro, incluso en la oscuridad. Los haces de las linternas hacían que las huellas resaltaran, y los tres avanzaron a un paso constante. Al principio, el terreno caía abruptamente, y Olivia temió que Nina hubiera caído por la empinada ladera poniendo en peligro su vida; había varias huellas largas que indicaban que había resbalado. Pero a sólo treinta metros ladera abajo el terreno se nivelaba. En medio de la húmeda neblina, el olor a abeto, a pino y a tierra mojada anulaba todos los demás olores.

Nina tenía que haberse sentido aterrorizada. Tener que salir corriendo de noche, huyendo de un hombre que la quería matar sin un motivo que su mentalidad de diez años pudiera comprender. Pero lo que impresionó a Olivia por encima de todo fue que, de entrada, Nina hubiera encontrado la manera de escapar. Era una niña asombrosa, y aunque Olivia no la conocía, se sentía tremendamente orgullosa de ella.

Nina había bajado la ladera en zigzag durante varios cientos de metros. Aunque llevaba un chaleco tipo pluma encima del jersey, Olivia estaba helada. Nina no llevaba ninguna prenda de abrigo y se congelaría.

Un destello amarillo a la izquierda de Olivia hizo que se parase. Miranda dirigía el grupo, concentrada en el terreno, mientras que Olivia ocupaba el centro, y Zack la retaguardia.

—¡Alto! —gritó Olivia.

—¿Qué has visto?

—Mirad. —Olivia señaló hacia un punto amarillo brillante en el suelo. El corazón le dio un brinco.

La última vez que se la había visto, Nina llevaba un chubasquero amarillo brillante.

—Quedaos aquí —ordenó Zack.

Bajó de lado con prudencia por la pendiente hasta donde estaba la prenda. Una vez allí, se arrodilló, se levantó con la cazadora y volvió con ella.

Estaba hecha jirones, y por su aspecto, se diría que por un cuchillo afilado.

Miranda extendió una bolsa para pruebas, y Zack colocó el chubasquero dentro, tras lo cual señaló el lugar con una banderola roja.

—Oh, no, oh, no. Tenías razón, Miranda —empezó a decir Olivia, con las manos temblándole.

—Ella no está aquí.

—Pero...

—Y no hay sangre en la prenda.

Olivia entrecerró los ojos, estudiando la tela hecha jirones a través de la bolsa transparente.

—No lo entiendo. ¿Qué pudo suceder?

Los tres guardaron silencio durante un instante, al cabo del cual, con cierta vacilación al principio, Olivia dijo lo que pensaba.

—¿Y si se quitó el chubasquero? ¿Y si se dio cuenta de que el color atraería a Driscoll en la oscuridad?

—Y lo colocó en un lugar bien visible. Y luego se fue en dirección contraria —dijo Miranda asintiendo con la cabeza—. Creo que estás en lo cierto.

—¿Y por qué está hecho jirones? —preguntó Olivia.

—Driscoll estaba furioso —dijo Zack—. La niña estaba siendo más hábil que él. Eso explicaría que no prestara atención a la carretera. Las marcas en el sendero indican que estaba conduciendo demasiado deprisa para lo blando que está el terreno. Cuando vio al ciervo, dio un volantazo, chocó con él y fue a estrellarse contra el árbol.

—A mí me parece razonable —dijo Miranda—. Abrámonos en abanico a ver si descubrimos en que dirección se fue Nina.

Diez minutos después, Zack llamó a Miranda y a Olivia para que acudieran a donde él se encontraba.

—Mirad. —Señaló una marca en un árbol.

«N. M.»

Era tenue, estaba en la parte inferior del árbol y parecía como si hubiera sido hecha por una uña o una rama pequeña.

—Puede que haya estado señalando su camino con la esperanza de volver sobre sus pasos a la luz del día —dijo Zack.

—Tal vez esté escondida, agazapada hasta que se sienta segura —añadió Miranda.

—¡Nina! —gritó Olivia.

Zack y Miranda se unieron a ella.

—¡Nina!

Sus voces sonaron extrañamente huecas en la niebla. Toda la montaña pareció contener la respiración, esperando.

Cuando una luz intensa se abrió camino entre los árboles, Olivia reprimió un grito. En dos zancadas, Zack se puso delante de ella con la pistola desenfundada.

—Es el sendero por el que vinimos en coche —susurró Miranda.

Un Jeep pasó lentamente a unos tres metros de ellos mientras se escondían entre los árboles. El vehículo se detuvo.

Zack levantó el dedo índice para indicarles que guardaran silencio y avanzó a lo largo de la orilla de los árboles hacia el vehículo parado más adelante. Empezaron a oírse voces.

—¡Ese es Quinn! —dijo Miranda, y salió del bosque.

A menos de seis metros la camioneta blanca seguía empotrada en el árbol.

Olivia se quedó rezagada del grupo, observando a Quinn, Doug Cohn y a otros tres salir del Jeep y empezar a hablar. Quinn le dio un rápido abrazo a Miranda, y Zack pasó a explicar lo que habían descubierto y lo que creían que le había ocurrido a Nina.

—¿Encontrasteis algo útil en su casa? —le preguntó Zack a Cohn.

—Más que suficiente para una condena —dijo Cohn—. ¿Recuerdas la maleta que encontraste? Dentro, estaban guardadas, entre otras cosas tanto la ropa interior como los mechones de pelo. También había mapas, libretas viejas en los que se detallan sus planes e identificaciones falsas con docenas de nombres.

—¿Qué hay de la piedra del jardín? La que tiene la palabra «ángel» grabada en Morse en la parte superior.

Cohn apretó los dientes.

—Enterradas a unos setenta centímetros debajo de la piedra, había una lona impermeable y una sábana, ambas empapadas en sangre. Si tenemos en cuenta la ubicación, apostaría a que descubrimos que coincide con la de Jillian Reynolds. También utilizamos Luminol en el dormitorio, y descubrimos rastros de sangre debajo de la cama de Driscoll.

Olivia se llevó la mano a la boca y se alejó. Aunque la policía había hecho un registro básico de la isla, no habían entrado en las casas porque creían que sabían lo que le había ocurrido a Jillian. No sabía nadar, así que decidieron que debía de haberse ahogado. Driscoll la había secuestrado, escondiéndola hasta que se suspendió la búsqueda. Luego, la mató y arrojó su cuerpo lejos, en el interior del bosque, para que no pudieran encontrarla durante mucho tiempo.

Olivia siguió el margen del sendero a cierta distancia.

Entonces, lo vio.

—Zack —gritó.

Zack, Quinn y Miranda se acercaron corriendo por el sendero.

—¿Qué sucede? —preguntó Zack—. ¿Te encuentras bien?

—Estoy bien. Mirad.

Unas pequeñas huellas de pisadas seguían el borde del sendero y luego desaparecían ladera abajo, por el lado contrario por el que salieron cuando habían visto el coche de Quinn.

—Debimos de pasar junto a Nina cuando subimos en coche. Pero ella no sabía si estaba a salvo para salir. Está escondida por aquí, en algún lugar. Tenemos que encontrarla.

Los cuatro volvieron a bajar trotando por el sendero y llamando a Nina.

—¡Nina! La policía está aquí. Estamos por toda la montaña. Por favor, sal. Tu madre está esperando.

Así una y otra vez; Olivia gritó hasta enronquecer.

Hicieron una pausa para beber el agua que Miranda había llevado en su bolsa.

«¡Socorro!»

Olivia levantó la mano para impedir que hablaran. ¿Era su imaginación? ¿O realmente había oído un grito pidiendo ayuda?

«¡Socorro! ¡Socorro! ¡Por favor!»

—¿Nina? —la llamó Olivia.

—¡Estoy atascada! ¡Por favor, ayúdenme!

—¡Ya vamos! —gritó Zack, y empezó a dirigirse en dirección a la voz.

Nina había resbalado fuera del sendero, cayendo por una ladera empinada. Todos alumbraron con sus linternas hacia abajo, para ver dónde estaba.

—¡Gracias! ¡Gracias! —Todos la oyeron, pero no podían verla.

—¿Dónde estás? ¿Nina?

—Tengo la pierna atascada. Me caí en este agujero, y no puedo salir. Por favor, ayúdenme.

—Tengo una cuerda —dijo Miranda, y abrió su mochila.

—No podemos bajar de esta manera. Nos acabaremos cayendo también por la ladera.

El abruto desnivel resultaba evidente bajo la luz, pero Nina no podría haberlo visto corriendo en la oscuridad. Estaba atascada en una grieta. Olivia miró con detenimiento y vio asomar la cabeza de la niña.

—Vamos a tirar una cuerda —gritó Miranda a la niña—. Tiene hecho un lazo en el extremo. Pásatelo por la cabeza y cíñetela debajo de los brazos. Luego, sujétate a la cuerda con las manos.

—Pero mi pierna… No puedo moverla.

—Bajaré y le soltaré la pierna —dijo Zack.

—Eres demasiado grande —dijo Quinn—. Yo soy menos corpulento.

—Los dos sois demasiado grandes —dijo Olivia—. Fijaos en la grieta; es demasiado estrecha para cualquiera de los dos. Iré yo.

—Olivia —empezó a decir Miranda, tras lo cual se interrumpió y asintió con la cabeza—. De acuerdo. Pero tenemos que encontrar otra vía de descenso.

Le dijeron a Nina que no se moviera, que alguien iba a bajar a ayudarla. Olivia bajó con Miranda varios metros por el sendero, hasta que encontraron un lugar seguro para descender en *rappel* por la ladera.

—Esto es lo que haremos —le dijo a Olivia—. Le liberarás la pierna, y nosotros la subiremos. Luego, volveré a tirarte la cuerda. Átatela por debajo de los brazos, tal y como le dije a Nina, y te subiremos.

—¿Por qué no puedo volver por este camino? No es tan empinado.

—Este terreno no es estable, y la grieta... no me fío de ella. Creo que es más profunda de lo que parece desde aquí. Tienes que pisar con cuidado. El suelo podría ceder en cualquier parte, y te encontrarías cayendo por una rampa de piedra. Todas las montañas de las Cascadas son muy inestables. No te olvides que el Monte Santa Elena forma parte de ellas.

—¿No me estarás diciendo que estamos sentados encima de un volcán? —Olivia intentaba tomárselo a broma, pero vio que Miranda estaba muy seria.

—Si te refieres a que la montaña vaya a saltar por los aires esta noche, no. Pero hay una actividad sísmica permanente que es demasiado sutil para que la sintamos. Los constantes e imperceptibles movimientos subterráneos aflojan las rocas y la tierra, provocando que el mismo suelo se vuelva peligroso en zonas abruptas como esta. La grieta en la que está atrapada Nina es en realidad una ruptura de la montaña, provocada por los reiterados movimientos de la tierra.

—Miranda, tengo un doctorado y apenas te entiendo.

—De acuerdo, es más de lo que necesitas saber. Pero tienes que ir con cuidado. En cuanto vi el terreno, supe que teníamos un problema, pero no quise asustar a Nina, y dudo que Quinn o Zack te permitieran hacer esto. Hablando en serio, el terreno no habría soportado el peso de ellos. Tú eres bastante liviana; creo que todo ira bien. Pero por favor, por favor de lo pido, ten cuidado. Sobre todo hasta que tengas la cuerda atada al cuerpo.

—Te lo prometo.

Miranda le explicó la mejor manera de moverse por la ladera y de acercarse a la grieta. El terreno era mucho más rocoso allí, y a Olivia se le fue el pie varias veces, provocando que descendiera resbalando en parte, hasta que pegó lo suficiente el cuerpo a la tierra para bajar a toda prisa como un cangrejo. Finalmente, consiguió llegar a la grieta rocosa y volvió a ascender lentamente por la angosta abertura hasta Nina.

Miranda tenía razón; el espacio era profundo. Olivia no podía tocar el fondo y tuvo que utilizar los laterales de la grieta para equilibrarse y avanzar.

—¡Gracias, gracias, gracias! —gritó Nina cuando vio a Olivia—. Tenía mucho miedo. Primero de él, y luego… Pensé que moriría aquí atrapada, que nadie me encontraría.

Olivia la abrazó, tanto para tranquilizarse a sí misma como para calmar a la niña—. Estoy orgullosa de ti, Nina. Lo derrotaste.

—Lo han cogido, ¿verdad? Vi como se estrellaba su camioneta. No se movía, pero no quise volver allí.

—Hiciste lo correcto.

—¿Está… está muerto?

Olivia no estaba dispuesta a mentirla.

—No está en la camioneta.

Nina sacudió la cabeza.

—¡No! ¡No! Vi como se estrellaba. Yo… ¡oh, Dios mío, vendrá a por mí!

—No, no permitiré…

Nina empezó a agitar las extremidades y a tirar de su pierna; unas piedras empezaron a caer desde lo alto de la ladera.

—Nina, deja de moverte —le ordenó Olivia.

—¿Qué está sucediendo ahí abajo? —gritó Zack desde arriba.

—¡Todo va bien! —gritó Olivia. Y dirigiéndose a Nina, dijo—: Hay docenas de policías por toda la montaña. No va a cogerte; te lo prometo. Tienes que estarte quieta y dejar que te libere la pierna. Este terreno no es estable, así que tenemos que ir con cuidado.

Nina asintió con la cabeza mientras todo su cuerpo temblaba, no sólo a causa del frío, sino también del miedo.

Olivia se arrodilló en la grieta y se apoyó contra los laterales sintiendo el aire frío que ascendía desde debajo de ella. Abrumada por el vértigo, se detuvo y respiró hondo varias veces para orientarse.

Tanteó a ciegas la grieta hasta encontrar el pie de Nina; tenía el tobillo metido entre las rocas. Utilizando los dedos, Olivia intentó apartar la tierra y aflojar así una de las rocas, pero la tierra estaba apelmazada. Entonces, empezó a mover el pie de Nina adelante y atrás una y otra vez hasta que consiguió moverlo hacia un lado y hacia arriba y lo sacó del agujero. Nina gimoteó, pero siguió llorando en silencio.

—Me duele —dijo por fin la niña cuando Olivia se incorporó.

—Podría estar roto o tener un esguince. —Olivia cogió las mejillas de Nina entre sus manos—. ¿Preparada? Agárrate a la cuerda con fuerza, pero déjales que te suban. Procura moverte lo menos posible. Será un trabajo lento, pero tú puedes. ¿De acuerdo?

—De acuerdo. Yo puedo.

—Sé que puedes. —Olivia gritó a los de arriba—: ¡Ya está lista!

En la parte superior de la ladera se oyó mucho más ruido y puertas de coches que se cerraban de un portazo. Debían de haber llegado más policías. Unas luces rojas centelleantes se abrieron paso a través de la maleza. Una ambulancia, casi seguro. Ya habían tenido una preparada en el hotel, por si la necesitaban.

Olivia se apuntaló en la grieta y espero a que le llegara el turno.

A Zack no le había gustado que Olivia bajara por la ladera, pero Miranda tenía razón: teniendo en cuenta el terreno, era la que tenía el físico más adecuado. Zack era aprensivo, y sabía que no estaría tranquilo hasta que Olivia estuviera de nuevo en lo alto de la montaña. Sana y salva.

Él y Quinn recibieron unas breves instrucciones de Miranda mientras se preparaban para subir a Nina.

—Vamos a utilizar ese árbol a modo de polea —dijo Miranda mientras se envolvía la cuerda alrededor del cuerpo—. Ponte esos guantes, Quinn. Esa cuerda te hará unas horribles ampollas, si se te resbala.

—Sí, señora.

—¡Basta ya!

Aunque la broma pareció ser dicha en tono distendido, la cara de Miranda mostraba tensión y preocupación.

—¿Qué pasa? —preguntó Zack.

—Nada —respondió Miranda—. Sólo estamos intentando subir a dos personas por una pendiente pronunciada a la una de la mañana, con un asesino paseándose a sus anchas por el bosque. ¿Qué habría de pasar?

—Miranda —dijo Quinn—, nos estás ocultando algo. ¿Olivia se encuentra bien?

—Perfectamente —le espetó Miranda.

—Lo que os está ocultando —terció Doug Cohn—, es que esta ladera es inestable. Esa es la razón de que hace unos minutos se deslizara esa pequeña roca.

—¿Inestable? ¿A qué te refieres?

Doug explicó cómo esa parte de la montaña sufría continuos corrimientos de rocas, y que la actividad sísmica permanente hacía peligroso cualquier paseo fuera de los senderos marcados.

—Entonces, para empezar, ¿por qué hemos dejado que bajara allí? —preguntó Zack en tono exigente—. Deberíamos haber esperado a que llegara un equipo.

—Porque una niña de diez años está atrapada en esa grieta —dijo Miranda—, y porque ni tú ni yo ni Olivia habríamos querido que esperase horas a que la rescataran después de lo que ha pasado.

Zack soltó un suspiro.

—Tienes razón.

—¿Tenemos ya las luces? —preguntó Quinn. La policía del condado había subido una luz de construcción de alto vataje hasta el escenario del suceso.

—Ya llegan —gritó alguien. Unos minutos después, la potente luz no sólo iluminaba la ladera de la montaña, sino que también proporcionaba calor.

—Muy bien, saquemos a Nina de ahí —dijo Miranda—. Empezad a tirar de la cuerda. Yo iré a controlar el ascenso. Atentos a mis órdenes.

—En todo momento —dijo Quinn.

Miranda puso los ojos en blanco, pero esbozó media sonrisa.

Zack apreció algo en la pareja de recién casados que no recordó haber tenido nunca con su ex esposa ni con cualquier otra mujer con la que hubiera salido. Un respeto profundo, unas ganas de jugar y un cariño intenso. Desde las miradas calladas a los roces discretos, era evidente que había algo especial entre Quinn y Miranda.

Algo que Zack deseó para sí.

Nunca había pensado semejante cosa. Se había conformado con ligues informales. Era un poli... y el trabajo era lo primero.

Pero el trabajo también era importante para Quinn Peterson, y su esposa no sólo lo sabía, sino que lo disfrutaba. Al mismo tiempo, a Zack no le cupo ninguna duda de que Peterson sería capaz de dejarlo todo por estar con su esposa.

Aquel tipo de apoyo y cariño era difícil de conseguir.

Él y Quinn empezaron a subir a Nina lentamente. Tirando de la cuerda poco a poco, consiguieron imprimir un ritmo eficaz. Zack miró hacia abajo y vio a Nina, y más abajo a Olivia, agachada en la grieta mientras se agarraba a un árbol joven que parecía crecer de manera precaria en la ladera.

Había algo en Olivia... algo más que su inteligencia y su belleza y su dedicación al trabajo. Algo que él deseaba explorar por completo.

Tal y como él le había dicho esa mañana, quería pasar mucho tiempo con ella. Cuando todo aquello acabara; cuando Driscoll estuviera entre rejas.

La idea de tener a Olivia completamente para él durante una o dos semanas, para saberlo todo sobre ella, lo emocionó.

—¡Esperad! —dijo Miranda de repente, y tanto Zack como Quinn detuvieron sus movimientos.

Zack oyó cómo rodaban las rocas. Pensó que se detendrían... pero no lo hicieron.

—¡Nina! ¡No te muevas! —gritó Miranda.

Nina gritó, y Olivia soltó un chillido.

—¿Qué ocurre? —Zack miró hacia abajo y no pudo ver a Olivia.

—Está bien. Se ha resbalado.

—¡No la veo!

—Veo su mano. Subid a Nina. Rápido.

Miranda no tuvo que decirlo dos veces. Quinn y Zack redoblaron su esfuerzo para subir a la niña por la pendiente. En cuanto estuvo arriba, la entregaron a los sanitarios que estaban esperando, y Miranda lanzó la cuerda hacia Olivia.

—¡Olivia! Te he lanzado la cuerda. Agárrala.

La tierra seguía moviéndose, y las rocas caían por la ladera rebotando contra el suelo. No era un terremoto, se percató Zack; la causa estaba en el tumulto de gente que se había congregado en aquella ladera abrupta e inestable y que estaba provocando que la tierra suelta cayera por la pendiente.

—¿Por qué no coge la cuerda? —preguntó Zack, y el miedo se hizo evidente en su voz.

—No puede verla. —Miranda tenía los labios apretados. Entonces, gritó—: ¡Olivia! La cuerda está a un metro a tu derecha. Tendrás que soltarte del árbol.

—¡No! —La voz de Olivia era débil, pero ella parecía petrificada por el miedo.

—¡Tienes que hacerlo! —gritó Miranda.

—Me recuperaré. Dadme un minuto.

—¡Maldita sea! —dijo Miranda pasándose una mano por el pelo y tirándose de la coleta morena que le colgaba por la espalda—. No tiene un minuto.

Las rocas seguían cayendo, y Olivia gritó.

A Zack el corazón le empezó a latir el doble. Entonces, gritó:

—¡Olivia St. Martín! ¡Agarra la maldita cuerda ahora mismo!

Vio como la mano de Olivia se soltaba del árbol, y durante una fracción de segundo Zack pensó que se caería por la grieta. Entonces, vio que Olivia extendía las dos manos hacia arriba buscando a tientas la cuerda.

—A unos quince centímetros —grito Miranda—. Ahí mismo. ¡Sí! Ahora, pásatela por la cabeza y bajo los brazos. Ahora. Perfecto. Muy bien.

Se volvió hacia Quinn y Zack.

—Subidla. Deprisa.

Mientras tiraban de la cuerda, se desprendió un enorme trozo de tierra, y los dos tuvieron que se esforzarse en no perder el punto de apoyo. Sintieron un peso añadido en la cuerda, y Miranda la agarró por el extremo y ayudó a tirar. Una mano tras otra. Una mano tras otra.

Olivia subió con dificultad los últimos seis metros por sí misma. Tenía un enorme corte en la frente, y la sangre le goteaba por la cara. Zack le quitó la cuerda y miró hacia abajo por la ladera.

Deseó no haberlo hecho.

El desprendimiento de rocas había ensanchando la grieta. No podía ver el fondo, ni siquiera con la iluminación industrial. La mera idea de que Olivia pudiera haberse caído y matarse lo aterrorizó.

La rodeó con sus brazos y la abrazó con fuerza. Olivia respiró agitadamente entre sus brazos, mientras todo su cuerpo temblaba con violencia.

—No pasa nada, estás bien —repetía Zack—. Estás bien.

Le susurró palabras tranquilizadoras al oído, tanto para él como para ella. No quería soltarla.

La besó en el pelo, y en las mejillas, y en el cuello. Olivia le abrazó con fuerza, rodeándole la espalda con los brazos por debajo de la chaqueta, deseando estar lo más cerca posible de él. Los temblores remitieron, y Zack le levantó la cara para que lo mirase e hizo un gesto de dolor cuando le vio el corte de la frente.

—Tienes que dejar que un sanitario te vea la frente.

—Luego. —Olivia levantó la cara y lo besó.

Zack le devolvió el beso con ardor, sintiendo la necesidad de saborearla, de sentir su reacción, de sentirla llena de vida y respirando entre sus brazos.

—Liv —le susurró junto a los labios—. Estaba aterrorizado.

—Yo, también —murmuró ella. Zack se apartó, y la observó queriendo comprender hacia donde iban, porque aquellos sentimientos tan intensos lo asustaban casi tanto como la posibilidad de que ella se hubiera caído. La idea de que Olivia se marchara cuando terminara el caso, le infundió un terrible sentimiento de pérdida.

En los ojos de Olivia vio alivio y deseo, el mismo anhelo que él sentía por ella.

Olivia enterró la cara en su pecho.

—Abrázame. Sólo un minuto más.

A Zack le habría encantado abrazarla eternamente.

Pero Chris Driscoll seguía libre.

En el ejército, Chris Driscoll había aprendido que, para sobrevivir, era necesario contar con un plan de reserva. Sin un plan, uno acaba muerto.

La pequeña puta había escapado. No era un ángel ni por asomo, sino un demonio enviado para atraparlo. No había pensado mientras la perseguía. Si hubiera esperado, ella habría vuelto; de haber puesto más atención, la habría encontrado.

Se había enfurecido y sorprendido tanto cuando ella lo atacó, que salió en su persecución, y la había perdido. Ella lo había esquivado. Había enviado al ciervo para cerrarle el paso y se había estrellado.

Pero, como cualquier buen soldado, había previsto el fracaso. Lo único que necesitaba era un coche.

Y sabía exactamente dónde conseguir uno.

Capítulo 27

Zack Y Quinn desplegaron el mapa de las montañas de las Cascadas sobre la mesa del cuarto de Zack, en el hotel del Afluente Norte.

Las propietarias del hotel, Kristy y Beth Krause, dos hermanas de mediana edad, habían abierto su pequeño establecimiento a primeras hora de la noche para la policía, así que cuando Zack y los demás llegaron a las dos de la mañana, ya les tenían varias habitaciones preparadas.

—La niebla era demasiado espesa para que los equipos de búsqueda de la policía del condado intentaran montar una persecución esta noche —dijo Quinn. Señaló una zona cercana a la falda de la montaña y el río Anchor—. Al menos una docena de hombres empezarán por aquí al alba provistos de perros. Tendremos a otros hombres con perros acercándose desde el otro lado. —Señaló el lugar, cerca del campamento de los Boy Scouts, donde Driscoll se había estrellado con la camioneta.

—Podría esquivar a nuestros hombres por la noche —dijo Zack—. Si no se para, llegará a la falda de la montaña por la mañana.

—Miranda dice que esta zona es casi intransitable. De manera que o tiene que seguir la Carretera 56 (y tenemos hombres discretamente apostados en diferentes sitios a lo largo de la carretera) o bien dar un rodeo hacia el río y seguirlo hasta el final.

»Existe una posibilidad —continuó Quinn— de que pudiera

atravesar la Carretera 56 en un punto, lo cual lo situaría en este lado de la montaña. Allí hay varias casas de campo y zonas de acampada públicas. La temporada ya está un poco avanzada, pero la policía del condado ha enviado a varios agentes a todas las viviendas, primero, para alertar a cualquiera que se encuentre en ellas, además para inspeccionar las casas vacías. Han pedido ayuda a los condados vecinos y también a los guardas forestales.

—El hotel está en esta zona. Si Driscoll cruza la carretera, podría acabar aquí.

—Esa es la razón de que la policía del condado haya enviado a dos agentes a este terreno.

Zack se pasó la mano por la cara.

—Yo debería de haber estado haciendo todo esto.

—¿Por qué? Para eso tienes un buen equipo contigo. La última semana has estado trabajando prácticamente veinticuatro horas al día. —Quinn le dio una palmadita en la espalda—. Durmamos un poco. Todo el terreno que se puede cubrir en las cuatro horas que faltan hasta que amanezca, ya ha sido cubierto.

El móvil de Quinn sonó, y Zack se puso tenso. ¿Malas noticias? ¿O habían capturado a Driscoll?

—Agente Peterson —respondió Quinn. Su relajación fue evidente—. Voy inmediatamente. Yo también te quiero. —Cerró el teléfono—. Era Miranda para decirme que fuera a acostarme.

—Es una buena mujer.

—Y no sabes ni la mitad. Cada vez que pienso en todo el tiempo que he perdido... —Su voz se fue apagando—. Esto... hace mucho tiempo que conozco a Olivia. Es muy importante para Miranda y para mí.

¿Qué se suponía que quería decir aquello? Zack arrugó la frente.

Quinn levantó la mano para detener lo que fuera que Zack estuviera a punto de decir. ¡Carajo!, Zack no sabía qué era lo que había estado a punto de decir, pero sintió una incomodidad evidente, como la de un adolescente que se enfrentara al padre de su novia después de haberla llevado tarde a casa.

—Lo que quería decir es que Olivia se ha echado el mundo sobre los hombros y no ha tenido mucho tiempo para sí. Se merece un poco de felicidad. Sobre todo, después de esto.

Zack mostró su acuerdo.

—En cuanto terminemos esto, nos vamos a ir unos días.

—Bien. —Quinn asintió con la cabeza. Parecía querer decir algo más. Entonces, añadió—: ¿Conoces esa sensación de cuando llevas un caso difícil y te enfrentas a un ultimátum, y no hay ninguna decisión que sea perfecta? ¿Cuándo, con independencia de lo que escojas, hay consecuencias?

—Siempre hay consecuencias, Peterson. Uno tiene que hacer lo que considera más adecuado.

—Exacto. Bien. Bueno. Descansemos un poco. Mañana será otro día largo.

Quinn se marchó, y Zack se puso taciturno. ¿De qué iba todo aquello? Bostezó y se frotó la cara. Estaba agotado, pero era imposible que pudiera dormir de inmediato; su cabeza estaba haciendo horas extras. Habían rescatado a Nina, sí, pero Driscoll seguía allí fuera.

Necesitaba una ducha, así que abrió el agua, se desnudó y se metió debajo del chorro del agua.

Cuando Olivia se había resbalado en la grieta, creyó que se había matado en la caída. Hubiera sido terrible perderla. Cuando Zack la vio viva, por lo menos pudo volver a respirar. Y cuando la estrechó entre sus brazos, deseó no volverla a soltar. Aquel miedo gélido se había convertido en algo caliente y apremiante. Zack jamás se había sentido tan cerca ni tan vinculado a alguien.

Olivia había alargado la mano hacia él, y su pasión provocada por la adrenalina lo había llevado al límite; Zack había deseado hacerle el amor allí mismo. Ni por un momento se le había pasado por las mientes el hecho de que estuvieran en mitad del bosque y rodeados de público.

En ese momento, su deseo redobló la intensidad.

¿Qué estaría haciendo Olivia en ese preciso instante? ¿Estaría durmiendo? ¿O, al igual que él, su mente estaría demasiado activa para desconectar?

Cerró el grifo y se secó, se volvió a poner los calzoncillos y empezó a dar vueltas. Pensó, no sin cierta excitación, en Olivia y sus labios; recordó la exuberancia de sus pechos bajo la bata mojada que llevaba puesta en la habitación del hotel aquella mañana; se acordó de la estela eléctrica que los dedos largos y suaves de Olivia le dejaban siempre que le rozaban la piel.

Esa noche no iba a poder dormir lo más mínimo, si no la volvía a besar.

Se puso los vaqueros, cogió la funda de la pistola y salió.

Olivia tampoco era capaz de dormir.

Por primera vez en su vida, deseaba acudir a un hombre; deseaba meterse en la cama al lado de Zack Travis y pedirle que le hiciera el amor.

Cuando se casó, no se había insinuado sexualmente ni una vez. Greg siempre sugería que tuvieran una cena romántica, que era su forma de empezar una velada romántica que acabara en la cama.

Ella sabía el motivo… que no era otro que el de su aversión a que la tocaran. Había tardado mucho tiempo en sentirse cómoda con Greg, y mucho tiempo en aceptar que la tocara. Pero en ese momento, y después de unos pocos días, ya no se estremecía ante la idea de que Zack lo hiciera. Ya no dudaba en alargar la mano para tocarlo, y ni siquiera para darle una palmadita en el brazo con total indiferencia.

Tendría que estar comatosa para no darse cuenta del cambio operado en su interior. Y aquello tenía tanto que ver con la manera en que Zack la trataba y le hablaba, la manera que tenía de respetarla y exigirle, como con su madurez interior.

¿Pero habría adquirido tanta fortaleza y aceptado el pasado, olvidándose de él, si Zack no hubiera entrado en su vida? Los dos acontecimientos estaban relacionados.

Se levantó de la cama y atravesó la habitación hasta el gran ventanal que dominaba el valle. Salvo sombras y una pradera apenas sugerida, no pudo ver mucho. Llevaba puesto un largo camisón de franela que le había prestado Kristy Krause cuando la amable mujer le recogió la ropa sucia para lavarla. Olivia se había duchado, y aún no se había secado el pelo, pero no tenía frío.

¿Qué debía hacer? ¿Debía cruzar sin más el pasillo, llamar a la puerta de Zack y arrojarse en sus brazos? Eso era lo que quería. Lo que necesitaba.

Pero ¿y si estaba equivocada respecto a él? Creía que Zack sentía algo más que un mero interés profesional por ella, pero teniendo en cuenta que no había salido con nadie desde Greg, no sabía si estaba interpretando la situación correctamente. Y considerando que los dos habían pasado los últimos cinco días con los nervios a flor de piel, trabajando sin parar en aquel caso, tal vez lo que estuviera percibiendo fuera aquella intensidad, y no ningún sentimiento personal entre ellos.

Sin embargo, no se trataba sólo del abrazo de esa noche después de haber rescatado a Nina. ¿Y qué pasaba con el beso en el coche cuando estaban en California? Zack había abierto el corazón de Olivia como ésta nunca había creído que fuera posible.

No le había contado toda la verdad a Zack. Se mordió el labio, debatiéndose. Tenía que contárselo; Zack se merecía saber que ella no era quién había pretendido ser. Pero eso podía esperar; tenía que esperar. En cuanto Driscoll fuera detenido, y el caso hubiera concluido, se lo contaría. Le explicaría con todo detalle lo que había hecho y por qué.

Sin duda, Zack lo comprendería; tenía que comprenderlo.

Dio un respingo al oír que llamaban a la puerta con los nudillos, aunque supo que era Zack. Casi tropezó al ir a abrirla, y se sintió como una adolescente tonta.

—Hola —dijo Olivia, retrocediendo un paso.

—Hola. —Zack dio un paso hacia ella y cerró la puerta tras él.

Iba sin camisa, y su pecho duro y desnudo quedó al nivel de los ojos de Olivia, que, sintiendo la boca repentinamente seca, separó los labios. Se pasó la lengua por ellos, avanzó un paso y le puso la boca en el pecho, respirando sobre la piel limpia y húmeda de Zack.

Él la rodeó con los brazos y le levantó la cara para atraerle la boca hasta la suya.

El beso no fue suave, ni siquiera amable, sino poderoso y ávido, y Olivia respondió con tanta pasión y avidez por él como Zack había mostrado por ella.

Zack gimió entre los labios de Olivia, y la besó con tanta ansiedad que Olivia estuvo a punto de quedarse sin resuello.

—Olivia, tuve tanto miedo de perderte. De perderte antes de encontrarte realmente.

—Zack...

Sus pies dejaron de tocar el suelo repentinamente cuando él la levantó en vilo y la estrechó entre sus brazos. Su cabeza se volvió ligera, y la sintió asombrosamente vacía, y la necesidad de ser tocada hizo que todos sus sentidos se estremecieran.

Nunca había deseado que alguien la tocara, que la tocara íntimamente. En ese momento, no fue capaz de imaginar las manos de Zack en alguna otra parte que no fuera en su cuerpo; ni sus ojos fijos en ningún sitio como no fuera en ella; ni su respiración en ningún otro lugar que en su cuello.

La piel de Zack estaba caliente al tacto, y Olivia se asombró de la enorme cantidad de calor que generaba. Nunca más volvería a necesitar un camisón de franela, para qué hablar de una manta, si Zack dormía junto a ella todas las noches.

La tumbó en la cama y se quitó los vaqueros, quedándose en calzoncillos, y su cuerpo grande y firme se cernió sobre el suyo. Olivia tragó saliva, alargó las manos hacia él, y Zack se acercó.

Entonces, le metió las manos por debajo del camisón y le aferró los pechos, y con los pulgares trazó círculos alrededor de los pezones, hasta que éstos se convirtieron en unos nudos duros. El frío que había ocupado el corazón de Olivia durante la mayor parte de su vida se derritió ante las insistentes y atinadas caricias.

Olivia soltó un grito ahogado y le rodeó el cuello con los brazos para atraerle la cara hasta la suya, y se ensimismó con los besos precisos de Zack.

El fuego que creció en su interior no se parecía a nada que ella hubiera experimentado con anterioridad. Nada de besos lentos ni de paciente seducción; Zack se centró de inmediato en todo el cuerpo de Olivia, y todos y cada uno de los poros de la piel de ella ansiaron su atención. Olivia restregó el cuerpo contra él con una desvergüenza y una libertad insólitas para ella.

Zack estaba sacando una pasión de su interior como ella no había imaginado jamás que fuera capaz de alcanzar.

La boca de Zack le abrasaba la piel allí por donde arrastraba los labios; su lengua le dejó un rastro caliente al bajar por el cuello, meterse detrás de la oreja y martirizarle el lóbulo. Olivia nunca había sabido que su cuello, sus orejas y sus hombros fueran tan sensibles, ni que los besos ardientes y los gemidos de ansiedad pudieran producirle aquellas sacudidas de calor pulsátil que le recorrían el cuerpo en oleadas.

El camisón la estaba frustrando; quería sentir el cuerpo caliente de Zack contra su piel desnuda, así que trató de zafarse de la prenda como pudo.

Cuando Zack advirtió que estaba intentando quitarse el camisón de franela, bajó las manos y con un rápido movimiento se lo sacó por la cabeza.

Se quedó contemplando fijamente el cuerpo de Olivia bajo la débil luz de la noche. No llevaba nada debajo, y Zack la encontró perfecta.

Era menuda pero llena de curvas, con unos pechos exuberantes y caderas amplias. Su figura de reloj de arena apenas se intuía bajo aquellos trajes de chaqueta funcionales. Desnuda, Olivia era un sueño de erotismo.

Zack le bajó las manos por los costados, siguiendo el contorno, disfrutando del tacto. Jamás olvidaría aquel momento, la primera vez que le tocaba el cuerpo desnudo, la primera vez que la tenía en la cama.

Contó con hacerlo muchas más veces.

Puso los brazos a ambos lados de la cabeza de Olivia y contempló su expresión. Con los ojos cerrados, su piel de porcelana estaba roja por el deseo. Zack se inclinó para besarla. Con suavidad; muy lentamente. Olivia era demasiado especial para correr, demasiado apetecible para esperar. Él lo quería todo en ese mismo instante, y sin embargo ansiaba tener tiempo para paladear cada roce, cada beso, cada necesidad.

Los pechos de Olivia ascendían con cada inspiración. El pulso le latía en el pecho, «bum-bum, bum-bum», acompasado al jadeo ansioso de Zack. La besó en el lugar donde le latía el corazón, tras lo cual le trazó un círculo con la lengua por todo el pecho, disfrutando de la reacción así provocada. Olivia alargó las manos hacia él, le agarró los hombros y se los apretó. Cuando la lengua de Zack le rozó el endurecido pezón, gimió.

Zack la cogió por la nuca, se enroscó el sedoso pelo de Olivia en las manos y le chupó los pezones; primero uno, luego el otro. El tiempo se detuvo; sólo estaban ellos dos, y el único objetivo de Zack era darle placer.

Él la deseaba. La necesitaba. Zack actuaba sin precipitación; lo que más le importaba era el placer de Olivia. Ella reaccionaba a todas las caricias, gemía cuando la boca de Zack encontraba un punto no besado que devorar. Los besos lentos y acariciadoras se volvieron apremiantes; los besos apremiantes se convirtieron en tiernos susurros.

Todo el cuerpo de Olivia vibró con el calor y las expectativas. El apasionado ataque de Zack, que había empezado siendo suave y dulce, era ya intenso y atrevido. Pero no era suficiente; ella quería más. Olivia se sentía descontrolada, concupiscente, ávida.

Las manos de Zack no paraban de moverse, tocándole el pelo, el cuello, los hombros; dejándole el rastro de una leve caricia por el brazo; cogiéndole las manos y apretándoselas con fuerza, mientras le chupaba los pechos y apretaba su cuerpo duro contra el de ella.

Volvió a subirle por el cuello, dejándole un rastro de besos hasta que encontró su boca. Olivia le puso las manos en la cara y lo sujetó para ella, besándolo apasionadamente mientras él la embestía. Olivia no podía obtener todo lo que quería de él, de su cuerpo, de la fuerza de sus labios, y se encontró recorriéndole con las manos, acercándoselo para sentir su dura musculatura de piedra al apretarse contra su carne más suave.

—Olivia —le susurró al oído, y acto seguido le mordisqueó el lóbulo de la oreja. Ella jadeó cuando la ardiente sensación le envió por todo el cuerpo un cosquilleo aun más ardiente desde la oreja.

—Hazme el amor —le susurró ella con voz ronca.

Zack le soltó los brazos y bajó por su cuerpo, besándola y saboreándola hasta que Olivia se retorció con una dulce inquietud, deseando que él acabara lo que había empezado y dejara de torturarla.

—Zack —murmuró, incapaz de pronunciar otra palabra cuando la boca de Zack alcanzó la cara interior del muslo. Olivia jadeó, y sus nervios le produjeron un hormigueo por todo el cuerpo, provocándole calor y frío alternativamente. La lengua caliente de Zack bajó trazando círculos y siguió bajando hasta que la besó en la rodilla; y en la pantorrilla; y en el pie. Hasta ese momento, Olivia jamás había imaginado que la pierna fuera semejante dechado de energía erótica. Pero cuanta más atención le prodigaba Zack a sus piernas, mayor se fue haciendo su deseo de que le hiciera el amor.

Ningún hombre había puesto jamás tanto interés sólo en besarla. Pero aquellos no eran unos simples besos. Zack no dejaba ni un milímetro de piel sin tocar. Besaba, frotaba, chupaba y respiraba sobre todos y cada uno de los poros del cuerpo de Olivia. Ella era incapaz de ver, incapaz de oír; excepto el tacto, todos sus sentidos habían desaparecido. Ignorante hasta ese momento de semejante experiencia táctil, el más ligero susurro sobre la piel la excitaba y le dificultaba la respiración.

La boca de Zack volvió a encontrar su oreja.

—Quiero hacerte el amor.

—Sí —jadeó Olivia—. ¿Estás... esto... preparado? —Aborrecía preguntarlo, pero ya no tomaba la píldora. No había vuelto a hacerlo desde el divorcio.

—Lo estoy —susurró Zack.

Olivia observó como Zack se quitaba el calzoncillo y deslizaba un condón sobre su rígido pene. Nunca había observado a un hombre penetrarla, y se humedeció los labios, sintiendo alternativamente vergüenza y una profunda excitación.

Zack miró fijamente a Olivia, su piel enrojecida, los pezones enhiestos, los labios hinchados. Sería capaz de estar contemplándola toda la noche, de abrazarla eternamente. Olivia alargó las manos hacia él, y Zack se inclinó hacia abajo y la besó son suavidad, pero los labios de ella se apretaron con más fuerza, atrayéndolo, instándolo a continuar. Olivia le bajó las manos por la espalda acariciándolo, y la levedad de su tacto se hizo casi insoportable.

Zack sintió la necesidad de estar dentro de ella.

Le separó las piernas con dulzura y le tocó su más recóndita humedad. Olivia jadeó y se retorció contra el dedo de Zack. Entonces, éste sustituyo el dedo por su verga, y empezó a penetrarla poco a poco, al tiempo que le rodeaba la espalda con un brazo, y las nalgas con el otro.

El cuerpo de Olivia se tensó, y él dejó de moverse.

—¿Estás bien? —Lo último que Zack deseaba era hacerle daño.

—Ha pasado bastante tiempo —le susurró Olivia al oído.

—No te haré daño, Liv. Nunca te haría daño.

—No me lo vas a hacer. —Olivia le besó en el cuello, y unos ligeros jadeos salieron de su garganta mientras Zack volvía a acomodar su cuerpo, saliendo de ella lo suficiente para ponerle los brazos a ambos lados de la cabeza.

Contempló el hermoso rostro de Olivia, le besó los labios rojos y dijo:

—Abre los ojos, cariño.

Lentamente, Olivia los abrió como si estuviera en un profundo y agradable sueño.

—Quiero contemplarte —dijo Zack, y la volvió a besar.

Esta vez, se impulsó dentro de ella y no retrocedió. Lento y constante. Olivia estaba excitada y tensa, y la idea de que él era el primer hombre en años al que ella había confiado su cuerpo, hizo que Zack se emocionara, y aumentara su excitación.

Zack se metió completamente dentro de ella, y Olivia volvió a jadear. Se detuvo para dejar que el cuerpo de Olivia se acostumbrara al suyo. Los ojos de Olivia examinaron su rostro. ¿Qué estaba buscando? ¿Qué veía en él?

¿Veía acaso que la quería de una manera de la que Zack ni siquiera se había creído capaz? ¿Veía una necesidad que él saciaba? La besó en los labios, y quiso decirle que aquella no sería la última vez. Pero eso tendría que demostrárselo el beso, y el tacto tendría que convencerla.

Olivia contuvo la respiración mientras Zack la llenaba. Ella lo miró a la cara, y lo que vio fue una excitación descarnada, en la que todos los pensamientos y actos de Zack estaban concentrados en ella. Todas y cada una de las terminaciones nerviosas del cuerpo de Olivia quisieron aparearse con Zack. Y este llevó el deseo sexual a un nivel superior.

Olivia se movió lentamente, y él lo interpretó como que ella estaba preparada. Olivia no sabía si lo estaba; lo único que deseaba era sentir cómo se movía dentro de ella.

Lentamente, Zack se retiró y volvió a impulsarse aun más profundamente, y la punta de su pene bailó contra la cerviz de Olivia, creando una sensación completamente nueva. Ella jadeó. Zack volvió a repetir el movimiento; se salió lentamente y volvió a entrar con suavidad, y siguió balanceándose hasta que Olivia hizo una larga y temblorosa inspiración.

Entonces, ella empezó a moverse con él. Al principio, con vacilación, insegura de sí misma. Nunca había sido la incitadora; jamás había deseado tanto el sexo como para exigir. En ese momento, no podía conseguir todo lo que quería. Estiró las manos para encontrar las de Zack y se las apretó, mientras una oleada de sensaciones la inundaba. El sudor cubría el cuerpo de ambos. Olivia ya no podía decir donde acababa él y empezaba ella. Se agarraron de las manos, y Zack las sujetó a ambos lados de la cabeza de Olivia, sujetándola a ella a la cama, sin desviar ni un ápice la atención del pene introducido en ella, penerándola lentamente, sin prisas.

El coito pausado y silencioso no duró. Zack empezó a moverse más deprisa encima de ella, y los profundos gruñidos de su garganta no hicieron sino excitarla aun más. Olivia acompasó su ritmo al de Zack, y dentro de ella se desató un tornado que aceleró sus jadeos e hizo que su cuerpo empezara a girar sin control.

—¡Ah, Dios mío! —Olivia sedienta, sudorosa, agotada.

—Olivia —le susurró Zack contra el pelo, empujando aun más dentro de ella y conteniéndose.

Juntos, prolongaron la culminación del acto hasta que estuvieron empapados y saciados. Zack rodó sobre su costado, arrastrando a Olivia con él mientras le salpicaba el rostro con lentos y lánguidos besos, hasta que alcanzó su boca.

Entonces, se la devoró, dejándola casi tan exhausta como el orgasmo.

Olivia suspiró y se relajó entre sus brazos. Tranquila.

Zack la abrazó, y la estrechó con fuerza contra él. No quería soltarla.

Entre ellos había habido algo más que sexo. ¿Cuánto significaba aquella mujer para él? Mucho, mucho más de lo que él hubiera pensado antes de meterse juntos en la cama.

La respiración de Olivia se fue haciendo regular, fácil, y Zack se dio cuenta de que se había quedado dormida.

La contempló en la penumbra. Dormida, parecía vulnerable... una palabra que él normalmente no asociaba con Olivia.

Tuvo una ligera palpitación, aunque suficiente para cuestionar sus propios sentimientos.

Amor; no era una palabra que él asociara normalmente con las mujeres.

Pero que categóricamente asociaba con aquella mujer.

Capítulo 28

El cielo adquirió una increíble tonalidad azul oscuro instantes antes de que un tenue resplandor perfilara las montañas por detrás del hotel del Afluente Norte.

Chris Driscoll se tomó un minuto para observar la salida del sol desde su escondite entre los árboles, en la cara noroccidental de la propiedad. Un año después de que Bruce matara a su madre, y antes de que Chris se enterara de que la había asesinado a puñaladas, se habían trasladado a vivir a una caravana en las afueras de Grand Junction, Colorado. La caravana estaba mugrienta y tenía un inconfundible olor a humedad, pero las montañas del exterior enmarcaban el antro en el que vivían, y el aire era tan frío, vigorizante y límpido, que Chris y Angel había pasado al aire libre todo el tiempo que Bruce les permitía.

A menudo, cuando Bruce estaba durmiendo la mona, Chris llevaba a Angel hasta el extremo opuesto del camping de caravanas y contemplaban el amanecer.

Un amanecer muy parecido al de ese momento.

«Angel, lo siento tanto. Te amaba más que a nada en el mundo, más que a mí mismo.»

El parpadeo fugaz de una luz desvió la atención de Chris del amanecer y la llevó al porche del hotel. Los dos agentes se habían encontrado y se estaban fumando un cigarrillo.

Consultó su reloj. Parecía que hacían rondas de treinta minutos. Chris esperó a que terminaran de fumar. Cinco minutos después, uno de los agentes se dirigió al sur, para inspeccionar la carretera y la parte más alejada de la pradera. El otro volvió a rodear el edificio para hacer lo propio con el perímetro posterior y las construcciones anexas.

Bien. Observaban un horario. Esperaría a que hicieran una ronda más para comprobar la ruta de los agentes, y entonces tomaría posiciones.

Olivia se dio la vuelta de lado y se metió dentro de algo muy cálido y duro.

Zack Travis.

Sonrió. La última noche había sido increíble. Eso era un eufemismo; nunca había tenido un orgasmo semejante, ni se había comportado de manera tan licenciosa ni se había excitado tanto.

Jamás le había importado el sexo; en ese momento, ocupaba el primer puesto de su lista... si es que iba a ser siempre como lo de esa noche.

Observó a Zack dormir; la barba de un día hacía que pareciera más un pirata que un poli. Dormía sólo con la sábana, aunque la habitación estaba helada. Tenía su propio termostato interior. Olivia sintió el calor que se desprendía del cuerpo de Zack.

En su boca se dibujó una sonrisa; era feliz. El pensamiento la sobresaltó.

Se levantó de la cama en silencio y encontró su camisón en el suelo. Se lo puso por la cabeza, y descalza, salió de la habitación para buscar a las hermanas Krause y poder recuperar su ropa.

La aurora ya coronaba la montaña. Un vistazo a su reloj le indicó que eran más de las siete. La búsqueda de Driscoll ya había empezado, y el jefe de la policía del condado llegaría a las siete y media para recogerlos a ella y a Zack.

El aroma de un exquisito café la arrastró hasta la cocina, situada en la parte posterior del hotel. El hotel del Afluente Norte se parecía más a una casa descomunal que a un hotel comercial. A Olivia le gustaba, y se preguntó si, cuando todo terminara, ella y Zack podrían volver a pasar un largo y relajado fin de semana.

La idea la reconfortó.

Una de las hermanas Krause estaba atareada en el mostrador cuando Olivia entró en la cocina. El piloto del helicóptero —¿Josh?— estaba sentado a una gran mesa de roble redonda, tomándose un taza de café y un enorme bollo de arándanos.

—Siéntese —dijo la señorita Krause señalándole la mesa con la mano.

—Esto... ¿me preguntaba si ya estaría lista mi ropa? El jefe de la policía del condado no tardará en llegar, y quisiera estar preparada.

—Oh, pues claro. Sígame. Está en la lavandería. Hay también un baño donde se puede cambiar.

Olivia siguió a la señorita Krause por un corto pasillo. Su ropa estaba pulcramente doblada encima de una mesa situada enfrente de una lavadora-secadora industrial, con los zapatos, bien bruñidos, encima.

—Los pantalones estaban rotos, y mis habilidades para la costura son más bien escasas, pero la costura debería aguantar hasta que pueda llevarlos a un sastre en la ciudad.

—Muchas gracias por tomarse tantas molestias.

—No ha sido ninguna molestia en absoluto. De verdad. Sólo doy gracias a Dios porque esa pobre niñita esté bien. —La mujer echó un vistazo a través de la ventana y puso ceño—: Ese pobre agente.

Olivia siguió la mirada de la señorita Krause a través del cristal. Había conocido al agente Will Jeffries la noche anterior, cuando éste había llegado para vigilar el hotel. Olivia no creyó que Driscoll fuera lo bastante tonto para aparecer donde había gente, pero Quinn y Zack habían insistido.

—¿Qué sucede? —preguntó Olivia. Jeffries estaba en el extremo opuesto de la propiedad, cerca del establo. Parecía estar perfectamente e inspeccionaba el perímetro, como se le había ordenado.

—Lleva inspeccionado el terreno toda la noche. Le preparé un termo con café y se lo llevaré.

—Esto, perdonen, ¿señorita Krause?

Un hombre alto y de edad avanzada estaba parado en el umbral de la lavandería.

La señorita Krause se dio una palmada en la sien.

—¡Oh, señor Crenshaw!, cuanto lo siento. Me había olvidado de que usted y la señora Crenshaw tenían que coger un vuelo esta mañana temprano. Con todo lo que ha sucedido... —Agito la mano—. Les pondré el desayuno en cuanto me ocupe del agente de ahí fuera.

—Me encantaría llevarle el termo al agente Jeffries, señorita Krause —dijo Olivia—. Me vestiré y me reuniré con usted en la cocina.

—Es usted un cielo, querida. Gracias.

La señorita Krause condujo a su huésped por el pasillo. Olivia utilizó el baño para cambiarse, dobló el camisón prestado y lo dejó encima de la mesa de la lavandería. De regreso a la cocina, se fue peinando el pelo con los dedos.

La señorita Krause le entregó el termo con una amplia sonrisa y dijo:

—Les tendré preparado el desayuno a usted y a su gente en unos minutos, querida.

—No es necesario —dijo Olivia, aunque el olor del crepitante beicon y las naranjas hizo que le sonaran las tripas. La comida había sido última prioridad desde que había llegado a Seattle.

—Tonterías. Estará listo. Beth ya ha subido a avisar a su compañero y a esa pareja de casados tan guapos. Ah, y he visto al agente entrar en el establo hace un minuto.

—Gracias, señorita Krause. —Olivia no iba a discutir por la comida. La necesitaba. Cogió el termo y salió al porche.

Zack se dio la vuelta para atraer a Olivia hacia él, pero su brazo sólo sintió una zona caliente en las sábanas. Abrió los ojos y arrugó el entrecejo.

—¿Liv?

Se levantó, se puso los calzoncillos y luego los vaqueros. Olivia no estaba en la habitación, pero supuso que habría bajado a coger su ropa o reunirse con su amiga Miranda.

Oyó que alguien llamaba a una puerta al otro lado del pasillo. Abrió la puerta y vio a Quinn fuera de su habitación. Quinn lo miró durante un instante con cara inexpresiva.

—¿Qué sucede? —preguntó Zack cerrando la puerta de Olivia detrás de él y atravesando el pasillo hasta su cuarto.

Quinn lo siguió dentro.

—Acabo de hablar con el jefe de la policía del condado.

—¿Está aquí?

—Llegará en quince minutos. El equipo de búsqueda encontró el rastro de Driscoll y creen que se dirige hacia aquí.

—¿Al hotel?

—Sí. Ha alertado a los agentes que están fuera, y otro equipo viene hacia aquí para proteger el edificio. Quería informarte primero, y luego bajar y hablar con las Krause y los huéspedes.

—¿Para qué vendría aquí? —Zack entró en el cuarto de baño, donde la noche anterior había aclarado su camiseta. La prenda colgaba con rigidez de la barra de la ducha, pero Zack se la puso e hizo unas ondulaciones con los hombros para estirarla.

—¿Si yo fuera él? Para robar un vehículo. Tal vez supuso que la policía seguiría su rastro y que no protegería ninguna propiedad de la zona. Esta es la residencia ocupada más cercana al lugar donde estrelló la camioneta.

—Lo cual significa que ha estado aquí.

—De reconocimiento —dijo Quinn—. Habría inspeccionado la zona antes de traer a ninguna de las niñas hasta aquí arriba. ¿Cuál es mi suposición? Que también mató a Jennifer y a Michelle por aquí. Posiblemente en el mismo lugar al que llevó a Nina.

—Enviaré a Doug Cohn y a su equipo de vuelta allí cuando el hotel esté protegido. Vamos.

—¿Dónde está Olivia?

—Creo que ha bajado.

—Mmm.

—Tienes algún problema conmigo y con Liv, ¿no es así?

—Ninguno en absoluto.

Zack no fue capaz de leer en la expresión del federal, así que desistió. Bajaron y entraron en la cocina, uniéndose a Miranda y Beth Krause de camino. Doug Cohn, su ayudante y Josh Field estaban sentados alrededor de la mesa. En la mesa del comedor anexo estaban sentados un matrimonio de ancianos y una pareja joven con un niño.

Kristy Krause sonrió alegremente mientras vertía el zumo de naranja recién exprimido en los vasos.

—Fue a llevar un poco de café al agente Jeffries.

Zack se puso tenso.

—¿Cuándo? ¿Adónde?

—Hará unos cinco minutos, al establo.

Zack y Quinn se miraron el uno al otro.

—Doug, Josh, proteged la casa —dijo Zack—. Que no salga nadie hasta que regresemos.

La puerta del establo estaba entreabierta, y Olivia entró; apestaba a heno y a estiércol.

—¿Agente Jeffries? —gritó—. Soy Olivia St. Martin. —No quería que el policía pensara que era un intruso.

¿Dónde estaba el agente? ¿No le había visto salir del establo? ¿O es que la señorita Krausa se había equivocado.

En el lado opuesto del establo había otra puerta y también estaba abierta. Un caballo relinchó suavemente a su derecha. Se volvió, sonriendo al animal y alargó la mano para acariciarle el hocico.

—Eh, chico, ¿cómo estás esta mañana? Ojalá tuviera algo para ti, pero creo que la cafeína esta fuera de tu dieta.

El caballo respondió a la voz de Olivia con un relincho. Había seis caballos en los compartimientos, todos limpios y bien cuidados. Categóricamente, quería volver al hotel con Zack. Hacía años que no daba un paseo a caballo, pero había sido una de sus aficiones de siempre.

Olivia echó a correr por el establo hasta la puerta más alejada, deseando no haberse ofrecido a llevar el café. Hacía un frío helador, y no se había puesto una chaqueta.

Olió la muerte antes de verla.

Se dio la vuelta lentamente. Justo al lado de la puerta por su parte interior, en uno de los compartimentos, yacía sobre el suelo un cuerpo desnudo. Olivia contuvo la respiración, dándose cuenta de tres cosas de repente.

Que el agente Jeffries estaba muerto; le habían aplastado la cabeza con un objeto grande y contundente.

Que quienquiera que lo hubiera asesinado llevaba puesto el uniforme del agente.

Y que lo más probable es que el asesino fuera Chris Driscoll.

Tenía que avisar a todos los de la casa. Las hermanas Krause abrirían la puerta a un hombre uniformado sin pensárselo dos veces.

Había dado dos pasos corriendo hacia la puerta cuando un brazo fuerte la agarró, la atrajo contra un pecho macizo y le puso una pistola en la cabeza.

—No diga una palabra.

Capítulo 29

Zack y Quinn salieron de la casa e inspeccionaron el establo a distancia. No parecía haber actividad. Todo estaba en silencio.

—Tal vez estén ligando —sugirió Quinn.

Ni él ni Zack creyeron tal cosa.

—Coge la entrada este, y yo cogeré la oeste —dijo Zack comprobando la munición de su arma, tras lo cual alojó una bala en la recámara.

No habían recorrido más de seis metros cuando Zack los vio.

Chris Driscoll tenía retenida a Olivia a punta de pistola, y la obligaba a avanzar hacia el coche del agente aparcado en el camino. Driscoll no daba muestras de estar asustado ni de tener prisa. Caminaba con aire seguro, y la figura femenina que se debatía era una carga liviana para él.

Driscoll y Olivia divisaron a Zack al mismo tiempo. Olivia abrió los ojos como platos. La expresión de Driscoll no se alteró, pero apretó con firmeza el cañón de la pistola contra la cabeza de Olivia y clavó la mirada en Zack: era una advertencia. Rodeó el coche hasta la puerta del acompañante y empujó a Olivia hacia el asiento del conductor, tras lo cual se metió en el asiento del pasajero.

Instantes después, el motor arrancó y Olivia avanzó lentamente por el camino.

Zack corrió hacia el coche de Quinn.

—Más te vale que lleves las llaves encima —gritó al federal. Reprimió el miedo que sentía por la vida de Olivia; si pensara en ella como la mujer que amaba, no sería tan efectivo a la hora de salvarle la vida.

Pero resultaba espantosamente difícil ocultar sus sentimientos.

—Yo conduciré —dijo Quinn abriendo la camioneta.

—¿Qué estás haciendo? —Zack abrió la puerta del acompañante. No tenían tiempo.

Quinn le arrojó un rifle de francotirador del calibre 30.06.

—Está cargado —dijo Quinn antes de coger dos pistolas y cerrar la puerta de la camioneta de un portazo.

El coche de policía robado, con Olivia al volante, aceleró bruscamente en cuanto dobló para salir del camino, y los neumáticos resbalaron momentáneamente en la grava antes de entrar en la carretera de tierra apisonada.

Quinn puso en marcha el motor antes de cerrar la puerta. Un segundo después abandonaba del camino y emprendía la persecución de Driscoll.

—No la dejará viva en cuanto se vea libre —dijo Zack sintiendo una opresión el pecho.

—No la va a matar todavía —dijo Quinn—. Ella es un rehén. Nadie le va a disparar con un rehén.

Olivia, un rehén. Caer en la cuenta, hizo que Zack primero se sintiera enfermo, y luego se enfureciera. Apretó los puños alrededor del rifle. Aunque Quinn le había dicho que estaba cargado, comprobó la munición y corrió el cerrojo hacía atrás para alojar un proyectil en la recámara.

—¿Cuál es el plan? —preguntó.

—Que me aspen, si lo sé. Buscar una oportunidad. Olivia es inteligente y estará pensando la manera de escapar. Entonces, actuamos.

—Mantenlos a la vista, Peterson. No los pierdas.

Quinn lanzó una mirada a Zack.

—Olivia es un rehén. No olvides tu entrenamiento.

Era lo que Zack se había estado diciendo, pero no servía de nada.

—Es difícil. ¡Maldita sea!, es difícil.

Lo sé.

Los nudillos de Olivia se veían blancos sobre el volante, y mientras valoraba la situación, tenía todo el cuerpo en tensión.

Driscoll sujetaba la pistola a pocos centímetros de su cabeza con el dedo tranquilamente apoyado en el gatillo. No parecía perturbarle lo más mínimo que los siguieran. Mantenía la mirada fija en la carretera de tierra, aunque cada pocos minutos alargaba la mano hacia el volante, y Olivia se estremecía. Driscoll la obligaba a mantenerse en el centro de la ancha carretera de un solo sentido. Y si Olivia aminoraba la velocidad, él le decía tranquilamente:

—No te pares.

La mataría en cuanto dejara de necesitarla. La había cogido sólo porque había dado la casualidad de que ella estuviera allí; a modo de escudo, por si alguien salía de la casa. Puede que tuviera la intención de coger a alguna de las hermanas Krause en cuanto se dio cuenta de que la policía estaba por toda la montaña. O quizá simplemente había planeado asesinar al agente y escapar en su coche. Y ella había tenido la desgracia de dirigirse hacia donde él estaba.

En el fondo, Olivia no pudo por menos que pensar que Driscoll podría haber tenido una huida limpia, si ella no hubiera entrado en el establo esa mañana. Driscoll habría desaparecido, reapareciendo en otra ciudad para asesinar a más niñas inocentes.

Una fugaz mirada al retrovisor le indicó que Zack y Quinn seguían tras ellos. Olivia respiró hondo y procuró mantener la calma, concentrada en la situación. No sólo necesitaba una vía de escape, sino también retrasar a Driscoll lo suficiente para que Zack y Quinn pudieran trincar a aquel cabrón.

El asesino de Missy estaba sentado a su lado.

La mera idea hizo que su pie se levantara del acelerador.

—No te pares —volvió a decir Driscoll, mirando por el retrovisor lateral el coche que iba detrás.

Olivia dio un respingo cuando él le puso la mano izquierda sobre la rodilla y le presionó la pierna contra el acelerador. Aquella era la mano que había asesinado brutalmente a su hermana. El coche hizo un viraje brusco, y Olivia estuvo a punto salirse por el borde; Driscoll alargó la mano y equilibró el volante. La cercanía del asesino de Missy casi le impedía respirar, incluso, hasta le impedía pensar.

La tortuosa carretera tenía una pronunciada pendiente a la derecha, y un barranco salpicado de rocas a la izquierda. Si dirigía el coche hacia el poco profundo barranco, el choque los mataría, pero la pistola de Driscoll no acabaría con su vida. Si lo dirigía hacia el precipicio, los dos morirían. Incluso si golpeaban rápidamente uno de las muchas secuoyas o abetos blancos, la abrupta caída y la violencia del choque los mataría. Y Driscoll no volvería a matar.

El miedo le presionaba con fuerza todas las terminaciones nerviosas. Estaba asustada, de eso no cabía ninguna duda, pero la ira hervía con violencia en su interior mientras pensaba en los terribles crímenes de aquel sujeto malvado. Las niñas que había asesinado, y las familias que había destruido.

Pero en lugar de representarse las imágenes de las niñas muertas, se imaginó a la pequeña Amanda Davidson.

Y Olivia volvió a recordarlo todo.

Ese día sería el fin de todo aquello. No quería perder la vida, pero bajo ningún concepto permitiría que Driscoll escapara. Maestro en cambiar de identidad, en pasar desapercibido, podía desaparecer y no sabrían donde estaría hasta que otra niña apareciera muerta a cuchilladas.

Por las víctimas —vivas y muertas—, Olivia lo detendría. Se esforzó en controlar el miedo y la ira que sentía, porque ambos amenazaban con abrumarla, y si perdía el control de sus emociones, entonces no sería capaz de actuar.

Casi se echó a reír. Durante años se había esforzado en reprimir sus sentimientos, vivir sin sentir ni padecer. Pero desde el día en que se había enterado de que Brian Harrison Hall era inocente, todas sus decisiones habían sido guiadas por las emociones. Por el instinto. Por el miedo y por la ira.

Olivia aminoró la velocidad para tomar una curva cerrada, momento que aprovechó para volver a echar un vistazo por el retrovisor. El corazón le dio un vuelco cuando perdió de vista el turismo blanco de Quinn, para tranquilizarse acto seguido cuando el coche volvió a aparecer a la vista.

No se trataba de que fueran a poder ayudarla, pero...

—¡Acelera! —le ordenó Driscoll, y su voz dejó traslucir un nuevo tono.

—¿Quiere que me caiga por el precipicio? —replico Olivia. Su voz tembló, pero al menos fue audible.

—¡Cállate!

Nada de conversación. Por ella, estupendo; más tiempo para pensar.

Olivia echó un vistazo al equipamiento instalado bajo el salpicadero del coche policial, intentando encontrar algo que agarrar, como un arma. Nada. Driscoll se había apoderado de la escopeta en cuanto entraron en el coche. El arma descansaba en sus piernas, con el cañón mirando a Olivia. Driscoll tenía la mano derecha apoyada en el regazo, sujetando la pistola, con la que seguía apuntándola. Había encendido la radio de la policía y parecía estar escuchando las interferencias. ¿Creía que la policía era tan imbécil como para transmitir sus planes cuando él tenía acceso a la radio? Tal vez. Probablemente pensara que era más listo que nadie.

Driscoll volvía a mirar por el retrovisor, distraído, y la pistola no la estaba apuntando directamente, sino más bien al volante.

Si iba a hacer algo para salvarse y dar la oportunidad a Quinn y a Zack de atraparlo o matarlo, ese era el momento de actuar.

Olivia dio un frenazo. Su frente golpeó el volante, al mismo tiempo que Driscoll levantó las manos para agarrarse. Olivia oyó que la pistola golpeaba el suelo cuando agarró el manillar de la puerta.

Tiró del manillar y la puerta se abrió, pero Driscoll la agarró por el brazo.

—¡Maldita puta!

Olivia lanzó un grito al tocar el suelo con el pie izquierdo, al tiempo que Driscoll tiraba de ella hacia él. Olivia se resistió con todas sus fuerzas, intentando zafarse de las garras de Driscoll. Entonces, cuando Olivia levantó el pie derecho del freno en su esfuerzo por tirarse del coche, el coche empezó a rodar.

Con un sonoro gruñido, Driscoll la volvió a meter en el coche y Olivia oyó un chasquido. El frió metal le presionó el cuello, y algo se deslizó por su cuello. Hasta que no bajó la vista no vio que era sangre. El filo de un cuchillo le había cortado en el cuello. La herida le ardió.

Cuando el coche empezó a rodar, Olivia pisó el freno de manera instintiva. Lentamente, para que el cuchillo no se hundiera más.

—Cierra la jodida puerta —le susurró Driscoll al oído, y su voz sonó sorda, áspera, fruto de una ira descarnada.

Con la boca seca, incapaz de tragar, Olivia obedeció. Se esforzó en controlar el temblor que le sacudía el cuerpo, temiendo que cualquier movimiento pudiera matarla.

El aliento de Driscoll la rozó la mejilla, y su voz fue una caricia diabólica.

—Vuelve a intentar algo así, y te arranco el corazón.

Le apartó el cuchillo del cuello, lo hizo girar en su mano y lo lanzó hacia el pecho de Olivia.

Ella gritó antes de que supiera que había abierto la boca, y levantó los brazos instintivamente en un movimiento defensivo.

Driscoll detuvo el cuchillo, pero no antes de rasgarle la blusa. Olivia sintió el escozor de agudo corte que la hoja del cuchillo le hizo en la piel.

Temblando de manera incontrolable, Olivia se quedó mirando la mancha de sangre que se fue extendiendo lentamente por la blusa. Los latidos de su corazón eran perceptibles a través de la camisa. Le había cortado de verdad.

Driscoll se quedó mirando fijamente la sangre, paralizado. Durante un instante, Olivia tuvo la certeza que la volvería a apuñalar, esta vez sin control. El cuchillo le rajaría el corazón, y ella duraría tres minutos completos, mientras la sangre circularía por su cuerpo y manaría por el agujero de su corazón, empapándola, y su mente se ralentizaría, pero sería plenamente consciente de que se estaba muriendo.

Cerró los ojos esperando lo inevitable, confiando en que Zack disparase a aquel cabrón.

¡Caray, no quería morir! Sobre todo, a manos de un psicópata como Christopher Driscoll. No quería morir en ese momento, cuando por fin tenía esperanzas de restablecer su vida, cuando había encontrado un hombre al que amaba.

No quería perder a Zack.

—Conduce.

No era posible que hubiera oído bien. Olivia abrió los ojos.

—¡Conduce! —gritó Driscoll cambiándose el cuchillo a la mano izquierda y apretando la punta contra el costado de Olivia lo suficiente para provocarle un dolor agudo. ¿La cortaría hasta matarla? ¿La dejaría desangrar poco a poco hasta que estuviera demasiado débil para luchar?

Olivia levantó el pie del freno, y el coche se deslizó hacia delante.

—¡Más deprisa! ¡Y no hagas el idiota!

Olivia aceleró y se arriesgó a mirar por el retrovisor. Quinn y Zack estaban justo detrás de ellos, Zack parcialmente fuera del coche, endurecidas todas las líneas de su cara y con la mandíbula apretada. Su rifle apuntaba a la cabeza de Driscoll. Pero cuando Olivia ganó velocidad. Zack volvió a meterse en el coche.

—No escaparás —dijo Olivia, y la voz se le quebró. Tragó saliva, y el corte del cuello le latió dolorosamente—. Mátame, eso no importa. La policía está por toda esta montaña. Te matarán a tiros.

Driscoll no dijo nada. Sin mover el cuchillo del costado de Olivia, alargó la mano hacia el suelo y buscó a tientas. La mano volvió a aparecer con la pistola, pero se la puso debajo de la pierna. Le gustaba sujetar el cuchillo; sus dedos no paraban de darle vueltas. Deseaba utilizarlo.

Contra ella.

«Concéntrate, Olivia. No pienses en el cuchillo. No pienses en la pistola. Consigue que hable.»

Olivia no recordaba gran cosa del curso de psicología criminal, aunque sí que se acordaba de una cosa: hagan que hablen.

Se tragó el terror que le quedaba de su fallido intento de huida y dijo lo primero que le pasó por la cabeza.

—Tú mataste a mi hermana.

El cuerpo de Driscoll se tensó, como si no hubiera esperado que ella volviera a hablar, aún menos que declarara que él había matado a Missy.

Olivia prosiguió, envalentonada por el silencio de Driscoll.

—Fue en California. Le tendiste una trampa a Brian Harrison Hall para incriminarlo por el asesinato de Missy. Pero, ¿sabes una cosa?, lo acaban de soltar.

—Leí algo acerca de la excarcelación de Harry. —Su voz fue modulada, inteligente; el susurro sombrío y ronco había desaparecido. Parecía como si estuvieran teniendo una verdadera conversación.

—¿Por qué Missy?

Él no respondió.

—Yo estaba allí, ¿sabes?

Driscoll la observó con detenimiento, y Olivia se obligó a no mirarlo. Si él obtenía placer infundiendo miedo, Olivia ocultaría el que sentía; no le daría la satisfacción de dejarle ver que la había aterrorizado, de que todavía la asustaba, de que creía que la mataría sin remordimiento ni vacilación.

Los ojos azul claro de Driscoll eran fríos, pero su rostro tenía una expresión serena, tranquila, «normal». A Olivia no le sorprendió que aquellas niñas pequeñas se hubieran ido con él; no parecía un asesino. No parecía el monstruo que Olivia sabía que era.

—¿Tú? —dijo él—. ¿Eras tú aquella pequeña mocosa?

Olivia asintió con la cabeza, temblando, y volvió a concentrarse en la carretera, intentando mantener una velocidad constante. Bajaban serpenteando alrededor de la montaña, pero sólo faltaban dos o tres kilómetros hasta la Carretera 56. Y la Carretera 56 estaba asfaltada. Una vez en ella, él haría que condujera más deprisa, y cualquier esperanza de huida sería entonces fútil.

Olivia no creyó que sobreviviera a otro intento.

—Me golpeaste en la cara —dijo ella, y el escozor de aquel golpe tan lejano seguía vívido.

—Intentaste impedir que me llevara lo que era mío.

Al oír su tono desapasionado, Olivia tuvo un escalofrío.

—¿Te acuerdas de Missy?

—Mi ángel. —Driscoll pronunció «ángel» con tanta reverencia que Olivia se quedó helada.

—Tú la mataste. —La voz de Olivia fue bastante más dura de lo que pretendía. Contuvo la respiración, esperando una agresión física; o peor aún, el cuchillo penetrándole en la carne.

No la toco. En su lugar, dijo:

—No la maté.

¿Qué estaba haciendo, buscando una eximente de locura? ¿O proclamaba su inocencia?

—Sí, sí que lo hiciste —dijo Olivia obligándose a mantener la calma—. Yo te vi.

—Dijiste que habías visto a Brian Hall. —Utilizó un tono burlón, casi risueño, y Olivia reprimió el atisbo de duda que pugnaba por aflorar.

—Tenemos tu ADN.

Driscoll guardó silencio. Olivia siguió bajando por la montaña lentamente, dando vueltas y más vueltas a medida que descendían hacia la Carretera 56, que les llevaría hasta la interestatal.

¿Seguiría necesitando entonces un rehén? Olivia confió en que la mantuviera viva mientras lo persiguieran, pero no podía contar con ello. Tenía que idear algo.

—Estaba sufriendo —dijo Driscoll.

Su voz fue tranquila, casi surrealista, y ya no la estaba mirando. Tenía la mirada fija más allá de la ventanilla, perdido en sus pensamientos.

—¿Qué? —Olivia no podía haberle entendido bien.

—Los ángeles sufren, ¿sabes? Sufren mucho. Yo las libero de su envoltorio y les doy la vida eterna. Los espíritus viven eternamente. Cuando eres un espíritu puro, no existe el dolor. Deberías darme las gracias por liberar el alma de tu hermana. Y tendría que entristecerte que no liberara también la tuya.

¡Dios mío!, sus palabras aterrorizaron a Olivia, pero su voz era de lo más normal. Lógica.

—Así que mataste a Missy y a todas esas otras niñas para que no sufrieran. —Olivia imitó su tono: cínico y sereno. Tenía que hacer que siguiera hablando. No se atrevía a confiar en que pudiera convencerlo para que se rindiera, pero no sería porque no lo fuera a intentar con toda su alma.

—Sí. Para aliviarlas de su sufrimiento.

—Creo que el tribunal tendría en cuenta eso. —Olivia aborreció las palabras, pero confió en convencerlo de que el sistema sería indulgente.

—¡Nadie lo entiende! Nadie ve el dolor de los demás.

—¿No sabías que violarlas les hizo daño?

Driscoll no contestó, y Olivia se reprendió mentalmente. Lo había echado todo a perder. Debería haber seguido otra línea de interrogatorio. ¡Carajo, no sabía lo que estaba haciendo! No era psicóloga.

La policía estaba por todo la montaña, y sin duda alguna, Quinn y Zack habrían pedido refuerzos. Estarían esperando en la Carretera 56, además de en la falda de la montaña. ¿Habrían puesto un control de carretera? No sabía mucho sobre negociaciones con rehenes, pero en justa lógica, la policía lo intentaría, y pararía el coche para hablar con él, para razonar con él; para prometerle lo que quisiera y luego encontrar la manera de reducirlo.

A Olivia se le antojó una eternidad los quince minutos que llevaba en el coche; y con absoluta certeza, no deseaba permanecer como rehén durante horas. Tenía que encontrar una manera de escapar del coche lo antes posible, antes de que llegaran a la 56, donde saltar sería un suicidio.

Sólo tenía unos minutos para encontrar una solución, para decidir el sitio donde él no la matara.

Tenía que hacerlo hablar de nuevo, distraerlo. ¿Qué sabía realmente sobre él, aparte de que fuera un asesino de niñas cruel y despiadado? Que su madre había sido asesinada; su hermana Angel; el único hombre en su vida, Bruce.

—Bruce ha muerto —dijo Olivia.

Driscoll cerró la mano con fuerza alrededor del cuchillo, que sólo estaba a escasos centímetros del costado de Olivia. «Buena jugada, St. Martin.»

—No sigas —dijo Driscoll en tono amenazante.

Ya era demasiado tarde para retroceder.

—Era un indeseable, ¿no es así? Le hacía daño a tu hermana. He visto su foto. Era una niña preciosa.

—La violaba. —La voz de Driscoll era tranquila, casi infantil—. No paraba de violarla, y yo no pude impedírselo.

Olivia lanzó una mirada a Driscoll; había una expresión ausente en su rostro. ¿Se acordaba de Angel?, ¿de lo que había hecho o no había dejado de hacer?

Driscoll dejó caer en el regazo la mano con la que sujetaba el cuchillo. En ese momento, tenía la mirada fija más allá del parabrisas, sin prestarle atención ni a Olivia ni al coche que los seguía. Con cuidado, con suma prudencia, Olivia deslizó la mano izquierda hasta la base del volante. Driscoll no se percató del movimiento.

—Debía de enfurecerte mucho que le hiciera daño a Angel, frustrarte.

—Me entraban ganas de matarlo. —Miró a Olivia, y ésta contuvo la respiración—. Y lo habría matado. Lo habría matado, de haber tenido ocasión.

—Lo sé. Para proteger a Angel.

Driscoll asintió con la cabeza, y la mirada se le iluminó. ¿Pensaba que ella lo comprendía? ¿Qué estaba de acuerdo con él? Si eso era lo que hacía falta para que bajara la guardia, Olivia seguiría ese camino.

—Era una niña preciosa —repitió Olivia. Driscoll se volvió hacia ella—. Bruce fue un hombre malo por hacerle daño. —Daba la sensación de que le estuviera hablando a un niño, pero Driscoll parecía receptivo.

—Bruce era malo. La tocaba y la hacía llorar. Yo le secaba las lágrimas, y le besaba los cardenales, y hacía que el dolor desapareciera.

Driscoll apartó la mirada de la ventanilla delantera una vez más.

Olivia se preparó; sólo tendría una oportunidad de escapar. Necesitaba una curva cerrada hacia la derecha. No podía dudar.

—Angel debió de quererte mucho por cuidar de ella.

—Quise protegerla, pero no pude.

—Solo eras un niño —dijo Olivia.

—Lo habría matado. Sí que lo habría hecho —repitió, desafiante. A través de los árboles que tenía por delante Olivia vio la curva que estaba esperando.

Dejó caer la mano izquierda del volante y la dejó en el regazo. El cuchillo estaba a más de treinta centímetros de ella.

—¿Y por qué no lo hiciste?

Hubo un silencio. Llegarían a la curva en unos segundos. O entonces o nunca.

Sin frenar, Olivia abrió la puerta, se tiró del coche y empezó a rodar. El primer impacto contra la pedregosa carretera de tierra la dejó sin resuello, y se sintió incapaz de respirar. Unos disparos resonaron a su alrededor mientras caía rodando por el poco profundo barranco.

El impacto de algo metálico resonó en su cabeza, produciéndole náuseas.

Zack observó aterrorizado cómo Olivia caía del coche, chocaba con violencia contra el suelo y empezaba a rodar. ¿La había asesinado Driscoll, arrojándola después del coche? Después del fallido intento de huida de hacía diez minutos, Zack se temió lo peor.

—¡Travis! —gritó Quinn.

Zack levantó el rifle y apuntó a los neumáticos de Driscoll. Desde el asiento del pasajero, Driscoll intentaba tanto controlar el vehículo como pasarse al asiento del conductor. Quinn iba pegado a él, a escasos centímetros del parachoques. Zack disparo, deslizó el cerrojo del arma hacia atrás y volvió a disparar. El coche de Driscoll hizo un brusco viraje hacia la izquierda al intentar enderezar el vehículo y se precipitó con violencia al barranco. La parte trasera del coche patrulla se levantó del suelo y se estrelló contra el fondo.

Zack tiró el rifle y sacó su cuarenta y cinco. Abrió la puerta del pasajero y se arrodilló detrás del parapeto de acero, esperando el tiroteo.

¿Habría resultado herido Driscoll? Lo más probable es que no estuviera muerto, pero Zack no perdió la esperanza.

Desechó la idea escalofriante de que Olivia yaciera muerta sobre la carretera.

No estaba muerta; no podía estar muerta.

—¡Travis! —Quinn, en la misma posición que Zack pero detrás de la puerta del conductor, hizo un gesto con la cabeza hacia el vehículo de Driscoll.

Había movimiento.

Driscoll abrió fuego a través del destrozado parabrisas trasero. Zack y Quinn se agacharon y repelieron el ataque, pero Driscoll ya se estaba moviendo. Echó a correr por la carretera, alejándose de ellos, en dirección a la inclinada pendiente septentrional. Podía escabullirse en el bosque con suma facilidad.

Zack salió corriendo tras él.

Driscoll corría deprisa, pero Zack era más veloz, y la imagen de Olivia al chocar contra la carretera bullía en su mente. De repente, Driscoll se detuvo, se dio la vuelta y levantó su pistola con un movimiento suave.

Zack estaba justo detrás de él, así que se lanzó contra Driscoll, golpeándole con el cuerpo y haciendo que soltara el arma. Los dos rodaron por el terraplén.

Una furia salvaje se apoderó de los sentidos de Zack. Cuando dejaron de dar volteretas, Driscoll quedó tumbado boca abajo. Zack le dio la vuelta y lo sujetó contra el suelo con la mano izquierda, mientras le golpeaba la cara con la derecha.

Ningún asesino le había enfurecido y asustado más que aquel cabrón. Sólo pensar en lo que le había hecho a aquellas niñas y a sus familias...

Y entonces pensó en el cuerpo pequeño e inánime de Jenny Benedict.

En el cuerpo descompuesto de Jillian Reynolds sobre la camilla del forense.

En Olivia cogida como rehén.

Driscoll se resistió, y Zack utilizó los dos puños para aporrear la cara, el pecho y el estómago del asesino. La respiración de Zack se convirtió en una sucesión de jadeos irregulares y violentos. Gruñía y juraba, pero no sabía lo que estaba diciendo. Oyó un disparo, pero la corriente de ira sanguinaria que fluía por sus venas le impidió oír las palabras.

Jamás había odiado a alguien tanto como a Driscoll. No veía a un hombre; veía a un monstruo.

—¡Maldita sea, Travis!

Con un empujón, Quinn apartó a Zack de encima Driscoll, y el policía cayó contra el suelo con un ruido sordo, raspándose la espalda con una roca.

Zack parpadeó al recordar donde estaba.

Las montañas de las Cascadas; la persecución en coche; la persecución de Driscoll.

Driscoll gemía, medio inconsciente, mientras Quinn lo esposaba.

—Joder, Zack, podías haberlo matado.

Zack contempló fijamente sus puños ensangrentados; su sangre se mezclaba con la del asesino. Se limpió las manos frotándoselas contra los vaqueros una y otra vez, detestando lo que había hecho. La furia que todavía lo embargaba a punto había estado de convertirlo en un asesino, de hacer de él alguien no mejor que Driscoll.

Apenas podía respirar.

—Lo siento —dijo entre dientes.

«Olivia.»

De un salto, empezó a subir a trancas y barrancas por la pendiente.

La ira interior se convirtió en un miedo paralizante. Si le hubiera ocurrido algo a Olivia... No, no. Si Driscoll la hubiera asesinado, Zack jamás se recuperaría. La amaba, y la necesitaba en su vida.

Volvió sobre sus pasos, dejando atrás el coche patrulla accidentado y el turismo de Quinn.

—¡Olivia!

Dobló la cerrada curva a la carrera. Olivia yacía de costado sobre la carretera. La sangre le empapaba la blusa blanca... Su cuello... ¡Dios mío!, Driscoll le había cortado la garganta, y la sangre le empapaba el cuello y el cuello de la camisa.

A trompicones, medio corriendo y medio arrastrándose, avanzó hasta donde yacía Olivia sin percatarse de las lágrimas que le corrían por las mejillas.

—Liv, ¡oh, Dios, Liv!

Entonces vio que el pecho de Olivia subía y bajaba, subía y bajaba. Con dulzura, la atrajo sobre su regazo.

—¿Liv?

Le acarició la mejilla, y los ojos de Olivia se abrieron con un parpadeo.

—Hola.

La voz de Olivia era débil, pero en sus labios se dibujó una sonrisa.

Zack besó aquellos labios, y sus lágrimas cayeron sobre la cara de Olivia.

—Olivia, pensé que estabas muerta. Toda esta sangre... —Le miró el cuello de hito en hito.

—No es profunda. Estoy bien. —Olivia levantó la mano y la ahuecó en la cara de Zack.

La volvió a besar, con premura. Estaba viva. Del todo. Zack tuvo un escalofrío, mientras los latidos de su corazón empezaron por fin a aminorar, abrazándola con fuerza entre sus brazos. No quería soltarla.

—¿Lo cogisteis? —preguntó Olivia.

—Sí. Ya no hará daño a nadie más.

—Se acabó —murmuró Olivia contra el pecho de Zack—. Missy ya puede descansar en paz.

—Y también su hermana. —Zack le acarició el pelo y cerró los ojos. Olivia estaba viva. A salvo.

Por fin, el pasado podría ser enterrado.

Capítulo 30

Zack Y Olivia regresaron al hotel, mientras que Quinn permaneció en el lugar del accidente para ayudar al jefe de la policía del condado a procesar las pruebas; luego, recogería a Zack y lo llevaría a la subcomisaría del condado en las montañas de las Cascadas, donde interrogarían a Driscoll.

Cuando llegaron al hotel, ya los esperaba una ambulancia, y Zack obligó a Olivia a permitir que los sanitarios la examinaran, puesto que ella se había negado a ir a un hospital sola.

—Debería ir al hospital —le dijo un sanitario, un tipo fornido llamado Trent—. Sólo por seguridad.

—¿Lo ves? Ya te lo dije —terció Zack.

—Estoy bien —dijo Olivia—. Sólo necesito que me limpien las heridas.

Zack puso mala cara mientras Trent desinfectaba el corte del cuello y aplicaba un vendaje.

—Esto, ¿le importaría desabrocharse la blusa? —preguntó Trent, paseando la mirada de Zack a Olivia.

Olivia arrugó el entrecejo y miró a Zack.

—¿Estás seguro de que no quieres registrar la zona con Quinn?

Zack la observó mientras el corazón le latía con fuerza. Olivia estaba peor de lo que le había dicho.

—Desabróchate la blusa, Liv. O lo haré yo.

Olivia titubeó, pero acabó obedeciendo, haciendo una mueca de dolor cuando despegó la tela de la herida seca que tenía en el pecho.

Zack la miró de hito en hito, mientras sentía que la ira volvía a crecer en su interior. Olivia tenía una puñalada en el pecho izquierdo, y el corte tenía al menos dos centímetros y medio de anchura. La sangre se había secado, pero al quitarse la blusa, un ligero hilo de sangre había empezado a manar de nuevo.

Sin decir palabra, el sanitario limpió y tapó la herida con eficacia y discreción. Cuando terminó, se centró en el corte que Olivia tenía en el costado y se ocupó de él.

Zack miraba fijamente a Olivia. Que hubiera estado tan cerca de perderla, lo afectaba de un millón de formas diferentes. No se sentía cómodo analizando sus sentimientos en tales circunstancias. Deseó retroceder y pensar con lógica acerca de lo que había ocurrido, aceptarlo y seguir adelante. Pero se sentía frustrado, incapaz de librarse de la visión de Olivia saltando del coche y, en ese momento, de las evidentes señales de violencia que mostraba en su cuerpo.

—Trent, ¿podría concedernos un minuto? —le dijo Olivia en voz baja sin apartar los ojos de Zack.

—Señorita St. Martin, cuando llegue a la ciudad, tiene que ir a un médico, ¿de acuerdo?

—Iré —dijo ella.

El sanitario se marchó, y ella cogió a Zack de la mano. Él se llevó la mano de Olivia a los labios y le besó los nudillos llenos de rasguños.

—Estoy bien, Zack. De verdad. Estoy bien.

Zack se pasó una mano por el pelo.

—Creí que te había matado —dijo en voz baja.

—Lo sé. Y lo siento. Estoy un poco dolorida, pero me pondré bien.

Zack asintió con la cabeza, sintiéndose incapaz de hablar, y se dejó caer pesadamente sobre el parachoques al lado de Olivia.

—No. No pienses en ello —dijo Olivia.

—Te quiero, Liv. No quiero perderte. —Se le hizo un nudo en la garganta y cerró los ojos, inclinando la frente contra la de Olivia.

—Bueno, Zack. —Olivia le tocó la mejilla—. Tengo que decirte algo. Es importante.

Zack abrió los ojos y la miró. Algo no iba bien, pero no tenía ni idea de qué se trataba. Se frotó la nuca y besó a Olivia en los labios y en la mejilla.

—¿De qué se trata, Liv?

—No soy agente del FBI.

Zack entrecerró los ojos, y su cuerpo se puso en tensión.

—No entiendo.

—Soy científica. Fui agente de campo hace casi diez años. Pero ahora, soy la directora del Laboratorio de análisis de tejidos y pruebas indiciarias.

Zack dejó caer las manos. ¿Qué? Un sinfín de emociones encontradas, brutales por el caos por el que acababa de pasar, se desataron en su interior.

Lo había estado engañando desde el momento mismo de conocerse. Le costaba creérselo, pero Olivia lo acababa de decir.

—No eres agente del FBI —repitió Zack.

—Por favor, escucha. Intenta comprender —empezó a decir Olivia, hablando rápidamente—. Cuando averigüe que Brian Hall había sido excarcelado, todo mi mundo se derrumbó. No era capaz de pensar ni de hacer algo. Había contribuido a encarcelarlo; había declarado contra él en las vistas para la libertad condicional ¡seis veces? Le había llamado malvado a la cara. Pero años más tarde, las pruebas demostraron que él no había violado a Missy.

»Así que eché mano de todos los recursos que tenía a mi alcance. Empleé dos semanas en reunir todos los casos parecidos de todo el país. Y cuando leí lo del asesinato de Jenny Benedict, y más tarde el secuestro de Michelle, acudí directamente a mi jefe.

—¿Y fue él quien te dijo que mintieras acerca de tu identidad? —Zack estaba conmocionado y le costaba respirar.

Olivia negó con la cabeza.

—Dijo que las pruebas eran circunstanciales, y que hasta que fuera requerida nuestra ayuda, tenía las manos atadas. Pero —dijo antes de que Zack pudiera abrir la boca—, ¡no podía quedarme fuera y no hacer nada! Así que os traje las pruebas. Sabía que las pruebas os serían útiles. Y así fue, ¿no es verdad? Sé que sí.

—¿No has oído hablar de los faxes?

Los ojos de Olivia se llenaron de lágrimas, pero Zack reprimió sus sentimientos; tenía que hacerlo para protegerse. No iba a permitir que Olivia traspasara el muro que él estaba levantando en su interior. Lo había engañado, le mentido y manipulado desde el mismo instante de conocerse.

—Sabes tan bien como yo que mi familiaridad con estos casos fue útil. Los simples datos no te habrían proporcionado tanto como mi interpretación.

—Podías habérmelo dicho en algún momento, Olivia. ¿Por qué no lo hiciste? ¿Por qué no jugaste limpio cuando me contaste lo de tu hermana?

—N-no, no lo sé. Tenía miedo de que me apartaran del caso.

Zack soltó una carcajada nada risueña.

—¿Apartarte de un caso al que nunca fuiste asignada? Has empezado creyéndote tus propias mentiras. ¿Tienes mucha práctica? Porque puedes estar segura de que me has engañado.

Olivia parecía afligida, como si la hubieran abofeteado, y Zack tuvo que obligarse a desviar la atención de ella.

¡Dios!, creía que había querido a aquella mujer, pero ella no había confiado en él. Se había acostado con él, pero no confió en él para contarle la simple verdad.

Lo había traicionado.

—Zack, créeme, hice todo lo que pude. No quería mentir, pero no tenía alternativa.

—Todos tenemos alternativas, Olivia. Nadie te puso una pistola en la cabeza y te obligó a engañarme. Y no sólo a mí, sino a mi jefe, a mi compañero y a mis colegas. Nos mentiste a todos. Eres una maestra del engaño.

La miró directamente a los ojos.

—Tomaste la decisión equivocada. Y ahora tendrás que vivir con ello.

—Travis, Olivia, tenemos que bajar a la subcomisaría —dijo Quinn al acercarse a ellos. Se detuvo—: ¿Qué ocurre?

Zack empujó a Quinn en el pecho. Le había gustado aquel federal, pero Quinn Peterson eran tan mentiroso como Olivia.

—Lo sabías y no dijiste nada. Eres tan farsante como ella.

Zack se alejó antes de perder el control por completo.

Las lágrimas rodaron por las mejillas de Olivia.

—¡Oh, Dios, Quinn! La he jodido de verdad.

Quinn le cogió la barbilla.

—Liv, ¿cómo lo ha averiguado?

—Tenía que decírselo. Estoy enamorada de él.

—Sólo necesita tiempo. Está enfadado, pero se le pasará.

Olivia negó con la cabeza.

—No es su enfado lo que me preocupa. Le he hecho mucho daño, y no creo que me perdone nunca.

Quinn observó los vendajes de Olivia y mostró preocupación.

—¿Te encuentras bien? La verdad es que deberías ir a un hospital a que te examinaran.

Olivia negó con la cabeza.

—Me pondré bien.

—¿Qué vas a hacer?

—Irme a casa. —Olivia miró a su amigo y parpadeó para contener las lágrimas—. No tengo nada más.

Zack daba vueltas por la sala de interrogatorios mientras esperaba a que llevaran a Driscoll.

Él y Peterson habían ido en coche a la subcomisaría a toda prisa, acompañados de uno de los ayudantes del jefe de la policía del condado. Zack tenía que quitarse a Olivia de la cabeza; de lo contrario no podría acabar su trabajo.

¡Coño!, su traición le dolía. De entre toda la gente que conocía, Olivia era la última a la que habría considerado una mentirosa.

El primer día o el segundo, él había tenido la sensación de que ella se guardaba algo. Cuando le contó lo de su hermana, Zack creyó que se trataba de eso. No había esperado más mentiras ni nuevas revelaciones.

Dio un puñetazo en la mesa y se sentó, respirando hondo varias veces. «Concéntrate, Travis. Tienes a un asesino que llegará dentro de cinco minutos y tienes que hacer esto bien.»

Tenía una lista de preguntas para hacerle a Driscoll, y necesitaba poner los cinco sentidos en el caso, y no en la mujer de la que se había enamorado erróneamente; la mujer que llevaría en su cuerpo las cicatrices dejadas por un asesino.

Pero Zack llevaría las cicatrices que aquella breve relación había dejado en su corazón.

Respiró hondo y se concentró en Driscoll. Quería respuestas a sus preguntas, pero no albergaba ninguna esperanza de que aquel monstruo cooperase. Aun así —la pregunta de: «¿por qué?» le consumía por dentro—, no le iba a satisfacer cualquier respuesta. Pero tenía que intentar comprender.

Quería saber cómo había escogido Driscoll su primera víctima.

Quería saber cómo seleccionaba las ciudades en las que actuaba.

Necesitaba saber por qué marcaba a cada víctima con la palabra Angel.

La puerta se abrió, y Quinn Peterson entró. Zack se puso tenso, pero saludó al federal con la cabeza. Dejaría a un lado su animadversión por el interrogatorio de Driscoll. Otra gallo cantaría, si tuviera que ver a Peterson después de que concluyera el caso.

El jefe de la policía del condado entró con un agente que escoltaba a Chris Driscoll, que llevaba cadenas en las muñecas y en los tobillos. Desde la paliza se movía con lentitud, y no sólo a causa de la limitación de sus movimientos. El ayudante amarró al asesino, sujetando las largas cadenas al gancho que había en el suelo y obligándolo a sentarse en la silla.

Driscoll parecía un tipo normal de mediana edad físicamente en forma. Excepto por el ojo negro, la mandíbula amoratada y la venda que le cubría la mejilla.

Zack no sintió ningún remordimiento por haberle partido la cara al asesino. Aunque se lo merecía, se sintió aliviado por no haberlo matado. El estado de Washington tenía la pena de muerte, pero Zack esperaba que Driscoll no cumpliera los diez años de media que solían pasarse los presos en el corredor de la muerte antes de ser ejecutados.

A los asesinos de niños no les solía ir bien en la cárcel.

Lo único del aspecto, por lo demás normal, de Driscoll que llamaba la atención eran sus ojos: de un azul claro y glacial. Zack vio al asesino en sus ojos. Pero también se percató de que otro podría ver la amabilidad que había en su rostro.

El jefe de policía había leído sus derechos a Driscoll nada más ser detenido, y había permanecido con él cuando el médico de la clínica local acudió a curarle las heridas. Driscoll no había pedido un abogado entonces ni cuando se le fichó formalmente, pero Quinn, en su calidad de agente federal, tuvo que volver a léerselos.

—Váyase al infierno —dijo Driscoll con expresión imperturbable.

—Tenemos todo lo que necesitamos para ponerlo en el corredor de la muerte, señor Driscoll —dijo Quinn—. Así que, para nosotros, este interrogatorio sólo sirve para que nos conozcamos y nos responda a algunas preguntas antes de que lo encierren.

Driscoll no dijo nada.

Zack y Quinn intercambiaron miradas, y Quinn asintió con la cabeza. Driscoll no iba a cooperar, pero no necesitaban que lo hiciera. Lo único que querían era una explicación.

—Sabemos que le tendió una trampa a Brian Hall hace treinta y cuatro años —dijo Zack.

Driscoll mantuvo la mirada fija al frente, pero Zack percibió un atisbo de satisfacción en su estática sonrisa.

—Fue muy inteligente por su parte. Usted y él estuvieron juntos en Vietnam, combatieron hombro con hombro. Él nunca pensaría que su buen amigo le tendería una trampa.

Driscoll negó con la cabeza.

—Hall es un idiota. Nunca fue mi amigo.

Zack estaba de acuerdo con la afirmación, pero dijo:

—Él lo sabe. Fue él quién nos condujo hasta usted. Está fuera de la cárcel y sabe que usted le tendió una trampa.

Driscoll se encogió de hombros.

—Hemos localizado a treinta y una víctimas en diez estados —dijo Quinn—. ¿Se nos ha pasado alguna?

Driscoll permaneció en silencio e inmóvil.

—Si ayudara a aliviar el sufrimiento de las familias que ignoran la suerte de sus hijas, eso demostraría al juez que se ha arrepentido.

Silencio de nuevo.

Zack dio un puñetazo en la mesa e hizo una profunda inspiración. Le entraron ganas de retorcerle el cuello a Driscoll hasta que hablara, pero eso no le haría ningún bien a nadie.

Además, sobre la base de las pruebas que Doug Cohn había sacado de la casa de campo de Driscoll, parecía que las víctimas hacían un total de treinta y dos. Un especialista en perfiles del FBI de Virginia con el que Quinn había hablado, tenía la sensación de que el primer mechón de pelo guardado por Driscoll era el de su hermanastra, Angel. Todo apuntaba a que el trabajo previo de Olivia había identificado de hecho a todas las treinta y una víctimas restantes.

El especialista en perfiles tenía una descabellada teoría sobre el asesinato de Angel basada en la transcripción del juicio y en el hecho de que Driscoll guardara su pelo, una circunstancia que había sido omitida en el informe policial, pero que Quinn Peterson había sacado a la luz valiéndose del primer informe de la autopsia.

Zack miró a Quinn, que asintió con la cabeza.

—Sabemos lo de Angel.

Al oír el nombre, Driscoll se puso tenso.

—No saben nada sobre ella. No pronuncie su nombre.

—Sabemos que su padrastro la violaba.

—Bruce no era mi padrastro; nunca se casó con mi madre. Su sangre no corre por mis venas, y su apellido no es el mío. —Driscoll abrió y cerró los puños varias veces.

—Él le hacía daño, ¿no es cierto?

Silencio.

—Y usted no pudo protegerla.

Las cadenas que sujetaban los pies de Driscoll sonaron.

—Tal vez intentó protegerla. Usted era el mayor, un adolescente. Pero él siguió violándola. Bruce violaba a Angel como usted viola a las niñas que se parecían a ella.

Driscoll soltó un gruñido con el dolor dibujado en el rostro.

—Usted quería tocarla.

—No.

—Odiaba a Bruce por hacerle daño, porque la deseaba sólo para usted.

—¡Yo no soy Bruce!

Quinn golpeó con un dedo en la mesa en una señal convenida.

—No, usted no es Bruce Carmichael —dijo Quinn—. Bruce asesinó a su madre. La mató a cuchilladas. Con este cuchillo.

Quinn puso la bolsa de pruebas precintada delante de Driscoll. El asesino tenía las manos sujetas, pero, con una sacudida, echó los hombros hacia adelante como si intentara cogerla. Quinn había movido cielo y tierra para conseguir que la prueba del asesinato de Angel Carmichael fuera enviada por avión desde Los Ángeles esa misma mañana. Luego, había hecho que un agente la transportara en coche hasta la subcomisaría de las Cascadas.

Una a una, Quinn fue depositando varias fotos delante de Driscoll. Eran del escenario del asesinato de Angel. Las fotos en blanco y negro de la muerte de la niña perturbaron a Zack, que se tuvo que recordar que, con independencia de lo que Chris Driscoll hubiera sufrido a manos de Bruce Carmichael, nada justificaba sus acciones entonces y en ese momento.

Driscoll lloriqueó y apartó la vista de las fotos.

—Este cuchillo también mató a Angel.

Quinn dio unos golpecitos sobre el cuchillo. Driscoll movió los dedos, como si se ansiara coger el arma. Quinn cogió el cuchillo, lo hizo girar en sus manos una y otra vez y lo colocó encima de una de las fotos.

La imagen era un primer plano de la cara de Angel, cuyos ojos vidriosos miraban sin ver, y donde las manchas de sangre, casi de color negro en la vieja foto agrisada, parecían cortarle la cara por la mitad.

Las lágrimas arrasaron la cara del asesino.

—Sabe que este cuchillo mató a Angel, porque fue usted quien la apuñaló hasta la muerte.

Driscoll negó con la cabeza.

—Bruce la mató. Mató a mi madre, y luego mató a Angel.

—¿Estaba con Bruce, cuando él mató a su madre?

Driscoll volvió a negar con la cabeza.

—Me fue a recoger al colegio. Ya había ido a por Angel. Me recogió y estuvimos viajando en coche varios días. Dijo que mamá estaba muerta. Que había ocurrido un accidente... —Su voz se fue apagando paulatinamente.

—¿Cómo averiguó que había asesinado a su madre?

—Angel.

Se volvió a producir otro silencio.

—¿Angel lo sabía? —le animó a seguir Zack.

—Estaba allí. —Su voz era un susurro.

—¿Y Angel lo vio matar a su madre?

La voz de Driscoll adquirió un timbre infantil, asexuado, cuando repitió las palabras de su hermana.

«Le dije a mamá que papá me tocaba ahí abajo y que no me gustaba. Mamá hizo una maleta, y ya estábamos a punto de irnos, pero papá llegó a casa y lo vio. Lo vio y cogió un cuchillo grande de la cocina y le hizo daño a mamá. Le hizo daño, y había mucha sangre, y entonces mamá estaba muerta.»

—Bruce mató a su madre y les llevó a usted y a su hermana lejos de Nueva Jersey. Y acabaron en Los Ángeles.

—Vivimos en nueve estados. Nueve estados en tres años. Angel... quería tener un hogar de verdad. Los hogares de verdad no existen, le dije. Yo era su hogar. Yo cuidaría de ella.

—Pero no pudo.

Driscoll estampó las manos encadenadas contra la mesa.

—¡Iba a matarlo! —gritó a pleno pulmón.

El plácido rostro se contrajo en una expresión de ira monstruosa, y su mirada se tornó vidriosa y salvaje.

Todos los policías presentes en la sala se quedaron paralizados, prestos a saltar sobre Driscoll si intentaba algo. El asesino no se movió.

—¿Y por qué no mató a Bruce? —preguntó Zack.

Driscoll clavó los ojos en Driscoll.

—Eso es lo mismo que dijo ella.

—¿Angel?

—La zorra. La zorra del coche. Antes de que lo jodiera todo y me trincaran.

«¿Olivia?»

—Lo habría matado. ¡Vaya si lo habría hecho? Necesitaba tiempo, y Angel no quería darme tiempo. Había que planearlo. Necesitábamos un plan. Pero ella no me dio tiempo para planearlo. Estaba asustada. La protegía lo mejor que podía; lo hacía todo por ella. La lavaba, cuidada de ella, le besaba los cardenales. La habría cuidado. Ella quería huir, pero, ¿cómo iba a alimentarla? ¿Cómo iba a poder cuidar de ella?

Zack lanzó una mirada a Quinn antes de hablar.

—¿Por qué mató a Angel, si la quería tanto?

Un grito ahogado se escapó de la garganta de Driscoll.

—Iba a escaparse; me iba a dejar. No podría protegerla. —Driscoll exhaló convulsamente un suspiro de tristeza y se quedó mirando la foto fijamente sin moverse—. Quería protegerla. Quería impedir que Bruce siguiera haciéndole daño. Ella me dijo que quería ser libre. Aunque por otro lado… quería huir. ¡Huir de mí!

»Angel, mi dulce Angel, tuve que liberar tu alma. Ahora eres libre, y feliz. Sé que ahora eres feliz y que nadie te volverá a hacer daño jamás.

Driscoll miró fijamente a Zack, pero tenía la mirada perdida.

—Los espíritus no mueren —susurró Driscoll como si estuviera suplicándoles—. Las almas no sufren. Ya nadie hace daño a Angel. Su vida es eterna.

Quinn se aclaró la garganta y preguntó en voz baja:

—¿Y por qué las demás niñas?

—Porque son mis ángeles… Todas son mis ángeles. Y todas sufren. Porque eso es lo que le pasa a la gente… sufre. Un sufrimiento constante y torturador.

»Tenía que liberar sus almas, y darles una vida sin dolor para siempre jamás. Ahora viven en paz. Y están con mi Angel.

Capítulo 31

Olivia estaba sentada a la mesa de la cocina de Miranda con una jarra de café vacía en la mano, y miraba fijamente a través de la ventana.

Miranda estaba sentada enfrente de ella.

—Liv, dale tiempo. Zack es un buen tipo y volverá. Acabará entendiéndolo. Sólo necesita aclararse con sus sentimientos.

Olivia negó con la cabeza.

—No estabas allí, Miranda. Se lo expliqué todo... La verdad es que creí que lo entendería. Pero él tiene razón; debería habérselo dicho antes. ¿Cuándo me convertí en una mentirosa tan buena?

—Eso no es verdad. Eres la peor mentirosa del mundo.

—Ya no. Soy una maestra del engaño. —Las palabras de Zack le habían sentado como una agresión física. Cuanto más se había intentado explicar, más furioso —y dolido— se había sentido Zack.

El móvil de Olivia sonó, pero no hizo ningún ademán de cogerlo. Miranda miró el número.

—Es alguien de Virginia —dijo.

Olivia cogió el teléfono a regañadientes.

—Olivia St. Martin.

—Olivia, soy Rick Stockton.

Olivia suspiró y se preparó para lo que se le avecinaba.

—Hola.

—Lo sé todo.

Ella cerró los ojos.

—Lo lamento, sabía que terminaría sabiéndose, pero quería explicártelo… —Se frotó los ojos. Sus excusas le empezaban a parecer pobres. Durante la última semana no había sido capaz de pensar en ninguna otra opción. ¿Y ese día? Deseó haber hecho las cosas de manera diferente.

Y no porque pudiera perder su trabajo, sino porque había perdido a Zack.

—Ya hablaremos de eso más tarde. Tenemos otros asuntos más serios que tratar.

Olivia se incorporó en la silla.

—¿Qué ha sucedido?

—Esta mañana me ha llamado el ayudante del fiscal de distrito del condado de San Mateo, en California. Dos personajes destacados de la investigación sobre Hall fueron asesinados en sus casas esta semana. Hamilton Craig, el fiscal del distrito; y Gary Porter, el detective que inicialmente llevó la investigación de Hall hace treinta y cuatro años.

—¿Gary? ¿Está muerto? Hablé con él a principios de esta semana. Iba a ir al funeral de Hamilton… Pensé que había sido un ladrón, un robo que había salido mal. —El ritmo cardíaco de Olivia se aceleró.

—Las balas que se extrajeron de ambas víctimas salieron del mismo treinta y ocho.

—¡Oh, no! —Olivia se llevó la mano a la boca. Tanto Hamilton como Gary muertos. Asesinados—. ¿Quién lo hizo? ¿Tienen algún sospechoso?

Rick hizo una pausa.

—Consiguieron una orden para registrar el piso de Brian Harrison Hall. Encontraron rastros de sangre que confirman que asesinó a los dos hombres, así como munición que coincide con la de las balas asesinas.

—¿Hall? —A Olivia se le quebró la voz. Apenas podía hablar.

—Así fue como me enteré de tus actividades durante esta semana. Cuando hable con el fiscal, me dijo que una tal «agente St. Martín» había estado en Redwood City justo ayer por la mañana. Así que llamé a Greg, y él me lo contó todo.

—Lo lamento, Rick. N-no… no tuve elección. —Cuando lo dijo, supo que era verdad. Realmente no había tenido elección. Nunca habría podido vivir consigo misma, sin no hubiera hecho nada y hubieran muerto más niñas.

Había ayudado a salvar a Nina Markow; había ayudado a meter a Christopher Driscoll entre rejas. Y si volviera a enfrentarse a la misma disyuntiva, lo volvería a hacer. No conocía a Zack al comenzar todo aquello. Y aunque lamentara no haberle dicho la verdad antes, no se arrepentía de haber ido a Seattle.

Tenía que explicárselo a él. Otra vez. Y una vez más. Hasta que la perdonara.

Zack tenía que perdonarla. Lo amaba.

—¿Así que Hall vuelve a estar en la cárcel? —preguntó Olivia.

—No son capaces de dar con él.

Olivia se sobresaltó.

—¿Qué?

—Encontraron un vehículo registrado a su nombre en el aeropuerto internacional de San Francisco. El sello de la hora indica que aparcó a las 16.30 de ayer. Estamos revisando todas las cintas de seguridad y los registros de las compañías aéreas para determinar a dónde ha ido. Puede que haya huido del país.

»O —prosiguió Rick—, puede que esté intentando encontrarte.

—¿A mí?

—Declaraste contra él, no sólo cuando fue condenado, sino en las vistas de la condicional. Ha asesinado a un fiscal de sesenta y nueve años y a un policía retirado de sesenta. Dos hombres que hace treinta y cuatro años se limitaron a hacer su trabajo.

»He hablado con Vigo, nuestro psicólogo especialista en comportamiento, justo antes de llamarte. Vigo cree que si Hall sabe donde estás, irá a por ti. ¿Dónde estás en Seattle?

—¿Ahora mismo? Estoy en casa de Quincy y Miranda Peterson.

—¿Del agente Peterson? Quédate ahí hasta que tengas noticias mías. Es una orden, «doctora» St. Martin. Y espero que esta vez me obedezcas. —Colgó el teléfono.

—¿Qué sucede? —preguntó Miranda, preocupada.

—La policía cree que Brian Hall ha asesinado a dos hombres que estuvieron relacionados con su juicio... Mi jefe cree que soy la siguiente.

De nuevo, Zack no podía dormir.

Quinn le había llevado de vuelta a Seattle, pero, aparte de ocuparse de las cuestiones jurisdiccionales, no habían hablado mucho. El departamento del jefe de la policía del condado trasladaría a Driscoll a la cárcel del condado por la mañana, y el lunes, el asesino comparecería ante el juez. Las instituciones competentes —esto es, la fiscalía del condado y la fiscalía general de los Estados Unidos— se encargarían de llevar conjuntamente la acusación.

A Zack le traía sin cuidado lo que decidieran, con tal de que Driscoll no volviera a ver la luz del día. El interrogatorio de Driscoll lo había alterado profundamente. Había interrogado a docenas de asesinos, pero ninguno había sido tan desconcertante como Driscoll. Había sentido escalofríos escuchándolo.

Quinn había intentado hablar de nuevo sobre Olivia cuando lo dejó en su casa pasadas las doce de la noche.

—Olivia hizo lo que creyó oportuno —había dicho Quinn.

—No me hables de ella. El caso está cerrado. Cada uno seguirá su propio camino.

En ese momento, agotado física y emocionalmente después de la semanas más estresante de su carrera, quería dejar de pensar en ella. Pero no podía.

¿Qué habría hecho él en el lugar de Olivia? Si hubiera podido, ¿habría mentido para formar parte de la operación encubierta que acabó con la detención del asesino de su hermana? ¿Habría manipulado a la gente para encontrar al pistolero que le había disparado?

Su teléfono sonó. Pierson le había dado tres días de vacaciones por las horas extras, así que ¿quién demonios le llamaba a la una de la madrugada?

—Travis —respondió con un gruñido.

—Soy Olivia.

Zack no dijo nada.

—Lamento haberte mentido.

—Los mentirosos siempre lo lamentan cuando los pillan.

—Te lo conté yo misma. No quise que te enterases por otro.

—¿Y se supone que eso ha de hacerme sentir mejor? ¿Te digo que te quiero, y me cuentas que me has estado mintiendo desde el principio?

Zack casi pudo sentir el enfado de Olivia vibrando en la línea telefónica. ¿Con qué derecho se enfadaba? No era ella la que había sido manipulada ni traicionada.

—No me arrepiento de haber ido a Seattle. Por más que te empeñes en negarlo, he ayudado en esta investigación. Puede que no me perdones jamás, ¿pero sabes una cosa? Que no pasa nada. Porque hice lo que era correcto en ese momento. Lamento haberte herido en el camino. ¿Es que crees que lo planeé así? No era mi intención herirte. ¡Tampoco era mi intención enamorarme de ti!

Olivia tomó aire, y Zack miró su cama vacía de hito en hito.

¿Podría volver a confiar en ella alguna vez?

—Olivia, ya no sé nada. Estoy cansado. —Agotado. No sabía qué creer ni cómo sobreponerse al dolor que sentía en el corazón.

—Pues yo sí sé algo, Zack. Sé que te quiero. Y sé que lamento haberte hecho daño. Y sé una cosa más: que ayudé a meter a Christopher Driscoll entre rejas, y que él no volverá a destruir a ninguna otra familia. Y eso será todo lo que tenga cuando me vaya de Seattle, y puedo vivir con ello.

Olivia cortó la comunicación.

Zack se quedó mirando fijamente el teléfono.

Sin duda, la pelota estaba ya en su tejado. Sólo tenía que decidir si quería seguir jugando.

Capítulo 32

La libertad tiene un precio.

La única señal de la agitación nerviosa de Paul Benedict era el sudor que le humedecía las palmas de las manos. Permanecía militarmente erguido, en medio de la niebla fría, en la parte exterior de la entrada trasera del palacio de Justicia de Seattle. ¡Justicia! Si le quedara un gramo de sentido del humor en el alma, se reiría. ¿Qué sabían los jueces de la justicia? ¿Qué sabía nadie?

La justicia estaba reservada a los criminales; nunca a las víctimas.

Y sin duda, no a los niños. Sin duda, no a su hija, Jenny, la dulce y encantadora Jenny, que jamás le había hecho daño a nadie.

«Dejad que los niños se acerquen a mí.»

Paul tomó aire mientras se tragaba sus lágrimas saladas.

Si la presa reventaba, no podría hacer lo que había ido a hacer. Lo que estaba obligado a hacer. Si se derrumbaba en ese momento, no se haría justicia. La mente despejada, y la mano firme.

Ya habría tiempo al día siguiente para lamentarse. Y todos los días que siguieran al día siguiente en los que Jenny debía de haber estado viva.

Cerró los ojos sólo un instante, pero fue peor. Vio a Rachel con Jenny en brazos, cuando ésta era aún bebé. Eran tan hermosas las dos, con sus aureolas de pelo dorado. Y luego, a Jenny, dando sus primeros pasos vacilantes hacia el, sonriendo con los brazos estirados hacia delante; y a Jenny encima de su primera bicicleta, bamboleándose atrás y adelante, asustada pero entusiasmada. Él había querido alargar las manos y agarrarla cuando se cayó la primera vez, pero su hija no habría aprendido a montar en bicicleta, si no hubiera dejado que se cayera.

No habría vuelto a tener la oportunidad de caerse de nuevo; ni la posibilidad de aprender a montar.

Si él hubiera estado allí, en casa, donde debería haber estado... ¿Qué había sucedido a lo largo de los años para que él y Rachel se hubieran alejado? Habían sido felices. Sí, habían luchado. Y hacía tres años, cuando perdió su trabajo, se había hundido en una maldita depresión.

¿Por qué Rachel no había permanecido a su lado? No es que él se lo hubiera puesto fácil; se había comportado como un cabrón. En ese momento podía verlo, bajo la fría luz de la realidad. No había soportado que Rachel tuviera que ponerse a trabajar de nuevo para mantener a la familia; que él fuera un fracasado, incapaz de proporcionar el bienestar a su esposa y a su hija.

A su perfecta y preciosa niñita.

Cuando consiguió el empleo en Pennsylvania, Rachel se había negado a trasladarse con él. Y una cosa había llevado a la otra... y al finalizar el año, se habían divorciado.

Si hubiera estado allí, ¿habría podido proteger a su hija? ¿Impedir que le hicieran daño? ¿Mantenerla viva y a salvo?

Nunca lo sabría; jamás sabría lo que podría haber sido de otra manera.

Pero de no haber sido por aquel hijo de puta de Christopher Driscoll, Jenny seguiría viva.

Dos coches patrullas entraron en el aparcamiento de seguridad del palacio de justicia, allí donde el juzgado se levantaba cerca de la cárcel. Aquella era su única oportunidad de encontrar justicia para su hija. Después de esa mañana, Driscoll sería escoltado en sus trayectos desde y a la cárcel a través de un corredor aéreo.

La furgoneta de la policía entró en el camino detrás de los coches patrullas, seguida por un par de policías motorizados.

Había cargado la nueve milímetros con munición Glazer, para aumentar al máximo el daño interno y evitar que la bala saliera del cuerpo e impactara en una persona inocente.

Él no era un asesino; no, él no mataría a una persona. Pero Driscoll no era un ser humano, era un animal. Un animal enfermo y desquiciado que atacaba a niñas pequeñas.

Paul respiró lentamente mientras el acero se calentaba en su mano.

El chulo cabrón salió de la furgoneta, esposado y flanqueado por dos policías.

Jenny estaba en el cielo. «Dejad que los niños se acerquen a mí.»

Benedict apuntó su pistola; Driscoll se iba a ir al infierno.

El domingo por la mañana bien temprano, Zack se encontraba en el cementerio, un lugar que no solía frecuentar. Había sentido el impulso de ir a visitar la tumba de su hermana, de sentarse allí e intentar averiguar por qué la idea de dejar que Olivia saliera de su vida lo aterrorizaba tanto como el que ella volviera a traicionar su confianza.

Un hombre estaba sentado junto a la lápida de Amy, con una manta extendida delante de él. Al acercarse, reconoció a Vince Kirby. Tenso, se acercó a hurtadillas.

—¿Qué estás haciendo aquí?

Kirby levantó la vista hacia él y le dio un sorbo a una lata de cola.

—Debería ser yo quien te hiciera la pregunta. Vengo aquí todos los domingos.

Zack no lo sabía. Tragó saliva con dificultad y movió los pies con inquietud.

—¿Quieres un refresco?

—No —respondió Zack con brusquedad. Deseaba pasar un tiempo a solas con los recuerdos de Amy. Y a buen seguro que no quería estar allí parado charlando con su amante, un hombre que ni siquiera le caía bien.

—Buen trabajo lo de atrapar a Driscoll. Me ha impresionado.

—No me vas a sacar ningún comentario sobre el caso, Kirby —gruñó Zack.

—Ni lo pretendo. Ya tengo material suficiente para escribir un artículo diferente todos los días durante un mes. —Kirby apuró su refresco y puso la lata vacía en una bolsa—. Tal vez sea el destino, o la intermediación divina o algo así. Que estemos los dos aquí al mismo tiempo, quiero decir.

Zack puso los ojos en blanco.

—Es sólo la perra suerte que tengo.

—Nunca te gusté porque salía con tu hermana pequeña.

—No me gustabas porque eras un chulo periodista que hacías parecer incompetentes a los policías. Y —añadió a regañadientes—, porque salías con mi hermana pequeña.

Zack se sentó en el otro lado de la lápida.

—Y porque sabías lo que ella tramaba y no me lo dijiste.

—Le prometí a Amy que no lo haría.

—Y ella acabó muerta.

—No es necesario que me lo recuerdes, Travis. He pensado en ello todos los días de los últimos seis años. Quería a Amy, y la echo muchísimo de menos. Pero hay algo que tienes que comprender.

Zack miró a Kirby. Vio enfado y tristeza en su mirada, emociones que reflejaban sus propios sentimientos siempre que pensaba en Amy.

—¿Qué es lo que necesito comprender?

—Que Amy creía en lo que estaba haciendo. No quiso que lo supieras y me rogó que le guardara el secreto. Pensaba que no la dejarías acabar su trabajo.

»Cuando su mejor amigo murió de sobredosis, aquello cambió a Amy en aspectos que no creo que jamás llegues a comprender del todo. Quizá porque eras su hermano mayor, el poli que siempre veía el mundo en blanco y negro; tal vez porque intentabas protegerla no sólo de los demás, sino de sí misma... No lo sé. Pero Amy se puso como misión alejar a los chavales de las drogas. Trabajó como orientadora varios años.

—Tuvo que hacerlo para conseguir la condicional, después de ser detenida por tráfico.

—Aquella sentencia la condenó a quinientas horas de trabajos comunitarios. Se sacó el título de orientadora e invirtió miles de horas libres en ayudar a los chicos a salirse y a mantenerse lejos de las drogas. —Kirby hizo una pausa, y pasó la mano sobre el nombre de la lápida—. Amy se enteró de que uno de sus mentores, una mujer en la que ella confiaba sin reservas, traficaba al mismo tiempo que ejercía de orientadora. Entonces, fue a la oficina local de la DEA. Yo la acompañé. Después de varios meses de investigación, no pudieron conseguir nada, así que aceptaron el plan de Amy de que se infiltrara en la organización para ver qué podía averiguar. Amy y yo escenificamos una ruptura pública, y luego, ella acudió a la mujer llorando y amenazando con suicidarse y un montón de cuentos chinos. Aquella mujer le ofreció un poco de heroína para que «se calmara»; eso, sabiendo a la perfección que si Amy se enganchaba de nuevo, sería doblemente difícil (quizá imposible) volver a dejarlo.

»No me gustaba nada lo que Amy estaba haciendo, pero permanecí a su lado porque detener aquel tráfico era importante para ella. Y a medida que fue sabiendo más sobre el tráfico de drogas en Seattle, más ganas le entraron de causarles un buen estropicio.

—Nunca me contó nada de esto —dijo Zack. Y eso dolía—. No confiaba en mí. —Y eso dolía aun más.

—No creo que fuera una cuestión de confianza.

—¿Y qué otro cosa, si no? ¡Yo era policía, carajo! ¡Podía haberla protegido!

—Protegido, quizá. Pero ellos se habrían olido la tostada, si empezabas a merodear.

—No me conoces.

—No eres discreto, Travis.

—¡Maldita sea, era la vida de mi hermana con lo que estabais jugando!

—Fue ella quien lo escogió. Fue decisión suya. Ella conocía los riesgos, pero estaba dispuesta a asumirlos. —Kirby se interrumpió y miró a Zack a los ojos—. A lo mejor sí que era una cuestión de confianza; no de que no confiara en ti, sino de que sabía que tú no confiabas en ella.

—Eso no es cierto.

—No le diste muchas oportunidades. Metió la pata una vez, y desde entonces tuvo que andarse con pies de plomo contigo.

—Fue detenida por tráfico de drogas. Eso no es una pequeña metedura de pata, precisamente.

—Antes de eso. Cuando te enteraste por primera vez que consumía drogas, aplicaste la ley. Porque Zack Travis no comete errores.

—¡Maldita sea!, eso no es verdad. Cometí una barbaridad de errores de adolescente. Sólo quería que Amy no cayera en las mismas trampas. Conseguí salir, pero muchos otros, no.

—Y ella era más débil que tú, claro.

—No he dicho eso.

—¿No? ¿Tú pudiste «salir» del arroyo, pero Amy no podía? ¿No, sin que el poli supermacho mangoneara a su antojo?

Kirby se levantó y recogió lo que a todas luces había sido una comida campestre.

—Travis, prometí a Amy que la ayudaría a que lo comprendieras. Murió antes de que tuviera una oportunidad de explicarse, de convencerte de que ella se merecía tu cariño y tu respeto.

—Siempre la quise. —Zack se pellizcó el puente de la nariz, sintiendo que las lágrimas le ardían en los ojos.

—Sí —dijo Kirby en voz baja—. Sé que la querías. En realidad, Amy también.

—¡Dios, espero que sí! —Zack se aguantó el punzante escozor de las lágrimas. ¿Y si Amy no hubiera sabido lo mucho que la quería? Sólo había querido protegerla.

—Intenté hablar contigo después de que Amy muriera, pero nunca quisiste escucharme.

—Te culpaba por lo ocurrido. —Zack hizo una pausa—. Y a mí. Yo era el más culpable de todos.

—El «asesino» fue el culpable. Los traficantes fueron los culpables. Yo no, y sin duda, tu tampoco, Travis. —Kirby se colgó la mochila del hombro y miró a Zack de hito en hito—. Amy te estaba agradecida por toda su vida. Sí, te hizo pasar malos ratos, pero te quería. Y si no hubiera sido por ti, nunca habría tenido el valor para dejar las drogas. Tú estabas allí cuando realmente te necesitó.

Cuando se alejaba, Kirby dijo:

—A propósito, he presentado mi dimisión al *Times*. Odio a mi director. Y todo eso que crees que escribí sobre ti, no fui yo quién lo hizo. Sólo quería que lo supieras antes de que me marche de Seattle.

Zack se volvió hacia la tumba de Amy. Se sentó en el lugar que Kirby había desalojado y se la quedó mirando fijamente. Pasó la mano por el nombre grabado en la piedra.

«Amy Elizabeth Forster.»

Amy llevaba el nombre de soltera de su madre. No había llegado a conocer a su madre ni a su padre. Zack fue todo lo que tuvo, y él le había fallado en muchos aspectos. Aunque tal vez no en los que había creído Zack que le había fallado.

Solo ya, dejó que las lágrimas brotaran.

—Amy, siento tanto que no llegáramos a hablar nunca. Hablar de verdad. Siento haber sido tan burro y dominador que pensaras que no confiaba en ti. Tal vez… quizá no confiaba. Pero estaba equivocado. Me sentía orgulloso de ti, cariño. Y me siento orgulloso de ti.

Entonces, le vino a la cabeza la imagen de Olivia cayendo por la grieta, y saltando de un vehículo en marcha. Y recordó el corte en el cuello; y la herida cerca del corazón.

Si le hubiera ocurrido algo a Olivia, se sentiría tan perdido y solo como se sentía en ese momento. Con ella, se había sentido completo. Era una mujer elegante, y sexy, y sensata.

Y la quería.

¿Podía ser tan idiota de reprocharle su engaño? ¿De utilizar su mentira como excusa para obligarla a salir de su vida?

¿Podía perdonarla?

Recordó la imagen de Olivia el viernes, cuando había estado contemplando la casa en la que había crecido, una casa llena de dolor.

«Me alegra que la casa haya encontrado por fin una familia de verdad.»

Zack quería una familia de verdad. Quería la vida que una madre egoísta le había negado.

Y quería que su familia empezara por Olivia.

Capítulo 33

Miranda Y Olivia estaban atentas a las noticias mientras Quinn hablaba por teléfono con su jefe para conseguir detalles.

El padre de Jennifer Benedict había disparado y matado a Chris Driscoll cuando éste estaba siendo trasladado de la subcomisaria de la policía del condado a la cárcel del condado. El Aniquilador estaba muerto.

Olivia no sintió ninguna lástima por Driscoll, eso sin duda, pero sintió pena por el hombre que había perdido a su hija, y que ahora perdía su libertad.

Aunque tal vez la libertad no significara nada para él, una vez muerta su única hija.

El timbre sonó, y Olivia dio un respingo. Después de enterarse de lo de Hall la noche anterior, estaba con los nervios de punta. La conversación telefónica con Zack a última hora de la noche no le había tranquilizado. No paraba de reproducir mentalmente la conversación, preguntándose qué debería haberle dicho; qué podría haberle dicho para que Zack comprendiera.

Tal vez no llegara a comprender nunca. Y ella tendría que vivir con ello.

Quinn era bien consciente de la amenaza que representaba Hall, así que colgó el teléfono y miró por la mirilla, con la pistola en la mano, antes de abrir la puerta.

—Travis —dijo Quinn.

Olivia volvió la cabeza como impulsada por un resorte. «¡Zack!»

Parecía cansado, como si la noche anterior hubiera dormido tanto como Olivia. No se había afeitado, e iba vestido con vaqueros y su cazadora de piloto de piel.

Pero cuando le miró a los ojos, Olivia vio esperanza.

—Liv, tenemos que hablar.

Ella asintió con la cabeza.

—Discúlpame —le dijo a Miranda entre dientes. Para tener intimidad, se llevó a Zack arriba, al cuarto de invitados.

Zack se quedó mirando la cama de hito en hito. Olivia siguió su mirada hasta la maleta abierta. Había estado haciendo el equipaje, cuando Miranda la llamó para que bajara a oír las noticias.

—Ya sabes lo de Driscoll —dijo Zack.

Olivia asintió con la cabeza.

—Estábamos viendo las noticias.

—Ha muerto.

—Lo sé.

—Me encanta.

Olivia hizo una pausa.

—A mí también.

—¿Cuándo te marchas?

—Mañana por la mañana.

Zack no dijo nada. Olivia no podía soportar el silencio.

—Lo de anoche lo dije en serio.

—Lo sé.

Las lágrimas asomaron a los ojos de Olivia. ¿Para qué había ido él allí, si no iba a decir nada?

—¿Qué más puedo decir, Zack? —A Olivia se le quebró la voz, y deseó ser más fuerte—. ¿Quieres que me ponga de rodillas y te suplique que me perdones?

Olivia se pasó las manos por el pelo y empezó a dar vueltas por la habitación.

—La culpa me consumía. Me sentía responsable por todas esas niñas que murieron. Si no hubiera sido tan categórica afirmando que Hall era culpable, puede que la policía hubiera investigado más.

Zack estuvo a punto de interrumpirla, pero Olivia levantó la mano para silenciarlo.

—Ahora sé que no fui sólo yo. Fueron todas las pruebas en conjunto las que sugirieron convincentemente que Hall era culpable. Pero cuando fue puesto en libertad, solo fui capaz de pensar en mi culpa.

»Así que vine aquí para ayudar. Lo único que quería era daros la información que tenía y ver la cara del hombre que había asesinado a mi hermana. Pero llegué a involucrarme tanto en el caso, que probablemente hice cosas que nos habrían metido en problemas o acarreado la muerte. Y también lo lamento por eso.

»Pero sobre todo, lamento haber traicionado tu confianza. Nunca quise hacer eso, Zack. Sobre todo, ahora. Especialmente ahora, que me doy cuenta de que te quiero.

—Y como me quieres, no pasa nada porque mintieras.

Olivia giró sobre sus talones y le lanzó una mirada hostil.

—¿Estás aquí para torturarme? ¿Para enseñarme lo que no puedo tener? Eso es una crueldad, Zack. Cometí un error, pero no ese del que me culpas. Si tuviera que repetirlo de nuevo, seguiría encontrando la manera de venir aquí.

—Lo sé. —Parecía afligido, como si no supiera lo que quería decir—. Liv, lo estoy intentando. Esa es la razón de que esté aquí. Intento comprender.

—¿De verdad?

Zack atravesó la habitación hasta la ventana. La tarde del domingo declinaba. Zack se preguntó por qué había ido.

—No quiero perderte, Olivia.

—Zack. —Estaba detrás de él. Tímidamente, le rodeo la cintura con los brazos y apretó la cara contra su espalda—. Yo tampoco quiero perderte. —Su voz era dulce y suave.

Permanecieron así durante varios minutos.

Al final, fue Zack quien habló:

—Me enfadé tanto cuando me dijiste la verdad. Es doloroso. No confiaste en mí, igual que mi hermana no confió en mí. Esperabas lo peor; creíste que, de una forma u otra, te impediría vengarte de la muerte de tu hermana. Amy también pensó que la impediría hacer lo que ella creía correcto.

»¿Hiciste lo correcto? Mierda, no lo sé. He tomado decisiones todos los días de mi vida, y me pregunto si algunas fueron correctas. Podría no estar de acuerdo con tu razonamiento, pero entiendo los motivos que te llevaron a involucrarte. Y si no fuera porque te saltaste las normas, ahora mismo Nina Markow podría estar muerta.

Se dio la vuelta para mirarla. Las lágrimas brillaban en los ojos de Olivia. Él no quería hacerla llorar; la mera idea de que Olivia se entristeciera le dolía.

—Nunca habríamos descubierto la identidad de Driscoll sin tu información sobre Brian Hall. Fuiste una parte esencial de esta investigación, y tengas o no una placa dorada, por lo que a mí respecta te la has ganado.

Olivia cerró los ojos; una sonrisa tirante asomó a sus labios.

—Gracias por decir eso.

—Abre los ojos, cariño. —Zack le levantó la barbilla para que Olivia tuviera que mirarlo—. Te quiero, Liv. Y no voy a dejar que te marches por causa de tu culpa extemporánea ni de mi enfado inconveniente. Hay algo increíble entre nosotros, y quiero explorarlo. Por completo. En la intimidad. Y desde este mismo instante.

La besó. Ella le rodeó el cuello con los brazos y lo abrazó; él se dejó cautivar por los labios, el cuello y la oreja de Olivia. La noche anterior la había echado de menos. La echaba de menos y la necesitaba. Todas sus frustraciones contenidas, su amor, su deseo… todo lo derramó sobre ella. Zack no lograba acercarse todo lo que quería, deseoso de tocarla por todo el cuerpo al mismo tiempo.

Olivia le enroscó las manos en el pelo, abrazándole con fuerza.

—Hazme el amor, Zack —le susurró al oído.

Él tiró la maleta al suelo de un empujón, y los dos cayeron sobre la cama con apremio. Zack apretó los labios contra los de ella, mientras buscaba a tientas los botones de su blusa con los dedos. Uno de los botones salió disparado, pero Zack ni se inmutó; necesitaba tocarla toda, verla toda.

La visión de las heridas de Olivia lo detuvo.

—¿Zack? —preguntó ella con cara de seriedad.

La besó dulcemente en el cuello y sobre la venda del pecho.

—Casi te pierdo para siempre. Sólo pensar en que te puso las manos encima, en el cuchillo cortando tu delicada carne... —Se aclaró la garganta—. Liv, yo...

—Chist —dijo Olivia, y lo besó.

—¿Estás bien? —le murmuró Zack sobre los labios—. No quiero hacerte daño.

Olivia negó con la cabeza.

—Estoy bien, de verdad, Zack. Te lo prometo. No te contengas. Hazme el amor. ¡Ahora!

Ella le dio un fuerte y prolongado beso, y su pasión fue arrastrando a Zack al fondo de la oscura espiral. La esperanza que él había creído desaparecida volvió de repente; la confianza que creía perdida, lo inundó. Aquella mujer era su vida. Olivia le estaba dando todo lo que él había creído perdido cuando su madre lo abandonó y cuando su hermana murió.

Olivia deseaba a Zack, necesitaba volver a conectar con lo que habían tenido dos noche antes. Y estaba allí, todo lo que ella había creído que tenían seguía allí, y con más fuerza.

Sus lenguas forcejearon, y cuando las manos de Zack se metieron bajo su sujetador y le masajearon dulcemente los pechos mientras la besaba y le abría las piernas con la rodilla, Olivia gimió. Zack se movía con cuidado, evitando tocarle las heridas.

Luego, le desabrochó el sujetador y le puso la boca en el pecho, y la aspereza de sus mejillas y el calor de su boca produjeron una sensación maravillosa en la que Olivia se recreó. Ella le sujetó la cabeza contra su pecho, instándole a continuar; exhortándole a descender entre sus piernas, allí donde ella ya estaba caliente.

El perdón de Zack, su amor, su necesidad, todo espoleó a Olivia, que, tras deshacerse de la blusa y el sujetador, metió la mano por debajo de la camisa de Zack y se la quitó por la cabeza. Su pecho duro y caliente se apretó contra los senos de Olivia. Y ella se deleitó en su sexualidad recién encontrada, una faceta de su personalidad que sólo aquel hombre era capaz de hacer florecer.

En ese momento de tanta tensión ninguno deseaba lentitud ni dulzura. Zack le quitó las bragas y la besó entre las ingles. Ella soltó un grito ahogado.

—Tienes una piel tan suave —murmuró Zack contra sus muslos.

Y al hablar, su áspera barba de dos días rozó el clítoris de Olivia, que gimió.

—Zack —dijo entre jadeos con la boca seca.

La respiración y la lengua de Zack la incitaban y martirizaban. Con besos cálidos y húmedos, la lengua de Zack le recorrió los laterales de los labios mayores, dando vueltas y más vueltas mientras le besaba por todas partes excepto en aquel único punto que imploraba atención.

Entonces, atacó el clítoris, y ella se aferró al cubrecama con las manos, mientras su espalda se arqueaba de manera espontánea para facilitarle el acceso total. Olivia no oía nada, no veía nada; su cuerpo sólo respondía a las atenciones de Zack.

Olivia llegó al borde del clímax entre jadeos, deseando que Zack parase y continuara al mismo tiempo. Pero cuando él se apartó, la pérdida de contacto hizo que ella se estremeciera. La besó en el vientre, en los pechos, sobándolos, masajeándolos; el intenso calor que abrasaba a Olivia se atenuó cuando Zack disminuyó el ritmo.

—Zack, hazme el amor.

Zack se incorporó y se quitó los calzoncillos. Su cuerpo era duro y delgado; era digno de aparecer en un poster por alto, moreno y guapo. ¿Guapo? Era para comérselo, de bueno que estaba.

Las expectativas hicieron que Olivia se retorciera. Quería más.

Zack se tumbó sobre ella, y Olivia se movió debajo, mientras el pecho de él le presionaba los senos, proporcionándole una sensación intensa.

—Te deseo, Olivia. —Y diciendo esto, le abrió las piernas y se hundió entre ellas. Olivia se mordió el labio para reprimir un grito de susto al ser sorprendida por un orgasmo.

Zack no disminuyó el ritmo. La besó con intensidad mientras le hacía el amor apremiantemente, cada vez más deprisa y con más fuerza hasta que un segundo orgasmo ascendió sin parar por el cuerpo de Olivia y ella estuvo lista para correrse.

—Livia, te quiero. Oh, Dios, cuanto te quiero. —Zack se tensó, y los dos se corrieron juntos, calientes y sudorosos, con las manos entrelazadas y las almas unidas

El cuerpo de Olivia tembló bajo el de él.

—¿Debo entender que ya estamos bien? —preguntó Olivia con cierto titubeo.

—¿Bien? Hubiera dicho que ha ido mejor que bien. —Sonrió y la besó—. Sí, claro que estamos bien. —Le tocó el pelo y lo labios—. Te quiero, Liv, y vamos a conseguir que esto funcione.

Olivia apartó los labios de la boca de Zack y los fue arrastrando por la áspera mejilla hasta la oreja. Le cogió del pelo, un pelo casi tan largo como el suyo, y cerró los puños. Entonces, lo besó en el cuello, y su lengua sintió el rítmico latir del pulso de Zack.

Una vez desaparecidas las prisas, podían tomarse su tiempo para explorarse mutuamente.

Zack respondió a su exploración, y sus besos se fueron haciendo más intensos, y le chupó el cuello, el pecho y debajo de los senos. Olivia jadeó cuando él se metió uno de sus firmes pezones en la boca, haciendo que le ardiera todo el cuerpo. Olivia creyó que no estaría preparada tan pronto para volver a hacer el amor, pero se encontró ansiando que él se lo volviera a hacer. Zack se dio la vuelta de lado, y Olivia se encontró encima de él.

—¿Qué sucede? —preguntó Olivia.

—¿Suceder? Nada. Pensé que tal vez te gustaría estar al mando.

Olivia titubeó. Nunca lo había hecho de aquella manera; nunca se había mostrado tan desenfrenada y juguetona en la cama. No supo muy bien por dónde empezar.

Zack debió de percibir su inseguridad, porque le dijo:

—Bésame, Liv.

Ella obedeció, y su nerviosismo se desvaneció.

Olivia lo exploró con las manos, le rozó los pezones con los suyos y balanceó las caderas contra las de él. Sentada allí arriba, no se sentía tan menuda... y se envalentonó.

Las manos de Zack no paraban de moverse, subiendo y bajando por la espalda de Olivia, masajeando, tocando, ahuecándose en sus pechos, en sus muslos, en sus caderas. Cuando el pene de Zack, duro y largo, se impulsó contra ella, jadeó, bajó las manos y lo tocó, y aquella suavidad aterciopelada que recubría la firme longitud se le antojo notablemente erótica.

Cada roce la ponía más caliente, más desesperada por hacer el amor. Besó a Zack con morosidad, saboreándole los labios, la lengua y el cuello. Tenía un gusto salado y sabroso, deliciosamente caliente y picante.

Olivia miró hacia abajo y vio que el endurecido miembro de Zack la buscaba, como si tuviera vida propia. De manera instintiva —porque nunca se había colocado encima— levantó la pelvis y, con la mano, lo guió dentro de ella. Ella vio como la penetraba, y la erótica visión la hizo jadear tanto como la sensación de sentirle moviéndose en su interior.

Zack gimió, levantó las manos y la agarró del pelo.

Olivia descendió suave y lentamente. Era menuda y estrecha, y él... no. Zack la llenó. Pero Olivia estaba preparada para recibirlo, para hacer el amor, y al final descendió del todo, jadeando cuando él se impulsó en su interior haciendo que todo su cuerpo se convulsionara con unas sacudidas eléctricas.

Zack le cogió las manos y apretó. La novata era ella, pero él estaba dejando que tomara el mando. Olivia encontró un ritmo que pareció complacer así a Zack como a ella, que gimió mientras los músculos de su cuello se tensaban.

—Me estás volviendo loco —dijo Zack—. Si sigues haciendo eso, no voy a poder aguantar.

—¿Quieres que me pare? —le provocó ella.

—No.

—Bien, no pensaba hacerlo.

En toda su vida se había sentido tan femenina, tan auténtica y pletóricamente mujer como en ese momento, entrelazada con Zack. Olivia subía y bajaba, cada vez más deprisa. Caliente y sudorosa, deseaba liberarse.

Zack era incapaz de apartar los ojos de ella mientras disfrutaba su recién descubierta sexualidad. Olivia inclinaba la cabeza hacia delante, concentrada en las sensaciones que estaban creando juntos, y jadeaba tenuemente mientras frotaba el clítoris contra él al impulsarse hacia abajo.

Zack quiso entonces instarla a que continuara, más deprisa, pero le encantaba observar cómo experimentaba algo tan nuevo y poderoso para ella. Tensó todos los músculos de su cuerpo esforzándose en mantener el control; quería darle la fuerza, demostrarla cuánto la quería y confiaba en ella.

Olivia empezó a moverse más deprisa, arriba y abajo, arriba y abajo, permitiendo que la cabeza le cayera hacia atrás, dejando a la vista su cuello. Zack tuvo que esforzarse en no concentrarse en la venda de Olivia. Había estado a punto de perderla, pero allí estaba ella, viva, libre y entera para él. Le hubiera entregado el mundo, de haber podido. La mantendría siempre a salvo y no permitiría que nadie le volviera a hacer daño.

Con Olivia, Zack había encontrado a la mujer adecuada, a la mujer que lo completaba, que le entregaba su pasión y su amor de buena gana.

Olivia gimió. Su cuerpo estaba resbaladizo de sudor y pasión, y el de Zack vibraba de pasión. Él le colocó las manos en las caderas y y la obligó a bajar por completo sobre él, hasta que su verga le tocó la cerviz, sintiendo el cuerpo caliente y tenso de Olivia a su alrededor.

—¡Ah, Liv! —gimió Zack.

Los jadeos de Olivia subieron de tono, y su cuerpo se estremeció de pies a cabeza vibrando con un orgasmo que hizo que Zack se corriera con un estremecimiento. Entonces, cuando la espiral compartida alcanzó un cenit febril, él la abrazó, y los cuerpos de ambos se fundieron entre sí. La piel de Olivia, que resoplaba de satisfacción, estaba caliente al tacto.

—Zack. —Su voz fue un mero susurro mientras lo besaba en el pecho con besos calientes y acariciadores—. Esto ha estado… Bueno, ni siquiera sé como empezar a describirlo.

—No tienes que hacerlo. —Zack carraspeó—. Tenemos mucho tiempo para practicar mientras encuentras las palabras.

—No hay palabras en el diccionario que se acerquen siquiera a describir lo bien que me encuentro ahora.

Zack se dio la vuelta para quitársela de encima, y sólo entonces se dio cuenta de que no había utilizado un condón. No era habitual en él aquel descuido, pero el pensamiento lo perturbó sólo fugazmente.

Planeaba pasar el resto de su vida haciendo feliz a Olivia. No tenía intención de dejarla ir, así que, pasara lo que pasase, estaban juntos en ello.

Sin dejar de besarla por toda la cara, dijo:

—Ven a casa conmigo. Pide unas vacaciones.

Olivia se puso tensa a su lado, y él le levantó la cara con la mano.

—¿Qué sucede?

—Me voy a Virginia mañana.

—Pero... Liv, lo hemos resuelto todo, ¿no es así? Sabes que quiero que estés conmigo.

No había nada que deseara tanto como quedarse con Zack; ni siquiera quería volver a salir de la cama. Pero se lo debía a Greg por ayudarla, y a Rick por defenderla, y tenía que enfrentarse al comité de disciplina y responder a las preguntas que le hicieran.

Había infringido las normas, y aunque Rick estaba haciendo todo lo que podía para proteger su puesto de trabajo, aun así tenía que hacer frente a las consecuencias de lo que había hecho.

—Tengo que volver; he infringido las normas y tengo que arrostrar las consecuencias. Se lo debo a Greg, que también tiene que enfrentarse al comité disciplinario.

—Les escribiré una carta sobre lo valiosa que has sido para la investigación.

Olivia sonrió.

—Quinn me dijo que el jefe Pierson me iba a dar una recomendación, y que el jefe de la oficina, Clark, ha escrito una carta en mi descargo. Pero aun así tengo que estar allí. Lo entiendes, ¿verdad?

—Sí —dijo Zack, a todas luces descontento por la circunstancia.

—Volveré en cuanto pueda.

—Tal vez acabe yo en Virginia antes que eso. —La abrazó con fuerza—. No voy a perderte, Liv, ¿lo sabes, verdad?

—Lo sé —susurró ella—. ¿De verdad irías a Virginia?

—Te prometí unas vacaciones. Nunca he estado en la Costa Este, salvo para una conferencia sobre formación hace años.

—Puedo enseñarte los lugares de interés. El otoño allí es precioso.

—Y entonces podremos hablar de verdad, ¿de acuerdo?

Olivia asintió con la cabeza.

—De acuerdo.

Él la volvió a besar, una, dos, tres veces.

—Lo resolveremos todo, Liv. —La volvió a besar—. Te lo prometo.

«Esta mañana, en Seattle, el presunto culpable de los brutales asesinatos de treinta y dos niñas fue muerto a tiros por el padre de unas de sus supuestas víctimas. Christopher Adam Driscoll, de cincuenta y cuatro años, resultó muerto en el acto, y Paul Benedict, padre de la niña asesinada de nueve años Jennifer Benedict, fue detenido.

El jefe de la policía, Lance Pierson, declaró...»

Ese mismo sábado por la tarde, Brian estaba sentado en un banco del parque escuchando, atemorizado, las noticias en un transistor de bolsillo.

Aquel bastardo de Driscoll estaba muerto.

Brian no sintió ni una pizca de remordimiento por el cabrón que le había tendido una trampa para que le inculparan del asesinato de aquella niña. Se merece morir, pensó Brian, a quien le habría gustado ver cómo se las apañaba Driscoll en la cárcel.

Al menos, aquello era un cabo suelto que había sido atado. Había estado considerando seriamente hacer que Driscoll se las pagara por haberle robado treinta y cuatro años de su vida.

Levantó la vista hacia la casa. La casa de Olivia St. Martin.

Ella todavía no había vuelto a casa, pero eso no tenía importancia. Los dos días que llevaba en Virginia le habían dado tiempo para hacer planes. Y no sólo en cuanto a la forma de matar a la puta que había contribuido a que lo encarcelaran, sino también para resolver a dónde se dirigiría una vez que ella estuviera muerta.

Canadá estaba relativamente cerca, pero le sería más fácil perderse en Méjico. La vida también era mas barata. Y sabía cómo buscarse la vida en las calles. Sí, sería más fácil salir adelante en Méjico. Y eso, por no hablar de que en Canadá nevaba, y él odiaba el frío.

Pero se estaba poniendo nervioso con todo aquello. No tanto por matar a Olivia St. Martin, como por asumir la responsabilidad de su propia vida. En la cárcel, no había tenido que pensar en ganar dinero para comer, pagar el alquiler o trabajar.

Se había dado cuenta demasiado tarde de que debería haber esperado para matar al poli y al fiscal hasta después de haber recibido el dinero de su indemnización. Durante los dos últimos días no había parado de reprochárselo.

Un millón de dólares tirados a la basura de golpe y porrazo. Adiós muy buenas. Ya no había manera de que pudiera volver a California; había cometido demasiados errores. Sin ir más lejos, había utilizado la misma pistola en los dos hombres. ¿En qué había estado pensando?

Es que no había estado pensando. La historia de su vida, ¿no era así? Esa había sido la razón de que Driscoll se hubiera ido de rositas inculpándolo a él. Brian debería haber pensado en quién más podía haber asesinado a aquella niña. Si aquellos polis le hubieran hecho las preguntas que le hizo el pasma de Seattle, podría haber deducido lo de Driscoll hacía años.

Una última deuda que pagar, y sería realmente libre. Pero aunque la libertad era seductora, había empezado a extrañar el sistema y la seguridad que tenía en la cárcel.

Un coche lujoso entró en el camino de acceso a la casa de la St. Martin. Brian apagó la radio y fingió leer el libro que sujetaba, mientras observaba al tipo alto y delgado que avanzó hasta la puerta delantera con dos bolsas de la compra en los brazos.

Ahí estaba. Aquella era su oportunidad para entrar en la casa.

Brian atravesó la calle y se acercó a la casa. No había forzado la vivienda, cuando la localizó en la plaza el día anterior por la mañana, a causa del sistema de alarma, pero el tipo había entrado, así que debía de conocer el código.

¿Habría cerrado la puerta con llave? Confió en que no.

No deseaba matar al tipo, pero tenía que hacer lo que tenía que hacer.

Con cuidado, comprobó la puerta delantera; no tenía la llave echada. Echó un vistazo a izquierda y a derecha para asegurarse de que nadie lo estaba mirando. Las casas estaban bastante separadas, y con el parque justo enfrente de la calle, Brian se sintió lo bastante seguro para entrar.

Se paró en el umbral para escuchar, y el corazón le dio un vuelco al oír el sonido de ajetreo en la cocina, situada al final del pasillo.

Justo enfrente de él había una escalera. Lo más probable es que los dormitorios estuvieran en la planta de arriba, pero tenía que inspeccionar toda la casa en cuanto el tipo de la cocina se fuera. Y encontrar el mejor sitio para esconderse; aquel en el que Olivia St. Martin menos esperase encontrárselo.

Haciendo el menor ruido posible mientras subía las escaleras, Brian Hall terminó de elaborar su plan.

Esperaría a que Olivia St. Martin llegara a casa.

Y entonces, la mataría.

Capítulo 34

Zack se quedó a pasar la noche, y el lunes bien temprano acompañó a Olivia en un ligero desayuno con Quinn y Miranda Peterson.

—Te llevaré al aeropuerto —dijo Zack.

—No puedo dejar que hagas eso —dijo Quinn.

—¿Perdón? —Zack le lanzó una mirada desafiante. ¿Qué problema tenía Quinn?

—Está bajo protección federal. La acompañaré en el vuelo.

Zack paseó la mirada de Quinn a Olivia y dijo lentamente:

—¿Qué está sucediendo?

—Bueno —dijo Quinn—. Miranda, creo que deberíamos salir un momento.

—¿Qué está sucediendo? —repitió cuando los Peterson se marcharon.

—Creo que no te lo dije… Lo siento. Se trata de Hall.

—¿Hall?

—La policía cree que mató a dos hombres que estuvieron relacionados con su proceso en California. Piensan que va a ir a por mí.

—¡Mierda, Olivia! —Pegó un puñetazo en la mesa—. ¿Te han amenazado y no me dices nada?

—Ocurrió todo muy deprisa. No sabemos donde está… puede que haya huido del país. Encontraron su coche en el aeropuerto de San Francisco. Lo que pasa… es que el especialista en perfiles del FBI cree que está buscando venganza por haber sido encarcelado. Hamilton, Gary Porter, y ahora yo. La protección de los federales es sólo una precaución. Hall apenas tiene dinero, posee antecedentes y se han distribuido su fotografía y su descripción entre todas las policías del país. Es sólo cuestión de tiempo el que lo detengan.

—¿Antes o después de que intente asesinarte?

Zack la arrancó de su silla de un tirón. Olivia se sobresaltó, pero a él no le importó.

—En las últimas setenta y dos horas casi te matas en una caída en las montañas de las Cascadas, has sido tomada como rehén por un asesino en serie, ¿y ahora un sospechoso de asesinato podría andar tras tus pasos para vengarse? ¿Y crees que te voy a perder de vista siquiera sea un minuto?

—Yo...

Zack la besó intensamente con la boca abierta. Se apartó con el corazón latiéndole a toda velocidad.

—Me trae sin cuidado lo que Quinn Peterson acabe haciendo; donde vayas, iré yo, con o sin protección de los federales.

Llegaron a Virginia pasadas las seis de la tarde. El agente Tim Daly fue a recibirlos al aeropuerto y tomó el relevo de Quinn; Zack pareció tomarse la situación con calma. Daly los trasladó en coche a la pequeña aunque elegante casa de dos pisos de Olivia en Fairfax.

A Olivia le dio vergüenza enseñarle su casa a Zack. Aunque la vivienda era elegante, y los muebles eran caros, estaba vacía. Era insulsa. No era un hogar; no tenía plantas naturales, ni fotografías, ni nada que dijera que un ser humano realizado y satisfecho vivía allí. Incluso las estanterías, que albergaban unos pocos libros, la mayoría decorativos, estaban ordenadas. Los manuales que Olivia utilizaba para trabajar estaban en su despacho. Las maquetas de las casas de las nuevas promociones inmobiliarias tenían más personalidad que el hogar de Olivia, aunque llevaba viviendo allí tres años.

El agente Daly recorrió la casa.

—Bien, la casa es segura —dijo mientras bajaba las escaleras—. El director Stockton ha dicho que hoy se lo tome con calma, pero que piense en estar en el laboratorio mañana a las ocho en punto de la mañana, para dar parte.

—¿El director Stockton? —preguntó Zack.

—Está al mando del laboratorio del FBI —le explicó Olivia, aunque se sintió incómoda al tener que mencionarlo ante Zack; en realidad, todavía no habían hablado de lo que ella hacía para el FBI.

—¿Café, Tim? —preguntó Olivia.

—Eso sería fantástico, doctora St. Martin.

—Sólo tardaré un par de minutos.

—No se dé prisa —dijo el agente, y se sentó.

Olivia recorrió el corto pasillo hasta la cocina y empezó a hacer el café. Fue entonces cuando cayó en la cuenta de la nota que había sobre el frigorífico.

Arrugó el entrecejo hasta que reconoció las pequeñas y perfectas letras de molde de «Greg.»

Abrió la nota y la leyó.

—¿Qué es eso? —preguntó Zack.

—Una nota de Greg.

—¿De tu ex marido, Greg?

—Sí. —Olivia sonrió—. Ayer me trajo unas cuantas cosas de la tienda, después de que Rick le dijera que iba a volver.

—¿Tiene la llave de tu casa?

Olivia miró a Zack. El tono de su voz era extraño… aunque su cara no expresaba nada.

—No entiendo —dijo Olivia.

—¿Este es el mismo Greg que realizó las pruebas de ADN fuera de las horas de trabajo y que sabía lo que estabas haciendo desde el principio?

—Ya te expliqué esto —dijo con lentitud Olivia. Había creído que habían superado su mentira.

De repente, se sintió terriblemente cansada y se dejó caer en una silla, con la cabeza entre las manos.

—No puedo vivir así.

—Así, ¿cómo?

—Contigo dudando y cuestionándome a todas horas.

—No estaba haciendo tal cosa.

—¿No? —Ella lo miró—. ¿Por qué te molesta que Greg supiera lo que estaba haciendo?

Zack movió los pies y pareció avergonzado.

—Liv, si crees que no confío en ti, estás muy equivocada.

—Entonces, ¿qué?

Zack no dijo nada. Olivia repasó los comentarios de Zack mentalmente.

—¿Es porque Greg tiene llave de mi casa?

Zack suspiró.

—No caí en la cuenta de que estuvieras tan unida a tu ex marido.

Olivia casi suelta una carcajada, pero Zack parecía encontrarse tan incómodo que no tuvo corazón para hacerlo. Se levantó y lo besó en la mejilla.

—Zack, Greg y yo somos amigos, y lo vamos a ser siempre. Pero es a ti a quien quiero.

Zack la atrajo hacia él, la besó y la abrazó.

—Muchos matrimonios no acaban en amistad. Llevo años sin hablar con mi ex esposa. Lo último que supe, es que estaba viviendo en Los Ángeles. Con su tercer marido.

—Lo siento.

—Yo no. Aquello fue un error. Los dos nos dimos cuenta antes de nuestro primer aniversario. —Zack la miró—. ¿Qué ocurrió con tu matrimonio?

—Queríamos cosas distintas.

—¿Le sigues queriendo?

La tensión irradiaba del cuerpo de Zack. Olivia se dio cuenta de que aquello era importante para él.

—No como te quiero a ti.

—Eso no es una respuesta.

—No te pongas celoso, Zack. Greg y yo éramos amigos antes de casarnos, y seguimos siéndolo. Lo quiero porque ha sido una parte de mi vida en la que he podido confiar durante años. Además, tenemos muchas cosas en común.

»Pero —continuó—, confundí la amistad y el respeto mutuo con el amor. De hecho, no creo que entonces fuera capaz de amar a alguien de verdad. No había querido a nadie en toda mi vida, pero estaba cómoda con Greg, y pensé que ese era un motivo suficiente para casarme con él. Y no lo fue.

—No pretendía parecer celoso, Liv. Es sólo que todavía tengo que saber muchas cosas sobre ti. —La besó—. Y estoy deseando empezar.

Un ruido procedente de la entrada de la cocina hizo que Olivia pegara un respingo.

Tim Daly se aclaró la garganta.

—Esto, lo siento, doctora St. Martin. Sólo venía a servirme el café.

Olivia se ruborizó y le hizo una seña para que se apartara.

—Yo se lo serviré.

Mientras servía el café a los tres, Zack comentó:

—Bonita casa.

—Bueno, ahora que la miro, me parece que necesita algunos arreglos.

—No pasas mucho tiempo aquí.

Olivia negó con la cabeza y lo miró.

—Esta casa se parece a mí.

—No, Liv, no se parece en nada.

Ella se volvió hacia él.

—Sí, era como yo: fría, estéril, desprovista de emociones... hasta que apareciste en mi vida.

Zack extendió la mano hacia ella, y Olivia se hundió en su abrazo. Estar entre los brazos de Zack; eso sí que era estar en casa.

Poco después de las diez, otro agente del FBI. Pete Hoge, sustituyó a Tim Daly.

—Voy a inspeccionar el perímetro —dijo Hoge—. Mantenga la puerta cerrada con llave hasta que vuelva.

Olivia lanzó una mirada a Zack, al que parecía divertirle la situación. Zack cerró con llave y echó el pestillo tras Hoge y atrajo a Olivia entre sus brazos.

—En cuanto consigamos que ese tipo se tranquilice, te voy a llevar arriba y te haré el amor. —La besó.

Olivia sonrió.

—¿Otra vez, detective? Estoy impaciente.

Cinco minutos después, Hoge llamó con los nudillos a la puerta, y Zack le franqueó la entrada, cerrando con llave tras el agente.

—Todo parece en orden —dijo Hoge.

—Sírvase en la cocina lo que necesite —le dijo Olivia.

—Gracias, doctora St. Martin. —Hizo un gesto con la cabeza hacia Zack y se dirigió a la cocina por el pasillo.

—Casi solos —le susurró Zack a Olivia al oído—. Vayamos arriba.

Subieron las escaleras de dos en dos, y Olivia abrió la puerta que había al final del pasillo. Zack la cogió, cruzó el umbral con ella en brazos y la tumbó sobre la cama.

Permaneció observándola fijamente durante un largo minuto. Había estado a punto de perderla... dos veces. Primero, a manos de un asesino. Bajó la mirada involuntariamente hacia el apósito color carne del cuello de Olivia, y se le encogió el corazón. Había estado tan cerca de la muerte, sentada en aquel coche con Christopher Driscoll.

Y acto seguido, también había estado a punto de perderla por culpa de su estúpido orgullo. Al repasar mentalmente la última semana y todo lo que había ocurrido en el caso y entre ellos, se dio cuenta de que Olivia había sabido trabajar en equipo. Había sido un activo, y él debería haber sido el primero en reconocerlo, en lugar de sentirse traicionado porque ella no se hubiera presentado como debía.

Si se hubiera alejado de ella para siempre, en ese momento sería medio hombre. Olivia lo completaba de una forma que él no había sabido que necesitaba hasta que ella entró en su vida.

Zack se tumbó al lado de Olivia y apoyó la cabeza en la mano. Le apartó el pelo con ternura de la frente y le besó la piel suave y aterciopelada. Luego, le pasó levemente un dedo por el pequeño vendaje del pecho.

—¿Cómo te encuentras?

—Deja de preocuparte por mí. Estoy bien. Un poco dolorida, pero de verdad que me encuentro bien.

—¿Sabes?, me alegro de que no seas agente del FBI. No creo que pudiera soportar el que estuvieras en la línea de fuego cada día.

Olivia se rió.

—La mayoría de los agentes no están en la línea de fuego todos los días.

—Con que sea una vez en la vida ya es suficiente.

—Estoy de acuerdo, Además, me gusta mi trabajo en el laboratorio.

—¿Qué es lo que haces, exactamente? —Zack jugaba con el pelo de Olivia. No podía mantener las manos lejos de ella. Y tampoco quería.

—Analizo las pruebas indiciarias, entre otras cosas. Por ejemplo, en un caso en el que trabajé antes de ir a Seattle, comparé las fibras de una alfombra encontrada en los tres cuerpos arrojados en Minnesota, y confirmé que todas las víctimas había sido envueltas en la misma alfombra de fabricación industrial, llegando a determinar el número de lote y el fabricante. Gran parte de lo que hago consiste en determinar las pruebas que se han de presentar en juicio.

—Parece interesante, aunque tedioso. —Zack la besó en la mejilla.

—Puede ser, pero es de lo más excitante cuando todo empieza a encajar.

El teléfono de la casa de Olivia sonó, y ella extendió la mano para cogerlo.

—¿Hola?

Zack oyó una voz masculina al otro extremo de la línea.

—Olivia, soy Greg. ¿No te habré despertado, verdad?

Ella se incorporó y dijo:

—No, en absoluto. Gracias por la compra.

Zack se puso en pie. Aunque sabía que no había nada entre Olivia y su ex marido, no se sentía cómodo escuchando su conversación privada.

—Voy a inspeccionar la planta baja y a hablar con Hoge —le susurró a Olivia.

Ella asintió con la cabeza, y Zack se marchó.

Bueno, puede que él siguiera teniendo algo de celos, pero ya lo superaría.

Olivia frunció el ceño cuando Zack cerró la puerta del dormitorio; confió en que él no siguiera dudando de su relación con Greg.

—Olivia, ¿estás ahí?

—Lo siento, Greg. ¿Estarás en la reunión con Rick mañana? —Olivia tenía que informar formalmente de sus actividades a su jefe, y confiaba en que la cosa no pasara de una amonestación. Sin embargo, fuera cual fuese el castigo, no era decisión de Rick. En última instancia, la investigación pasaría a una comisión disciplinaria, que tomaría las medidas pertinentes.

—Ya entregué mi informe esta mañana. ¿Te encuentras bastante bien?

—¿Qué te hace pensar que no?

—Tal vez el haber sido tirada de un coche en marcha o acuchillada. Escoge lo que quieras.

Olivia lanzó un suspiro.

—Definitivamente, no estoy hecha para el trabajo de campo. Pero, de verdad, estoy entera y apenas tengo dolores. —Eso no era del todo cierto, pero no estaba dispuesta a decirles a Greg o a Zack que se sentía algo más que un poco maltrecha.

—Me puedo pasar por la mañana y recogerte.

—No te preocupes. Rick me ha puesto protección, y ellos me llevarán al trabajo.

—Rick me dijo que ha venido contigo un poli de Seattle.

Los chismes viajan rápido, pensó Olivia.

—Así es.

—¿No es algo infrecuente?

—En realidad, no.

Se produjo un silencio. Olivia se sintió manifiestamente incómoda, pero no quería explicarle a Greg lo de Zack por teléfono. Se lo contaría al día siguiente, en persona.

—Estoy cansada. Creo que es hora de que me acueste —le dijo a Greg—. Gracias de nuevo por traerme las provisiones.

—Siempre a tu disposición, Olivia.

Olivia apretó el botón de colgar, dejó el teléfono en el cargador y bostezó. Estaba agotada. Aunque no le importaría darse un baño caliente. Tal vez Zack quisiera unirse a ella. Sonrió ante la idea y se dirigió al baño contiguo. Abrió el agua, añadió algunas sales de baño y se dirigió hacia el armario empotrado del dormitorio para coger la bata.

Al pasar, rozó la cama, y algo la agarró por el tobillo.

Cayó violentamente sobre la alfombra, y su breve grito fue silenciado por el golpe, que la dejó sin respiración.

Entonces, alguien salió a rastras de debajo de la cama y le inmovilizó el cuerpo contra el suelo con el suyo. Por el rabillo del ojo, Olivia vio una mano que aferraba una pistola.

Hall.

Olivia golpeó el suelo con los puños con la esperanza de que Zack pudiera oírla, aunque el suelo enmoquetado amortiguó el sonido.

—¡Deja de hacer eso! —le ordenó Hall en un sordo susurro—. Deja de hacerlo ya. Vuelve a hacer más ruido, y te pego un tiro.

Pese al terror que la invadió, Olivia percibió un atisbo de miedo en la voz de Hall. Tenía que saber que había policías en la casa; había estado escondido bajo la cama mientras ella y Zack hablaban.

Olivia tuvo un estremecimiento, sintiéndose ofendida e incómoda ante la idea de que Hall hubiera estado espiándolos en aquel momento de intimidad.

—¿Qué es lo que quieres? —preguntó ella.

—Todo es culpa tuya. —Hall se apartó de ella rodando de costado, pero sin dejar de apuntarla con el arma—. Eres una maldita puta. Tú me has convertido en un asesino. ¡Tú me hiciste esto!

Olivia se dio cuenta de que no tendría que hacer ningún ruido para alertar a Zack, pues Hall estaba empezando a levantar la voz.

Ella se incorporó lentamente, al tiempo que se apartaba de él.

—Tú no me quieres matar —dijo Olivia mientras hacía un repaso mental de los objetos que había en la habitación. No había nada letal. Su pistola, que rara vez utilizaba, estaba metida en su maleta.

«Una torpeza, St. Martin.» Había confiado en que Zack y los agentes la protegieran; y tenía que protegerse a sí misma.

—Brian, ahora tienes que ser listo.

La ignoró.

—Bien, esto es lo que vamos a hacer —dijo Hall—. Vamos a salir de aquí, y me llevarás a tu banco. Entonces, habremos acabado.

Olivia tuvo un estremecimiento. Iba a matarla después de conseguir algún dinero. Y ella no estaba dispuesta a convertirse en rehén de nuevo. Una vez en la vida era más que suficiente.

Hall echó un vistazo por la habitación.

—Tu novio está a punto de volver. ¿Cómo podemos salir de aquí?

A Olivia le habría resultado difícil tomarse en serio a Hall, allí sentados en el suelo, mirándose el uno al otro, sino hubiera sido por el hecho de que él tenía una pistola y la estaba apuntando con ella.

Y porque había asesinado a Gary y a Hamilton.

—No quieres hacer esto —dijo Olivia—. No quieres volver a la cárcel.

—No sé. Quizá sí quiera —replicó Hall—. Comida gratis, películas, poco trabajo. ¿Por qué no habría de querer volver a la cárcel? Fuera, no tengo ninguna vida.

—De acuerdo. Bien, yo puede arreglarlo. —De no haber estado tan asustada, se habría reído. No tenía nada que «arreglar»; Hall ya había asesinado a dos personas—. Trabajo para el gobierno federal. Tengo muchos amigos en puestos importantes. Entrégame la pistola, y podemos hablar sobre la cárcel a la que le gustaría ir.

Hall negó con la cabeza.

—No lo has pillado. Mi vida se ha acabado. Tú me la robaste. Cuando salí, me encontré con que no tenía nada. Soy demasiado viejo para hacer cualquier cosa. Hasta mi propia madre cree que soy culpable. ¡Pero no lo soy!

Con independencia de los crímenes recientes que Hall había cometido, Olivia sintió lástima por él. Había estado en la cárcel bastante más de la mitad de su vida y ya no sabía como actuar en el mundo real.

—Brian —dijo Olivia en voz baja—. Realmente me siento fatal por lo que ocurrió después de que mi hermana fuera asesinada. Espero que comprendas que yo sólo era una niña pequeña. Lo único que vi fue el tatuaje. Todo lo demás se basó en las pruebas.

Hall apretó los labios.

—Lo amañaron todo.

—No, nadie amañó nada. Pero tiene razón; deberían haber buscado otros sospechosos. No fueron suficientemente concienzudos.

—Hacía treinta y cuatro años, carecían de las herramientas para ser tan concienzudos como lo son las fuerzas policiales en el siglo XXI. Pero aun así, Hall había provocado parte de sus problemas, al mentir a la policía sobre su paradero la noche del secuestro de Missy.

Aunque Olivia no estaba por la labor de recordarle eso.

—Brian, escucha. Hiciste algo bueno el otro día en California. Ayudaste a atrapar a Driscoll, y ayudaste a salvar la vida de una niña. Eso vale mucho.

Hall estaba de espaldas a la puerta, pero Olivia vio cómo la hoja se abría lentamente un par de centímetros.

Zack estaba al otro lado.

—¡Ese cabrón de Chris Driscoll! ¿Cómo pudo hacerme eso? ¿Cómo fue capaz de tenderme una trampa así?

—Driscoll era un enfermo asesino, y sin duda alguna te tendió una trampa. Pero tal vez no hayas oído las noticias. Ha muerto. Lo han matado a tiros hoy en el exterior del palacio de justicia.

Hall asintió con la cabeza.

—He oído las noticias. Se lo tenía bien merecido, el maldito pervertido. Yo no soy como él. No soy un asesino.

—Tú no eres como Driscoll —convino Olivia. Y al decirlo, se dio cuenta de la diferencia entre los dos asesinos. Driscoll obtenía un inmenso placer asesinando. Hall había asesinado a Hamilton y Gary rápidamente y en silencio, y en una oscuridad relativa.

Pero Olivia todavía no estaba a salvo. Hall había hecho casi cinco mil kilómetros para matarla. Aunque cuanto más tiempo lo mantuviera hablando, mayores eran sus posibilidades de salir con vida. Por el rabillo del ojo, Olivia vio que Zack entraba en silencio en la habitación.

—Te diré qué vamos a hacer. Baja el arma, y haré todo lo que esté en mis manos para que vayas a la cárcel que desees. A cualquier cárcel del país. Sabes donde están las buenas cárceles, ¿verdad? Instalaciones nuevas, camas confortables, buen clima…

—He oído hablar de esa que hay en Texas. Uno de los trasladados hablaba de ella.

—Exacto.

—Aunque tengo algunos colegas en Folsom.

—A la que quieras.

Zack miró a Olivia a los ojos. Aunque tenía una pistola apuntando a la cabeza de Hall, si Zack disparaba, aquel podría abrir fuego sin dificultad.

—No te creo —dijo Hall—. No puedes hacer eso. No tienes medios de que me metan en una cárcel federal. Sólo intentas engañarme.

Olivia había creído que casi había convencido a Hall de que aceptara. ¡Había estado tan cerca!

—Brian, ¿qué puedo hacer o decir para que me creas?

—Nada. Mentirías sin pestañear. ¿Cómo crees que he llegado a esto? No maté a nadie, y nadie me creyó… Ni siquiera mi propia madre, incluso ahora, después de que las pruebas demostraran que no hice nada malo.

Se sorbió la nariz, y su cuerpo se agitó.

Olivia ladeó la cabeza a la derecha, y Zack asintió con la cabeza. Él estaba a unos cinco centímetros de Hall. Hacía diez minutos, Olivia había maldecido los suelos enmoquetados; en ese momento sintió gratitud hacia ellos.

—No sé qué hacer. —Hall parecía derrotado.

Entonces, Olivia se echó rápidamente hacia la derecha, y Zack placó a Hall por detrás, le agarró la mano con la que sujetaba el arma y se la golpeó contra la mesilla de noche.

—¡Ahhh! —gritó Hall, y su pistola cayó al suelo.

Olivia se arrastró a toda prisa por el suelo y cogió el arma de Hall, mientras Zack lo tiraba al suelo boca abajo y se arrodillaba sobre su espalda para esposarlo.

—¡No es justo! —gritó Hall—. Me has mentido de nuevo.

Parecía un niño enfurruñado.

—¿Qué es lo que quieres? —le preguntó Olivia.

—No hables con él, Olivia. No merece la pena.

Ella negó con la cabeza.

—No, quiero saberlo.

Hall parecía escéptico, pero preguntó:

—¿De verdad puedes ayudarme a ir a una cárcel decente? ¿Una en la que den buena comida y tenga televisión y puede que hasta videojuegos?

—Sí, de verdad que puedo —dijo Olivia—. Conozco gente que puede conseguirlo. Y lo arreglaré por tí, Brian.

Pete Hoge entró en la habitación y levantó a Hall, sujetándole de los brazos.

—Lo pondré bajo custodia federal —dijo el agente—, mientras arreglan su extradición a California.

—¿Custodia federal? —La cara de Hall se iluminó—. ¡Eh!, ¿de verdad piensa que puedo ir a una cárcel federal? Esas están aun mejor que el lugar de Texas del que me habló mi amigo. He oído que dan una comida realmente buena.

Hoge parecía a punto de golpear a Hall en la cabeza. Zack le dio una palmada en la espalda.

—Lléveselo.

Olivia observó como Hoge se llevaba a Brian Hall de la habitación y se dejó caer sobre la cama. No sabía cómo iba a ser capaz de volver a dormir sin mirar primero debajo de la cama, igual que si fuera una niña.

Zack le quitó la pistola de Hall y se la metió en la cinturilla del pantalón. Olivia se había olvidado de que la tenía en la mano.

Él se sentó a su lado y le rodeó los hombros con el brazo.

—¿Estás bien?

Olivia asintió con la cabeza.

—¿Sabes?, Hall me da un poco de pena. Bueno, le odio por lo que le hizo a Gary y a Hamilton, pero... —Meneó la cabeza. ¿Cómo podía explicarse?—. No puedo evitar preguntarme si habría llegado a matar, de no haber estado antes en la cárcel.

—Se vio atrapado en el juego de otro. Detesto la idea de que los contribuyentes tengan que hacer frente a su factura durante los próximos veinte a treinta años, hasta que la diñe.

—Mató a un policía, Zack. Podrían condenarle a muerte.

—Nos ayudó a encontrar a Driscoll. Casi seguro que un buen abogado le conseguirá la perpetua sin reducción de condena.

—Que es lo que él quiere. —Olivia apoyó la cabeza en el hombro de Zack.

—Parece que tengas un imán para el peligro —dijo Zack besándole en lo alto de la cabeza.

—¿Yo? —Olivia soltó una carcajada, y eso le hizo sentirse mil veces más ligera—. Bueno, Zack, en realidad soy una persona aburrida.

—¿Se supone que eso es un atractivo? —bromeó él.

Olivia sonrió contra el pecho de Zack, y entonces oyó algo que parecía agua corriendo. Se levantó de un brinco.

—¿Qué sucede?

—¡Mi baño! —Olivia corrió hasta el cuarto de baño. El sumidero, aunque cubierto, funcionaba, pero aun así el agua se estaba desbordando de la bañera. Cerró el grifo, y se paró en medio de dos centímetros de agua caliente.

Zack se acercó y la rodeó con los brazos.

—¿Ibas a tomar un baño sin mí?

—Había planeado invitarte a que me acompañaras.

—Bien. —Zack la hizo girar sobre los talones y la besó en la frente, la nariz y los labios. Olivia suspiró y se apoyó en él.

—Todavía tenemos unas vacaciones por delante, querida —le dijo Zack—. Sin contar hoy.

—Confiemos en que el descanso de nuestras vacaciones sea menos accidentado —dijo ella, sonriendo.

Los dos miraron el agua que cubría todo el suelo del baño y se echaron a reír.

Una sirena atravesó la noche, y Zack suspiró.

—Vamos a tener que postergar lo de ese baño durante un rato.

Olivia se desabrochó la blusa y la dejó caer al suelo.

—Arréglalo tú. Yo ya he tenido bastante Hall por esta noche. —Olivia se quitó la ropa y se metió en la bañera llena—. Si no te importa, te esperaré aquí.

Con cuidado de no mojarse el vendaje del pecho, Olivia se sumergió en el agua caliente y suspiró.

—No cambies de idea. Volveré en cuanto haya echado a todos a patadas de la casa.

Olivia sonrió cuando Zack salió corriendo de la habitación.

Veinte minutos más tarde estaba de vuelta; entró desnudo en la habitación.

Ya podían empezar sus vacaciones oficialmente.

Capítulo **35**

—¿Dónde está Olivia? —Zack estaba en la iglesia y consultó su reloj por tercera vez en otros tantos minutos.

—Estoy seguro de que está en camino —le aseguró Quinn.

—Llega tarde. —A Zack le había preocupado que Olivia tuviera miedo y se echara para atrás el día de su boda. Ya había cambiado toda su vida por él: se había ido a vivir a la otra punta del país, y aceptado un empleo en el laboratorio criminal del estado con un salario más bajo. Cuando volvieran de su luna de miel, Zack se iba a cambiar al turno de día, por lo que ambos tendrían el mismo horario de trabajo.

Zack planeaba pasar todas las horas libres que tuviera con su maravillosa esposa.

Había considerado dejar su trabajo con la intención de encontrar un empleo en Virginia. Tenía un buen currículo y unas buenas referencias. Lo importante es que estuvieran juntos.

Pero Olivia no le había dejado abandonar el cuerpo de policía. Le había dicho que quería trasladarse a vivir a Seattle y empezar de nuevo. Habían hablado de ello la semana después de que Hall hubiera entrado en casa de Olivia, y juntos decidieron que formarían un hogar común en Seattle.

Aquello había ocurrido hacía tres meses. Pero durante los últimos dos días, Olivia había empezado a distanciarse de Zack. Esa mañana, ni siquiera la había visto antes de irse a la iglesia; Olivia se ha-

403

bía marchado muy temprano a casa de Miranda para vestirse para la boda.

A Zack le preocupaba que ella hubiera cambiado de idea, que se arrepintiera de los sacrificios que habían hecho para estar juntos.

Tenía que encontrar una manera de solucionarlo; como fuera. No estaba dispuesto a permitir que Olivia no fuera feliz.

Diez minutos tarde.

El móvil de Quinn sonó, y sonrió avergonzado hacia el pequeño grupo de personas que se habían reunido para asistir a la boda.

—Discúlpame —le dijo a Zack. Un minuto después, había colgado—. Zack, era Miranda. Olivia no quiere salir de su habitación.

Durante los cinco minutos que tardó en llegar a casa de Quinn, Zack sintió una opresión en el pecho.

¿Qué sucedía? ¿Estaba asustada? ¿Se arrepentía de sus decisiones? ¿No lo amaba?

Ambos tenían sendos matrimonios fracasados a sus espaldas, pero al menos Zack sabía lo que había hecho mal. Había sido joven, idiota y presuntuoso. El trabajo había sido lo primero y más importante para él, y su ex esposa había sido la segunda y lejana prioridad. Zack había aprendido de sus errores, y no estaba dispuesto a cometer las mismas equivocaciones con Olivia.

Cuando Zack conoció a Greg, éste no le había gustado. Bueno, para ser absolutamente honrado consigo mismo, se había sentido un poco celoso. Pero Olivia le había explicado que se casó con Greg porque resultaba cómodo, eran amigos y a ella le gustaba su compañía. El amor no había entrado en la ecuación.

—No era la clase de amor profundo que siento por ti. Puede que fuera un amor distinto —le había dicho.

Aquello había atenuado sus celos.

Pocos minutos después, aparcaba delante de la casa de Quinn Peterson. Zack recorrió el camino delantero a grandes zancadas, pero antes de que pudiera tocar el timbre, Miranda abrió la puerta. Si no hubiera estado tan preocupado por Olivia, le habría dicho algún cumplido: estaba preciosa.

—¿Dónde está?

—Arriba. En el cuarto de invitados.

Zack no llamó a la puerta; entró sin más.

—Olivia, ¿qué sucede?

Ella no estaba vestida. Su traje colgaba de la puerta del cuarto de baño. Estaba peinada y maquillada... o lo había estado. En ese momento, unos surcos de color le atravesaban el rostro; se había quitado la mayor parte del maquillaje con un pañuelo de papel.

Zack dio un paso titubeante.

—Liv... si he hecho algo, lo siento.

Olivia rompió a llorar, y Zack la rodeó con sus brazos y la abrazó.

—Liv, cariño. Dime qué pasa. Juntos podemos hacer frente a lo que sea. Ya lo sabes.

Ella negó con la cabeza.

—Por favor, Liv...

Desde que habían decidido casarse, Olivia lo había planeado todo para ese día. Pero dos días antes, su vida había dado un vuelco, y ya no sabía como manejarla. Tampoco sabía cómo decírselo a Zack.

—¿Es por Seattle? ¿Te arrepientes de haber dejado Virginia?

Ella sacudió la cabeza. ¿Cómo podía siquiera pensar en eso? Habían hablado del tema durante días antes de decidir que no tenía ninguna raíz en Virginia. A los pocos amigos que tenía los podría visitar en vacaciones.

—¿Es el laboratorio criminal? ¿No te gusta el nuevo trabajo?

—No —dijo Olivia con voz ronca, y se sorbió la nariz. La realidad es que le encantaba su nuevo empleo. No todo el equipamiento era tan bueno como el del FBI, pero su puesto era todo un desafío; tenía que estar en el escenario del crimen a menudo y le encantaban sus colegas.

—¿Se trata de mí?

—No, Zack. Soy yo. Estoy embarazada.

La cara de Zack lo dijo todo: estaba atónito.

—Eso no es ningún problema —dijo él lentamente—. No pasa nada. No hemos hablado de tener hijos, pero a mí me encantan. Bueno, no he tenido ninguno propio, pero aprenderemos juntos. —Hizo una pausa y le acarició la mejilla—. Por mi no hay ningún problema, Liv. ¿Te preocupaba que me enfadara? Cariño, hacen falta dos para hacer un bebé. Ese pequeño sujeto es responsabilidad mía tanto como tuya. Es nuestro. No se me ocurre nada mejor.

Olivia negó con la cabeza, y su cara se vio surcada por nuevas lágrimas.

—Yo no puedo…

—No entiendo.

—¿Y si le ocurre algo? No puedo protegerlo todos los días a todas horas. No paran de asesinar niños. ¡Si hasta los secuestran de sus propias cunas! ¿Cómo voy a traer un hijo al mundo, sabiendo que puede morir?

—Oh, Liv. —Zack la atrajo entre sus brazos, y ella se aferró a él con el cuerpo temblándole.

—Olivia, Olivia. Todo cuanto puede prometerte es que querré a ese niño con todo mi corazón. Que haré todo lo que esté en mis manos para protegerlo y mantenerlo a salvo. Es todo lo que puede hacer un padre.

—Estoy aterrorizada. No sé cómo responderé.

—Tú no… ¿Estás pensando en interrumpir el embarazo?

Ella negó con la cabeza.

—No, no, no es eso. Es sólo que no sé qué hacer, Zack. Tengo miedo.

Zack la besó en la frente y le levantó la barbilla.

—Olivia, serás una madre increíble. Tienes una capacidad de amar infinita. Y daremos juntos todos los pasos. Amaremos y protegeremos a esa criatura. —De repente, soltó una carcajada—. Vamos a ser una familia.

Olivia intentó tranquilizarse. No sabía si podría hacer aquel trabajo; ignoraba cómo manejar las innumerables emociones que pugnaban en su interior.

Zack le puso la mano en el vientre. Por primera vez desde que se había enterado de su estado, Olivia sintió que la paz la invadía. Respiró hondo.

Seguía estando asustada. Sabía demasiado sobre la maldad y lo que podía ocurrir. Pero con Zack, tal vez tuviera la fuerza suficiente para aceptarlo día a día.

—Te amo tanto, Zack.

Él la besó y la abrazó con fuerza.

—Te quiero, Liv. A ti, y al pequeño sujeto que llevas dentro. Eternamente.

—Eternamente —repitió ella, sujetándolo muy cerca de ella. Sus temores se desvanecieron un poquito. Con Zack, podría hacerlo.

—Bueno, ¿te vas a casar conmigo? —preguntó Zack.

—¿Ahora mismo?

Él miró su reloj.

—Ahora mismo.

—¿Puedo vestirme? —Olivia reprimió algo entre una risita y un sollozo.

—Por supuesto. Pero no te voy a perder de vista. ¿Necesitas ayuda?

Olivia se limpió las lágrimas.

—No, pero puedes mirar.

Zack se sentó en el sofá y sonrió.

—Esto va a ser divertido.

www.titania.org

Visite nuestro sitio web y descubra cómo ganar
premios leyendo fabulosas historias.

Además, sin salir de su casa, podrá conocer
las últimas novedades de
Susan King, Jo Beverley o Mary Jo Putney,
entre otras excelentes escritoras.

Escoja, sin compromiso y con tranquilidad,
la historia que más le seduzca
leyendo el primer capítulo de cualquier libro
de Titania.

Vote por su libro preferido y envíe su opinión
para informar a otros lectores.

Y mucho más...